古典文学の常識を疑う

松田　浩
上原作和
佐谷眞木人
佐伯孝弘
編

勉誠出版

はじめに

読者諸氏の記憶に新しいところであろうが、二〇二一年度より使用される新しい学習指導要領では、歴史用語などを変更することが文部科学省から発表された。例えば、「聖徳太子」の名は没後の呼称ゆえ「厩戸王（聖徳太子）」、江戸時代の「鎖国」政策も、長崎などで外国と交易しており、完全に国を閉ざしていなかったことから、実態に即して「幕府の対外政策」との表記にすると公表したのである。ところが今年（二〇一七年）三月、文部科学省はこれらを撤回し、元に戻すことを検討していると報道された。文部科学省はその理由について〈最近の歴史研究などを反映させた変更だったが、一般からの意見公募で、「表記が変わると教えづらい」といった声が教員などから多く寄せられた〉ためだという。

学問は最新の知見を周知しなければ意味がない。ところが、今日の情報化社会においては、情報過多により、正確な情報の根拠が行き渡っていないことや、学説の変遷を知ることのできる工具書（ツール）が少ないことも、右のような混乱を招いた原因であろう。

日本古典文学の場合、学説の帰趨を知ることのできる工具書として、昭和の始めから刊行が継続されてきた複数の日本文学専門誌があり、書店の月刊誌のコーナーにこれらが並んでいたため、容易に手にすることが出来たが、これらは、相次いで休刊となり、従来の知の共有法は途絶した。また、『古典文学必携』『諸説一覧』シリーズ等も陸続と刊行されて版を重ね、初学者や卒業論文の手引きとしてひろく活用されていたと記憶する。

ところが、現在では、これらの類書すら稀少となり、日本古典文学を学び、愛好する者同士が、時代やジャンルを異にする新出文献や新見解の評価、あるいは論争の帰趨を共有することすら困難になっているといえよう。言い換えれば、古典愛好者間によって慣例化していた従来の情報共有方法、異分野の横断的な共通理解を提供する場が無くなっていることを意味するのである。

本書では、上代、平安期（中古）、中世、近世、各分野学界最前線の研究者を執筆陣に配し、『古典文学の常識を疑う』と題して、新たな日本古典文学者のための必携書を目指したものである。本書で言う「常識」とは、『古事記』の撰録者・太安万侶説の根拠を審覈《しんかく》し、古代史のよりどころとなる『古事記』『日本書紀』の言説の真偽を問うところから始まる。これらは『万葉集』『源氏物語』『平家物語』『太平記』、近松、芭蕉、西鶴等、各時代の主要な古典文学においても同様で、研究史をたどり、学説を仔細に検証すると、いわゆる「通説」や「定説」はどのセクションにおいても、およそ存在しないことが了解されるであろう。

本書は、各分野から、解明必須の重要課題でありながら、未解明であったり、論争となっている問題点を選抜し、それらについて、これは動かぬ事実である、あるいはここまでわかっているが、ここから先はまだ未解明である、と言った研究の最前線を通覧できる編成を目指した。寄せられた原稿は、編者間で検討され、執筆者に加筆等をお願いした論攷も少なくない。また、原稿に多くあった研究者への敬称も統一のため省いたことをお断りする。もちろん、先学の切り拓いた研究成果の上に、今日の学説は成り立つという前提を確認してのことである。

本書が江湖の読者に迎えられることを希望する。

編者　松田　浩・上原作和
　　　佐谷眞木人・佐伯孝弘

目次

第一部　上代文学

第二部　平安朝時代文学

第三部　中世文学

第四部　近世文学

第一部　上代文学

『万葉集』が「天皇から庶民まで」の歌集というのは本当か

品田悦一

一　常套句の初発

「文学史」と銘打って刊行された日本で最初の書物に、次の一節がある。

> 万葉集に歌を載せられしもの、極めて夥しく、上《かみ》天皇皇子より、公卿官人は勿論、下りて樵夫海士に至るまで、一風ありて見るべき歌を詠みし者は、皆之を載録せられたり。特にかの防人の歌、役民の歌、東歌などの作者を考へ合せば、其数挙げて数ふべからず。
>
> （三上参次・高津鍬三郎『日本文学史』金港堂、一八九〇年）

同じ年に、当時第一高等中学校の教授だった落合直文もこう書いている。

> かの万葉集を見よ、その集中の人を見よ。その人々の土地を見よ。かしこけれども上は至尊より下《しも》はもしほやく海士をとめ、たきゞこる賤《しづ》の男《を》にいたるまでの歌をのせたり、またその人々はいかに、都の人はさらなり、あづまえびすより、さつま隼人に至るまで残すところなし。
>
> （落合直文「将来の国文」『国民之友』一八九〇年十一〜十二月、『明治文学全集44』筑摩書房、一九六八年）

二件とも『万葉集』の特色として作者層の幅広さを挙げ、それを〝天皇から庶民まで〟と形容して印象づけようとしている。このときから現在まで、『万葉集』についてどれほど多くの解説が書かれたか、ちょっと見当もつかないくらいだが、右の二件は間違いなくそれらの最初の雛形に該当する。実際、〝天皇から庶民まで〟という句は、後々使い回されたあげく陳套化するものの、私の調べた限りではこれ以前には使用例が見当たらない。

ちなみに、江戸時代の万葉尊崇家、賀茂真淵は、万葉の歌風を「ますらをぶり」と讃え、和歌は本来男性的な文芸だったと力説したが、作者層が広いなどと述べたことは一度もない。というよりも、真淵の思考回路には〈作者層〉という見地そのものが欠如していた。そしてその点では、同時代の他の歌人たち、国学者たちも大差なかった。『万葉集』の作者層が関心を集めるのは、近代の、それも明治中期以降のことがらに属する。

二　国民歌集『万葉集』の発明

『万葉集』は、しばしば〝日本文化の源流〟だの〝日本人の心のふるさと〟だのと形容されるが、多少反省してみれば分かるように、実は古代の貴族たちが編んだ歌集であって、奈良時代末期に成立して以来、一千年以上というもの、列島の住民の大部分とはおよそ縁のない書物だった。現在のように広汎な愛着の対象となったこと自体、まさに明治中期以降なのだ。当時の公定ナショナリズムのもと、文化による国民的一体感《ナショナル・アイデンティティー》の喚起が模索されたとき、きたるべき「国　詩《ナショナル・ポエトリー》」――国民全体に共有され、その精神的統合に寄与する詩歌――の、古代における先蹤と位置づけられたのが事の発端だった。

外山正一・井上哲次郎・矢田部良吉の三名が『新体詩抄』（丸屋善七、一八八二年）を刊行して以来、「国詩」創出の指針として繰り返し唱えられたのは次の四点だった。新時代にふさわしい複雑雄大な内容を盛り込むために、①詩形を長大にし、②用語の範囲を拡張すること。そして国民的普及を可能にするために、③表現を平明にし、④過剰な修辞や擬古的措辞を排すること、である。

『万葉集』が国民歌集《ナショナル・ポエトリー・アンソロジー》（国詩の集）として見出されたのも、まさにこの脈絡においてだった。新体詩の出現とともに和歌の存在意義が全否定されかけたとき、その立て直しを図った人々――萩野由之《よしゆき》・池辺義象《よしかた》・落合直文ら、一八八二年に東京大学文学部に付設された古典講習科の関係者たち――によって、国学和歌改良論が展開される。国学の素養を身につけた彼らは、和歌は狭隘《きょうあい》短小で使い物にならぬとの非難を是認する一方、真淵らの議論を援用することにより、そうした非難は平安時代以降の堕落した和歌にこそ妥当するのであって、和歌の本源である万葉の歌々はこの限りではないのだ、と口々に反駁する。彼らに言わせれば、上記の指針①は万葉の長歌がとうに先取りしていたし、②に関しても万葉には少数ながら漢語を使用した先例がある。③④にしたところで、万葉のことばは当時の普通語で、表現も率直そのものだというわけだった。彼らはまた、外山や井上の実作を蕪雑《ぶざつ》粗笨《そほん》で読むに堪えないと非難しつつ、この欠陥を回避するには指針④に固執すべきでないと説いて、古語や歌語を織り混ぜた「長歌」を創作する一方、短詩形にも固有の存在意義があることを強調し、指針①にも修正を加えようとした。

国詩創出とは、明治の現代に万葉時代を再現することにほかならぬ――こういう信念と使命感が『万葉集』を国民歌集に仕立て上げていったのである。〝天皇から庶民まで〟の作者層と〝素朴・雄渾・真率〟な歌風という、後々まで通念となる二つの特徴が事態を根拠づけたのだが、これらは二つとも、国民的一体感の喚起という目的に沿って見出され、誇張された特徴――つまり作られた特徴にほかならなかった。

三　国民歌集の二側面

『万葉集』を国民歌集とする通念には、実は二つの側面がある。

(一)、古代の国民の真実の声があらゆる階層にわたって汲み上げられている。

(二)、貴族の歌々と民衆の歌々が同一の民族的文化基盤に根ざしている。

(一)を「万葉国民歌集観の第一側面」、(二)を同じく「第二側面」と呼ぶ。第一側面は明治中期に、第二側面は明治後期に形成されて、互いに補い合いながら普及し、昭和初期までに日本人の一般常識と化した。

第一側面が形成された明治中期の時点で、翻訳語「文学《リテラチュア》」の概念は〈著作物／文字で書かれたもの〉という了解を基本に据えていた。文字の有無は、農耕や金属器や国家の有無とともに、未開と文明とを分かつ主要な指標に数えられたから、この場合の文学とは、文明の利器による最高次の精神的達成――当時のことばでいう「文明の精華」「国民の花」――を意味した。日本文学史の成立条件は漢字・漢学の渡来に求められ、書かれたテキストの出現する奈良時代がその本格的な幕開けであるとされた。

「詩歌《ポエトリー》」の日本版と目された和歌も、詩歌が文学《リテラチュア》の一翼をなす以上、当然文筆の産物と見なされた。〝天皇から庶民まで〟にわたる作者層とは、この場合、宮廷の文雅が下層社会にまで行き渡った結果を意味するはずで、じっさい当時の知識人たちはそう主張したのだが、この主張は、古代社会の識字率を考慮に入れるやいなや、その非現実性が露呈してしまうような代物だった。

この欠陥を弥縫する役割を果たしたのが第二側面である。国民の全一性の根拠をフォルク（Volk 民族／民衆）の文化に求める思想がドイツから移植され、『万葉集』に適用された結果、幅広い作者層という想像の力点が、天皇や貴族の側から庶民の側へと移された。具体的には、「明治後期国民文学運動」と私の呼ぶ学際的運動の渦中で、「民謡《フォルクスリート》」つまり〈民族／民衆の歌謡〉という概念が導入され、『万葉集』巻十四の東歌や、他巻の作者不明歌に、ほとんど無媒介に適用されたのだ。短歌は自然発生的な民謡の一形式と見なされるとともに、貴族たちの創作歌を含む万葉歌全般の基盤が民謡に求められていった。

注意すべきは、ドイツ語 Volk の概念は王侯貴族を排除して成り立つのに対し、この概念と接触して成立した日本語「民族」の概念には〝天皇から庶民まで〟の全体が包摂される、という点である。ドイツ流の Volk 理解においては、支配層は文明という普遍的価値と引き替えに民族性を喪失した人々であって、被支配層の文化こそが固有の民族精神を具現するとされたのだが、日本流の「民族」理解では、支配層と被支配層との対立が骨抜きとなって、両者の文化的連続性ばかりが強調されることになったのである。民謡を創作歌の基盤とする了解は、この、近代日本特有の「民族」概念と表裏一体だった。

四　「稲舂けば」の歌

「民謡」概念の適用がいかに無媒介だったか、一例を挙げよう。

稲搗《つ》けば皹《かか》る我が手を今夜もか殿の若子《わくご》が取りて嘆かむ
(巻十四・三四五九)

東歌中のこの一首に関し、江戸時代の契沖は、作者が自己の体験をそのまま詠じた作と見て、「賤《いや》シキ女ノ然《さ》ルヘキ人ニ思ハレテ身ヲ知テ恥ラヒテヨメルハアハレナリ」と評した(代匠記)。賀茂真淵はこれに反対して「よろしき良民などの女が、身をくだりて賤女のわざをもていへるにぞ有《ある》べき」と説き(万葉考)、門弟の加藤千蔭がこれに従ったが(略解)、鹿持雅澄は、「かかる」を〈皹《ひび》が切れる〉意に解したほかは契沖説に同調した(古義)。

近代に東歌を民謡扱いした人々は、その実、民謡と民謡でないものとを分かつ指標を持ち合わせていなかった。たとえば佐佐木信綱は、「十四の巻は全部東歌で、多くは東方野人の作、民謡的趣味もつともゆたかである」(『和歌史の研究』大日本学術協会、一九一五年)と説く一方で、右の一首については「京より下つて来た国守などの子息との恋になやんでゐる東国の田舎少女の情のうかがはれるのみならず、その可憐な容姿までも、髣髴とうかんでくるものがある」(『万葉集選釈』明治書院、一九一六年)と、契沖・雅澄以来の解釈に立っていたし、東歌を「当時関東地方で民謡的に謡《うた》はれたもの」と捉えた島木赤彦も、同じ歌を「この手を取つて歎いて下さる情が身に沁みるのである。全体が慎ましやかに、しをらしい少女の心が如何にも適切に現れてゐる」と評していた(『万葉集の鑑賞及び其批評』岩波書店、一九二五年)。民謡と呼ぼうと呼ぶまいと、歌の具体的理解に変更の要はないという次第なのだ。「無媒介」と評するゆえんである。『万葉集』を民族の文化に仕立てようとする欲望が、この恣意的な扱いを支えていた。

東歌民謡説が現れてから実に三十年を経て、当該歌を稲舂きの「労働歌」とする説が現れる。身分違いの恋という「詩的想像」によって「幾らか仕事の能率を上げるに役立つたもの」と捉える説である(土屋文明『万葉集名歌評釈』非凡閣、一九三四年)。一見画期的な説のようだが、導入のされ方は明らかに転倒していたし、同様の解釈を他に及ぼそうとすると、たちまち矛盾に突き当たってしまう。東歌がすべて定型短歌という貴族文学の様式に整っている点が、この場合の最大の矛盾である。

参考文献

品田悦一『万葉集の発明』(新曜社、二〇〇一年、新装版二〇一九年)
品田悦一「東歌・防人歌論」(神野志隆光・坂本信幸編『セミナー万葉の歌人と作品11』和泉書院、二〇〇五年)
品田悦一『斎藤茂吉』(ミネルヴァ書房、二〇一〇年)

「枕詞は訳さない」でいいのか

大浦誠士

一　枕詞の不思議

古代和歌、特に上代《じょうだい》（奈良時代以前）の韻文において多用される枕詞は、さまざまな面で不思議な言葉である。

枕詞と言って一番に思い浮かぶのは「あしひきの」という枕詞であろう。枕詞という技法が最も発達していたのは奈良時代以前の歌が載る『万葉集』においてであるが、『万葉集』で最も多く用いられるのが「あしひきの」という枕詞である。周知のように「あしひきの」は「山」にかかる枕詞であり、山裾が長く引いているからだと言われたり、山の神は足に障害があるからだ――腰に障害があることを「腰ひき」、手に障害があることを「手ひき」という類――と言われたりする。たしかに『万葉集』の表記を見ると、「足引之」と書かれるものや、「足疾乃」と書かれる例が見られるのだが、奈良時代以前の特殊な仮名遣い（上代特殊仮名遣）から見ると、それらは「あしひきの」の語源であるとは考えられない。奈良時代以前にはイエオの段に二種類の仮名遣い（甲類・乙類と呼ばれる）が見られ、それは音韻の違いに由来するものと見られている。今とは違って全部で八つの母音があったのである。「き」にも二種類があり、仮名書きされたアシヒキノのキ（乙類）と「引き」のキ（甲類）とは別の音韻と認識されていたのである。「あしひきの」とはどのような意味を持つのか、なぜどのように「山」にかかるのか、わからないままに「あしひきの山」という表現が繰り返し繰り返し用いられるのである。

「あしひきの」の表記である「足引之」や「足疾之」が枕詞の意味を表しているように見えるのは、「文字」の働きによるのだが、枕詞は、歌が文字で書かれるようになる以前、歌がもっぱら声によって歌われるものであった時代以来の技法であると考えられている。そのことを考えさせてくれる興味深い例がある。『万葉集』巻一に載る柿本人麻呂の「吉野讃歌」（持統天皇が吉野宮に行幸した折の歌）は、二つの長歌が組み合わされた作品であるが、その二つの長歌はいずれも「やすみしし」という枕詞で始まっている。「我が大君」にかかる枕詞である。そしてその枕詞「やすみしし」が、第一長歌では「八隅知之」と表記され、第二長歌では「安見知之」と表記されている。「知る」は支配を意味するので、「八隅知之」は天皇が天下の隅々まで支配している意味合いで「我が大君」にかかり、「安見知之」は天皇が天下を安らかに見て支配する意味で「我が大君」にかかるものとして意味づけられており、その意味合いはそれぞれの長歌の内容と連動しているのである。それはすなわち、次のようなことを意味しているであろう。人麻呂の時代には、すでに「やすみしし」がどのような意味を持って「我が大君」にかかるのかが不明となっており、それゆえ人麻呂は「八隅知之」「安見知之」という二通りの文字遣いによって、「やすみしし」に新たな意味を与えているということである。「文字」による枕詞の再解釈である。

さらに次のような例も見られる。「たらちねの」は「母」にかかる枕詞であるが、「垂乳根之」といった文字遣いによって、子育てを経た母親は乳が垂れているから「たらちねの母」と言うのだと説明されることがあるが、それも文字による再解釈の例であり、『万葉集』中で最も古い例（柿本人麻呂歌集から採られた歌）では、「足常」と記されているのを見る。常なる充足を意味するように見える文字遣いであるが、重要なのは、「足常」がタラツネノとしか読みようがないことである。すなわち「たらちねの」という枕詞は、その語形（タラチネノかタラツネノか）にまで不明性が及ぶのである。そして語形に揺れがある類似の現象は、イソノカミとイスノカミ、ツノサハフとツヌサハフなど、他の枕詞にも見られる。つまり枕詞は、はたして高校古文などで学ぶ形が本来の語形であったのかどうかまで疑ってかからなければならないものなのである。

二　枕詞の二面性

枕詞というと、高校教科書などで取り上げられるのは、「あしひきの山」「ぬばたまの黒・夜」「くさまくら旅」といった固定性の高いものであり、決まった言葉が決まった言葉にかかるものだと教えられるのであるが、枕詞にはもう一つの側面がある。それは新たに創作されるという側面である。『万葉集』には四〇〇種類ほどの枕詞が見られるが、うち二〇〇種類近くが『万葉集』には一例だけしか現れないものであり、二例だけしか現れないものも六十種類以上見られる。それらの多くは言語遊戯的で、意味やかかり方が明確である。このように枕詞には固定的に繰り返し用いられるという側面と同時に、一回的に創作されるという側面があり、その両者はグラデーションのように、截然《せつぜん》と分かれることなく連続的に存在している。それが枕詞の理解を難解・複雑にしている要因でもある。

柿本人麻呂は多くの枕詞を創作したことで知られている。人麻呂作品の枕詞には、

……玉藻なす　寄り寝し妹《いも》を　露霜の　置きてし来れば……
（万葉集・巻二・一三一）

……沖つ藻の　靡きし妹は　黄葉の　過ぎてい行くと……
（万葉集・巻二・二〇七）

のような、創作的枕詞が多く見られる。前者は石見国（島根県西部）の地方妻と別れて都に上る折の悲しみを歌うもので、妻を残して来たことを「露霜の　置きてし来れば」と歌っている。後者は人麻呂が妻を喪った折の歌で妻の死を述べる箇所であり、愛しい妻の死を「黄葉の　過ぎてい行くと」と表現している。元来枕詞は、それがかかってゆく語を称揚するために置かれるものと考えられているのだが、右の「露霜の」「黄葉の」という枕詞は、歌の主体にとって悲しむべき状況を表す語にかかり、しかも枕詞が名詞（体言）にかかるのを原則とするのに対して、「置き」「過ぎ」という動詞（用言）にかかっており、枕詞という形式に則りながら、人麻呂が創作した新しい枕詞と目されている。「露霜の」という枕詞は、寒々としたムードを伴いつつ、儚く頼りない情調を、妻を後に残してきたことを言う「置きてし来れば」に重ねてゆく働きを持っており、「黄葉の」という枕詞は、季節の移り変わりの最後の華やかさとその喪失を、妻の死を言う「過ぎてい行く」に重ねてゆく働きを有している。

このような創作的枕詞は、その比喩性が比較的明確であるため、後者の「黄葉の　過ぎてい行くと」などは「黄葉が散りゆくように亡くなってしまったと」のように現代語訳することも一応可能である。しかしそのような枕詞の場合も、「……のように」という現代語訳には納まりきらない意味合いを含み持っているのが、枕詞の様式性である。たとえば前者の「露霜の　置きてし来れば」については、「露や霜が置くように後に残してきたので」と現代語訳してみても、それがどのような比喩表現であるのか判然としない。先にも少し触れたように、露や霜は秋から冬にかけての寒々とした情景を描く景物であり、また序詞表現などにおいて、「秋萩の枝もとををに置く露の消《け》かもしなまし恋ひつつあらずは」（万葉集・巻十・二二五八）などと、「消」を導くための景物としても歌に用いられる。そうした寒々としたムードや儚く頼りないムードに包み込んで妻との別れを歌うのが「露霜の　置きてし来れば」なのである。それゆえ一通りの現代語訳では表しきれない厚みを持っているのである。

三　枕詞の力――「枕詞は訳さない」でいいのか

意味もかかり方も不明なままに、ある語を導き出してくる固定的な枕詞の持つ喚起力は、社会的に共有される伝統性――その伝統性はしばしば幻想としてのそれであるが――によって支えられている。繰り返されることによって強化される「様式（型）」の力である。枕詞には、その伝統性の共有感覚によって、人びと――作者・享受者の別なく――を歌の世界に引き込む力を有しているのである。江戸時代の国学者である下河辺長流《しもこうべちょうりゅう》は、「古き歌のたけ高く聞ゆるは、枕詞を置き、多くは序より続けたるが故なり」（『枕詞燭明抄』）と言ったが、枕詞や序詞を用いることによって歌が「たけ高く」聞こえるのは、そうした枕詞の機能によるものと考えられる。先述した創作される枕詞についても、個々の枕詞にこそ伝統性が宿っていないものの、「歌の主意とは異なる文脈に置かれる五音句がある語を導き出してくる」という枕詞システムの持つ様式性（型）に支えられて、その表現性を発揮し、歌に力を与えているのである。

しかも枕詞は、五音句であることによって、歌にとって根本的な——日常語とは異なる「歌」という表現形式を作る——様式（型）である五・七の韻律とも深く関わっており、歌という表現形式を作り出す上で、非常に重要な役割を担っているのである。

「枕詞は訳さない」でいいのか、というテーマに対する答えであるが、訳したくても訳せない、というのがその答えであろう。それは「意味がない」からではない。意味が不明のものも含めて、「意味が分厚すぎる」ゆえに訳せないのである。

参考文献
大浦誠士「枕詞の古代性をどう見るか」（『国文学　解釈と鑑賞』七六巻五号、二〇一一年五月）
折口信夫「文学様式の発生」（『折口信夫全集』第一巻、中央公論社、一九五四年）
近藤信義『枕詞論』（桜楓社、一九九〇年）
廣岡義隆『上代言語動態論』（塙書房、二〇〇五年）
古橋信孝『古代和歌の発生』（東京大学出版会、一九八八年）

『万葉集』の本来の姿はどのようなものか

小松靖彦

一　中国文化圏の正式な「書物」の形式

今日、私たちは『万葉集』を、漢字平仮名交じりの活字で組まれた冊子本で読んでいる。多くの人々が最初に読む『万葉集』は、角川ソフィア文庫の『万葉集』（ビギナーズクラシック）のような解説付きのダイジェスト版であり、さらに全歌を読みたい読者は、中西進《なかにしすすむ》『万葉集 全訳注原文付』（四冊、講談社文庫）などへと進む。より専門的に『万葉集』を読み深めたい時には、「新編日本古典文学全集」（小学館）や「新日本古典文学大系」（岩波書店）の『万葉集』（各四冊）を利用する。

どの本で読むにしても、私たちは頁を繰り、心惹かれる歌を見つけては、そこで手を休め、漢字平仮名交じりで書かれたその歌を、黙読して味わっている。その時、本の姿はほとんど意識しない。漢字平仮名交じりの活字で組まれた冊子本で『万葉集』を読むことはそれほどまでごく自然なこととなっている。また、「書物」という物質的なものから離れて、抽象的な〈本文《テクスト》〉を読むことが、私たちの時代の『万葉集』の読み方であるとも言える。

しかし、成立当初の『万葉集』という「書物」は、漢字平仮名交じりの活字で組まれた冊子本とは全く異なるものであった。『万葉集』の原本はわずかな断片すらも現存しない。とはいえ、『万葉集』が編集された七、八世紀の中国文化圏の「書物」の形式によって、成立当初の『万葉集』の姿をある程度復元することが可能である。

七、八世紀の中国文化圏では、仏教経典・儒教経典・道教経典、ならびに法典・歴史書は正式な「書物」とされ、また政治の担い手たちの教養基盤である漢詩文集も正式な「書物」に準ずるものであった。これらの正式な「書物」は必ず巻子本《かんすぼん》（巻物）に仕立てられ、しかもそれには一定の形式があった。東洋学者・藤《ふじ》枝晃《えだあきら》の敦煌《とんこう》写本の研究などに、私の調査結果を加えて、その形式のポイントを整理すると次のようになる。

①　縦一尺（約二十七センチメートル）の、表面をキハダ（ミカン科の落葉高木）の樹皮から採った黄色の染料で染めた麻紙《まし》（麻を原料とする紙）を「本紙《ほんし》」（本文を書く料紙）として用いる。

②　これを継いだものに、装潢師《そうこうし》（装丁職人）が上下にそれぞれ一本の横の界線《かいせん》（罫線）を引き（界線の間は約二十～二十三センチ

メートル）、その間に約二センチメートル間隔で縦に界線を引く。界線で囲まれた空間は木牘《もくとく》（木簡。中国の最初期の「書物」は木牘を連ねたもの）一枚の大きさに当たる。

③　継がれた紙に写字生が、謹厳な楷書で、一行十七字詰めで本文を書き記す。本文は句読点も付けず、分かち書き（スペースを置く書き方）もせずに書く。なお、題と本文は同じ高さで書く。漢詩文集では作品ごとに改行する。

④　本文の書かれた本紙に装潢師が、表紙（標紙《ひょうし》）・巻紐《まきひも》・軸を取り付ける。

⑤　最も優れた写字生が表紙に外題《げだい》を記す。

『万葉集』は、序文もなく、編集についての記録も『日本書紀』『続日本紀《しょくにほんぎ》』などの勅撰の歴史書に見えず、「勅撰集」とは考え難いが、その内容から、舒明《じょめい》天皇に始まり聖武《しょうむ》天皇に至る持統《じとう》天皇系皇統の歴史と、天皇の支配する世界の秩序を示す（トークィル・ダシー）「公的な」歌集として編まれたと見られる。それゆえ、『万葉集』は中国文化圏の正式な「書物」の形式に則って製作されたと推測できる。

二　巻子本としての『万葉集』

日本古代の宮廷は、持統天皇の時代に、『合部金光明経《ごうぶこんこうみょうきょう》』（八巻）百部を諸国に配置できるほどの「書物」製作能力を持っていた（『日本書紀』持統八年五月癸巳《みずのとのみ》〈十一日〉条）。聖武天皇の時代には、約五〇〇〇巻の一切経《いっさいきょう》を繰り返し書写できる大量生産能力と、紫《し》紙金字《しきんじ》の『金光明最勝王経《こんこうみょうさいしょうおうきょう》』（十巻、国分寺経《こくぶんじきょう》）を始め高い装飾性を具えた「書物」を製作できる技術力を手に入れた。『万葉集』の製作もこのような高い「書物」製作能力を背景にしている。

経典に比べ格の低い詩歌集である『万葉集』原本には贅《ぜい》を尽くした装飾は施されず、その姿は大量生産された経典のようなシンプルなものであったと思われる。とはいえ、漢詩文ではなく、ローカルな、日本在来の「やまと歌」を巻子本に仕立てることは、中国文化圏に類を見ない画期的なことであった。

「かな」発明以前の『万葉集』の歌は全て漢字で書かれている。しかし、それは正統な漢文ではなく、日本語の構文に合うように配列された漢字文である。しかも、それは助詞・助動詞の表記を必要最低限にして漢詩のように見える書き方から、「万葉仮名」を用いて一つ一つ音節を記す書き方まであり、極めて多様である。もっぱら正統な漢文で書かれる中国文化圏の巻子本の中で、特異な存在である。

『万葉集』という「書物」の製作には、今日の私たちの想像を超える、強い動機と技術的試行錯誤があったことが窺える。

『万葉集』巻一冒頭部の本紙を復元すると図1のようになる。①漢詩文集『文選《もんぜん》』の無注本（行間の小字の注のない本）の敦煌写本が一行十五字または十六字詰めであり、一行十七字詰めの経典と区別していること、②『万葉集』に取り込まれた「柿本朝臣人《かきのもとのあそみひと》

萬葉集巻第一
雜歌
泊瀬朝倉宮御宇天皇代 大泊瀬稚武天皇
天皇御製歌
籠毛與美籠母乳布久思毛與美夫君志
持此岳尓菜採須児家告閑名告紗根虚
見津山跡乃國者押奈戸手吾許曽居師
吉名倍手吾己曽座我許背齒告目家呼
毛名雄母
高市岡本宮御宇天皇代 息長足日廣額天皇
天皇登香具山望國之時御製歌
山常庭村山有等取與呂布天乃香具山
騰立國見乎為者國原波煙立龍海原波
加萬目立多都怜何國曽蜻嶋八間跡能
國者
天皇遊獵内野之時中皇命使間人連老
獻歌
八隅知之我大王乃朝庭取撫賜夕庭伊
縁立之御執乃梓弓之奈加弭乃音為奈
利朝獵尓今立須良思暮獵尓今他田渚
良之御執梓能弓之奈加弭乃音為奈里
反歌
玉剋春内乃大野尓馬數而朝布麻須等
六其草深野
幸讃岐國安益郡之時軍王見山作歌
霞立長春日乃晩家流和豆肝之良受村
肝乃心乎痛見奴要子鳥卜歎居者珠手
次懸乃宜久遠神吾大王乃行幸能山越
風乃獨座吾衣手尓朝夕尓還比奴礼婆
大夫登念有我母草枕客尓之有者思遣
鶴寸乎白土網能浦之海處女等之焼塩
乃念曽所焼吾下情
反歌
山越乃風乎時自見寐夜不落家在妹乎
懸而小竹櫃
右檢日本書紀無幸於讃岐國亦軍王
未詳也但山上憶良大夫類聚歌林曰
記曰天皇十一年己亥冬十二月己巳
朔壬午幸于伊豫温湯宮云々一書是

図1　『万葉集』巻一の原姿（筆者作成）

麻呂之歌集《まろのかしゅう》」の中の、助詞・助動詞などをできる限り文字化しない、一群の「略体」の短歌の最大文字数が十六字であること、③一行十五字の場合、三十一文字の短歌を一音節一文字で書き記すと三行書きで最終行は一文字という落ち着きの悪い形になること、以上の観点から一行十六字詰めと推測した。

このような姿の『万葉集』は、どのように読まれていたのであろうか。句読点もスペースもなく、「梓弓」（アヅサノユミ）（巻一・三）のように助詞「の」を文字化せず、「怜何」（ウマシ）（巻一・二）のように漢字の意味（〝あわれむ〟）と日本語（「うまし」）とがすぐには結びつかない書き方もある。たとえ万葉時代であっても、『万葉集』を初めて目にした者は、この漢字の連なりを淀みなく読むことはできなかったであろう。

「やまと歌」の音数律に馴染んでおり、漢字の知識も十分に具え、さらに漢字の連なりから直ちに正確に再生できるほどにその歌を記憶しているような専門的な読み手が、声に出しながら『万葉集』を読んだと考えられる。なお、中国文化圏の巻子本には、頻繁に抜《ひら》き見ることには耐えられない、もろく弱い巻紐が取り付けられている。正式な「書物」は、限られた機会にのみ読むものであった。

ところで、『万葉集』二十巻は一度に成立したのではない。持統天皇・文武《もんむ》天皇の時代に成立した巻一の古い部分（「原撰部《げんせんぶ》」）に、元明《げんめい》天皇の時代に増補が行われ、加えて巻二が編まれた。巻一・巻二は巻子本の連続性を活かして、天皇の代ごとに標題を立て、その標題のもとでは、実際の制作年代にこだわらず、治世の繁栄が浮かび上がるように歌が取捨選択・配列されている。巻一・巻二は宮廷において、時を定めて、優れた読み手によって冒頭から朗々と読み上げられたものと思われる。宮廷の一同はそれによって持統天皇系皇統の歴史を追体験し共有したのである。

ところが、『万葉集』は聖武天皇の時代以後、大規模な増補が行われ、また巻一・巻二には大量の注記も書き込まれ、冒頭から朗々と読み上げることは困難になった。増補を重ねていった編者たちが必要な時に必要な箇所を、小さく声を出しながら読む歌集、そして、天皇の支配する世界の秩序を示すものとして、〈存在している〉ことにこそ意義のある「書物」になっていったのである。

三　『万葉集』の「原本」の再建とは何か

十九世紀に始まる日本の「近代的国文学研究」においては、古典文学作品の写本・刊本を可能な限り収集し、書写・出版年代などを明らかにしながら、それらの〈本文《テクスト》〉を比較し、書写・印刷の過程で生じた〝誤り〟を正し、「原本」を再建することをめざす文献学的研究が、その基礎をなすものとされてきた。

この文献学的研究の最大の成果が、佐佐木信綱《ささきのぶつな》を中心に、橋本《はしもと》進吉《しんきち》・千田憲《せんだけん》・武田祐吉《たけだゆうきち》・久松潜一《ひさまつせんいち》の協力によって編集された『校本万葉集』（大正十四年〈一九二五〉）である。『万葉集』の写本・刊本の〈本文《テクスト》〉の異文を網羅し一覧できるようにした、この『校本万葉集』によって、信頼性の高い〈本文《テクスト》〉に依拠した校訂が可能になり、『万葉集』の「原本」の再建が進んだ。私たちが今日読んでいる『万葉集』の〈本文《テクスト》〉は、研究者によるこの校訂を経たものである。

有力な写本間で漢字本文が異なり、研究者がそれぞれ暫定的に判断している箇所もなお存在しているが、現在出版されている『万葉集』のさまざまな本の漢字本文は概ね一致しており、『万葉集』の「原本」の再建は最終段階に到達しているように見える。

しかし、果たしてそうであろうか。実は『校本万葉集』は、写本・刊本の、料紙・装丁・レイアウト・書または版木・活字などの物質的なものから、抽象的な〈本文《テクスト》〉を取り出し、比較できるようにする操作を行っている。例えば、正字体・異体字の違い（「船」・「舩」など）を問題にしない。『校本万葉集』は目に見える具体的な文字の形においてではなく、あくまでも杉本つとむの言う〈文字観念〉の次元で、「原本」の再建をめざしているのである。

しかし、「書物」の本文は抽象的に存在しているのではなく、物質的なものを通して現われるものである。「書物」において内容と外形は不可分の関係にある。『万葉集』の「原本」の再建は、「書物」としての姿の復元にまで進むべきである。この項目では巻子本としての姿を推定したが、本文の書風・字体（正字体・異体字）・字形を再現することがこれからの課題である。

漢字平仮名交じりの活字で組まれた冊子本の『万葉集』が、二十世紀の日本の書物文化と文字環境に即した『万葉集』の受容の形であり、一種の〈翻訳〉であることを忘れてはならない。

参考文献

小川靖彦『万葉集　隠された歴史のメッセージ』（角川選書、二〇一〇年）
小松（小川）靖彦作成「日本古代巻子本書誌データベース」http://japanese-scroll.cl.aoyama.ac.jp/
杉本つとむ『異体字とは何か』（桜楓社、一九七八年）
トークィル・ダシー『『万葉集』における帝国的世界と「感動」』（笠間書院、二〇一七年）
藤枝晃『文字の文化史』（講談社学術文庫、一九九九年）

五七のリズムは日本固有のものか

岡部隆志

一　五七調音数律の成立

『万葉集』の歌は、五音・七音の二句が意味のひとまとまりをなして、それが繰り返されることで五七調のリズムを作っている。長歌は五音・七音を繰り返し最後に七音を重ねて終わる。『万葉集』の歌のほとんどは短歌体であるが、短歌は長歌の終わりの形である五七五七七音のリズムを持つ定型歌体である。この五音・七音のリズムを私たちは音数律と呼んでいる。この音数律は日本固有のものとする理解が一般的であろうが、もっと視野を広げてアジアの多様な歌文化の様式の一つとしてとらえみたい。その前に、まずは日本におけるこの五七調音数律の成立がどのように論じられているか述べておく。

五音・七音の音数律は『万葉集』の歌体が成立したとされる七、八世紀に整えられていったと考えられるが、この五音・七音以前の音数律を持つ歌体を伝えているのが記紀歌謡である。『古事記』、『日本書紀』には多くの歌謡が載っているが、それらの歌謡の音数律は、一句が三・四・六・八・九音などからなる不定型歌体もあり、五音・七音を基調としていない。つまり、『万葉集』の定型歌体の基調をなす五七調は、割合自由な音数律であった記紀歌謡を継承しながらも、記紀歌謡とは違った成立過程を持つということになる。

記紀歌謡は、楽器の伴奏や踊りを伴った声で歌われていた歌謡であって、万葉の定型である五七五七七の歌体は、歌が文字によって書かれるようになることで成立した、とするのが通説になっている。つまり、文字で書かれる歌になることで、歌の音楽性が消え、一字一音がはっきりと意識されるようになり、その意識を邪魔しないリズムが五七調になっていった、ということであろうか。が、何故五音・七音なのか。何故六音・八音ではないのか。その理由については、五七調が日本語の自然なリズムだからというような理屈がほとんどで、あまり明確には説明されてこなかった。

二　ヨムリズムとしての五七調

だが、最近になって、坂野信彦『七五調の謎をとく――日本語リズム原論』（大修館書店、一九九六年）や、坂野の説を受けた西條勉『アジアの中の和歌の誕生』（笠間書院、二〇〇九年）によって、定型の短歌詩形における五七調が、日本語に内在するリズム（四拍子八音）から必然的に導かれるとの合理的な説明がなされるようになった。西條は、日本の和歌の定型音数律は、声や旋律という音楽の要素を切り離し、ウタフからヨム（詠・誦・読）への転換によって成立したとし、坂野の説を参考に、日本語のリズムは四拍子八音であり、その八音の中に休止をいれて意味とのズレを調整したのが五音・七音の音数律であるというのである。

この説のポイントは、日本語のリズムを音ではなく拍に求めたことにある。ウタフのではなく歌をヨムようになるとき、ヨム者は音ではなく拍のリズムに強く規制される。そのリズムは日本語文の特性として二音を一拍として四拍八音をひとまとまりとする傾向がある。ただ「ビン―ボウ―ヒマ―ナシ」のように八音でおさまるのはいいとして、「雪は降りしきる」のような場合は「ユキ―ハフ―リシ―キル」のように、四拍子にすると意味とリズムがずれてしまう。だが「ユキフリシキルΔ」と七音にすれば余った一音を休止として意味とリズムの調整に使うことが出来る。五音の場合は三音を休止とすればよい。その法則に従ったのが五七五七七の定型音数律であって、従って、短歌は、日本語のリズムからすれば、本来四拍八音×五ということになるが、それぞれの句が三音ないし一音の休止拍を抱え込んで（休止分の矯めを抱え込んで）ひとまとまりの意味を構成し、次の句へと連続していく、というリズムを作ることになる。この定型音数律の成立によって、定型短歌は意味とリズムを破綻させることなく、しかも詩的表現を可能にする器としてひろく行き渡っていくことになったというわけである。以上の説は、ウタフリズムではなくヨムリズムとして五七調を日本語の内在的な特性から合理的に説明し得たという点で画期的であり、何故五七調なのかの謎は解明されたかに見える。

が、この説にも疑問がないわけではない。果たして記紀歌謡から『万葉集』の定型短歌体への変化をウタフからヨムへの変化だと言い切れるかどうか。『万葉集』の歌は確かに文字で記述されているとしても、儀礼の場や宴などで声で歌われたものであったはずで、そう考えた場合、歌の創作においてヨム意識がどの程度働くのか、つまりどの程度ヨムリズムに規制されるのかは検討を要するだろう。記紀歌謡にも、五七五七七の音数律を持つ短歌体は六割程度ある。これはウタフリズムでも五七調の短歌体が成立することを示す。つまり、ウタフというレベルであっても五七調の定型短歌体は成立するのではという疑問はどうしても残るのである。

三　漢詩の影響説

一方、五七調の音数律の成立を、日本語の特性から説明するのではなく、中国の漢詩文化の影響だとするとらえ方がある。例えば古橋信孝は「古代王権の貴族たちは、世界性に立っているという意味で漢詩文を作り、日本王権の独自性という意味で和歌を作った」「そのとき、日本の独自性が普遍性と対応させられて五七五七七という短歌形が成立したと考えられる」（古橋一九九四）と述べている。五七調は、漢詩の五言詩、七言詩に規定され、日本の独自性として整えられたもので、日本語の構造がそのまま五七調の音数律になったものではないとするのである。

確かに日本の定型音数律の成立が古橋信孝の言うように漢詩文化の影響によるものだとしても、その五七調が日本語のヨムリズムに合致するという西條説もまた捨てがたい。一方、日本の独自性という意識が成立する以前から五七調はあったとする考えも当然ありうる。例えば、歌垣の歌のリズムとして古く（国家成立以前もしくは文字と出会う以前）からあったのではないか、というように。

四　アジアの歌の音数律という見方

近年、中国国内もしくは周辺地域に居住する民族（ほとんどは民族独自の文字を持たない）の歌文化の調査研究が広く行われるようになってきた。筆者も、工藤隆、遠藤耕太郎らとともに中国雲南省少数民族の歌掛け文化（男女もしくは複数の歌い手が相互に歌を掛け合う文化。日本の歌垣も歌掛け文化の一つである）を十数年調査している。アジアにおける歌文化の研究が深まるにつれ、各地域、民族における歌の音数律も次第に明らかになってきた。

日本や中国西南地域における歌の音数律はほとんどが五音、七音である（チベットやブータン、沖縄の琉歌は六音、八音）。それらの歌は多くは掛け合いで歌われている。ただ、音数律という規則性そのものはそれほど厳密なものではない。緩やかな定型はあるにしても、五音、七音という決まりは同一地域の歌にしても守られていない場合があり、時代によっても揺れがある。北方アジア（ホジェン族やアイヌ）には掛け合いで歌われる歌が見いだせず、定型音数律の歌はないが、短い歌の形式はあり、それなりの緩やかな規則性は持っている。大まかには以上のようにまとめられるが、詳しくは岡部隆志・工藤隆・西條勉共編著『七五調のアジア』（大修館書店、二〇一一年）を参照されたい。

注目していいのは、定型の短い歌における五音、七音の音数律は、中国西南地域から日本にかけて共通して見られる歌の様式であるということである。とすれば、日本における定型短歌体の五七調は、アジアにおける定型的な歌の様式の一つであって、固有性を持つとすれば、アジア、特に東アジアにおける共通項を持った歌文化の多様性の一つ、というとらえ方になろう。音数律もそうだが、日本古代の歌垣文化もまたアジアの歌掛け文化の多様性を構成する一つである。

それにしても何故アジア各地域の音数律が五音・七音なのか。遠藤耕太郎は七七七五・七七七五の音数律を持つ雲南省白《ペー》族の歌の様式が、漢詩の影響下に成立したとし、古橋信孝が述べるように、中国辺境の民族が漢詩の普遍性に対応する地域文化の様式として七音・五音の定型歌体が成立したのではないかと述べている（「アジア辺境国家の七五調」『七五調のアジア』所収）。白族の古い歌の様式を伝える地区では必ずしも現在のようなきちっとした定型の音数律ではなくもっと自由であったと言われているが、白族の定型歌体は、ゆるやかな規則の歌の様式が漢詩文化の影響によって七音・五音に整えられいった、とは言えるかも知れない。ただ、白族はかつて国家を形成し漢文化を積極的に取り入れた民族である。国家を作らず漢文化の影響を白族ほど受けていない他の少数民族の七音・五音の音数律が、白族のように漢詩の影響下によって成立したのかどうかはさらなる検討が必要だろう。歌掛け文化を持つ諸民族が、それぞれの民族の言語的特性を超えて共通した音数律を持つ理由について十分に解明されているとはいえないのである。

いずれにしろ日本の和歌の音数律が独自性を持つとすれば、それは、漢詩文化の強い影響下に七音・五音の定型歌体を作った白族の独自性とそれほど違わないということだ。そういった見方で、日本の和歌の音数律をアジアの歌文化からとらえ返すべきではないかと思うのである。

参考文献

岡部隆志・工藤隆・西條勉共編著『七五調のアジア』（大修館書店、二〇一一年）

西條勉『アジアの中の和歌の誕生』（笠間書院、二〇〇九年）

坂野信彦『七五調の謎をとく――日本語リズム原論』（大修館書店、一九九六年）

古橋信孝『古代都市の文芸生活』（大修館書店、一九九四年）

万葉仮名は日本語表記のための発明か

遠藤耕太郎

万葉仮名は、長いあいだ日本語で歌われたり語られたりしてきた口誦《こうしょう》の歌や神話を表記するために、日本で発明されたとされるが、ここではこの常識を疑ってみたい。

一　万葉仮名とは何か

弥生時代には、すでに敵の襲撃に備え濠をめぐらした環濠《かんごう》集落や、高所に営まれたムラがあった。こうしたムラは戦いを通じて、より大きなクニとなった。クニの首長は中国皇帝に朝貢し、その臣下（「王」）となることによって、中国王朝の権威を後ろ盾にして自らの権威を高めていった。一世紀には「奴」の首長が朝貢し「漢委奴国王」印綬を授かり、また二世紀末には倭国大乱の中で共立された卑弥呼が、魏に朝貢し「親魏倭王」印綬を授かっている。日本において漢字は、まず中国王朝との関係の中で機能してきたのである。さらに五世紀には、埼玉県の稲荷山古墳出土鉄剣に「ワカタケル大王」の「杖刀人《じょうとうにん》首《のおびと》（親衛隊長）」であったことを記念して鉄剣を作ったと見えるように、倭国の内部で、中央の「大王」と地方族長との支配服属関係を表すために漢字が使われるようになった。そしてヤマト政権の確立によって、七世紀には漢字による行政が広がり、八世紀初頭には漢字によって運営される国家、すなわち律令国家が成立した。

こうした漢字の受容の流れの中で、土着の言語や、漢語によって新たに作られた言語を表記することが行われた。漢字は表語文字であり、一字が意味と音とを表す。漢字の、意味を表す機能を用いたのが訓であり、例えば「山」と表記して、土着の言語である「やま」と発音する。また、漢字の音を表す機能を用いたのが音仮名であり、これは「夜麻」と表記して同じく「やま」と発音する。また漢字の訓を利用して、ことばを表音的に表す訓仮名、例えば「鴨」と表記して、詠嘆の終助詞「かも」と発音するものもある。万葉仮名という名称は、音仮名や訓仮名の用例が『万葉集』に多いために付けられたものであるが、漢字による表記は仮名だけで完結するものではない。本稿では、万葉仮名を、広く訓をも含めて、純粋な漢文に対応する変体漢文（非漢文と称する研究者もいる）として扱うこととする。

二　万葉仮名は日本で発明されたのか

常識の後半部から疑ってみよう。金文京は、訓読や音仮名は、中国における仏典漢訳の過程で生まれたという〔金二〇一〇〕。かつて中国では梵語を中国語に訳すことを「訓」といった。例えば、晋・孫綽《そんしゃく》「喩道論」『弘明集』巻三に「仏者梵語、晋訓覚也」とある。「仏」は梵語であり、晋（中国）の訓では「覚」であるという注であるが、こうした中国の訓の方法が、飛鳥・奈良時代に多量の漢訳仏典とともに日本に流入し、それを学んだ学僧らがこの訓のあり方にヒントを得て、漢文を日本語で読むという訓に応用したのだという。

音仮名表記もまた、中国の史書が、外国の人名や地名を、例えば「卑弥呼」などと表記するように、中国において発明された仮《か》借《しゃ》用法である。金によれば、例えば、隋の智顗《ちぎ》（五三八〜五九七）の『仁王護国般若経疏』に「梵云優婆塞、此云清信男」とある。これは梵語で在家の信者を意味する upāsaka を、まず漢字の仮借用法で優婆塞と転記し、それは此《ここ》すなわち中国では「清信男」の意であるということである。こういう仮借用法が仏典の伝来に伴って日本にもたらされ、これを逆に応用して、漢文を日本語で読むという音仮名表記が確立したというのである。訓や音仮名、つまり万葉仮名はまずは中国で発明されたといわねばならない。

訓読や音仮名はかつて朝鮮半島、さらにウイグルや契丹、ベトナム（越南）などでも用いられており、中国長江流域の少数民族チワン族、ペー族、トン族などでは現在も用いられている。万葉仮名の発明はまず中国文明でなされ、さらにその周縁に暮らす民族が改変するという、東アジア世界の関係性のなかに捉えられるべきである。万葉仮名は日本独自の発明ではない。

三　万葉仮名は土着の歌や神話を表記したものなのか

次に、テーマ前半部を疑おう。三世紀の倭人は家族の死にあたって「歌舞飲酒」したと記されている（魏志東夷伝倭人条）。漢字の大規模な流入以前に、土着の歌や神話は豊富にあったはずだ。万葉仮名はそれらをそのまま表記するために使用されたのだろうか。

犬飼隆は「うた」（日本語の韻文として自然発生的に存在した在来のもの）、「歌」（朝廷の文化政策によって典礼の場でうたうための整備された様式）、「和歌」（「歌」の様式に則って個人的に享受する目的でつくられたもの）という術語を用いつつ、訓や音仮名の、つまり万葉仮名の歴史を次のように構築した〔犬飼二〇〇八〕。まず「うた」があり、文化政策の一環として、中国の楽府に倣って「うた」が収集され、それらを「素材にして、漢詩の様式と表現を取り入れながら形式を整え」、「歌」として歌うようになった。「歌」は儀礼において歌うために一字一音表記の音仮名で表記された。こうした「歌」が、私的な集まりや個人で楽しむためにさらに漢詩文や仏典の表現を取り込みつつ、精錬されたところに「和歌」が発生した。和歌は、それが文字を読んで楽しむためのものでもあるため、訓字に音仮名表記の付属語を付した表記（訓字主体表記）や、付属語をほぼ表記しない独特な表記（人麻呂歌集略体歌）、整備の加えられた音仮名中心表記という表記によって記されたというのである。「歌」と

「和歌」の位相差については、松田浩がその後の諸説をまとめつつ新見を提示している〔松田二〇一二〕が、ここでこだわりたいのは、土着の歌が素材となり、漢詩の様式と表現を取り入れながら「歌」に昇華するという、その様相に、一字一音表記の音仮名がどうかかわっているのかということである。

神野志隆光は、土着の歌や神話と万葉仮名で書かれたものとの関係を、訓読の言葉は、土着の言語そのものではなく、漢字を受容するなかで作られた「人工的なことば」であるという〔東京大学教養学部国文漢文学部会編二〇〇七〕。例えば山名村碑文（六八一年）の「娶」をメトルと訓読するのは、妻問い（当時の双系的社会において、妻と夫はそれぞれの氏族に属して居住し、妻の財産は妻方氏族が、夫の財産は夫方氏族がそれぞれ継承する婚姻形態）とは異なる男性原理の結婚をいう「女《め》娶《と》る」という新たな人工語であり、これを一字一音表記で記しても理解することはできない。確かにそうだが、しかし訓読された語や一字一音表記の音仮名で書かれた語がすべて人工語ということもないだろう。

この様相については、石川九楊が次のように述べるところが的を射ていると思われる。当時の上流知識階層は漢詩文の表現に精通し、自ら漢詩を作っていた。彼らが漢詩として表現した文字の裏側では、文字化できない土着の言葉が蠢いていた。「蠢いてはいたけれども、土着の言葉がそのまま詩や歌として表れることはできない。」〔石川二〇一三〕そういう状況の中で、漢詩文に啓発されて五七五七七音数律を整えた土着語主体の詩が作られるようになる。つまり、万葉仮名は漢詩文受容の中で再発見された土着語主体の詩を書く（創造する）ための文字であるということだ。

いずれにせよ、万葉仮名が書いたものは、土着の歌や神話そのものではないことは確認しておくべきだろう。漢字を使い慣らし、漢詩文を作る詩人の目によって、新たに創作された歌である。それが土着の歌をどの程度再発見したものなのか、どの程度異質なものなのかは今後の検討課題として残されている。

四　万葉仮名の生態へ

万葉仮名が表記したものは、土着の歌や神話そのものではないというのは、しかし口誦から記載へという発展段階論的な一面的な文学史でもある。ジェームズ・C・スコット『ゾミア――脱国家の世界史』は、ベトナム北部・ラオス・タイ・ビルマ・中国雲南、貴州、広西、四川各省に跨る少数民族居住地帯の文化を論じ、そこに暮らす人々は、かつて中国中原王朝による国家支配からの自由を求めて、さまざまな生産技術や制度とともに、意識的に漢字を捨ててその周縁部に逃走し、無文字の「原始的」な生活を選択したのだという。口誦から記載へという文学史とは逆ではあるが、記載から口誦へというように、口誦と記載の文学史を、直線的で一回的な歴史的出来事とする点では同様だ。

実際には、万葉仮名によって書かれた歌（人工的な歌、あるいは再発見された土着語主体の歌）が、万葉仮名を捨てて土着の歌として口誦されるなかで、土着の歌全体が変容し、そうした土着の歌が再び発見され万葉仮名によって書かれていくという、口誦と記載の循環の集積があったのだろう。そういう循環の集積のなかに、一字一音表記の音仮名や訓字主体表記の使い分けを見ていくことが必要だろう。

例えば中国雲南省大理にペー族という少数民族が暮らしている。彼らは訓字主体表記、音仮名中心表記、国字という万葉仮名を持っている。明代に中国中原の悲恋伝説『梁山伯と祝英台』の台本を用いる語り芸が、その台本とともに流入した。彼らはその台本を訓字主体、あるいは音仮名主体のペー語で表記し、ペー語による語り芸として現在も愛好している。大理の北方に、歌垣（祭日や農閑期に多数の男女が集まり、恋歌を掛け合う行事。結婚相手を探す機会にも、歌の掛け合いを楽しむ機会にもなる）の盛んな剣川《けんせん》という町がある。この町の語り芸の語り手は、一字一音表記で語りの台本を記すが、読みにくい文字を自分流に改めたり、内容を短縮したりと、その台本は自由に改変される。さらに、その一部の歌詞は歌垣でも歌われ、男女の問答の中で新たな意味づけを施され、さまざまに変容し、文字によって表記されない一回的な歌声の中に消えていく。一方、在地の知識人は音仮名で表記された表現の中に自民族の伝統的な「古語」を再発見し、地域のアイデンティティを確立するために一字一音表記の規範化を目指そうとする。が、それが音仮名である以上それは在地知識人集団のレベルに留まるため、それを越えた普遍性を目指そうとするものは再び漢語によってこの台本を作る（遠藤二〇一五）。

口誦と記載の循環の集積の中で、漢語の台本は、一字一音表記によって自由な変容を許容し、それは一方では口誦の世界へ溶け込み、一方では民族アイデンティティと結びついた「古語」として再発見され、さらに漢語による物語へとつながっている。万葉仮名で書くことによって「土着語主体の歌」は創られるが、それは一回的な文学史的出来事なのではなく、口誦と記載の循環的集積のなかで、何度も創られていくのである。

漢文・万葉仮名・土着の言語や歌は東アジア世界の関係性のなかで、このように、連動し、変容を続けている。

参考文献

石川九楊『日本の文字――「無声の思考」の封印を解く』（ちくま新書、二〇一三年）
犬飼隆『木簡から探る和歌の起源――「難波津の歌」がうたわれ書かれた時代』（笠間書院、二〇〇八年）
遠藤耕太郎「縛られる〈音〉／開かれる〈音〉――中国少数民族ペー族の「本子曲」と歌掛け」（『古代文学』五四号、二〇一四年三月）
金文京『漢文と東アジア――訓読の文化圏』（岩波新書、二〇一〇年）
東京大学教養学部国文漢文学部会編『古典日本語の世界――漢字がつくる日本』（東京大学出版会、二〇〇七年）
松田浩「歌の書かれた木簡と「万葉集」の書記」（『アナホリッシュ國文學』創刊第一号、二〇一二年十二月）

上代文学はどのような古代日本語で表されているのか

奥村和美

一　翻訳語

平仮名片仮名の成立する以前、上代においてことばを書き記すには漢字によるしかなかった。そのように漢字のみで書記されるという特殊性をもつ上代語資料の中から、古代日本語を正確に取り出すことじたい容易でないが、取り出された限りにおいても、往古より存していた固有の日本語、すなわち狭義の倭語だけではなく、中国語を近似の日本語音で写した字音語、漢語をもとに作られた翻訳語（翻読語）など種々の差異がある。語彙体系の一方の極に固有日本語を、もう一方の極に外来語である字音語を置いたとき、その狭間に位置して、一見、固有日本語のような外貌をしているのが翻訳語である。翻訳語は、中国詩文を日本語で読むすなわち訓む経験を契機とするところに大きな特色がある。その点で訓読語と基盤を同じくするが、訓読語が文字通り漢文訓読の場で固定化していった語彙・語法であるのに対して、翻訳語は、比較的自由度が高く、表現の場で訓みを応用して自在に作られる。文学表現において、訓読語を用いることは、たとえばイキドホルやオギロナシの使用に見られるように、さしあたっては語彙の単純な拡充という側面があるが、翻訳語を用いること、なによりもまずそれを作り出すことは、中国詩文に触発された、日本語による新しい表現世界の開拓であり、創造的な試みである。以下、翻訳語を用いた表現の具体的なありようを『萬葉集』の大伴家持の和歌を例に示してみたい。

二　漢字と訓

……卯の花の　咲く月立てば　めづらしく　鳴くほととぎす
あやめぐさ　玉貫くまでに　昼暮らし　夜渡し聞けど　聞
くごとに　心つごきて　うち歎き　あはれの鳥と　言はぬ時
なし　（巻十八・四〇八九「独居㆓幄裏㆒遥聞㆓霍公鳥喧㆒作歌」）

天平感宝（勝宝）元年（七四九）五月十日に越中で大伴家持が詠んだ長歌の後半部分である。題詞にあるように、ほととぎすの鳴き声を主題として詠んだ、家持の花鳥諷詠長歌の一つである。いま注目したいのは、「許己呂都呉枳弖《こころつごきて》」と萬葉仮名で書かれたココロツゴクという語である。現在、最新の注釈書である岩波文庫

『万葉集(五)』には、

「心つごきて」の「つごく」は、万葉集をはじめ上代に唯一の例。日本霊異記・上・序の訓釈に「悸、去々呂津古支之（こころつごきし）」とある。胸がどきどきする意であろう。

とある。上代日本語の中で類例のないココロツゴクの意味を、近現代の諸注釈の説に従い、『日本霊異記』の興福寺本訓釈（群書類従本によって校訂）を用いて定めようとする。『日本霊異記』上巻の序には、

慚愧之者、倏悸惕、忩二起避之頃一
慚愧《ざんき》する者は、倏《たちまち》に悸し惕《いた》み、起《た》ち避《さ》る頃《あひだ》を忩《いそ》ぐ。

とある。善悪の報いの現れる霊異を知れば、悪行を恥じる者は現世で報いを受けるのではないかと思って、にわかに恐れおののき、そこから立ち去ろうとおろおろする、と述べる。「悸惕」の「悸」は、現在「動悸」という熟語で使うときの「悸」に同じく、胸がうち震えてどきどきする意。この訓字「悸」との対応から、ココロツゴクを胸がどきどきする意と解し、それを家持歌にもあてはめることはいちおう納得できよう。そして『日本霊異記』の訓釈に見えることから、ココロツゴクは訓読語と考えられもした。ただし、ここはさらに「悸」字の訓詁、平たく言えば字義の解釈を見ておいた方がよい。上代びとが利用した中国の字書、顧野王撰原本系『玉篇』を抄出した空海撰『篆隷萬象名義』には、

悸　渠季反、心動也

とある。原本系『玉篇』の伝本は現在この部分を逸しているが、おそらく後漢・許慎撰『説文解字』の「悸、心動也、从レ心季声」を引用して、

悸　渠季反、説文、心動也

のようにあっただろう。「渠季反」は、反切《はんせつ》と言って漢字の音を示すもの。「渠＋季」で、「悸」がキの音であることを示す。「心動」は、精神の動揺や胸騒ぎ或いは心臓部の不整な動きを意味し、初学書『千字文』にも「心動神疲」と見える。訓釈のココロツゴキシは、この「心動」の二字に即応していよう。ツゴクとウゴクの関連は明らかではないけれども、つまり、ココロツゴクは、「悸」の「心動」という意義に訓をあてることによって生まれた翻訳語と考えられる。そう考えて初めて、家持がここでココロツゴクを用いた表現的意図が明確になる。

三　典拠

家持歌では前半に春の百鳥への対し方を、後半には夏の鳥ほととぎすへの対し方を詠む。春の鳥の場合は、「……春されば　聞きのかなしも　いづれをか　わきてしのはむ……」と直接的で単純な反応である。それに対して夏の鳥ほととぎすの場合、鳴き声を聞く度に「心つごきて」「うち嘆き」「あはれの鳥と　言はぬ時なし」と反応が段階的に変化する。これは、感覚を通して得られた刺激が心に働きかけ言葉として発せられるという、自然から受けた感興の言語化される過程を説明していて、前半と大きく異なる。この文脈の中にあって、「心つごきて」が「悖」を介して「心動」の翻訳語として用いられているのであれば、次のような経書の一節が踏まえられていると見なければならないだろう。

凡音之起、由二人心一生也。人心之動、物使二之然一也。感二於物一而動、故形二於声一。（『礼記』楽記篇）
凡《およ》そ音の起るは、人心に由《よ》りて生ずるなり。人心の動くは、物、之をして然らしむるなり。物に感じて動く、故に声に形《あらは》る。

音楽の発生を、外界の「物」に感じて「人心」が「動」き、それが「声」となって表出されるところに捉える。この「心—動」は、広く人間の内面・精神の活動を言う。詩に「二月春心動　遊二望桃花初一」（『玉臺新詠』巻十　梁・蕭子顕「詠二苑中遊人一詩」）と用いられるのはその一つ。それはまた、言うまでもなく『毛詩』大序の次の一節と密接に関わる。

詩者志之所レ之也。在レ心為レ志、発レ言為レ詩。情動二於中一、而形二於言一。言レ之不レ足、故嗟二嘆之一。嗟二嘆之一不レ足、故永二歌之一。
詩は志の之く所なり。心に在るを志と為し、言に発するを詩と為す。情、中に動きて言に形《あらは》る。之を言ひて足らず、故に之を嗟嘆す。之を嗟嘆して足らず、故に之を永歌す。

『毛詩』大序は、『文選』巻四十五にも見え、上代びとにはよく知られた文章である。右の一節では、意志的な「志」と情意的な「情」を包摂するのが「心」なのだが、その「情動」と先掲『礼記』の「心動」との間にほとんど差はない。「情」が心中で「動」いて、言語としてあらわれる、その表現へと至る過程の記述も同様である。家持の視野には当然、この一節も入っていたはずである。とすると、翻訳語ココロツゴクに対応する漢字としては、「心動」だけでなく「情動」もあったことになる。翻訳語は漢字と訓との対応を前提とするが、上代においても、必ずしも一字一訓に固定しているわけではない。一字多訓、その逆の一訓多字でもあるような、流動的かつ臨時的な両者の対応の中で翻訳語は形成される。さればこそ、翻訳語と思しき日本語の背後にはいくつかの漢語が想定されて然るべきなのである。

四　語性

「心動」「情動」には、中国表現理論のこのような特定の文脈なりニュアンスなりが付帯する。ある語が負うそのような性格を小島憲之に従って語性と言ってもよい。翻訳語の使用は、このような出自となった漢語の語性に強く規制されることがあり、例えば、ある翻訳語が『遊仙窟』語をもととするということは、その語を用いる作品全体の方向をほとんど決定づける。その点で、翻訳語の問題は、時に典拠論にも及ぶ。

　家持は、「心動」「情動」が中国表現理論、中でも『毛詩』大序に見える詩論と関係の深いことを意識していただろう。ほととぎすの声を聞くと、心が動き、嘆息し、言葉を発せずにはおれない、という一連の展開は、「情」が動き、それが言語としてあらわれ、歎きの声となり、やがて歌となるという叙述と大枠で一致する。「あはれの鳥と言はぬ時なし」が高橋虫麻呂歌の「あはれその鳥」（巻九・一七五六）を踏まえるならば、家持は言語表現の中で特に歌を歌うことにしぼって考えていることになり、詩論といっそう近接する。つまり、家持はここで、ほととぎすの声が、家持の内面を揺さぶり、言語によって表出することへ、とりわけ歌を歌うことへと向かわせずにはおかない、そのすぐれて文学的な機構を詠んでいると考えられる。家持の花鳥諷詠長歌と言えば、家持の放恣で散漫な「気分」の表現と評されることが多いが、少なくともこの長歌後半部は、ほととぎすという自然の風物と自己の内面と言語表現との三者の関係を、中国詩論にもとづいて知的に捉え直したものと言える。それは、家持が自らの作歌動機をしばしば「興」という語で記していたこととも通じる。

　翻訳語は、このように典拠とも関わって、文学の創造の現場をわれわれに垣間見《かいまみ》せる。家持以外の歌人もそれぞれの表現意図に基づいて、翻訳語を作り出したり用いたりしている。それを古代日本語の中から見つけ出すことは決して易いことではないが、運よくめぐりあったとき、翻訳語を単に指摘して終わるのではなく、それが産み出され利用される諸相の丹念な分析が、上代文学の研究にとってなお有効であろう。

参考文献

乾善彦「文字をめぐる思弁から――文章と文字との対応関係についての覚書」（関西大学国文学会『国文学』九三号、二〇〇九年三月）
内田賢德「翻訳語の射程――古事記「心前」・萬葉集「無暇」」（『萬葉』二一六号、二〇一三年十一月）
奥村悦三「話すことばへ」（『萬葉』二一九号、二〇一五年四月）
小島憲之『萬葉以前――上代びとの表現』（岩波書店、一九八六年）
芳賀紀雄『萬葉集における中国文学の受容』（塙書房、二〇〇三年）

『古事記』と『日本書紀』の〈歴史観〉はどのように異なるのか

松田　浩

『古事記』と『日本書紀』、両書はいずれも天武朝にその編纂が始まり奈良時代初頭に成った、ほぼ同時期の歴史書である。そしてそこに描かれる〈歴史〉もまた、大枠では近似する。世界の初発に始まる神代においてイザナキ・イザナミが国土を生みなし、天孫たるニニギノミコトが地上に降臨し、人代においてその系譜を継ぐ神武天皇の東征に始まる歴代の天皇の歴史が語られる。こうしてみると、両書は、編纂時期もそこに語られる〈歴史〉もおよそ似通っているようにも見える。だが、両書に記された〈歴史〉を具体的に比較すると、そこには看過できない相違も少なくない。その相違を成り立たせている視座を〈歴史観〉と捉えて、以下にその具体的なありようを神話、そして天皇の御代において見てゆくこととしたい。

一　両書における「国生み神話」の相違

『古事記』・『日本書紀』が語る神話に「国生み神話」と呼ばれる国土生成の神話がある。「国生み神話」においては、イザナキ（男神）とイザナミ（女神）の二柱の神（以下「キ・ミ二神」）が地上界に降って婚姻をなし、それによって国土が生みなされる。その大きな枠組み自体は両書に共通するものの、子細に見てゆくとそこにはそれぞれの〈歴史観〉に基づく重要な相違が見えてくる。

まずは、キ・ミ二神が国土を生もうとする動機を比較してみよう。『古事記』では、国作りの始まりは以下のように語られる。

天《あま》つ神諸《かみもろもろ》の命以《みこともち》て、伊耶那岐命《いざなきのみこと》・伊耶那美命《いざなみのみこと》の二柱《ふたはしら》の神に詔《のりたま》はく、「是《こ》のただよへる国を修理《つくろ》ひ固め成せ」とのりたまひ、天《あめ》の沼矛《ぬぼこ》を賜《たま》ひて、言依《ことよ》し賜ひき。

『古事記』では、天つ神諸々の「命《みこと》（＝御言）」、すなわち天上界である高天原の神々の「ご命令の言葉」で、ただよっている地上世界の国土を強固なものとして作りあげよとキ・ミ二神に「言《こと》依《よ》」す（＝言葉で委任する）。つまり、この地上の国土は、高天原の神の命令の言葉によってその成立が保証されるのである。

対して、『日本書紀』の国作りの端緒はその様相を異にする。

伊奘諾尊《いざなきのみこと》・伊奘冉尊《いざなみのみこと》、天浮橋《あめのうきはし》の上に立たし、共《とも》に計《はか》りて曰《のたま》はく、「底下《そこつした》に、豈国無《もしくに》けむや」とのたまひ、廼《すなは》ち天之瓊《あめのぬ》矛《ぼこ》を以《も》ちて、指し下して探りたまひ、是《ここ》に滄溟《あをうなばら》を獲《え》き。

キ・ミ二神が天上界と地上界との中間にある「天の浮橋」の上に立ち、二神で相談をして、「もしや下界の底の方に国はないだろうか」と、天之瓊矛《あめのぬぼこ》を指し下ろして青海原を探り当てることから、『日本書紀』の「国生み神話」は始まる。ここで注目しておきたいのは、『古事記』では天つ神の命令によって国土が生み成されるのに対し、『日本書紀』ではキ・ミ二神が誰に命令されることなく、二人で相談して国を求め、国生みが始まるという点である。その意味で、『日本書紀』のキ・ミ二神は自律的な存在である。

『日本書紀』の「国生み神話」においては、右のようなキ・ミ二神の自律性が一貫して語られる。その点に留意しつつ更に『古事記』との比較を進めてみることとしよう。

キ・ミ二神は、世界最初の島となるオノゴロ島を作り出し、そこに降り立つ。そして、その島に柱を立て、二神は左右に分かれて柱を廻り、出会ったところで互いに賛美の声を掛け合い、結ばれることとなるが、初回はその声の掛け方を失敗してしまう（男神が先に声を掛けるのが正しい）。両書ともに即座にイザナキが声を掛ける順序が良くないと気づきはするのだが、キ・ミ二神が「天つ神の命を請」うために高天原に昇りゆき、失敗の原因を尋ねるという展開を持つ『古事記』に対し、『日本書紀』では天の神に教えを請うことなく二神でやり直しをする。

『日本書紀』では徹底してキ・ミ二神が自律的に働き、国土を生み成してゆくのであるが、その二神の呼称に注目するとその理由がわかる。『日本書紀』のキ・ミ二神は「国生み神話」の冒頭においては「伊奘諾尊《いざなきのみこと》・伊弉冉尊《いざなみのみこと》」という呼称で登場するが、それ以降、「国生み神話」においては一貫して「陽神（＝イザナキ）」「陰神（＝イザナミ）」と呼称される。つまり、『日本書紀』では、キ・ミ二神は陰陽の神として位置付けられており、陰陽がその法則によって自律的に国土を生成することが語られているのである。

二　『日本書紀』の〈歴史観〉

見てきたように『日本書紀』の「国生み神話」は陰陽の法則を体現するキ・ミ二神の働きによって国土の生成を語るのであるが、こうした陰陽の法則は『日本書紀』の神話の冒頭から一貫する。

古《いにしへ》に天地未《いま》だ剖《わか》れず、陰陽分《わか》れず、渾沌《こんとん》にして鶏子《とりのこ》の如く、溟涬《めいけい》にして牙《きざし》を含《ふふ》めり。其《そ》の清陽《せいやう》なる者《もの》は、薄靡《たなび》きて天と為《な》り、重濁《ぢゆうだく》なる者は、淹滞《とどこほ》りて地と為るに及《いた》りて、精妙《せいめう》の合摶《がふせん》すること易《やす》く、重濁の凝竭《ぎようけつ》すること難し。故《かれ》、天先《ま》づ成りて地後《のち》に定まる。

世界の初発は、天地、陰陽が分かれておらず、混沌として鶏卵のようであり、ほの暗い中に物事が生じる兆候があったという状態で、そこから陰と陽とが分離して「清陽」なるもの、つまり「陽」が天となり、「重濁」なる「陰」が大地となる。『日本書紀』は世界の始まりから「国生み」に至るまで、その世界の生成が陰陽の法則によって成り立つという思想によって支えられているのである。

そして、そうした世界観の上に成り立つのが律令国家である。律令において最高位の官職である太政大臣の職務は、「邦《くに》を経《をさ》め道を論じ、陰陽を燮《やは》らげ理《をさ》む」と職員令《しきいんりょう》に規定される。陰陽は万物を生み成し、四時を正しく循環させる。そして陰陽は天子（日本では天皇）の政治に感応するものであり、天子が善政を施いていれば祥瑞が現われ、政治に過誤があれば陰陽のバランスが失われ、四時が乱れて災害（災異）が起こる。これを天人感応説というが、こうした災異・祥瑞を天文の分野で観測し、記録する役割を担ったのが陰陽寮《おんみょうりょう》であり、その記録は中務省《なかつかさしょう》に送られ国史に反映される。『日本書紀』の災異記事は推古紀《すいこき》を境にして増大するが、それは災異を正確に理解できる時代が到来したことを示す歴史叙述だと見るべきであるという指摘もなされている。

『日本書紀』が陰陽による世界、国土の生成を語るのは、律令国家の生成過程をそこに見ようとする〈歴史観〉である。律令国家を支える律令法典は、近江令、飛鳥浄御原令《あすかきよみはらりょう》を経て、文武《もんむ》朝の大宝律令によってついに律と令とを完備するに至り、ここに本格的な完成を見る。そして、その文武朝への襷《たすき》を渡す、持統天皇から文武天皇への禅譲記事を以て『日本書紀』が閉じられるのも、まさに律令国家成立までの歴史を語る視座によるものであろう。

三　『古事記』の〈歴史観〉

一方の『古事記』はいかなる〈歴史観〉を持つだろうか。先に見た『古事記』の「国生み神話」では、キ・ミ二神は高天原の天つ神の「命《みこと》（＝御言）」によって「言依《ことよ》し」を受けて国土を生み成し、その失敗においても天つ神の御言を請うてこれを正していた。ここに天上世界たる高天原の絶対性を見ることができる。『古事記』は「天地初《あめつちはじ》めて発《あらは》れし時《とき》に、……」と、天と地とが截然《せつぜん》と分かたれて発現する時点から語り起こされる。天と地とが一つのものであったという〈歴史〉はそこに存在しない。高天原の絶対性は、既に「天地初発」の時点から準備されているのである。

そうした高天原の天つ神の命による「言依し」によって国土を成したイザナキは、国生みの果てに生み成した天照大御神《あまてらすおおみかみ》に高天原を治めよと「言依し（原文「事依」）」を与え、更に高天原の統治者となった天照大御神は天孫迩迩芸命《ににぎのみこと》に対して地上世界（葦原中国）を治めるよう「言依し」を与える。この三つの「言依し」の連続が国土生成から国土統治までを一貫して保証するありようが、『古事記』の神代の理念の軸となる。

こうした「言依し」に保証されて迩迩芸命が統治した神代の地上世界を、人代において「天下」として引き継ぐのが、迩々芸命の後裔《こうえい》たる天皇たちである。『古事記』は初代神武天皇から推古天皇までの〈歴史〉を語るが、実質的に天皇の物語が語られるのは雄略天皇までであり、続いて皇位継承理念の完成を語る顕宗《けんぞう》・仁《にん》賢《けん》天皇の物語が配され、以降は系譜のみでその〈歴史〉が語られる。

右の構造に即せば、『古事記』にとっての天皇像の完成は雄略天皇において果たされることとなる。『古事記』は、そうした雄略天皇の治政を、「天語歌《あまがたりうた》」と呼ばれる歌謡によって讃美する。

……　百足《ももだ》る　槻《つき》が枝《え》は　上《ほ》つ枝《え》は　天《あめ》を覆《お》へり　中《なか》つ枝《え》は
東《あづま》を覆《お》へり　下枝《しづえ》は　鄙《ひな》を覆《お》へり　上《ほ》つ枝《え》の　枝《え》の末葉《うらば》は
中《なか》つ枝《え》に　落ち触《ふ》らばへ　中つ枝の　枝の末葉は　下《しも》つ枝《え》に
落ち触らばへ　下枝の　枝の末葉は　在《あ》り衣《ぎぬ》の　三重《みへ》の子が
捧《ささ》がせる　瑞玉盞《みづたまうき》に　浮《う》きし脂《あぶら》　落ちなづさひ　水《みな》こをろこ
をろに　是《こ》しも　あやに畏《かしこ》し　高光《たかひか》る　日《ひ》の御子《みこ》　事《こと》の　語《かた》
り言《ごと》も　是《こ》をば

聖なる槻《つき》の大樹の上の枝は天上界を、中ほどの枝は東《あずま》の地を、下の枝は鄙《ひな》の地を覆う。そして、天界の霊力を帯びた上の枝の葉は、中ほどの枝に落ちて触れることによってその力が東《あずま》に波及し、更にはまたその葉が落ちて下の枝が覆う鄙へとその力が波及する。そうして最後に、その霊力が凝縮された葉が雄略天皇に献上される盞《さかずき》に浮かぶ。その「浮きし脂」のように浮かぶさまは、かつてキ・ミ二神が国土を生成する以前の地上世界が「国稚《くにわか》く浮《う》ける脂《あぶら》の如《ごと》」くであったように漂い、その葉が「水こをろこをろに」浮かぶさまは、キ・ミ二神が天つ神の「言依し」によって国土を生むために天の沼矛で「塩こをろこをろに画《か》き鳴《な》し」て初めて作ったオノコロ島の姿そのものであり、大変畏れ多いものだと、「天語歌」は語る。

国土生成の神話的時間が呼び起こされつつ、「天下」たる地上世界が天の霊力の透徹した世界として称えられる。「高光る日の御子（空高く光る日の神の御子）」たる雄略天皇が槻の葉の浮かぶ盞を乾すことで、その霊力を己のものとし、それを天皇という肉体において具現化する。ここに『古事記』の語る天皇像が完成する。

こうして見ると『古事記』の〈歴史観〉は絶対的な存在たる天つ神の「言依し」によって示された神の意志とその神代における実現とを基盤に置きつつ、それが人代の天皇によって「天下」において透徹されるに至る過程を語ろうとするものであったといえようか。

『古事記』と『日本書紀』の〈歴史観〉は斯《か》くも異なる。ただし、両書がただ単に別の方向を向いているとしたのでは、古代は見えて来ない。斯くも異なる二つの〈歴史〉を、二つながら必要とした当時の王権のありかた、これが如何なるものであったのかを問うことが重要な課題となってくることであろう。

参考文献

梅田徹「『古事記』の「神代」――根本原理としての「コトヨサシ」」（『國語と國文學』第六二巻八号、一九八五年八月）
神野志隆光『古事記の世界観』（吉川弘文館、二〇〇八年）
津田博幸『生成する古代文学』（森話社、二〇一四年）

『日本書紀』は「歴史書」か

山田　純

この問いには、現状では、二つの理由から「否」と答えるほかあるまい。以下、この二つの理由を示しながら、然る後に「歴史書」として扱いうる――すなわち「是」と答えうる――方策を模索する、これが本稿の目指すところである。

一　「素材」と見られてきた歴史

最初の理由を、具体的に述べよう。『日本書紀』「天武紀下」十年三月条には、「庚寅（二十一日）に、地震《なゐふ》る」という記事が載る。これは、天武十年（六八一）に地震があった、という記事である。これが歴史的事実であるか否かは、他の地震記事や噴火記事、そして日食記事と同じく精確な自然科学の検証にも耐えよう（斉藤一九八二・細井二〇〇七）。ゆえに、『日本書紀』は六八一年に地震があったという歴史的事実を抽出することができる書物、と捉えうるのである。

一方で、当時の人々が地震をどのようなものと考えていたか、を踏まえるならば、『日本書紀』編述者が参照していた『漢書《かんじょ》』「五行志《ごぎょうし》・第七下之上」には、「臣の事、正《ただ》しきと雖《いへど》も、専《もは》らせば必ず震ふ」とあり、天が臣下専横を咎《とが》めることによって起きることと理解される。すなわち、その年の政策に何らかの臣下による越権行為があったために、天が譴責《けんせき》して地震を起こしていると考えられたわけである。その咎めを踏まえて政策を改正しなければならない、とするそのような考え方を、災異思想《さいいしそう》という。

たとえ地震記事が歴史的事実だとしても、地震記事それ自体は、政策の是非という全体の文脈の下に置かれるのが『日本書紀』だということになる。すなわち、地震は災異思想の下位カテゴリに位置づけられている、ということである。地震は、臣下専横の表われであるため、翌四月条には、禁式九十二条を立てる、という政策が続くのである。これがどのような政策なのかは、決して明らかではないが、その後に続く臣下の衣服を規定する内容を見れば、臣下の応分を定めた政策と見ることができよう。専横を防ぐ政策が立案されたのである。地震記事と政策記事は、不可分の関係にあるものとして、『日本書紀』全体において相互連関する。それはいわば因果関係といってよいほどの関係性であり、歴史学的に無視しえない「歴史」を構築する重要な要素となろう。

このような性質をもった『日本書紀』から、地震それのみを「歴史的事実」として抽出し、そのように抽出された「歴史的事実」

から古代史像を再構築しようとするならば、それは「歴史的事実」のみを見ていて『日本書紀』全体を見ていないということになる。

このような、記事相互の関係性を軽視して記事単体のみを扱うという姿勢が示す『日本書紀』研究とは、古代史研究に必要な「歴史的事実」を抽出するための一素材としての『日本書紀』研究ということになり、『日本書紀』研究は古代史学の下位カテゴリに位置づけられることになる。いわば、『日本書紀』を材料として古代史研究をしているのであって、『日本書紀』それ自体を研究目的にしているわけではない、ということになろう（坂本一九八八）。それはかつて『古事記』と『日本書紀』に載る各記事を「記紀神話」とひとくくりにして日本神話学の下位カテゴリに『古事記』研究を位置づけてきた歴史と重なろう（神野志一九九九）。かような『日本書紀』研究を眺めれば、それが「歴史書」であるか、という問いに対しては、その答えは否、すなわちそれが何であろうと古代文献史学の「素材」として見られてきた、と答えざるをえないのである。

二　現代的な読解に基づく「歴史書」認識は無意味

二つめの理由を述べよう。少々古い見解であることを、あらかじめお断りする。

一般的に歴史書は、それが編纂物であればなおさら、歴史的事実をそのまま保存したものにはなりえない。すなわち、それがどのようなものであれ虚構性、つまりは偽史であるという疑念を抱きつつ扱わなければならないという性質を振り切れないのである。そこにあるものがすべて歴史的事実とは言い切れないためである。そこで、それが歴史的事実であるかどうかの分析が必要となる。この分析こそが文献史学が孜々《しし》として積み上げてきた史料批判という営みであった。この営みのなかで、かつて以下のような問題が扱われた時期があった。

それは、『日本書紀』「神功皇后紀」と「斉明紀」との間には、関連性があるという指摘である（直木一九六四）。すなわち、どちらも女性であり、かつ、「気長足《おきながたらし》姫尊《ひめのみこと》」と、「天豊財重日足《あめとよたからいかしひたらし》姫天皇《ひめのすめらみこと》」という両者の名には、「タラシヒメ」という名前の共通性がある。また、その事績にも三韓半島に向かうという共通性がある。このことから、「神功皇后紀」は、斉明天皇時代の事績から構想されたものである、という指摘がなされてきたのである。すなわち、「神功皇后紀」は斉明天皇の事績から虚構として構成されたのだということである。そうであるならば、実際は、まず七世紀の斉明天皇の歴史的な事績があり、その事績に基づいて、それより遥か以前の神功皇后の「虚構」が作り上げられたことになる。遡って虚構の歴史が構成されたということになるのだ。

しかし、この解釈が、『日本書紀』成立当時の人々の解釈とイコールであるとは考えられない。繰り返すが、「神功皇后紀」が時間を遡って虚構されたことを明らかにしたのは、それが事実かどうか疑いながら読むという現代の史料批判の成果なのである。もしもそのような史料批判が当時の読み方であったなら、『日本書紀』が辿ってきた歴史はもっと違ったものになったであろう。

あくまで当時の人々の読みに寄り添ってありたい、とするならばどうだろうか。当時の人々の読みとは、年代順の読み、すなわち斉明天皇の事績は神功皇后のそれに似る、というものであったはずである。『日本書紀』が提示する年代順通りに『日本書紀』を読んでいたのである。さりとて気づかなかったわけでもあるまい。気づきながらも、神話が反復の構造を求めるように、当時の人々は歴史にも反復の構造を求めていたのである。つまり、現代の我々がイメージするような直線的かつ不可逆的な時間軸ではなく、円環的で循環的な時間軸、すなわち陰陽論的な時間の観念〈神野志隆光が「神代紀」の理念と看破した〉、それが「歴史」だとして受容するのが古代の『日本書紀』の読み方であったということである。

そうであるとき、彼らにとって「歴史」とは何だったのか、ということが問われよう。この認識なしには、『日本書紀』は「歴史書」か、という問いには答えられまい。なぜなら、その「歴史とは何か」という当時の価値観や常識が『日本書紀』を作り上げたのであり、それを受け入れさせたためである。奈良時代の人々はそれを「歴史書」として手に取っていたのである。「歴史書」が社会において成立するには、少なくとも当代の社会的制約〈言語を含む〉たる共通認識がそれを「歴史書」と認めうる知的土壌、すなわち共同性が必要だということはいうまでもない〔小田中二〇〇九〕。すなわち、『日本書紀』は「歴史書」か、と問うならば、当代の社会的制約たる共通認識がそれを「歴史書」と認めうるその実体から回答されなければならないのだ。すなわち奈良時代の歴史観から、である。現代的な読解に基づく「歴史書」認定は無意味である、ということになる。

文献史学が主導してきた現代的な読み方である史料批判は、当時の人々にとっての「歴史」とはなにか、を追求する行為には不適当である。なぜなら、それは「疑いながら読む」という現代の私たちの側からの読解であり、『日本書紀』全体を覆う当時の人々の価値観や常識とは原理的に合致しないためである。

三　成立当時の人々にとっての「歴史書」として把握するために

本来、史料批判は、まず『日本書紀』を「読解」するという過程を不可避とするはずである。すなわち、『日本書紀』とは、歴史書であるか否かという以前に、読まれるべき「読解」対象であり、読解すべき「テキスト」としてある、ということである。読まなければそこに意味は発生しえないのであるし、意味以前の文字列を「歴史書」であると認識することはできない。『日本書紀』を「素材」であると前提し、個別記事を切り取り、それが歴史的事実であるか否かを分析する前に、本来行わなければならなかったこの作業過程が隠されてきた、といえるのである。これは、『日本書紀』

という「テキスト」をどのように「読解」するのかが、「史料批判」以外に見出されてこなかった、ということと平行する。本来、「テキスト」を「読解」した先にこそ、これは歴史書である——歴史書であるならば「歴史的事実」が見出されるはずである——という手続きが可能となるはずであるにもかかわらず、である。

まず『日本書紀』が歴史書であるか否かという判断の前に、書き記された「テキスト」として見る立場を取ろう。この「テキスト」を「読解」した先に、初めて意味が現れ、その結果『日本書紀』はどのようなテキストとして歴史書たりえているのかという判断が可能になると認めるためである。

『日本書紀』というテキストが、それがまずひとつの全体である、と捉える立場である。そこに収められた「歴史的事実」は、まずかような全体性に覆われているのであり、有機的に連結している。その全体性が明らかにされてはじめて、当時にとっての「歴史」とは何かが理解されうるのであるし、それに基づく「歴史書」としての認定が可能となるのである。ゆえに、そのテキストをどのように「読解」するのかが、主要な関心事になる。「歴史的事実」の抽出は、然る後である。従来の史料批判という読み方が原理的に全体の読解に及ばないこと——少なくとも「神代紀」を読み解けないということ、そして「神代紀」を読み解けなければ、それは『日本書紀』全体を読解することにならないということ——は、いうまでもない。

『日本書紀』は「歴史書」か、という問いとは、『日本書紀』というテキスト全体をどのように読解するのかという研究手法にかかるということを、縷々述べてきた次第である。

むろん、このような考えは、最新研究に照らせば少々古い。『日本書紀』をひとつのテキスト全体としてその表現の質を重視した遠藤慶太『六国史』・『日本書紀の形成と諸資料』、水口幹記『古代日本と中国文化 受容と選択』を薦めたい。

参考文献

遠藤慶太『六国史——日本書紀に始まる古代の「正史」』（中央公論新社、二〇一六年）
遠藤慶太『日本書紀の形成と諸資料』（塙書房、二〇一五年）
小田中直樹「「言語論的転回」以後の歴史学」（『岩波講座哲学11　歴史／物語の哲学』岩波書店、二〇〇九年）
神野志隆光『古代天皇神話論』（若草書房、一九九九年）
斉藤国治『星の古記録』（岩波書店、一九八二年）
坂本太郎「記紀研究の現段階」（『坂本太郎著作集 第二巻　古事記と日本書紀』吉川弘文館、一九八八年、初出は『史学雑誌』七二巻一二号、一九六三年十二月）
直木孝次郎『日本古代の氏族と天皇』（塙書房、一九六四年。初出『歴史評論』一〇三号、一九五九年四月）
細井浩志『古代の天文異変と史書』（吉川弘文館、二〇〇七年）
水口幹記『古代日本と中国文化 受容と選択』（塙書房、二〇一四年）

『古事記』の出雲神話をどう読むか

三浦佑之

おそらく、「記紀」という呼称がすべての元凶である。『古事記』と『日本書紀』という、まったく異質な歴史書を双子のように扱い、それが近代国民国家を利するものであるということを意識しないままに、戦後になっても、『古事記』と『日本書紀』は同列に扱われ、どちらもが律令国家を支える歴史書として読まれ続けた。記紀という呼称のゆえに。しかし、どうみても『古事記』と『日本書紀』とでは、向いている方向が一八〇度違っていると、わたしは考える。

『古事記』はいかなる書物であり、どのように歴史を描こうとしているかという点については、ここではくり返さない。わたしの立ち位置については旧著『古事記講義』や『古事記を読みなおす』を読んでいただきたいが、国家の側の歴史として『古事記』を読もうとする人たちと決定的に違うのは、出雲および出雲神話をどのように認識するかという点にある。

『日本書紀』にはほとんど存在せず、『古事記』だけに描かれている神話世界が浮かびあがらせる出雲の神々をどのように理解し、神話の背後に見いだせる出雲を中心とした日本海文化圏とも呼べる世界をどのように解読するか、そこに古事記研究の分岐点が存在する。そして、そこのところを見誤っては、『古事記』を真に理解する方途はない。そのことになぜ、研究者たちは気づかないのか、あるいは気づいていても知らぬふりをしているのか。自らの研究の根拠を崩壊させかねない、『古事記』「序」への疑惑を生じさせるのがこわいのか、それとも天照大御神がじつは地上の簒奪を指示した神だったという神話を受け入れることによって壊されるかもしれない「ひとつの日本」を守りたいのか。

一　人文研究者として

わたしとて、『古事記』の研究をはじめた当初から、そのように考えていたわけではない。『古事記』「序」があとから付けられたのではないかと考えるようになったのは、今から十七、八年前のことであり、それまでは釈然としないままに、「序」に書かれている通りに、『古事記』の成立を考えていた。ところが、研究史をふり返れば、『古事記』「序」についての疑惑は江戸時代からあり、『古事記伝』を書いた本居宣長の師である賀茂真淵も、「序」は後世に書かれた偽物だと考えていた。

近代に入ると、「序」はおろか本文にも疑いの目を向ける研究者が現れ、『古事記』偽書説はにぎわった（詳細は大和《おおわ》岩雄『新版古事記成立考』参照）。ところが、一九七九年一月二十三日を境に偽書説は雲散霧消する。理由は、撰録者とされる太朝臣安万侶の墓に納められた墓誌が発見されたことだった。すでに四十年近くも前の出来事だが、その銅板の墓誌には、住所や没した日付が書かれていただけで『古事記』撰録に関する情報は何もなかったにもかかわらず、研究者の多くは、『古事記』は和銅五年（七一二）に安万侶が書いたに違いないと思い込んでしまった。ご多分に洩れず、その頃のわたしは偽書説を否定する多数派に属していた。

わたしが大学に入学した一九六六年からの四年間は、どこの大学も授業料値上げやベトナム戦争・七〇年安保への反対闘争で揺れ続け、勉強どころではなかった。そんな中で『古事記』を研究対象にする時代錯誤の学生などほとんどいなかったが、『古事記』をやるなら偽書説を踏まえねばというアカデミックな風潮はあった。そうした共通理解は墓誌が出土するまでは存したので、一九七五年に出た大和岩雄の旧版『古事記成立考』で展開された偽書説に対して、『古事記』や古代史の研究者たちは熱い議論を交わしていた。

それが、今考えると理に合わないのだが、証拠能力のない墓誌が出て偽書説は消滅した。おかげで古事記研究は平穏なものとなり、若い研究者もふえた。そして、それと連動するのではないかと思うのだが、安定して当たり障りのない古事記研究が主流になっていったような気がしてならない。ことに昨今、人文研究がどのような役割を果たすべきかということが大きな話題になっているが、今、何よりも求められているのは、あらゆる権威に対する批判的な視座をもつことではないかと思う。だから『古事記』「序」を疑えと言いたいのではないが、あまりに素直にこの書物を信じ込んでしまうのはいかがなものかという気はする。そして、その最大の試金石は、出雲神話に対する理解の仕方ではなかろうか。

二　出雲神話の先に見えるもの

まずは、問わなければならない。出雲神話を必要としていたのは誰なのか、と。律令国家は出雲神話が必要だったのか、と。

今までの研究史を振り返ってみても、古事記神話全体のなかに出雲神話をどのように位置づけるかというのは、『古事記』という歴史書の根幹にかかわる課題であるために、さまざまな議論が展開されてきた。西郷信綱が『古事記の世界』で説いた、文化人類学的な視座を切り口とした世界観、それは中心と周縁という構造論的な把握を基盤としているのだが、その考え方は従来の古事記研究にはみられない魅力的な仮説であり、長くわたしをとりこにした。ヤマト（倭／大和）を中心として、東の伊勢と西の出雲が対置されるという把握が、『古事記』の神話構造をきわめて明解に説いてみせたからである。しかし、近年の考古学的な発見や日本海文化圏に関する研究が深まるとともに、ヤマトを唯一の中心として古代の日本列島を考えようとする単一的な歴史観への疑問がふくらみ、わたしの『古事記』論は急転回を余儀なくされたのである。

　方法論として言えば、中心と周縁という構造論は、世界の関係性を有無を言わさず定位してしまい、変動や流動を拒絶してしまうところに大きな問題を孕んでいたのではないか。そこに構造論の限界があるようにみえる。そうした疑問をもつようになったのは、出雲神話に関して言えば、『古事記』に占める出雲世界の大きさと、そこに描かれる出雲神話が『日本書紀』にはまったく存在しないということに気づいたためであった。

　具体的にいうと、稲羽《いなば》の素兎《しろうさぎ》の神話も、根の堅州《かたす》の国訪問神話も、『古事記』にしか存在しないのであり、出雲の神がみの神統譜も同様である。そうでありながら『日本書紀』でも国譲り神話と称される、高天が原の神がみの地上遠征の物語は語られているのだが、どうにも腑に落ちないのは、何もないところへ遠征軍を送り込んでどうするのだという矛盾に満ちた展開である。そこから考えれば、『日本書紀』は意図的に出雲神話を排除したのであり、それにもかかわらず国譲り神話が語られてしまったところに矛盾の元凶はあるはずなのである。

　ちなみに、「国譲り」ということばは『古事記』にも『日本書紀』にも出てこない。おそらく近代になって（あるいは幕末あたりに）、研究者か誰かが、武力による奪取ではないということを強調するために創った呼称ではないかとわたしは勘繰っている。そしてそれは、明治維新の政権奪取の場合と同じく政治的なプロパガンダによるものではないかと見当をつけることができそうである。

三　真実はどこにあるか

『日本書紀』にはなくて『古事記』だけに語られている出雲系神話の一つに、オホクニヌシ（大国主神）の子タケミナカタ（建御名方神）という神が登場する。いわゆる国譲りの場面で、タケミナカタは、アマテラス（天照大御神）とタカギ（高木神）の命令で高天の原から降りてきた戦士タケミカヅチ（建御雷神）との力競べに敗れて州羽《すわ》に逃げ、背かないと誓った神であり、諏訪大社の祭神として祀られている。この神話は、『日本書紀』に存在しないばかりか、タケミナカタという名が『古事記』のオホクニヌシ系譜に出てこないこともあって、州羽への逃亡譚はあとから付け加えられたのではないかともいわれている。しかし、出雲と州羽（その中継点としての高志）との関係を考えるならば、この神話こそ、出雲神話の古層性を伝える一つの証拠になるのではないかとわたしなどは考える。

　タケミナカタは、出雲から州羽へどのようなルートを辿って逃げたかと考えると、日本海ルートを想定する以外にはない。そして、『古事記』には出てこないタケミナカタの母（祖神）について、『先代旧事本紀』（十世紀初頭以前成立）ではヌナガハヒメ（沼河姫）とするなど（諏訪大社の古伝でも同様）、州羽（諏訪）と日本海側の高志《こし》（北陸地方をさす旧称）との繋がりは緊密に認められる。また出雲国風土記によれば、高志の国にいますヌナガハヒメ（奴奈宜波比売命）がオホクニヌシ（国作らしし大神）と結婚し、島根半島先端に鎮座する美保神社の古い祭神ミホススミ（御保須々美命）を生んだと伝えられている。そして、『古事記』に語られるヤチホコ（八千矛神、オホクニヌシの別名）が求婚した高志の国の女神もヌナガハヒメ（沼河比売）であり、その名は「石玉の川」（硬玉翡翠《ひすい》の採れる川で、新潟県糸魚川市を流れる姫川）に由来する。

こうした、いくつもの糸口を探ってゆくと、出雲と高志と州羽は、日本海を介して太いパイプでつながっていたことがわかってくるのである。とすれば、『古事記』に伝えられたタケミナカタの逃走譚は架空の話などではなく、出雲と州羽とをつなぐ何らかの歴史を潜めているとみるべきなのではなかろうか。

そんなふうに考えることによって、わたしは、出雲神話が『古事記』にしかないことの意味を見いだしていったのである。それがいかなる意味をもつか、出雲神話とはなにかという点に関しては、ぜひ、拙著『古事記を読みなおす』や『風土記の世界』をお読みいただくとともに、『古事記』と『日本書紀』とを虚心に読みくらべ、両者の違いを確認してもらいたいものである。

参考文献

大和岩雄『古事記成立考』（大和書房、一九七五年、新版、二〇〇九年）
西郷信綱『古事記の世界』（岩波新書、一九六七年）
三浦佑之『古事記講義』（文藝春秋、二〇〇三年、文春文庫、二〇〇七年）
三浦佑之『古事記を読みなおす』（ちくま新書、二〇一〇年）
三浦佑之『風土記の世界』（岩波新書、二〇一六年）

『古事記』の神話は日本固有のものか

猪股ときわ

一　『古事記』と『日本書紀』

一般に、書名に「日本」を冠する『日本書紀』は漢字を書記言語とする諸外国を意識して作られたが、「古事記」（フル・コト・ブミ）とのみ名乗る『古事記』は、国内に向けて書かれたとされる。いずれも漢字を用いて書記しているが、『紀』は純粋漢文で、『記』は和語の語順にそって書くなど変体(態)漢文となっている。では、十年ほど前後して成立した両書を比べた場合、日本国外に通用するように書かれた『紀』よりも『記』のほうにこそ日本に固有の神話が記されていると考えることはできるだろうか。

和語（当時の列島上で用いられていた言語）を用いて口頭で語られたり歌われたりしていたであろう原・神話を、『紀』のように古代中国の文章語（漢文）にいわば翻訳することには困難が伴ったであろう。漢文は紀元前から積み重ねられてきた広大な漢籍のコンテキストと繋がっている。それに馴染まない、日本列島上の各地ではぐくまれた世界観に基づく神話を書くことは難しいに違いない。たとえば、『紀』正文のイザナキ・イザナミ神話では、女神のイザナミが死んで黄泉国《よもつくに》に行くことはない。『紀』では男神のイザナキは「陽神《をかみ》」、女神のイザナミは「陰神《めかみ》」とも称されており、両神の存在そのものが古代中国において世界を成り立たせる原理と考えられた陰と陽とを体現している。イザナミが死んで異世界へ行ってしまえば、その中国的な世界を成り立たせている原理の一つが失われるという非常事態が起こってしまう。『紀』の正文が開示しているのは、陰・陽が相まってこの世界が成り立つという論理である。漢文で正史を書こうとするゆえであろう。

また、出雲国を舞台とする大国主（オホアナムチ）にまつわる稲羽の素兎《しろうさぎ》のエピソード、根の堅州国という黄泉国とは異なる異界への訪問譚、大国主の別名とされるヤチホコノ神が二人の女神と長い歌謡のやりとりをする「神語」なども、『紀』にはない。これら『紀』にはない『記』神話の数々は、日本に固有な神話であったのだろうか。

二　比較神話学の成果

明治以来の日本神話学においては、『記』『紀』に記された神話を記紀神話と呼び、そのある側面や要素がインドネシア・メラネシア・ポリネシアといった南洋地域や東南アジア、アメリカ大陸、また、ギリシアやスキュタイ、インド、ゲルマン、ケルトなどの古代神話、さらに北方系の神話類とも類似していることが指摘されてきた。いくつかの例をあげてみよう。

『記』と、『紀』の「神代上第五段一書第六」（『紀』の神代は正文のほかに多くの「一書」類を付す）に見えるイザナキの黄泉国訪問神話は冥界訪問譚としてはギリシアのオルペウス神話とよく似ているとされる。オルペウスは死んだ妻を追って冥界へ行き、冥府にいるあいだ妻を「見るな」という禁忌を破ってしまって、妻を連れ帰ることができない。イザナキも黄泉国で「見るな」の禁忌を破ってしまう。イザナキがイザナミを連れ帰ることができなかった理由には、イザナミがすでに黄泉国の食べ物を食べてしまっていたことがあるが、ギリシア神話でも、冥界の女王ペルセポネの誕生に食物のタブーが関わっている。ペルセポネは大地の女王の娘であったが、冥府の王ハデスに地下の国へ連れ去られ、冥界でザクロの実を口にしてしまっていたために上の世界に完全には復帰することができず、一年のうち一定期間は冥府で過ごすことになり、冥界の女王となった。『記』『紀』（一書を含む）のイザナミは大地の女王の娘ではないが、イザナキとともに葦原中国《あしはらのなかつくに》の島々や神々を生んだところに、大地の女神の面影もうかがえよう。ところが、死んで黄泉国へ行き、イザナキの訪問も失敗に終わり、黄泉比良坂《よもつひらさか》（葦原中国と黄泉国の境）に千引石《ちびきのいは》が引き塞がれた後には、自らの手で葦原中国の人を一日に千頭《ちがしら》絞殺すると宣言する。『記』ではそれゆえに、イザナミを「黄泉津大神《よもつおほかみ》」とも号すと記す。日本列島の大地や自然神たちを出産したイザナミも、最後にはペルセポネのように、いわば冥界の女王に成ったのである。

『記』のオホゲツヒメや『紀』のウケモチノ神（神代上第五段一書第十一）は体内から食物を出してスサノヲやツクヨミノ神を饗応したが、スサノヲやツクヨミはその排泄の様を見て汚いとおもい、殺す。すると死体から五穀の種や家畜となる動物類が生じる。神の殺害が農耕の起源となる神話はアメリカ大陸や南洋に見えるという。インドネシアのセラム島、ウェマール族に伝わる神話でもハイヌウェレという少女が体内から宝物を排泄して人々に与えていたが、それを気味悪くおもった人々によって殺害され、死体から人々の主食となる芋が発生する。こうした死体化成型の作物起源神話をドイツの神話学者イェンゼンは「ハイヌウェレ型神話」と名付け（『殺された女神』）、本来は穀物ではなく芋類や果樹などを栽培する「古栽培民文化」の中で生み出されたものであるとした。オホゲツヒメやウケモチノ神の死体から化成するのは芋や果樹ではなく穀類や家畜ではあるが、その基底にも同様の文化があったと想定されるという。およそ縄文後・晩期の古代日本にも中国の江南や東南アジアの焼畑雑穀栽培文化を介して「古栽培民文化」が渡来していたのではないかというのである。

生命を生み出す神である一方で命を奪う神でもあるイザナミや、殺された身体から作物を生じる神の痕跡は日本昔話における山姥にもうかがえる。山姥は「三枚の護符」や「牛方山姥」などで人を取って食らう、山中に住む恐るべき存在として語られる一方で、餅などを与えると豊穣をもたらしてくれたり、焼畑を加護してくれたりもする。山姥は山神そのもの、ないし山神の妻として非常に多産だとも語られ、難産を助けた者には猟運や福を授けてくれる。死んだ山姥の血から根の赤い作物（蕎麦など）が発生するとも語られる。焼き殺された恐ろしい山姥の死体が疱瘡に効く薬や高価な松脂に変わったり、金銀に変わったりする。焼死する山姥というモチーフは『記』や『紀』一書のイザナミの死の場面と結びつくという。イザナミも火の神の出産に際して身体を焼かれて死ぬが、その際に身体から排出した嘔吐物や大小便から金属、粘土、水の神々、食物神の親神などが化成したのであった。

『記』と『紀』とを「記紀」と総称し、記紀神話には古代日本の神話が抱え込まれていると考えるならば、比較神話学が指摘してきたように縄文以前にも遡る壮大な文化的移動や伝播の問題へと結びつき、『記』どころか、日本列島という一つの地域に閉ざされた「固有」性などというものは存在しないことに気づくことになる。また、古代国家成立とともに記された『記』や『紀』の中の神話が、粟や蕎麦などの焼畑作物や栗など里山の果実を栽培し、山・海の幸を利用する生活を背景とした語りである昔話の類より、世界観や思考において「新しい」ということもありうる。

ただし、記紀神話には体から宝物を排泄するハイヌウェレ（椰子の枝）という名の不思議な少女が登場するわけではないし、『記』でスサノヲに殺されるのはオホゲツヒメという神であるのに対して『紀』でツクヨミに殺されるのはウケモチノ神という性別の判明しない神である。そうした個別の名に込められた世界観や神話的思考を読み解いてゆくという方法をとるならば、壮大な文化の移動や話型の伝播の想定の一方に、固有性を見ることも可能であろう。モチーフの類似は驚異的な遠距離にある神話どうしを結びつけ、絶対年代の差を超えた話どうしを比較することを可能にする。一方で、神話は語られた個別の地域やにない手の違いによって万華鏡のような多様性を生じてもいるのである。

三　歌が語る「古事記の神話」

「古事記の神話」ということが、『記』という漢字で書かれた書物が抱える神話的発想や神話的思考、神話的世界観、神話的モチーフなどを指すとするなら、「古事記の神話」はなにも上巻の神代にのみ見えるわけでもないし、散文部分に限定されるわけでもない。前述したように『記』の上巻にはヤチホコノ神が歌ったとされながら「やちほこの　かみのみことは（八千矛の神の命は）」と三人称的にはじまり、途中から「をとめの　なすやいたどを　おそぶらひ　わがたたせれば（少女の寝すや板戸を　押そぶらひ吾が立たせれば）」と一人称的な叙述に変わる歌が登場する。『記』はこの歌を「神語（かむがたり）」と呼ぶ。歌であって語りでもある「神語」は歌う中にヤチホコノ神の求婚譚が展開する、神自ら歌い、語る神話であった。

『記』の中巻にも同様に歌の中に人称の転換が起こる長い歌を見つけることができる。応神天皇がヤカハエヒメに杯を取らせて歌ったという歌（『紀』にはない）も、「このかにや　いづくのかに　ももづたふ　つぬがのかに　よこさらふ　いづくにいたる（この蟹や何処の蟹　百伝ふ角鹿の蟹　横去らふ何処に至る）」と問答の形で三人称的にはじまりながら、少女との出会いの場面に至って「すくすくと　わがいませばや　こはたのみちに　あはししをとめ（すくすくと吾が行ませばや　木幡の道に逢はしし少女）」と横歩きでずんずんと道を行く蟹でもある「われ」の、一人称的な語り口に転換する。応神天皇が宴などの食物に過ぎない蟹と化して歌うのはおかしいので、冒頭から少女との出会いの直前までは「すくすくと」（ずんずんと）を導く序詞にすぎないとも指摘されるところである。しかし、『記』の応神天皇は皇太子時代に角鹿《つぬが》に禊ぎに出向き、角鹿の湾の神を夢に見て神と名の交換をしたことで即位する資格を得たと考えられる。天皇はこの宴での歌の中であらためて、角鹿の蟹という異類と化して日本海側から木幡《こはた》までの道行きを体現する。歌の言葉という散文とは位相の異なる言語の中で、起源の神話的出来事を生起することで、応神天皇は木幡の道で出会った少女と、異類婚という神話的な出会いと結婚をするのではないだろうか。また、異なる類《たぐい》との出会いを求めて故郷を旅立つとき、人ならぬ蟹も歌の言葉を発する、という神話的思考もうかがえる。蟹は日常言語を話すことはできないが、特定の局面においては歌うことがあるのであった。

神話的思考それ自体は、世界的な広がりをもっている。しかし、たとえば歌うことに神話的な次元を立ち上げる役割を担わせようとすること自体は、『記』に固有なあり方だろう。『記』の神話は日本固有ではない。しかし、歴史的な時間の如何を問わず世界の諸地域と連続してゆく神話的要素、話型、思考を、どのように抱えているか、どのようにして発動させようとしているかに、『記』に固有にして特有な神話の生態を読みとることができるのである。

参考文献

猪股ときわ『異類に成る——歌・舞・遊びの古事記』（森話社、二〇一六年）
大林太良『日本神話の起源』（角川書店、一九六一年）
中沢新一『カイエ・ソバージュ』一～五（講談社選書メチエ、二〇〇二～二〇〇四年）
平藤喜久子『神話学と日本の神々』（弘文堂、二〇〇四年）
吉田敦彦『日本神話の源流』（講談社、一九七六年）

天照大御神は太陽神か

烏谷知子

一　誕生と神名

『古事記』では天照大御神は伊耶那岐命《いざなきのみこと》の禊《みそぎ》によって左目から誕生したと記され、中国の盤古《ばんこ》神話の影響が指摘される。神名は上巻では一貫して天照大御神と表記され、大と御の美称を重ねた特別な神である。『日本書紀』第五段本文には伊奘諾尊《いざなきのみこと》と伊奘冉尊《いざなみのみこと》の神婚によって日神《ひのかみ》、大日孁貴《おほひるめのむち》（一書《あるふみ》の名　天照大神《あまてらすおほみかみ》、天照大日孁尊《あまてらすおほひるめのみこと》）が誕生したとある。「孁」はメ（女）の訓に当てられ、日ル女（太陽である女性）、貴《むち》は高貴な人の意である。太陽を男性神とし、それに仕える巫女とする説もある。日る女は原初的な名であり、『古事記』の天照大御神は神名に「日」を明記しない観念的な名称である。天照は須佐之男命《すさのをのみこと》の乱行を畏れ天の石屋戸に隠《こも》る。これにより高天原も葦原中国も常夜《とこよ》往《ゆ》く闇の状態になり様々な妖《わざわひ》が発生する。神話には、冬至の頃に衰えた太陽の生命力を活性化させる季節祭や宮廷で行われた鎮魂祭が反映されており、インドシナ半島に伝わる日食神話との類似性も指摘されている。この神話は天照の死と物忌みを経た新たな再生を説く。天照はここで太陽神の性格を示すが、それだけでは収まらない様々な性質を合わせもつ神である。須佐之男命や高御産巣日神《たかみむすひのかみ》との関わりを通して天照は変化と成長を遂げる。『万葉集』巻二・一六七番歌には、「天照らす　日女《ひるめ》の尊」とあり、持統三年（六八九）の段階では天照大御神の呼称は確立していなかったとみられる。伊勢の海人族が祭った太陽神が皇祖神として祀り上げられるのは、壬申の乱（六七二年）を契機とした、七世紀後半の天武・持統朝であるとみられている。

二　天照大御神と須佐之男命の誓約《うけひ》神話

天照の問題を神話の展開に即して記す。伊耶那岐命は、天照大御神に御頸玉を授け高天原統治を委任する。また月読命に夜の食《をす》国《くに》を、須佐之男命に海原統治を委任する。ところが須佐之男は妣《はは》の国根之堅州国に行きたいとして、海原統治を拒否する。この様は、

八挙須《やつかひげ》心前《こころさき》に至るまで、啼きいさちき。其の泣く状は、青山を枯山の如く泣き枯らし、河海は悉《ことごと》く泣き乾しき。是を以て、悪しき神の音《こゑ》、狹蠅《さばへ》の如く皆満ち、万《よろづ》の物の妖《わざわひ》、悉く発《おこ》りき。

（幾束もある長い鬚がみぞおちのあたりに垂れ下がる年頃になるまで

泣きわめいた。その泣く有様は、青々とした山を枯山のようになるまで泣いて枯らし、河や海の水は、泣いて干上がってしまうほどであった。そのため悪神たちの声は、五月ごろわき騒ぐ蝿のように満ち、あらゆる物のわざわいがすべて起った。）

と記される。須佐之男は大人になっても泣きわめき、水の秩序を滅茶苦茶にし、悪霊による災禍をもたらす凄まじい力をもつ神である。追放された須佐之男は、姉の天照の元に暇乞いに訪れるが、弟が国を奪いに来たと思った天照は、男装・武装して雄叫びをあげて須佐之男を迎える。国土が震動する大事件にもかかわらず、高天原の八百万の神は天照に力を貸す様子がない。須佐之男の清明心を証明するために、誓約《うけひ》（未知の真実を知るための卜占）を行うことになる。二神は各々を象徴する珠と剱の物実《ものざね》を交換して子どもを産む。天照は須佐之男の剱から宗像の三女神を産み、須佐之男は天照の珠から五男神を産む。天照は各々の物実から成った子を各自の子とする「詔《の》り別《わ》け」を行う。これにより天照の継承者、正勝《まさかつ》吾勝《あかつ》勝速日《かちはやひ》天之忍穂耳命《あめのおしほみみのみこと》が誕生する。『古事記』では、『日本書紀』のように男を産めば清明心が証明されるという誓約の前提条件を設けなかったために、どちらの性別の子を産めば証明されるのか、判定が曖昧にされる。男神が天照に帰属した後、須佐之男は手弱女《たわやめ》を産んだ自分が勝であると宣言し、勝さびに高天原における天照の祭政を破壊する。結果は「正しく勝った私は勝った」の意を神名にもつ男子を所有する天照の勝のように思われるのだが、それでは須佐之男に邪心があったことになり、高天原はこの強大な力をもつ神に乗っ取られる事になろう。また須佐之男に悪心があれば、須佐之男の息吹の狭霧の中から誕生した天之忍穂耳命の神聖性が損なわれることになろう。須佐之男の力を得て生殖によらずに御子を誕生させながらも、誓約の前提条件を定めない『古事記』では、皇統を継ぐ天之忍穂耳命は一時たりとも須佐之男に帰属することがなく、天照の神聖性もゆるがない〔金井一九九〇〕。

三　石屋戸隠り以前の天照大御神

勝さびに須佐之男はまず、天照が営む神田の畔を破壊し、溝を埋め稲の生育を妨害する。次に天照が「大嘗《おほにへ》を聞《きこ》し看《め》す殿《との》」に糞をしてまき散らして穢し、稲作の祭政を妨害する。大嘗は霊魂が最も衰弱するとされた冬の時節に、一年に一度他界から強力な外来魂を携えて訪れる神をもてなして収穫を感謝し、神と新穀を共食して新たな御魂を取り込み、来る一年の共同体の豊饒と繁栄を祈る重要な祭りである。天照は高天原の統治者でありながら、大嘗に訪れる神を迎えるべく一年をかけて神稲を育て祭儀を実修する巫女的な性格をもつ。天照は須佐之男の乱行を咎めることなく、その行為の「詔《の》り直《なほ》し」を行い、言霊《ことだま》の力によって穢れを回避しようとする。天照は高天原の支配者として、大嘗祭の続行を図ったのであろう。しかし須佐之男の暴虐はエスカレートし、天照が神御衣《かむみそ》を織らせているところに、忌服屋《いみはたや》の天井に穴を開け天《あめ》の斑馬《ふちうま》を逆剥《さかは》ぎに皮を剝いで落とし入れる。驚いた天の服織女《はとりめ》は梭《ひ》で陰部《ほと》を突いて亡くなる。これは丹塗り矢伝承と共通する神婚の象徴的な表現であろう。伝承の基底には養蚕の起こりを説く馬娘婚説話《ばじょうこんせつわ》があり、馬と機織が結びついた可能性がある。『日本書紀』第五段一書第十一では天照は養蚕と関わり、同書第七段本文では、梭で身を傷付けるのは天照とする。『書紀』では天照は神衣を織る機織女の性格を有するが、『古事記』では天照は機織の主催者であり、その身に害が及ぶ表現は避けられている。天照が父の伊耶那岐大神から授けられた御頸珠《みくびだま》の別名を御倉板挙之神《みくらたなのかみ》という。これは倉の棚に安置された稲魂をさすとされ、高天原における天照の農耕祭祀と関わるものであろう。天照を象徴するのは御頸珠の玉であり、須佐之男を迎える際も八尺の勾璁《まがたま》の五百津《いほつ》のみすまるの玉を左右のみづら（髪を左右にわけて耳のところでわがねて、その中央を糸で結んだ男子の髪型）・かづら（髪かざり）に付け、御手に纏《ま》き持ち、多数の神霊を身に付ける。誓約の際にも須佐之男の息吹を介して珠から天照の御魂を継承する御子を生す。天照の性格は珠によって規定される。また、天照は伊耶那岐の禊祓の際に水を介して誕生し、高天原では常に天の安河《あめやすのかは》という水辺にいる。誓約や司令はこの河の辺で行われ、天の石屋戸もこの河上にある。天孫降臨の際、天照の御魂を象徴する鏡も五十鈴川の辺に斎《いつ》き祀られる。天照は稲や水、機織と深い関わりを有する。

四　天の石屋戸神話

天照の「詔り直し」も効力がなく、大嘗に訪れる神に奉仕する服織女が須佐之男に侵犯されて死の穢れが起こり、天照は予想外の事態に畏れ忌避して石屋戸にさし隠る。ここに用いられる「見畏《かしこ》む」という表現は『古事記』に七例あり、婚姻と男女の離別、秩序の成立に際して用いられることが多い。石屋戸神話の後、通常の婚姻ではないものの、誓約によって互いに子をなした二神の高天原と出雲・根之堅州国への離別が語られる。天照の忌隠りにより、

高天原皆暗く、葦原中国悉く闇し。此に因りて常夜往きき。是に、万の神の声は、狭蠅《さばへ》なす満ち、万の妖《わざはひ》は、悉く発りき。

（天上世界高天原は真暗になり、地上世界の葦原中国も真暗闇となった。こうして夜がずっと続いた。そこで大勢の神々の騒ぐ声は、五月ごろわき騒ぐ蠅のように満ち、あらゆるわざわいがすべて起った。）

の状態となる。石屋戸に隠ることは、天照の死を象徴している。石屋戸に隠ることで常夜往く状態（永遠の夜）をもたらし、石屋戸から出るとおのずと照り明るくなるところに天照の太陽神の性格が表され、その自ら照らす力は高天原のみならず、葦原中国にも影響を及ぼすことが知られる。また、先に引いた須佐之男の災いをもたらす力と、傍線部の天照の不在によって引き起こされる事態は類似しており（三村一九九〇）、八百万の神は協働し、世界の秩序を回復すべく天照を石屋戸から引き出す呪術が行われる。天照は霊魂の更新を図る石屋戸隠りを経て、自らの力を認められ、

須佐之男や八百万の神の上に立つ最高神、皇祖神に昇格し、父伊耶那岐に「事依《ことよ》せ」られた高天原から葦原中国までを影響下に置く。この神話以降、天照は時間と空間を支配する神となっていく。

五　天照大御神による「言」の支配

天照は葦原中国に天之忍穂耳命を統治者として降臨させる事を決定する。これを「言因《ことよ》す」としている。『日本書紀』第九段本文では「皇祖高皇産靈尊《みおやたかみむすひのみこと》」とあり、瓊瓊杵尊《ににぎのみこと》を降臨させるのは高皇産靈尊である。オシホミミとタカミムスヒの女が結婚しニニギが生まれるのは記紀で一致しており、『古事記』は天照と忍穂耳、高御産巣日と邇々芸の二つの系統の天孫降臨神話を統合したとみられている〔溝口二〇〇〇〕。降臨の司令は、一・二度目は高御産巣日・天照の両神併称でなされ、二度目の天若日子への意思確認の際に天照・高御産巣日の順になり、高御産巣日には高木神の神名が与えられ、三度目は「天照大御神・高木神の命以て」とあり、国譲りの交渉は成功する。高木神の神名は『古事記』にのみ表れ、高木には神霊が宿り、太陽が寄り坐すと信仰されたことによる。最初の天照の単独の宣言の後、高御産巣日に対する天照の優位性が打ち出され、天孫邇々芸命の降臨が導かれる。伊耶那岐の子という尊貴性と天照と同等の力を有する存在は須佐之男を置いて存在しない。物実の交換によって須佐之男の力や息を取り入れながらも、天照は言葉による自らの「詔り別け」により須佐之男の影響を受けない天之忍穂耳命を誕生させる。男系の系譜を掲げながらも『古事記』が皇祖神を女性としたのは、女性の産む尊厳性が重んじられ、天照の純粋性と尊貴性が保たれた皇統の不可侵性が第一とされたからであろう。国譲り神話において天照は、「言依《ことよせ》」「命以《みこともち》て」という言による決定権を有する神に成長する。天つ神から岐美二神への「命〔御言〕以ちて」なされた国の修理固成、伊耶那岐の「命《みこと》」による三貴子への「事依《ことよ》せ」、天照の「命《みこと》」による「言依《ことよ》さし」という、「コト依さし」の系譜が世界を秩序立てていく原理となる〔松田二〇一五〕。『古事記』では葦原中国平定を「言向《ことむ》け和平《やは》す」と表現し、天照は言〔服従の誓詞〕を向けさせる神として描かれる。天照の意志を背負う言向けは神武東征や倭建命の西征東征に引き継がれ、天照の神意は息長帯比売命の新羅征討を成功に導く。天照大御神は天の下の世界を「言」によって確立する神として描かれているのである。

参考文献

金井清一「神話と歴史――古事記と日本書紀との異質性」(『国語と国文学』六七巻五号、一九九〇年五月)

烏谷知子『上代文学の伝承と表現』(おうふう、二〇一六年)

松田浩「『古事記』における須佐之男命の「ウケヒ」」(『藝文研究』一〇九号一分冊、二〇一五年十二月)

溝口睦子『王権神話の二元構造――タカミムスヒとアマテラス』(吉川弘文館、二〇〇〇年)

三村三千代「スサノヲ試論」(『稲岡耕二先生還暦記念日本上代文学論集』塙書房、一九九〇年)

「風土記」は在地の伝承か

飯泉健司

一　在地と中央との発想

風土記所載の伝承は記紀の伝承とは異なる。主に発想レベルでの差異が目立つ。

例えば記紀の「国生み神話」では、中央（オノゴロシマ）から地方（各道の終点）という順に国を生む。中央から地方へ伝播して一律化を図るという朝廷の律令施策に通じる、拡散的な発想法をとる。対して『出雲国風土記』の「国引き神話」は遠国を自国に引きつける。他国を自国に引き込む、という吸引的な発想法をとる。

また、記紀では王権に逆らう土地神を殺すが、風土記では土地神は殺さずに祭り鎮める（中央伝承の影響を受けたものを除く）。記紀では天皇の風化（徳化）に神も従わねばならないが、風土記に登場する土地神は土地で生き続け、存在を主張して祭祀を要求する。

概して記紀は律令・王権を背景にした理念的発想をとり、風土記は生活する土地を中心に据えた現実的発想をとる。風土記伝承の特性は、理念世界ではなく、現実（在地）世界を基に発想される点に認められる。

二　在地（現実）世界の説話化

では、風土記は現実世界をどのように描くのか。『播磨国風土記』を例にみてみよう。

1砠川山《とがわやま》と稱《い》ふ所以《ゆゑ》は、彼《そ》の山《やま》、砥《と》を出す。故《かれ》、砥川山《とがわやま》といふ。（神前郡）

2砠堀《とほり》と稱《い》ふ所以《ゆゑ》は、品太《ほむだ》の天皇のみ世《よ》、神前《かむさき》の郡と餝磨《しかま》の郡との堺《さかひ》に、大川《おほかは》の岸《きし》の道《みち》を造《つく》りき。是《こ》の時、砥《と》を堀り出しき。故《かれ》、砠堀《とほり》と號《なづ》く。今に猶《なほ》あり。（餝磨郡）

3品太《ほむだ》の天皇の御蔭《みかげ》、此の山に墮《お》ちき。……（中略）……爾《ここ》に、道《みち》を除《はら》ふ刀鈍《やいばにぶ》かりき。仍《よ》りて「磨《と》、布理許《ほりこ》」とのりたまひき。故《かれ》、磨布理《とほり》の村といふ。（神前郡）

1は、砥石の出土記事である。風土記撰進の官命で「其れ郡内に生ずる」物を具《つぶさ》に録せ、との命に応じた記事と言える。説話（いわゆる「お話」＝何時何処で誰が何をした）ではなく、産物出土という現実を記す。ところが、2になると、起源となる時の設定（「品太の天皇のみ世」に道を作る際）が加わり、説話らしくなってきている。そして3になると時に加えて主人公が登場し、さらに話が展開する（御蔭を落とす→探す→草刈り→刃が鈍くなる→砥石を求める）。これは説話として認識できる。1の如き現実を基にして、2や3が作られていることが窺える。ここで注目したいのが、2、3のトホリは同一地であるにも関わらず、説話化の程度に差があることである。砥堀《とほり》は市川《いちかわ》の右岸・飾磨郡に属する。2は砥堀の地で作られ、3は対岸の神前郡で作られた伝承である。つまり隣村で作られた3の方が説話化が進んでいる。在地を描く場合、舞台となる土地よりも周辺地の方が、在地（現実）世界を説話化しやすかったようである。同様の例をあげよう。

4神山《かみやま》　此の山に石神在《いま》す。故、神山と號《なづ》く。

（『播磨国風土記』揖保郡）

神が鎮座するという現実を「神山」の地名起源とする。風土記に多い話型で神在型という。

5出雲の國の阿菩《あぼ》の大神、大倭《やまと》の國の畝火《うねび》・香山《かぐやま》・耳梨《みみなし》、三つの山相闘ふと聞かして、此を諫《いさ》め止めむと欲して、上り来ましし時、此處《ここ》に到りて、乃ち闘ひ止みぬと聞かし、其の乗らせる船を覆《ふ》せて、坐しき。故、神阜《かむをか》と號《なづ》く。阜の形、覆せたるに似たり。

（『播磨国風土記』揖保郡）

5も基本的には、神の鎮座（現実）により「神阜」の地名起源を説く神在型であるから、本来は4の如き単純な記事であったのだろう。ただし5は、4とは異なり、神在型に大和三山伝説を取り入れながら脚色して説話化する。神阜は揖保川左岸に比定されることから、同じく揖保川左岸の上岡里《かみをか》の記事として校訂されることがある。ところが「神」と「上」とでは、カミの「ミ」字（上代特殊仮名遣《じょうだいとくしゅかなづかい》）が異なる。また唯一の伝本「三条西家本《さんじょうにしけぼん》」では神阜は揖保川《いぼがわ》右岸の「越部里《こしべ》」に記される。5は上岡里の伝承ではなく、越部里で伝承・採取された伝承と考えるのが妥当である。つまり5においても対岸の隣村において、面白く脚色されて説話化されている。

このように在地（現実）世界が説話として面白く脚色されるのは、周辺地の方が多いようだ。在地（現実）世界が周辺地で説話化される。ということは在地伝承（特に説話）は、舞台となる土地で生成されたというより、周辺地で生成された可能性が高い。ならば舞台となる土地だけに着目しても在地伝承の本質を理解することはできないといえよう。

三　在地伝承の担い手――周辺者

ではなぜ周辺地で説話化がなされるのか。周辺地は、舞台となる土地から一歩距離を置く。舞台となる土地の制約を受けない自由な観点を確保できる立場にある。

神在型を例にとる。神在型は、神が鎮座する場所を述べる。その前提には、神が鎮座すべき聖なる土地であるとの認識が存する。

6三處《みところ》郷　即ち、郡家に屬《つ》けり。大穴持命《おほあなもちのみこと》、詔《の》りたまひしく、「此《こ》の地《ところ》の田好《よ》し。故、吾が御地《みところ》に占《し》めむ」と詔りたまひき。故、三處といふ。　（『出雲国風土記』仁多郡）

神に見いだされた特別な素晴らしい土地だから、神はこの地に鎮座する。神在型が各地で用いられた理由は、土地至上主義に適した話型であったことによろう。

ところが、土地至上主義の立場からすると、5の神阜は特別な存在ではなくなっている。闘いが止み、神はやむを得ず当地に鎮まったのである。神在型の前提にある神に選ばれた素晴らしい土地というニュアンスはない。そのかわり大和三山伝説を取り入れることにより、出雲や大和という遠隔地を視野に入れた、ダイナミックな説話に展開している。さらに注目したいことがある。5の伝承地・採取地である越部里には、駅家《うまや》（大和と出雲とを結ぶ道の駅家）が置かれていた。他国と交流する駅家には、他国の情報や話が入ってくる。駅家は自国を相対的・客観的に捉える視点を持ちやすい環境といえる。

要するに、説話化を可能にするためには、舞台となる土地の拘束にとらわれず、自由な立場から土地を捉え返す視点が必要であった。そのような視点を持つ者を周辺者と呼ぶ。在地の説話化は周辺者の所為であり、舞台となる土地から自然発生したのではなかろう。

四　周辺者の文学

周辺者という観点は、在地伝承や風土記の問題に止まらない。文学作品の多くの作者が、実は周辺者の立場・視点を持っていた。清少納言や紫式部といった平安朝の女房達は、宮中に近侍しながらもロイヤルファミリーだけの密室空間には入ることが許されない。だから「御屏風に添ひつきてのぞくを」（『枕草子』「淑景舎《しげいさ》、春宮《とうぐう》にまゐりたまふほどの事など」）というように周辺から垣間見をする。中世の隠者達（鴨長明・吉田兼好等）は、郊外にいながらにして「世の中」（都）のことを記す。ともに描く空間の周辺にいた者という点で共通する。文学作者は周辺者の立場をとることが多い。

周辺者になることにより、舞台となる中心を客観化・相対化することができる。結果、面白おかしく捉え返す視点をもつことが可能となる。だが周辺者とは空間の問題に限定されない。空間的には中心部にいたとしても、心理的に（舞踏会において観察する仮面紳士のように）周辺者の視点を持つことができたのならば、周辺者となり得る。ただし、中心部に属する者は、環境的に客観的・相対的な視点を確保することが難しい。よって中心舞台から距離的に離れた者の方が、周辺者になり得た場合が多いのであろう。

そこで再び風土記に戻る。在地伝承をまとめ、加筆・筆録して風土記を編纂したのは、国司・郡司とされている。彼らは、地方に赴任した中央官僚（国司）であり、地方（国学）で中央の教育を受けた官人（郡司）である。地方（郷土的関心をもつ地方人）と中央（風土的関心をもつ中央人）との中間に位置する中間者である。地方・中央の、どちらからみても周辺者の立場にいる。国司は、都にはない地方世界と接することによって異文化・異郷を実感し、逆に都を再認識する。郡司も国学で学問を学び、中央官僚と接することにより、己が土地を客観的・相対的に捉える視点をもつようになったであろう。採取した土地の伝承を加筆・採録した郡司・国司も、また周辺者であった。

周辺者の文学は後世にまで続く。風土記編纂者も、周辺者になりやすい環境に置かれる。在地（現実）世界を捉え返して面白く展開させて説話化する。その点で言えば、在地伝承とは、舞台となる土地で生成したというよりも、周辺者によって説話化され、加筆・筆録された伝承であった。在地（現実）世界の風土という観点をもつ一方で、周辺者が説話を展開させるという文学的側面についても考慮することが、在地伝承研究には必要となろう。

参考文献

飯泉健司『播磨国風土記神話の研究――神と人の文学』（おうふう、二〇一七年）

古橋信孝『古代和歌の発生――歌の呪性と様式』（東京大学出版会、一九八八年）

吉野裕「風土記の世界――郷土的関連から」（『岩波講座日本文学史』第三巻、岩波書店、一九五九年）

『日本霊異記』は日本の仏教説話集の濫觴か

山本大介

はじめに

薬師寺僧景戒によって編纂された『日本霊異記』（正式名称『日本国現報善悪霊異記』）は、序文の記載を根拠に延暦六年（七八七）より編纂が開始されたと考えられている。一方、その完成は、集録された霊験譚のうち最新のものが嵯峨天皇の時代の話であることから、弘仁年間（八一〇～八二四）以降とみられる。

このように八世紀末から九世紀初頭にかけて成立したとみられる『日本霊異記』であるが、「日本における現存最古の仏教説話集」といった文言を通して紹介されることが少なくない。この『日本霊異記』を「日本」の「仏教説話集」の「現存最古」であるというのは、本稿の問いである『日本霊異記』を「日本」の「仏教説話集」の「濫觴《らんしょう》」と捉える認識とも通じている。「濫觴」とは「起源」の意であり、そのことにおいて後者は『日本霊異記』を「現存最古」であることを根拠に、「日本」における「仏教説話集」の始源として位置づけようとする文学史的視座に基づく認識の問題といえる。

『日本霊異記』を「濫觴」と捉える認識から想起されるのは、後世の「仏教説話集」と『日本霊異記』との関係であろう。例えば、『三宝絵詞《さんぼうえことば》』『法華験記《ほっけげんき》』『今昔物語集』など平安期以降に編纂された仏教の霊験譚を掲載する文献の中には『日本霊異記』を典拠とする話が数多く採録されている。そうした霊験譚の引用にみえる継承のありようを、『日本霊異記』が「日本」の「仏教説話集」の「濫觴」であることの証左の一つとしてみなすことができよう。

だがここで改めて問いたいのは、『日本霊異記』を「仏教説話集」と捉える認識、いわば「日本」の「仏教説話集」の「濫觴」と捉える概念自体の認識である。『日本霊異記』を「日本」の「仏教説話」の「濫觴」とみなすとき、『日本霊異記』が仏教の霊験譚を集積した書物の「最古」であるという事実を根拠とするあまり、『日本霊異記』を規定する「説話」「説話集」という概念自体や、『日本霊異記』と同時代の仏教をめぐる言説との関係が自明視されてはいないだろうか。

一　「説話」「説話集」という枠組と『日本霊異記』

そもそも「説話」「説話集」とはいかなる意味の言葉なのであろうか。

おそらく広く知られるところでは、「説話」は昔話や伝説、世間話など口承文芸の意として、「説話集」とは複数の「説話」を集め文字にして記した書物をさす意として、いわば書物をある特定の枠組に当てはめ意味付けるジャンルの概念として通用しているかと思われる。

だが、「説話」「説話集」がそうした概念をさす用語として用いられるようになったのは近代以降のことである。さらにその言葉が意味する領域も近年大きく変化している。

元来は「話をする」、あるいは「はなし」「ものがたり」といった意味の言葉である漢語「説話」は、明治期において海外の昔話・民話研究の影響に伴いドイツ語「Märchen」の翻訳語として、当時の神話研究において学術用語として用いられるようになる。さらにその後、柳田國男によって神話や昔話、伝説を総称する口承文芸を指す狭義の概念として定義されるに至る。だが、近年の説話研究において、研究対象が唱導や寺社縁起、神道書、儀礼書、注釈書、絵画、音楽、儀礼、芸能などと多様化している状況を鑑みるならば、「説話」「説話集」の概念もまたかつての口承文芸に限定された狭義の枠組みのみにおいて捉えることはできないだろう。

こうした「説話」の概念の変遷や説話研究の状況は、『日本霊異記』を「説話集」と定義する認識自体の再考をうながす。

そもそも『日本霊異記』が撰述された時代において、ジャンルの概念としての「説話」の語は存在しない。ならば「説話集」として『日本霊異記』を規定する以前に、同時代における文章の概念における『日本霊異記』の位置づけの検証に基づいて、改めて『日本霊異記』の存在意義を追究することが求められよう。

また、説話研究における研究対象の多様性の観点に基づくならば、日本撰述の仏教典籍ということにおいて『日本霊異記』を「濫觴」とは言い難い。『日本霊異記』が編述された奈良朝から平安朝初期にかけては大陸から仏教関係の典籍が大量に齎《もたら》されるとともに、それらの註釈書や僧伝が大量に作成されたことが知られている。古くは伝聖徳太子撰述の『三経《さんきょう》義疏《ぎしょ》』にはじまり、鑑真とともに来日した渡来僧法進や『日本霊異記』にもその名がみえる善珠や智光らにより仏典の註釈書が作成され、淡海《おうみの》三船《みふね》や渡来僧思託によって鑑真伝や『延暦僧録』といった僧伝が撰述されている。『日本霊異記』がそうした同時代の仏教典籍の動向や言説と無縁であったとは考え難い。『日本霊異記』を「仏教説話集」の「濫觴」とするならば、そうした八世紀日本の仏教典籍をめぐる知の状況との関係において『日本霊異記』が存在したということを念頭に考える必要があるのではないだろうか。

二　「自土の奇事」の「濫觴」と「他国の伝録」との連続性

『日本霊異記』は、その書名の通り仏法の善悪因果応報思想に基づいて顕現した「日本」の「霊異」を「記」した書物である。書物の主題は「日本」の「霊異」を「記」すことにある。加えて、

『日本霊異記』には、その編纂事情を記す各巻序において、「聊《いささか》に側《ほのか》に聞けることを注《しる》し」（上巻序）、「口伝を謬《あやまり》注《しる》し」（中巻序）というように、口承の伝承を文字で記載したとの文言がみえる。この文言にそのまま従うならば、『日本霊異記』で語られる霊験譚とは、日本各地において口承で語られていた仏教の霊験譚、あるいは日本土着の神話伝承を仏教の霊験譚として述作したもの、という認識を生じさせはしないだろうか。さらには「現存最古」「濫觴」という認識が加わることで、『日本霊異記』の霊験譚を「日本固有」とみなす認識が強調され、その一方で中国はじめ大陸の仏教の言説との関係が軽視されるということはないだろうか。

『日本霊異記』が同時代の日本における仏教典籍隆盛の状況と不可分であるのと同様に、中国はじめ東アジアの仏教との関係が没交渉であったとは考え難いことは、すでに多くの先行研究が指摘するところである。むしろ、その関係性は決して単純ではない。

> 昔、漢地にして冥報記《みやうほうき》を造り、大唐国にして般若験記《はんにやげんき》を作りき。何ぞ、唯し他国の伝録をのみ慎みて、自土の奇事を信じ恐りざらむや。（……）故に、聊《いささ》かに側《ほのか》に聞けることを注し、号《なづ》けて日本国現報善悪霊異記と曰ふ。

上巻序文において『日本霊異記』編纂の経緯が語られる一節である。編者景戒は、中国で編纂された『冥報記』『般若験記』といった「他国の伝録」が尊ばれる一方で「自土の奇事」が顧みられることがない状況を感嘆する。『冥報記』は唐の永徽年間（六五〇～六五五）に唐臨の撰述により、その内容は仏教の因果応報の霊験譚を主としている。『般若験記』は孟献忠の撰述により開元六年（七一八）に成立した『金剛般若経集験記』をさし、金剛般若経の霊験譚を通じて般若の教えの偉大さを説くことを主題とする。これら二つの書物と『日本霊異記』とが書物の思想において重なることが指摘されている。『日本霊異記』が大陸の霊験譚との関係において編纂されたことを窺い知れよう。

さらに、「他国の伝録」と「自土の奇事」との関係にも注意しておきたい。景戒は『冥報記』など「他国の伝録」にみえる霊験が「自土」においても起こっているに「自土の奇事」が顧みられることがないと言うのである。ここでいう「自土の奇事」とは「日本固有」の霊験の意ではない。

こうした「自土の奇事」の認識の具体的な様相は、中国の仏教文献にみえる霊験譚と同様のモチーフが『日本霊異記』のなかに幾つも認められることを通して確認することができる。例えば、前世の罪によって白い猿の身に転生し近江国の陀我《たが》大神の「社の神」となった猿神が、猿の身を免れたいと僧に請い願う話がみえる（下巻第二十四縁）。こうした神が神としての身を苦とし、仏教に帰依して離脱することを願う話は「神身離脱説話」と称され、かつては日本の神信仰と外来の仏教との接触により生じた日本独自の神仏習合の一形態と考えられていた。しかし、本話と同様のモチーフを有する話が『高僧伝』をはじめ中国の複数の仏教関係の文献に見えることが指摘されている。

こうした『日本霊異記』における「自土の奇事」の認識や霊験譚のありようは、先行する大陸の仏教関係の典籍の翻案により『日本霊異記』の話が述作されたというに留まらない。同様の霊験が地域を越えて繰り返し顕現するということ、さらには中国の文献に記載されている霊験が「自土」においても顕現するという思考を意味している。

では、そのことが『日本霊異記』においていかなる意味を持つのか。

下巻序文において、景戒は自らが生きる「延暦六年」の日本の「今」が、仏の教えが衰退の一途を辿る「末法」の渦中にあると説く。こうした時代認識を考慮するならば、『日本霊異記』編纂の営為とは、大陸で起こったのと同様の仏法の霊験が「末法」の日本においても顕現している様相を語ることを通して、「末法」の日本が仏教先進国である「他国」に連なる仏国土であるということを見出し位置づける営為として考えられるのではないだろうか。

かような「奇事」の顕現を通した「他国」と「自土」との連続性の思考に基づいて『日本霊異記』が生まれたということを見過ごしてはならない。

おわりに

「説話」「説話集」「濫觴」という概念やジャンルについての考え方はあくまで現代の視点から捉える考え方にすぎない。そうした視点を相対化するうえでも、『日本霊異記』と同時代における国内外の状況や知との関係を精緻に考察していくことが重要であろう。日本文学史上における『日本霊異記』の存在意義についても、そうした考察を通してはじめて見えてくるのではないだろうか。

参考文献

河野貴美子「日本文学史における『日本霊異記』の意義――その表現と存在」(『上代文学』一一六号、二〇一六年四月)

小峯和明「説話の輪郭――説話学の階梯・その揺籃期をめぐる」(『文学』一巻四号、二〇〇〇年七月)

師茂樹「『日本霊異記』下巻第三八縁に見られる仏教論争」(『論理と歴史――東アジア仏教論理学の形成と展開』ナカニシヤ出版、二〇一五年)

山口敦史編『聖典と注釈――仏典注釈から見る古代』(武蔵野書院、二〇一一年)

山口敦史『日本霊異記と東アジアの仏教』(笠間書院、二〇一三年)

山口敦史「『金剛般若経集験記』から見た『日本霊異記』――神人離脱説話をめぐって」(『日本文学研究』五二号、二〇一三年二月)

山口敦史「『日本霊異記』と『冥報記』『般若験記』――序文の思想と製作意図」(『日本文学研究史』一〇・一一輯、二〇一三年三月)

山本大介「「自土の奇事」を書く――『日本霊異記』序文と「他国」の伝録」(『古代文学』五二号、二〇一二年三月)

第二部　平安朝時代文学

「国風文化」をどう捉えるか

渡辺秀夫

「国風文化」（や「国風暗黒時代」）の見直しが試みられて久しい。さまざまなアプローチが可能であろうが、一般的な見取り図として、平安初頭以降の唐風賛美（国風暗黒時代）を経過し、漢文化の生硬な模擬・模倣からやがて自国の嗜好に沿った理解・表現へと変容し、九世紀後半から十世紀半ば頃にかけて、次第に国風的な文化・文学が形成されるという認識は的外れなものではない。論議の大きな分岐点は、「遣唐使」廃止後を「閉鎖的」とするか、それとも、近年の対外交流史研究の進展により明らかにされた、海商による頻繁な交易活動の実態に鑑みて、なお依然として「開放的」なものとして理解すべきかとする点にある。と同時に、交流頻度の計量的側面だけでなく、移入請来品の内容の吟味に加え、「閉鎖的」、「開放的（国際性）」とされることがらの実質をどのように認識し、評価するかということも忘れてはならない論点である。

一　遣唐使の役割

海商の交流でもたらされた平安貴族の身近に溢れる唐物《からもの》の存在は「国際色豊か」な一面ではあるが、遣唐使が請来した成果と同一次元で扱うことには慎重さが必要であろう。平安初頭の外来文化と土着文化の交渉は、その当初から圧倒的に優勢な中国文化の模倣的摂取と受容にあり、常に知的基盤となる文化規範が漢文化にあることは時代を通じて変化はないので、問題は、この漢文化受容の質的な変化がどの時点から生じるかが一つの焦点となる。知的基盤が大陸の動向と連動して常に上書き更新され変容してゆくのか、それとも、その基盤・基準の大要が一定の纏まりをもって固定され、以後は本体部分が更新されずに、その基盤の上に時代の好尚・トレンド・ファッションが表層的に加わるに過ぎないのか、同じモノの移入であっても両者は次元が異なるゆえに、区別して考えなければならないであろう。

近年、民間のそれとは遥かに次元を超えた遣唐使の役割の大きさを見直す議論も現れて来た（東野治之『遣唐使』岩波新書、二〇〇七年）。既に同書で指摘されていたことだが、孫猛『日本国見在書目録詳考』（上海古籍出版社、二〇一五年）は、漢籍東伝史の観点から以下のように述べる。八世紀の奈良時代は漢籍移入史上の「最盛期」で九世紀代は「斜陽期」とし、書物《モノ》の移入と文化活動の間には遅延が伴うので、九世紀後半は中国文化史上の「円熟黄金期」だとする。この中国文化の「円熟黄金期」の気風の中で、その集大成としての漢籍目録（『日本国見在書目録』）が編纂されるが、このことは、直後に行われた遣唐使の廃止と密接な関係にあるもの（必然的な表裏の関係）として捉えるべきだという。この宇多天皇の下命による寛平年間（八八九〜八九八年）の《日本国の漢籍総目録》の編纂が、醍醐天皇の勅撰による《請来仏経典の総合目録》『諸宗章《しょしゅうしょう》疏《しょ》』と対を成すように行われるのは、四、五世紀前後頃から九世紀に至る五百年間に移入累積された漢籍文化の集大成としての象徴的意義をもち、遣唐使の廃止後も引き続き中国文化の移入は継続するものの、日本の朝廷が主体的・自覚的かつ体系的に唐代文明を吸収するという歴史が一段落したことを強調する（下巻「漢籍東伝与《日本国見在書目録》」「《日本国見在書目録》的成書年代及其背景」）。言いかえれば、国家的な制度等の文化総体に関わる文物基盤の整備が一応の完成をみて、いわば、参照規範とすべき中国文化の基本ソフト（Operating System）を装着《インストール》し終えたということである。これ以後もさまざまな個別の文物類《アプリ》は移入、利用されるものの、文化・制度の根幹に関わるものは巧みに排除される一方、唐国が滅んで以後も、それまでに蓄積し選別・摂取しえた唐代文化が拠るべき規範とされ続けることの重要性が再確認されるのである。

二　「国風」と「唐風」の関係

「国風」と「唐風」を対立的、あるいは互いに排他的なものと考えがちなのは、一般的に、遣唐使の廃止イコール中国文化の途絶とみなされやすいからであろう。この問題と向き合うには、ことは奈良・平安の古代に限らぬことであるが、和文の世界を支える文化の基層には、つねに参照規範とすべき中国文化（漢文世界）が存在していたことを忘れてはならない。平安文化を「中国文化と日本文化との融合・並列」（大津透『日本の歴史06　道長と宮廷社会』講談社、二〇〇一年）と捉える見方はその通りで、漢文の世界（中国文化）と和文の世界（日本文化）は二層的な構造（「和—漢比較的な表現の位相」）をもって並存してきた。

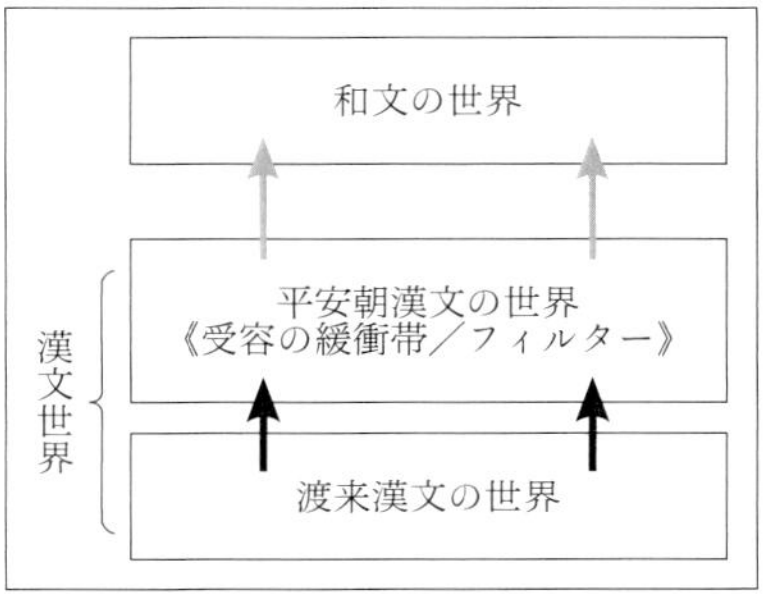

図１　〈和—漢〉の表現位相

九世紀〜十世紀の文学事象を「和—漢比較的」な観点から検証を重ねて来たささやかな経験からみて、平安文学の理解にとって、〝唐風か国風か〟あるいは〝唐風が後退・消滅して国風が生成・出現する〟といった単純な考え方はなじまない。国風とは常に唐風との対比・反発・受容・習合のダイナミズムをもつ、和—漢比較的な二元的な文化位相にはぐくまれて成り立つものだからである。国風文化を問題にする場合の留意点は、以下の三点。（ア）公的で正統な当代文化を代表する漢文世界の存在を一方に意識しつつ、和漢比較

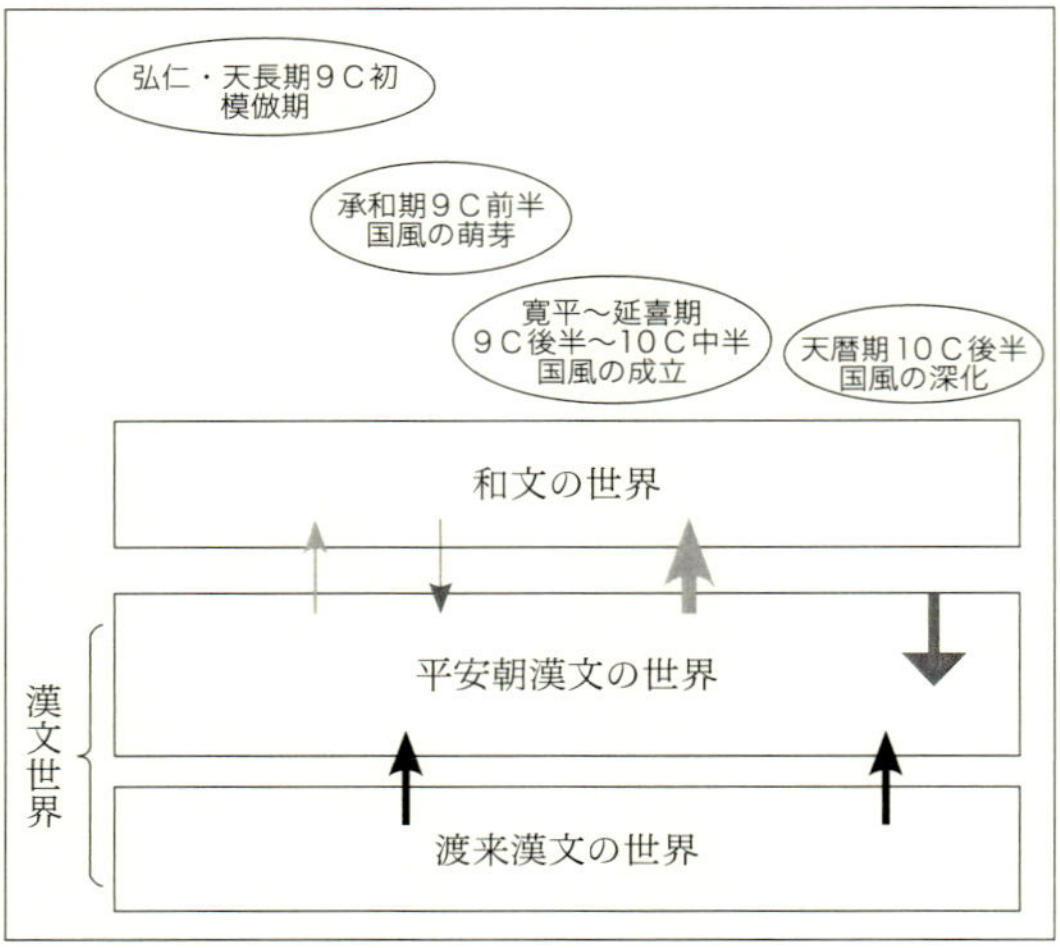

図２　模倣から国風的変容へ

の二元的な表現層をみのがさないこと、すなわち、漢文世界（「漢」）と和文世界（「和」）という重層する位相があり、両者の不断のダイナミックな緊張関係のうちに、国風がはぐくまれること。（イ）この「漢」の「和」への流入は、中国文学から直接というより、いわばその緩衝帯としての「平安朝漢文の世界」の表現層を介してというのが一般であり、この層への着目こそが、漢―和の摂取・受容の具体相の検証に実り多い視野を拓くこと。（ウ）この「渡来漢文の世界」の基盤知は大局的にみて『日本国見在書目録』の範囲を出ず、これを中国文化の規範として、和文の世界に膚接する「平安朝漢文の世界」の国風化が深められてゆく。従って、この「閉じて選別された唐文化」を自己流に熟成させた「平安朝漢文の世界」の動態への配慮をも怠らないこと、などが求められよう。

三　国風成立の結節点――寛平～延喜

寛平期を、漢籍東伝史の「斜陽期」でありかつ中国文化の「黄金期」とする見方は、ひとつの観点をもたらす。それは漢籍の移入が固定され、中国文化受容の到達点を示すと同時に自立的な日本なりの漢文化の消化・吸収が促進されてゆくことを意味している。事実、「国風」と称すべき事象が総体的に顕在化するのは、十世紀前後期（狭くは寛平～延喜年間〈八八九～九二三年〉、広くは九世紀後半～十世紀中頃）にあり、「和―漢」の並行・均衡、やがて「和」が「漢」の変容をも促しつつ「漢」から自立して行くふしめと判断される。

〈漢詩文〉の世界に目を向ければ、中国文化の「黄金期」に対応するように、多くの個人の漢詩文集が編まれ（『都氏文集』『田氏家集』『菅家文草』等）、例えば菅原道真の作品は、中国文化の正統を丹念にトレースするかのように唐代の律賦や近体詩の性格を過剰なほどに強調し、また、宇多天皇の側近として唐代皇帝の政治ブレーンの如く文章博士を「翰林学士」と称したり、また公の詩宴の場では、中唐代の省詩題が積極的に利用されるなど（李宇玲『古代宮廷文学論』勉誠出版、二〇一一年）、一面で、大いに唐代文化の規範に倣おうとする。しかしまた同時に、九世紀後半期の漢詩人の作品中には、題材処理や発想に国風化の兆しも現れ、公宴詩題そのものも、経典類からの引用を基本としたものから我が国の好尚に合わせた『白氏文集』の詩句も加わるなど、詩題の情趣化が進む。また、知識文人社会には神仙道教への熱烈な関心が隆盛する一方、題材の世俗化（国風化）も現れる（『続浦島子伝記』）。やがてこれらの動向は、我が国固有の漢詩の表現様式（「句題詩」）を天暦期（九四七～九五七年）に完成させるが（佐藤道生『句題詩論考』勉誠出版、二〇一六年）、それら王朝漢詩の表現趣向（詩語・詩想）が参照すべき唐詩（中国文化の規範モデル）の選択的固定化も定着する（『千載佳《せんざいか》句《く》』）。〈和歌〉の世界に目を向ければ、歌合《うたあわせ》史上の草創期、寛平期の歌合の場では、中国詩文を参照しながらの季節題の洗練、題材的な吟味が急速に進められ、これらは『古今和歌集』の四季部の体系的整備を促すこととなる。この間、「悲秋」の国語化や「惜秋」の造語など、抒情の様式に関わる漢文化の摂取に加え、漢詩に蓄えられた詩藻《しそう》・表現趣向の和語化の試みも積極的に行われた（『句題和歌』）。こういう「漢」からの受容（移入）と同時に、和―漢の文化（和歌的抒情と漢詩的詩藻）を同列に扱い、並立しようとする動きもみられる（『新撰万葉集』）。最近の木簡、墨書土器等の発掘資料によれば、九世紀後半期には貴族の私邸で相当程度にこなれた仮名字体が現れ、それなりのまとまりをもつ仮名ぶみが書かれていたことも明らかになって来た（京都市考古資料館速報展、二〇一二、二〇一五年）。こうした状況を背景に、〈和文〉の世界でも、漢文序のスタイルにまねた国語による文章が綴られるようになる。『古今和歌集』が完成し天皇に奏上された時の正式な序は「真名《まな》序」で、国家的な事業である勅撰集には正格な駢儷《べんれい》文体をもつ漢文の序を付けるのが当時のきまりであった。漢文で書くからには、当然中国式の詩歌論をベースに論理が展開され、文章全体の枠組みだけでなく、引用された語彙や故事も中国古典の文脈に沿った用い方をしなければならない。一方、仮名ぶみで書く場合には、たとえ漢籍からの故事の引用でも、漢文世界の文脈の規制から離れ自在な使い方が可能となる。また、「真名序」の引用する故事・典拠が正統的な中国古典であるのに対し、「仮名序」は、より通俗的な典拠や平安前期に著された我が国の漢文序（もうひとつの自前の「漢」）を用いる等、その材源の取材範囲や用法が身近でこなれたもの（より自由な書きぶり）になる（拙著『平安朝文学と漢文世界』勉誠社、一九九一年、同『和歌の詩学』勉誠出版、二〇一四年）。

正統な「漢」を参照規範とする一方で、必ずしもそれに縛られない「和」が、ジャンルを横断して生れ出て来ることがわかる。

こうした全体的な趨勢をみれば、十世紀前後期を「国風」の成立時期とみなすことに大きな誤りはないが、より精密で説得的な「国風文化論」のためには、単一のジャンルや学問領域を超えた複合領域からの共同研究の進展が望まれる。「平安時代における『国風』的文化現象についての学際的研究」（平成二十八～三十年度科研課題・研究代表者・佐藤全敏）はその試みのひとつ。

注釈学の発生メカニズムは解明可能か

東　望歩

一　『古今集』の成立と仮名序・真名序

最初の勅撰和歌集である『古今和歌集』は、約千百首の和歌を収載した全二十巻で構成され、巻頭に仮名序、主に巻末に真名《まな》序が付されている。

両序は、紀貫之ら四人の撰者に古歌の収集と家集の献上が命じられ、その後、それらを整理・部類した全二十巻の『古今集』が編まれたことを説明するが、ここに記されている日付は、仮名序では「延喜五年四月十八日」、真名序では「延喜五年歳次乙丑四月十五日」と若干異なっている。また、『古今集』の編纂・成立に関わる資料として注目されてきたのが、『貫之集』八一九番歌詞書である。「延喜の御時」（九〇一～九二三年、醍醐天皇の御代）に、歌人が召し出され、後宮の一角である承香殿の東面で和歌の献進・撰出が行われたことを伝えており、時期、内容から考えて、『古今集』関連記事と考えてよいだろう。ここでは、仮名序とも真名序とも異なる「四月六日」という日付が示されている。

日付の揺れ以外にも問題はあり、真名序が序末に日付を記すのに対し、仮名序は、醍醐天皇の勅命から『古今集』完成に至るまでの過程を説明する文中に記しているため、延喜五年（九〇五）四月に『古今集』編纂が始まったようにも読めるのである。歌集本体を見ると、延喜十三年（九一四）に開催された亭子院歌合など、延喜五年以降に詠まれた和歌が含まれており、これを、延喜五年四月に完成した後、改めて増補、あるいは補入された、と考えることも、延喜五年四月以降数年間の編纂作業中に詠まれた、と考えることもできるだろう。詠歌年代だけではなく、作者の官名表記なども含めて、歌集内部の情報から『古今集』の成立年代や成立過程を明らかにしようとする研究も重ねられてきた。序文に明記された日付を基本とすべきか、歌集部分を重視すべきか、という問題は、序文と『古今集』の関係を再考することを促す。

現存する写本は基本的に仮名序を有しているが、真名序がないもの、また、他系統の本によって補入されたことが明らかなものは少なくない。また、近年発見された伝藤原公任《きんとう》筆本は両序を持たない。平安後期の歌学書『袋草紙』では、古今証本として陽明門院御本、小野皇太后宮御本、花園左府御本（新院御本）の三本を挙げ、このうち、奏覧本と思しき「延喜御本相伝」の陽明門院御本は「無序」であった、と伝えており、序文は奏覧時にはなく、のちに書き加えられたものではないか、とも考えられている。紀貫之によって書かれたであろう仮名序、「貫之序」と記される真名序（実際の作者は紀淑望《きのよしもち》とされ、平安中期の漢詩文集『本朝文粋《ほんちょうもんずい》』にもその名で収められる）は、『古今集』の一部ではあるが、しかし、歌集本体に添えられた外的な文章でもあることが、『古今集』の成立に関する問題を通して改めて意識されるのである。

二　『古今集』のなかに埋め込まれた注

活字化された仮名序を読んでいると、文章の途中に小字や二字下げの形で、例歌や解説などが記されていることに気付く。これは「古注」と呼ばれるもので、元永本《げんえい》（元永三年〈一一二〇〉七月二十四日の書写奥書を持ち、藤原定実《さだざね》筆と推定される）のように古注と仮名序本文を混同する写本の系統もある。紀貫之によるものと見られた時期もあったようだが、仮名序の内容に対する批判的言及や後代の和歌引用により、後人による注と理解されるようになった。

平安後期以降、古注作者として名を挙げられていたのは藤原公任である。藤原清輔が「但不得心事有少々、不被信受之（但し心得ぬ事少々有り、之を信受せられず）」（前田家本勘物）と懐疑的であったのに対し、平兼盛歌引用に着目して貫之説を否定した顕昭《けんしょう》は、公任説については「此義宜歟（此の義宜しきか）」（『古今集序注』）と肯定的に受け止めていた。公任説を考える際に重要な位置を占めるのが「公任卿注」逸文（『古今集序注』所引）である。「公任卿注」は真名序注であったと思しく、「公任卿注」と仮名序に付された古注の関係については、現在も詳細な比較検討が続けられている。

『古今集』本文とともに享受されるべき注として読み継がれ、現在も除去されることなく活字化される古注だが、前述のように、後人による注であることは確認されている。これに対して、『古今集』のなかに埋め込まれ、『古今集』の一部として読むべきものなのか、『古今集』本体とは異なる層《レイヤー》にあるのか、という判断が難しいのが、三十八首（および墨滅歌二首）の和歌に付された「左注」である。

『古今集』の左注は、三種類に大別できる。一つ目は、巻二十の「返し物の歌」歌群（一〇八一～一〇八六）に付された左注で、歌群冒頭の詞書「返し物の歌」を共有しつつ、「この歌は、承和の御嘗の吉備国の歌」（一〇八二）、「これは水尾の御嘗の美作国の歌」（一〇八三）の形式で各歌に関する情報をそれぞれに付加していく。これらの左注は、詞書、作者表記、和歌本文との対立関係や、情報の曖昧さ、不確定性を示唆するような文言を用いてはいない。

二つ目は、五〇、二八四、六八九、八二五、八九二、八九四、一〇六九番歌の七首に付された和歌の異文注記である。一〇六九番歌のみ「日本紀には」、ほかの六首では「又は」という文言で示されている。一〇六九番歌は『続日本紀《しょくにほんぎ》』天平十四年（七四二）正月条などに伝えられる古歌で、勅撰集である『古今集』にも優越する公的な書物であるため、「日本紀」の名が記されたのだろう。

また、「又は」の左注が付された六首のうち、例えば、八二五番歌左注の異文は、『新撰和歌』三〇二番歌との一致が確認できる。左注の異文が和歌本文に替わる異同は、元永本などの一部古筆切、古写本で五〇番歌にあるのみで、編纂の過程で記されたものかどうかは不明ながら、『古今集』の伝本間における校合《きょうごう》の注ではなく、『古今集』が採った和歌本文とは異なる形態の伝承歌を伝える注記と考えて良いように思われる。

三つ目は、七、一二五、一三五、二一一、二二二、二六九、二八三、三四四、三五五、三七五、四〇六、四〇九、四一二、六二一、六六四、六七一、七〇二、七〇三、七二〇、八六六、八九五、八九九、九〇七、九五九、九七三、九九四番歌の二十六首に付された詞書、作者表記の異伝注記である。人麻呂の作者異伝が際立って多く、のちに人麻呂信仰の高まりにおいて大きな役割を果たしていく四〇九番歌のほか七首を数える。作者表記が「読人しらず」ではない作者異伝は、三五五番歌における在原滋春・時春という親子間の異伝のみである（二四九番歌のように、作者表記の諸本の異同として親と子の名前が見られることもある）。また、詞書が「題しらず」ではないものは、三五五番歌以外に二六九、四〇六番歌があり、この二首の左注については、詞書との整合性やその真偽について論じられている。三七五、四一二、九七三、九九四番歌の「歌語り」的な左注も、歌物語との関わりや先後関係について議論のなされるところである。

三　左注は『古今集』なのか、『古今集』の注釈なのか

『古今集』の左注は、いつ、誰が書き込んだものだろうか。詞書や作者表記と同時に、撰者が書いたとすれば、それらと左注を意図的に書き分けた、ということになる。和歌の後ろに置かれる左注は、新たな情報に基づいて和歌を振り返り、再読させるため、和歌の複線的な享受を可能にする。また、詞書等に比して不確かな情報を記したものと見るのであれば、左注とは、情報の精度を階層化、序列化しつつ示すために採られた形式ということになる。

数次の編纂段階を経て成立した『万葉集』では、題詞と左注の書かれた時期が明らかに異なる巻もあり、そこに生じる題詞と左注の齟齬、例えば、作者異伝に関する議論は、「御言持ち歌人」としての額田王など専門的代作歌人を想定する代作論や作者という存在に対する認識の変化を捉えようとする共有論に発展していった。編纂時期や撰者が確かな『古今集』において、そうした地層を歌集内部に見ることは基本的にないものの、前述のように、『古今集』が成立に関する問題を抱えていないわけではない。

『古今集』の成立過程に関する議論を踏まえて、奏覧時にはなかった仮名序と左注が増補段階で書き加えられた、と考えることもできる。聞き手への敬意表現「侍り」が用いられる詞書の文章に対し、左注および仮名序の文章では「侍り」の欠如が指摘されている。また、口語的な助詞「なむ」を用いて語る文体も、仮名序、左注の文章を論じる際に着目される点である。

なお、左注における「なむ」の分布を確認すると、作者名を明らかにする注記にはなく、詠歌状況を語る注記にのみ見られる。「ならの帝」「あめの帝」「近江の采女」「三人の翁」を作者として示す異伝に「なむ」が見られることは、これらが具体的な作者名を明らかにするというよりも、その存在を通して和歌の詠歌状況を語るものであることを示している。「ならの帝」については、『古今集』注釈史の始発から人物考証が行われており、現在、平城《へいぜい》天皇を指すとの注が付けられるが、この点から、そもそも具体的な人物を想定したものではないようにも思われる。

左注が撰者によって書かれたかどうかを考える際には、九四四番歌左注と『伊勢物語』筒井筒章段、四〇六番歌左注と『土佐日記』承平五年（九三五）正月二十日条に関する議論なども視野に入れるべきだろう。四〇六番歌については、筋切《すじぎれ》本（天永年間〈一一一〇～一一一三〉書写か）、唐紙巻子《からがみかんす》本（元永年間書写か）、元永本で、左注が詞書化していることも注目される。同系統では、このほかにも作者異伝や異文の本文化・削除が複数あり、左注を『古今集』のなかに消化していこうとする傾向が見られる。そこには、左注の記載内容を『古今集』の一部と見なす意識と左注という記載形式を非公式なものと捉える感覚があるのだろう。

撰者によって書かれたものではなく『古今集』享受の段階で書き加えられたものと考えることも多い。その場合、左注は『古今集』にとって最初の注釈と言えるだろうか。書き加えた人物として『後撰集』撰者や藤原公任などの名前が挙げられるほか、左注における語りの文体の向こう側に和歌《わか》被講《ひこう》という実体的な注釈発生の現場が想定されることもある。

和歌にまつわる情報の解説や補足を行う「注」として付されていることは確かであるにも拘わらず、左注を『古今集』の一部とも見なしうる感覚があるのは、和歌をあつめ、つなぎ、まとめる歌集という形態自体が、和歌にまつわる情報と向き合う営みをその内部に抱えているためだろう。さらに、段階的な編纂過程を辿る中で、題詞と左注の関係が一定ではない『万葉集』左注のあり方も意識される。

左注という副次的な形式と成立に関する問題が重なった時、『古今集』の輪郭が揺らいで見える。仮名序と古注の間に『古今集』と『古今集』注釈の切れ目があるが、その狭間でいまも揺れているのが左注だろう。

参考文献

岡村和江「古今集の詞書および左注の文章について」（『国語と国文学』四一巻一〇号、一九六四年十月）
片桐洋一『古今和歌集以後』（笠間書院、二〇〇〇年）
久曾神昇『古今和歌集成立論 研究篇・資料篇上・中・下』（風間書房、一九六〇～六一年）
小松茂美『伝藤原公任筆古今和歌集』（旺文社、一九九八年）
杉田まゆ子「公任歌学と古今集序注——仮名序古注と公任序注の先後」（『和歌解釈のパラダイム』笠間書院、一九九八年）

物語文学史の空白は書き換え可能か

渡辺泰宏

一　『伊勢物語』「三段階の成立説」

現在、『伊勢物語』の成立説として最も注目され、通説化しているといえるのは、片桐洋一の「三段階の成立説」であろう。これは、『伊勢物語』の成立をおおよそ第一次、第二次、第三次にわけて考えるものである。つまり、「古今集以前に存在した原初形態の伊勢物語」である第一次『伊勢物語』は「二十章段にも満たぬ」ものであり、「後撰集（九五六年）以後しばらくの間にできた在中将集・雅平本業平集の頃の伊勢物語の段階」である第二次『伊勢物語』でも「五十段に満たぬ章段」であり、「それ以後、源氏物語ができる頃までに増補せられた章段」を加えて第三次『伊勢物語』、すなわち現在のような百二十五章段程度の『伊勢物語』となったとするのである。

この説は第一次と第二次の『伊勢物語』を想定することから成り立っている。第一次『伊勢物語』については、『古今集』（九〇五年）と『伊勢物語』の関係がその根拠となる。『古今集』の業平歌の詞書には『伊勢物語』の文章と類似したものがあるのだが、それが「古今集の詞書一般とあまりにも異なって」長く、説明的に過ぎる等のことから、『古今集』が当時既に存在していた『伊勢物語』の本文を尊重し用いたのだと考えるのである。さらに、『伊勢物語』に類似する詞書を持つ『古今集』の業平歌の数から見て、第一次『伊勢物語』は「二十章段にも満たぬ」ものだとする。

一方、第二次『伊勢物語』を想定する根拠となるものは『在《ざい》中将集《ちゅうじょうしゅう》』・雅平《まさひら》本『業平集』という二種類の業平家集である。この『在中将集』と雅平本『業平集』は、『古今集』・『後撰集』・『伊勢物語』等から採歌しているはずなのだが、この両集が『伊勢物語』から採録した歌の少ないことが注目される。これは、『在中将集』や雅平本『業平集』が『伊勢物語』の「男」の歌をすべて在原業平の歌と考えて採歌したのだが、その編集資料となった『伊勢物語』が現在の『伊勢物語』とは異なって比較にならぬほど小さな形態のものであったと考えるのである。そして、この『在中将集』と雅平本『業平集』は『古今集』・『後撰集』の業平歌を採録しているのであるが、『拾遺集』の業平歌三首を載せていない。そこで、『在中将集』と雅平本『業平集』の成立最下限は『拾遺集』（一〇〇五年）以前となるのであるが、『源氏物語』（一〇〇八年）には現存『伊勢物語』の引用が多く存在し、『源氏物語』の頃には現在のような『伊勢物語』が成立していたはずであり、『在中将集』と雅平本『業平集』は『後撰集』以後頃の成立だとするのである。

すなわち、ここから、「後撰集（九五六年）以後しばらくの間にできた在中将集・雅平本業平集」に載る歌から想定される『伊勢物語』は「五十段に満たぬ章段しか持たぬ小規模な形態」であったとするのであり、また「源氏物語ができる頃までに」現在のような百二十五章段程度の『伊勢物語』が成立したと考えるわけである。

二　『伊勢物語』「三段階の成立説」への疑問

では、この『伊勢物語』「三段階の成立説」は全く問題のないものなのだろうか、それについて考えてみたい。

まず、第一次『伊勢物語』のような存在については、とりあえずこのまま認めてよいのではないかと思う。『古今集』における『伊勢物語』関係歌の特異性、すなわち『古今集』の業平歌のうち『伊勢物語』にその内容が近いものの詞書が他の『古今集』の歌と異なって長大であるという事実から見て、『古今集』の資料として、『伊勢物語』ではないかもしれないが、『伊勢物語』らしきものが存在したと考えられるからである。

一方、第二次『伊勢物語』については、どうも納得のいかないものを感じる。たとえば、『後撰集』以後しばらくの間まで「五十段に満たぬ章段」であった『伊勢物語』が「源氏物語ができる頃までに」、現存本のような百二十五章段程度にまで章段数が増えるというようなことがありえるのだろうか。よく考えると、この説は綱渡りのような不安定な理論によって成り立っていることがわかる。なぜならば、これが成り立つためには、『在中将集』と雅平本『業平集』が『伊勢物語』の歌を選び採ったのではなく、その「男」の歌をすべて在原業平のものとして採歌したことが必要であり、かつ『在中将集』と雅平本『業平集』が『後撰集』（九五六年）以後しばらくの間に成立したものでなければならないからである。当時、『伊勢物語』を在原業平の物語と考えていたとしても、その歌すべてを業平作であると判断したかどうかはまた別の問題であり、『在中将集』と雅平本『業平集』が『伊勢物語』の歌を選び採って成った可能性もないとはいえないはずである。また、『在中将集』と雅平本『業平集』は『拾遺集』の業平歌である三首を載せていないので、これらを『拾遺集』以前の成立とするのであるが、これも絶対的な根拠となるものではない。当時、『拾遺集』はあまり流布せず、流布していたのは、この業平歌三首を載せていない『拾遺抄』の方であったという説が有力である。実際に、『在中将集』や雅平本『業平集』が、もっと時代の下るものであったことを示すような事実が存在する。『在中将集』の基となったと考えられる「小相公本」という『業平集』、さらにはその基となったであろう群書類従本系『業平集』、そして雅平本『業平集』には後撰集所載の藤原仲平の歌が混入しているという事実がある。これは「なかひら」の「か（可）」の字の草書体が「り（利）」の草書体に誤られて「なりひら」と読まれたことによって生じたものと考えられている。つまり、『在中将集』や雅平本『業平集』、さらには群書類従本系『業平集』も、藤原仲平の歌が在原業平の歌と誤られる時代に編纂されたものであり、けっして「後撰集（九五六年）以後しばらくの間」に成立したものではないと考えられるわけである。

以上のことから見て、『在中将集』・雅平本『業平集』は第二次『伊勢物語』を想定する根拠とはなり得ないといえるのであり、『伊勢物語』「三段階の成立説」は成り立たないと考えられるのである。

三　『伊勢物語』の成立と作者

それでは、『伊勢物語』の成立はどのように考えればよいのだろうか。実は、『伊勢物語』は『古今集』の業平歌三十首をすべて採り入れているのだが、『後撰集』の業平歌十首のうち、「秋萩を色どる風は」〈二二四〉（新編国歌大観番号。以下も同様である）、「暮れぬとてねてゆくべくも」〈六二八〉、「頼まれぬうき世中を」〈一二二五〉、「大井河うかべる舟の」〈一二三一〉の四首を載せていないのである。もし伊勢物語が業平の物語として成長し続けていたとすれば、勅撰集である『後撰集』に載る、これらの歌を採り入れないのはおかしな話である。つまり、この事実は、『伊勢物語』のおおよその形が『後撰集』以前に成立していたことを示すものであろう。

このように、『伊勢物語』のおおよその形の成立が『後撰集』以前であるとするならば、そこに一人の作者を考えることが可能になってくる。それは、これまで多くの論考において『伊勢物語』の作者の一人ではないかとしてとりあげられてきた、紀貫之である。貫之は貞観十三年（八七一）頃に生まれ、天慶九年（九四六）に卒しているので、これは『伊勢物語』生成の時期とも合致し、一方、天暦十年（九五六）頃成立の『後撰集』を見ることはできなかったはずである。では、どうして貫之を『伊勢物語』の作者としてあげるべきなのか、その根拠についていくつかあげてみたい。

実は、『伊勢物語』と紀貫之の表現には共通するものが多く見られるのであるが、今そのうち、完了・存続の助動詞「り」の語をあげたい。『伊勢物語』と『古今集』には、歌の直前に「よめる」という語をもつものが多い。これは、『伊勢物語』十九例、『大和物語』〇例、『平中物語』〇例と他の歌物語には見られぬものであり、『古今集』二〇六例、『後撰集』七例、『拾遺集』十例と、当時の勅撰集においては『古今集』にのみ多い語であることがわかる。『古今集』の最終的な編者が貫之であったことを考えると、『伊勢物語』の「よめる」という表現は貫之によるものではなかったかと思われるのである。これに関連して、『伊勢物語』と『古今集』に共通する「やれりけり」という表現がある。これは「よめる」と同様、完了・存続の助動詞「り」を含む表現である。これは、『古今集』に二例〈七四〇・九三八〉、『伊勢物語』に四例（六九段・八六段・九四段・一〇七段）見られるのであるが、八代集や『大和物語』・『平中《へいちゅう》物語』には全く見られない表現なのである。この表現の中心となる「やれり」という語は家集でもほとんど見られないごくまれなものであるのだが、『貫之集』には四例〈五一三・六五九・七一四・八五四〉（田中喜美春・田中恭子『貫之集』〔風間書房　一九九七年〕の番号による。以下も同様である）も見られるのである。以上のような、『伊勢物語』と紀貫之に見られる共通の表現を見てくると、『伊勢物語』の作者は紀貫之だったのではないかと思われてくるのである。

次に、『伊勢物語』に載る貫之歌の存在をあげることができる。『伊勢物語』には、貫之の歌が二首存在するのであるが、その一首は一〇八段にある「風吹けばとはに浪こす」（『新古今集』〈一〇四〇〉、『貫之集』〈五五三〉）の歌である。面白いのは、この次の段である一〇九段に載せられる「花よりも人こそあだに」の歌が紀望行《もちゆき》、すなわち貫之の父の歌（『古今集』〈八五〇〉）だということである。『伊勢物語』に望行、貫之親子の歌が偶然にも相前後して採られることは考えがたく、この一〇八段・一〇九段の歌は何らかの意図をもって構成されたものというべきであろう。『伊勢物語』における貫之のもう一首は、七五段の最後に載る、「涙にぞぬれつつしぼる」の歌（『貫之集』〈五七八〉）である。この歌の位置は何でもないように見えながら、大きな意味を持つものである。というのは、「伊勢国」の物語がこの七五段で終了し、次の七六段から「翁」の章段が始まるという、『伊勢物語』の一大分岐点を示す、その前半最後の歌だからである。さらに注目すべきは、この歌が六九段から七五段の「伊勢国」の物語の最後にあるということである。これは、この歌の存在によって、貫之自身こそが『伊勢物語』の作者であることと、この物語の書名がなぜ「伊勢物語」であるのかを、この謎を解いたものだけにわかるように示した謎解きではなかったかと思われるからである。

参考文献

片桐洋一『伊勢物語の研究〔研究篇〕』（明治書院、一九六八年）
片桐洋一『伊勢物語』〈校注古典叢書〉（明治書院、一九七一年）
渡辺泰宏『伊勢物語成立論』（風間書房、二〇〇〇年）
渡辺泰宏「伊勢物語の成立と作者——その構造と書名にも関連させて」（妹尾好信・渡辺泰宏・久下裕利編『伊勢物語の新世界』〈知の遺産シリーズ2〉武蔵野書院、二〇一六年）

文献空白期の平安時代琴史

正道寺康子

はじめに

紘が七本で、琴柱の代わりに十三の徽《き》（紘を押さえる場所を示す印）を有する中国伝来の琴《きん》は、音楽文献の乏しい平安時代にどのような展開を見せたのだろうか。

一　文献空白期の琴《きん》

現存する琴《きん》に、法隆寺献納宝物一〇二号の琴《きん》（七二四年製、東京国立博物館蔵）や正倉院北倉の「金銀平文琴《きんぎんひょうもんのきん》」（七三五年製）などがある。後者は、弘仁五年（八一四）に、『東大寺献物帳《とうだいじけんもつちょう》』記載の「銀平文琴」が出蔵され、その代替品として同八年に納められたもので、琴《きん》はモノとして価値の高い楽器であった。淳和（八二五年）、仁明天皇の四十賀（八四九年）ではそれぞれ皇太子より琴《きん》が贈られ〔皆川二〇一四〕、醍醐天皇葬送（九三〇年）の際には遺愛の楽器として琴《きん》も納められた〔豊永二〇〇九〕。

平安時代、嵯峨・仁明・清和・醍醐・村上天皇、源信、本康《もとやす》・重明《しげあきら》親王といった皇統だけでなく、藤原関雄《せきお》・良岑長松《よしみねのながまつ》・藤原貞敏《さだとし》・高橋文室麻呂《ふんやまろ》・菅原道真など貴族も琴《きん》を嗜み、徽子《きし》女王・藤原芳子といった女性奏者もいた。

琴《きん》は一条朝の頃に廃れたとされるが〔山田一九三四〕、『御堂関白記』（大日本古記録）長和二年（一〇一三）正月九日条に「参皇太后宮　人々被参　有酒饌事　其次御琴等改紘　試笛等声（皇太后宮に参る。人々、参らる。酒饌の事有り。其の次いでに御琴等の紘を改め、笛等の声を試みる）」とあり、平安中期にあっても饗宴で琴《きん》が奏されている。

また、同年四月十三日条に「作琴一張・和琴一張入錦袋（琴一張・和琴一張を作りて、錦の袋に入る）」とあり、琴《きん》の製作・贈与が行われていたことも、琴《きん》の音色が聴かれたことの傍証になろう。

さらに、源《みなもとの》経信《つねのぶ》（一〇一六～一〇九七）が琴《きん》の音色を「あがたの唐坊にて弾きしを聞しが、蝱《あぶ》といふ虫のあかり障子にあたる音に似たり」（熊沢蕃山《くまざわばんざん》『源氏外伝《がいでん》』所収）と評しており、大宰府で唐人と接触した際に、琴《きん》を聴く機会があったらしい。五山文学で、入明経験のある禅僧絶海中津《ぜっかいちゅうしん》（一三三六～一四〇五）が「……知音今寂寞　壁上挂孤琴（知音は今寂寞たり　壁上孤琴を挂くるのみ）」（「期友人不至（友人と期して至らず）」、『蕉堅稿』所収）と詠んでいることから、上原作和は、鎌倉・室町時代も琴《きん》が「絶音」ではなかったと指摘する（上原・正道寺二〇一六）。

　そもそも、琴《きん》でどのような曲が弾かれたのか。

琴《きん》は御遊の楽器編成にあり、楽書『御遊抄《ぎょゆうしょう》』によると、内宴で重明親王が唐楽や催馬楽を弾いたとある（天暦元年〔九四七〕正月廿三日は春鶯囀《しゅんのうでん》・席田・酒清司、同五年正月廿三日は安名尊《あなとう》・春鶯囀・席田・葛城《かつらぎ》）。創作だが、『うつほ物語』では藤原仲忠が琴《きん》で唐楽「万歳楽」を弾き（俊蔭巻）、深川本『狭衣物語』（新編全集）では琴《きん》で源氏の宮が催馬楽「更衣」（巻二）、狭衣が唐楽「仙遊霞」を弾く（巻三）。日本では、琴《きん》で唐楽や催馬楽が弾かれたことが分かる。

　それならば、「高山」「流水」などのような、いわゆる琴曲が弾かれることはなかったのか。

　『日本国見在書目録《にほんこくげんざいしょもくろく》』に「……琴徳譜五巻　琴用手法一巻　雑琴譜百廿巻　弾琴用手法一巻……」とあり、相当数の琴譜《きんぷ》が伝来したことを窺わせる。中国では、唐代に琴譜の隆盛を見たという（中二〇〇八）。日本にも伝来し現存する唐代の琴譜に、国宝『碣石調幽蘭第五《けっせきちょうゆうらん》』（一巻、文字譜、東京国立博物館蔵）がある。原本は丘明《きゅうめい》（四九五〜五九〇）の伝だそうだが、この『幽蘭』譜は七世紀〜八世紀前半頃の写本で（山寺二〇一二）、実際に弾かれることもあったか。

　古記録に琴曲名は残っていないが、『うつほ物語』や『源氏物語』には琴曲が登場する。

二　『うつほ物語』『源氏物語』に取り入れられた琴曲

『うつほ物語』でその実態が分かるものに、「こか」の調子と王昭君の琴曲がある。「こか」は従来、五箇説と胡笳説とがあったが、現在では胡笳説が通説となっている。胡笳とはもともとは中国北方の異民族が蘆の葉を巻いて作った笛のことで、この胡笳の音調を七絃琴にうつし取ったのが胡笳の調べ＝胡笳調である。

　俊蔭娘が帝前で弾琴し尚侍《ないし》となる場面で（内侍のかみ巻）、胡笳調は王昭君の琴曲と結びついている。朱雀帝が琴曲の由来を語る際、王昭君とは明示されないが、明らかに王昭君に纏わる琴曲を指す。当該場面（室城一九九五、四二四〜四三二頁）をまとめると、

・「二の拍《（このはく）》」や「八の拍《（いのはく）》」※（　）は前田家本の表記 があることから（「拍」は楽章の意）、少なくとも八楽章はある。
・この琴曲には、「胡笳」調子や「しをすさ」調子がある。
・感動的な二の拍《（このはく）》（「かの胡の国へ渡りたる国母、胡の国とわが国と越えける境のほど、嘆きける手」）は、八の拍《（いのはく）》まで弾いた後、再度弾かれる。
・「仲頼・行正、唱歌仕うまつりて、涼・仲忠、詩誦じなどする声」とあるように、この琴曲に相応しい歌詞があり、メロディーに合わせて唄われる。

　一九九〇年より長年にわたる上原作和の考証によると、この琴

曲は『琴集』にある「胡笳《明君別》五弄」に相当するものであるという〔上原一九九四、上原二〇〇六、上原・正道寺二〇一六〕。『楽府詩集《がふししゅう》』（平津館叢書）巻二九・相和歌辞の解題に、「《琴集》曰、胡笳《明君》四弄、有上舞、下舞、上間絃、下間絃。《明君》三百餘弄、其善者四焉。又胡笳《明君別》五弄、辭漢《じかん》、跨鞍《こあん》、望鄕、奔雲《ほんうん》、入林是也。按琴曲有《昭君怨》、亦與此同（按《あん》ずるに琴曲に《昭君怨《しょうくんえん》》有り、亦《また》此と同じ）」とあることを受けての指摘である。さらに上原は、傍線部から胡笳《明君別》五弄を「昭君怨」に同定する。

明代の琴譜『神奇秘譜《しんきひふ》』（減字譜、洪熙元年〈一四二五〉）では、「龍《りゅう》朔操《さくそう》」を「旧名昭君怨」とし、八楽章で構成する。『うつほ』の二の拍《このはく》の内容と一致するのは、胡笳《明君別》五弄の第二「跨鞍」、または龍朔操の第六楽章「夜聞胡笳　不勝悽惻」である。『うつほ』の王昭君曲は、「胡笳《明君別》八拍」と言えようか。

前述した『幽蘭』譜には、巻末の尾題に五十九種の琴曲名を載せており、その中に胡笳《明君別》五弄に相当する小曲が独立した形で並べられている。これらの琴曲は恣意的に書き並べられているわけではなく、傍線部はひと纏まりの曲として配列され改行されている。しかも胡笳調の琴曲が多い。

楚調　千金調　胡笳調　感神調
楚明光　鳳歸林　白雪　易水　幽蘭
遊春　淥水　幽居　坐愁　秋思（蔡氏五弄）
長清　短清　長側　短側（嵇氏四弄）
上々舞　下上舞　上間絃　下間絃（胡笳《明君》四弄）
登隴　望秦　竹吟風　哀松路　悲漢月（胡笳五弄）
辭漢　跨鞍　望鄕　奔雲　入林（胡笳《明君別》五弄）―中略―
廣陵止息　楚妃歎

『うつほ』内侍のかみ巻以外では、「胡笳の声に調べて」（俊蔭巻、春日詣巻）・「胡笳に調べて」（吹上・下巻）は調子の意、「胡笳の一の拍《は》」（吹上・下巻）は曲を指すが、特定の琴曲名と結びついておらず、胡笳《明君別》五弄、あるいは従来から指摘のあった蔡琰《さいえん》の故事に纏わる胡笳十八拍、それとも胡笳五弄を指すのかは判然としない。

『源氏物語』須磨巻には、源氏が「琴《きん》を弾きすさびたまひて、……昔胡の国に遣はしけむ女を思しやりて、……『霜の後の夢』と誦じたまふ」とあり、傍線部の女が王昭君と推定されることから、王昭君曲が弾かれたのではないかと言われている。

明石巻では、源氏が「かうれう（大島本傍記「廣陵」とあり）といふ手」すなわち「広陵散」を弾く。『源氏』の琴曲で明確にその名称が分かるものである。広陵散の琴譜は、唐代に「呂渭広陵止息譜十巻」「李良輔広陵止息譜一巻」（『新唐書』藝文志）があり、明代『神奇秘譜』にも「慢商調」の広陵散を載せる。

若菜・下巻には「琴《きん》はこかの調べ（大島本傍記「一八胡笳」とあり）、あまたの手のなかに心とどめてかならず弾きたまふべき五六のはら（はち）—青表紙本諸本（河内本・別本諸本）を、いとおもしろくすまして弾きたまふ」とあり、「こか」を正しく「胡笳《コカ》の調」と註したのが、河内守・源光行一統の著した『原中最秘鈔《げんちゅうさいひしょう》』（一三六四年）である。「五六の潑剌《はら》」は琴《きん》の奏法で、上原作和によると『蕉庵琴譜《しょうあんきんぷ》』「龍翔操《りゅうしょうそう》」（＝龍朔操）の第三楽章にこの奏法があるという。他にも奏法に関する専門用語「由す」「按ず」が登場する〔上原・正道寺二〇一六〕。

物語から琴曲の実態を探ることは危険であるが、『うつほ』『源氏』には実際の音楽、胡笳調や広陵散・王昭君の琴曲が反映されていることは確実である。唐代の代表的な胡笳調は胡笳十八拍だが〔沈冬二〇一二〕、日本の物語に胡笳調の王昭君曲が受容されたことは興味深い。

『幽蘭』譜巻末記載の胡笳《明君別》五弄・広陵止息など①五十九種の琴曲を収めた琴譜、もしくは龍朔操・広陵散・大胡笳・小胡笳などを収めた②『神奇秘譜』のような琴譜があったか。文字譜か減字譜かは定かでないが、『うつほ』『源氏』の琴曲は、①や②のような琴譜の日本への伝来を裏づけるものである。

因みに「昭君怨」「大胡笳」はDVD『平安文学と琴曲　余明王昭君を奏でる』（余明演奏、上原・正道寺企画編集、フラッグメディアサービス、二〇一〇年）で視聴可能であり、運指法も分かる。物語の琴曲を厳密に再現したものではないが、どのようなテイストであるかは把握できる。

おわりに

中古・中世における琴《きん》は、遺物・古記録・琴譜・文学を総合すると、全容解明が可能な楽器である。古記録には記されなかった琴曲が『うつほ』や『源氏』には描かれており、「絶音」とされた時期にも琴《きん》は確かに存在したのである。

参考文献

上原作和『光源氏物語の思想史的変貌――〈琴〉のゆくへ』（有精堂出版、一九九四年）

上原作和『光源氏物語　學藝史――右書左琴の思想』（翰林書房、二〇〇六年）

上原作和・正道寺康子共著『うつほ物語引用漢籍注疏――洞中最秘鈔』（新典社、二〇〇五年）

上原作和・正道寺康子共編『日本琴學史』（勉誠出版、二〇一六年）

沈冬「唐代琴曲《胡笳》研究」（『唐代文學研究』一四、二〇一二年七月）

豊永聡美「宮廷社会と楽器」（『アジア遊学一二六号　〈琴《きん》〉の文化史』勉誠出版、二〇〇九年九月）

中純子『詩人と音楽』（知泉書館、二〇〇八年）

皆川雅樹『日本古代王権と唐物交易』（吉川弘文館、二〇一四年）

室城秀之校注『うつほ物語　全』（おうふう、一九九五年）

山田孝雄『源氏物語之音楽』（宝文館、一九三四年）

山寺美紀子『国宝『碣石調幽蘭第五』の研究』（北海道大学出版会、二〇一二年）

諸本論は『枕草子』研究を革新できるか

山中悠希

一　『枕草子』の本文と本文系統

『枕草子』にはさまざまな内容の文が収められており、一般的には内容ごとに類聚的章段（類想段などとも）、随想的章段（随想段などとも）、日記的章段（回想段などとも）と三分類されている。「章段」とは注釈書等における文のまとまりの区分であるが、これは便宜的なものであるので、ひとつの「章段」が複数の性質をもつこともあれば、「章段」同士に連続性があることもある。また、写本の中には、主に随想的・日記的な文章が、改行等の区切りのない形で書かれるものもある。『枕草子』の本文には種々の面で明確に区分けしきれない、一種の柔軟性が備わっていると思しい。

『枕草子』の本文系統は、三巻本系統、能因本系統、堺本系統の三系統および前田家本に分類されるが、本文異同がきわめて激しく、伝本によって使われる言葉や表現、記事そのものの有無、順序、配列方法までもが大幅に異なっていることが知られている。

三巻本は「安貞二年三月」（一二二八）の年時と藤原定家の筆名かとされる「耄及愚翁」の奥書をもつ本である。能因本は三巻本が昭和以降に主流となるまで最も広く流布した本で、清少納言と親戚関係にある歌人の能因が所持していたとの記述から付いた名称である。三巻本と能因本は記事の配列が内容ごとの類別になっていない（が強い構成意識が認められる部分も散見される）のが特徴で、この形態は雑纂形態と呼ばれる。なお両本の配列は同一ではない。

堺本は内容ごとに記事が分類されていて、記事の重複等を避けつつ一覧性を備えた再構成本となっている所に特徴がある。また、現存本には定子周辺における具体的な体験を記した日記的記事がない。前田家本は現在孤本であるので系統とは呼ばれない。前田家本も記事を内容ごとに分類しているが、堺本とは違って集成的であり、配列等も異なる。また、能因本と堺本とを合わせたような本文をもつことから、それぞれの祖本にあたる本を素材として作られたものと考えられている。鎌倉中期頃までの書写かとされる現存最古の『枕草子』である点でも大変貴重な資料となっている。

二　三巻本の本文をめぐって

このように『枕草子』の諸本は非常に変化に富んだものとなっているのだが、原態がどのようなものであって、現存本のどれに近いのかについては不明と言わざるを得ない。現状では、現存諸本の形態と本文の特徴等を勘案すれば三巻本・能因本のような雑纂形態が元の形に近いだろうというのがおおよその共通理解となっており、相対的に古態を残している可能性のある本として三巻本が研究の中心に据えられている。ただし三巻本だけの絶対視は危うい。三巻本の本文に瑕疵《かし》が認められることもあれば、他系統本にしかない重要な文や表現も存在する。『枕草子』を文学史や受容史の上から考える際にも他系統本の存在は見逃せない。たとえば、手紙の効用を説く「めづらしといふべき事にはあらねど」の段の『無名草子』への影響は有名で、本書は能因本系統の本文を見ていたと考えられている。あるいは、「春はあけぼの」の段の「烏の…（中略）…三つ四つ二つ三つなど飛びいそぐさへあはれなり」の「三つ四つ二つ三つ（三四二みつ）」は、能因本では「みつよつふたつ」であるが、和歌や連歌、俳諧などに類似の表現がみられる。現在人口に膾炙《かいしゃ》しているのは三巻本の本文だが、三巻本を校訂して末尾の「三つ」を削る角川文庫のような注釈書もある。

なお三巻本の中で最良の本文とされる一類本は初段「春はあけぼの」から「あぢきなきもの」までを欠損しており、欠けた箇所は通常二類本で補われる。よって『枕草子』を代表する「春はあけぼの」の段も二類本で読むことになるが、二類本には奥書・勘物《かんもつ》の省略や本文の移行等がみえ、堺本等の他系統本の本文の影響も受けていると言われる。二類本の本文が必ず劣っているということではなく、このような事情は『枕草子』に限ったことではないけれども、『枕草子』を読む際にはこういった問題にも自覚的であることが求められる。前述の烏の条の場合、末尾に「三つ」のある本文をもつのが三巻本二類、堺本（宮内卿本系統）、前田家本であり、「三つ」がないのが能因本、堺本（宸翰本系統）、『枕草子抜書《まくらのそうしぬきがき》』と対立している。『枕草子抜書』は十五世紀初頭までの成立かとされる抜書本で、二類本が派生する前の三巻本の本文を使用していると目されている。よってそれぞれの影響関係や、三巻本本文をどう校訂していくかについてはきわめて慎重な判断が必要となるが、『枕草子』の本文と対峙していく上で、他系統本の存在は大きな意味をもつのである。

三　三巻本研究の新たな課題――「定家本」という視点

「三巻本」は三冊での伝来が多かったこと等による通称が定着したもので、当初は「安貞二年奥書本」とも呼ばれていた。しかし近時、三冊で書写されているという理由で「三巻本」と呼ぶのは適切でなく、また安貞《あんてい》二年の奥書の記主が藤原定家であると認定し得ることから、三巻本を「定家本」と呼ぶべきとの指摘がなされている（「定家本としての枕草子」（佐々木二〇一六））。現存する三巻本本文が「定家所持本」に近い本文を有することも追認されており、「定家本」としての三巻本研究の可能性が提言されている。次に奥書を挙げる（訓みは新潮日本古典集成に拠り、一部私に改めた）。

本《ニ》云《ハク》
往事所持之荒本紛失《シテ》年久《シ》。更《ニ》借《リ》二出《ダシテ》一両之本《ヲ》一、令《しむ》レ書《キ》二留《メ》之《ヲ》一。

依《ツテ》レ無《キニ》二證本一不レ散《ゼ》二不審《ヲ》一。但《シ》管見之所レ及《ブ》、勘二合《シテ》舊記等《ヲ》一、注《しるシ》二付《ク》時代年月等《ヲ》一。是《レモ》亦《また》謬案《びうあんナル》歟《か》。

安貞二年三月　　耄及愚翁在判

藤原定家とされる「耄及愚翁」はかつて所持していた「荒本」を紛失してしまい、久しく経ってから「一両之本」を借りて書き留めた。また「證本」がないので不審な箇所は無くならなかったとも述べている。一類本下巻巻末に附載される「一本」本文が堺本系統とみられること等から「一両之本」の一つを「堺本的」な本とする説〔岸上一九七〇〕や、これを否定し、紛失された「荒本」が「原初『枕草子』系統の別本」あるいは「古堺本」とする説〔萩谷一九七七〕もあるが、ここで書写された本が現存三巻本に近いものであったという想定以上の実態は詳らかでなく、また本稿では詳細に検討する余裕もない。とはいえ能因本奥書の「枕草子は人ごとに持たれども誠によき本は世にありがたき物也」という記述もよく知られる所であり、『枕草子』の置かれていた往時の状況が窺えよう。

佐々木論文によるとこの定家本は後世あまり広まった様子がないという。定家の子孫や信奉者の間で尊重された形跡がなく、また、室町中後期頃までには抜書本も含めて寺院の僧侶や連歌師等の間で伝えられてきており、公家間での相伝が確認できないとされている（前掲論文ならびに「書物としての『枕草子抜書』」〔佐々木二〇一六〕）。定家は勘物を書き付ける作業はしているが『源氏物語』における家の証本作成作業のような熱心な取り組みを行っていないという指摘もある〔渡邉二〇一四〕。このことを『枕草子』の本文の問題において、あるいは『枕草子』を読む上で、どのように捉えていくべきであろうか。近年、『源氏物語』の本文研究が活発化しているが、そこでは定家が証本作成を目指して本文を書写校合したことが論点の一つとなっている。『枕草子』の場合は、同レベルの積極的な関与があったとは想定し難いようである。その意味で、また後世の限定的な流布状況下にあったという点でも、三巻本の中に貴重な本文が保存されている可能性があるということになるだろうか。しかし、現存三巻本が定家所持本に近い本文を有するとしても、定家の書写した本文以前にはやはり遡《さかのぼ》り得ない。そしてこれらの問題が『枕草子』の読解へとどのように関係してくるのか。今後の『枕草子』研究に課された新たな課題と言えるだろう。

四　他系統本から捉える『枕草子』

平安時代の仮名文学は基本的に書写を重ねながら流動的かつ多様な形で享受されていくものである。したがって作品の「原形」の追究には大変な困難と限界が伴う。『枕草子』の場合は跋文において成立・流布の過程ですでに段階的な経緯を踏んでいることが語られている。本文自体に備わる柔軟性にも留意される。また、『枕草子』が想定する読者は知識や背景等を共有する身近な人々であったと思しいが、一方で、後世においてはそれぞれの読者の興味に応じた享受がなされていった。奥書をはじめとする各種資料からも『枕草子』が少なくとも鎌倉初期にはすでに雑多な状態で流布していたことが窺えるが、現存諸本はそのような享受の諸相の表れであるとも捉えられている。

諸本の問題を善本優劣論で決着させず、個々の本文と向き合いながらその特質を見定めるべきという指摘はこれまでにもなされてきた。近年では、動的なものとして『枕草子』の諸本を捉え直す一連の論考〔津島二〇〇五〕など、個々の立場から道が開かれてはいる。とはいえ現在の研究はやはり三巻本を主として進められており、特に内容研究については三巻本に基づいた理解が深められている。しかしながら『枕草子』という作品のありように鑑みれば、内容・表現においても、諸本の側からの継続的なアプローチが欠かせないのではないか。稿者も「女」をめぐる言説の差異について分析を試みたことがあるが、他系統本と比べてみると、たとえば三巻本なら三巻本に特有の論理や表現世界が確かに看取できる場合がある。そこから『枕草子』の読解に資する新たな知見がもたらされることも期待できよう。本文研究と内容研究との連動が重要であることは言を俟《ま》たないが、『枕草子』は諸本のヴァリエーションの豊かさに比して、個々の本文の精査、あるいはそれを活かした読解などに、検討の余地が未だ多分に残されている。

本稿では与えられた標題およびサブテーマ「三巻本『枕草子』は現存最善本か」に即して三巻本の問題を中心に『枕草子』の諸本研究が置かれている現況について述べた。現在『源氏物語』の本文研究が活況を呈しているが、『枕草子』においてはまして諸本の存在を研究に活用しない手はないように思われる。紙幅の都合上、問題提起に多くを割くこととなり、具体例の提示や先行研究の紹介等が充分ではないが、何卒ご寛恕をいただきたい。

※『枕草子』の本文引用は、三巻本は杉山重行編著『三巻本枕草子本文集成』（笠間書院、一九九九年）、能因本は田中重太郎編著『校本枕冊子　上巻・下巻』（古典文庫、一九五三・一九五六年）に拠り、適宜漢字を当て、濁点・句読点等を付した。

参考文献

柿谷雄三「三巻本」（枕草子研究会編『枕草子大事典』勉誠出版、二〇〇一年）
岸上慎二『枕草子研究』（大原新生社、一九七〇年）
楠道隆『枕草子異本研究』（笠間書院、一九七〇年）
佐々木孝浩『日本古典書誌学論』（笠間書院、二〇一六年）
杉山重行「伝本解題と研究」（『三巻本枕草子本文集成』笠間書院、一九九九年）
津島知明『動態としての枕草子』（おうふう、二〇〇五年）
萩谷朴『新潮日本古典集成　枕草子　上』（新潮社、一九七七年）
山中悠希「『枕草子』の本文における「女」――三巻本と他系統本の比較から」（『中古文学』九六号、中古文学会、二〇一五年十二月）
渡邉裕美子「藤原定家の『枕草子』」（荒木浩編『中世の随筆――成立・展開と文体』竹林舍、二〇一四年）

附記　本稿校正中に北村季吟『枕草子春曙抄』（本文は能因本系統）を底本とする島内裕子校訂・訳『枕草子　上・下』（ちくま学芸文庫、二〇一七年）が刊行された。

五味文彦『『枕草子』の歴史学』の「新説」を検証する

津島知明

はじめに

二〇一四年に刊行された五味文彦の『『枕草子』の歴史学』（朝日選書）は、各紙書評にも取り上げられて評判になった。「はじめに」によれば、枕草子研究はこれまで膨大な成果を残してきているが「ずいぶんと思い込みが強いように思われてならない」、そこで「文学的な面からの」研究の弱点を克服すべく「歴史学的な解釈」を大胆に行った、とある。ただ枕草子研究は常に歴史学の成果を参照してきたし、それと異なる方法論を用いてきたわけでもない。以下の検証も、本文と史料とをつき合わせてゆく、極めてオーソドックスな作業となる。

本書には注目すべき「新説」が多いが、ここでは人物認定に関わる以下の四説を検証してみたい（章段数と本文は『新編枕草子』による）。

①九六段（五月の御精進）および跋文の「内大臣」は藤原公季《きんすえ》をさす（通説は藤原伊周《これちか》）。

②一七八段（宮にはじめて）の「大納言殿」は藤原道長をさす（通説は藤原伊周）。

③一二八段（二月官の司に）の「頭弁」は源俊賢《としかた》をさす（通説は藤原行成《ゆきなり》）。

④二五九段（大蔵卿ばかり）の「大蔵卿」は源扶義《すけよし》をさす（通説は藤原正光《まさみつ》）。

一　二例の「内大臣」

まずは九六段の「内のおほい殿」。これは伊周と見た場合、本段の事件時（記事から割り出される年時）、長徳四年（九九八）には該当しない。伊周は前年末に配所から帰京していたが、当時は無位無官だった。そこで五味説は、事件時に内大臣だった公季がふさわしいとする。一方の跋文には「内のおとど」が中宮定子に料紙を献上した一件が見えるが、事件時は不明。そこで従来は伊周の内大臣時代（正暦五年〜長徳二年）が想定されてきた。五味説はここも公季を当てている。「この話は最後に書かれた跋文に見えるものであるから」という理由に加え、娘の義子を入内させていた公季ならば「紙を天皇と中宮に献じたことは、十分に考えられる」

と説明されている。

枕草子の官職呼称は、基本的には事件時のものが選ばれているが、例外も多い。事件時と官職が符合しない場合には、ある程度は理由が想定できる。ただし跋文は事件時が不明なので、そもそも判定材料の一方を欠いている。最後の章段ではあるが、官職が執筆時に従っている保証はない。また義子は長徳二年（九九六）定子不在の間隙を縫って入内を果たすも、長保元年（九九九）の定子還御以降、存在感はますます希薄になっていた。天皇はともかく中宮にまで、公季はいつどこで何を思って大量の紙を献上したのか。中宮側はそれをどう受け取ったのか。記すなら経緯にも触れてほしいところだ。逆に何の説明もないことが伊周を想定させる主因となる。もし公季ならば（伊周と取られぬよう）一五六段と同じく「閑院の」と付されるべきだろう。

枕草子の官職呼称は、同一人物には同一呼称を基本としつつも、別称が併用される場合もある。その際は、やはりおおむね理由が想定できる（『枕草子論究』五章で論じた斉信の例など）。伊周は「大納言」「内大臣」と呼び分けられていることになるが、前掲書（七章）にて論じたように、本編で八章段に登場する伊周は、左遷以前はたとえ事件時に内大臣であっても「大納言（殿）」で統一されている。内大臣は九六段のみの呼称となり、それはおそらく左遷事件には触れまいとする枕草子の基本姿勢と関わっていよう。「前内大臣」「帥殿」など事件を想起させる呼称は、意図的に回避されたのだ。大納言か内大臣で通す方法もあったはずだが、政変前後の落差は歴然で、かえって不自然と思われたか。この内大臣は、後期章段（政変後）の伊周のために用意された呼称となっている。

一方、跋文はどうか。先述のように事件時が不明なので、右のような理由付けはできないが、料紙献上なるトピックが無位無官の人物よりは内大臣にふさわしいことは確かだろう。ただし、それが清少納言への下賜と同時期とは限らない。これは枕草子の成立に関わる大きな問題なので（「枕にこそは」の解釈等とあわせて）別稿にて詳述する予定だが、見通しを述べておけば、九六段の「詠歌御免」（中宮に公務としての詠歌を免除されたこと）と、跋文の「料紙拝領」（中宮に枕草子の執筆を促されたこと）は同時期だったか、少なくとも書き手にとって表裏一体の出来事だったのではないか。二例の「内大臣」は、両逸話の親和性を物語っていると、現時点では考えている。

いずれにせよ枕草子の「内大臣」は、職を訪れて歌会を主導し（九六段）、中宮にも料紙を献上するといった（跋文）、文化に関わる役割に特化される結果となった（「大納言」には見られた外見や言動への賛美がないのも特徴）。実際は寛弘年間（一〇〇四〜一一）に自らの詩才をもって復権を果たしてゆく伊周だが、枕草子によれば、その一歩は早くから踏み出されていたことになる。

二　初出仕と道長

次に一七八段の「大納言殿」。これを道長とする五味説の根拠は、清少納言の初出仕を正暦《しょうりゃく》二年（九九一）と見る所にある。初出仕の日時は不明ながら、枕草子の記事から正暦四年説が支持されている。伊周は前年に権大納言に任じられており、一七八段は事件時の呼称と解される。初出仕が正暦二年だとすると、伊周はいまだ中納言で、同年九月に権大納言に任じられた道長の可能性が出てくる。五味説は「鳥は」(三九段)の一節「十年ばかりさぶらひて」から宮仕えが「ほぼ十年とわかる」とするが、ここから出仕期間を割り出すのは早計だろう。正暦二、三年の出来事で、なおかつ書き手に関わる記事(「円融院の御果ての年」段はこの条件を満たさない)がない以上、右の一節のみをもって時期を引き上げるのは難しい。

「鳥は」の一節は、鶯がいかに宮中で鳴かないか、その不満を述べる文脈に見え、八年を「十年ばかり」と言ったとしても誇張の許容範囲だろう。そもそも八年であれ十年であれ実際は内裏を離れていた時期が多く、厳密な証言ではあり得ない。五味説は前年の父元輔の死も根拠とするが、これも出仕時期を特定できるほどの要因ではない。また正暦年間の道長の呼称は、大納言時代でも「(宮の)大夫殿」で通されている。本段に限って大納言殿と呼んだとすれば、混乱を招くのは必至だろう。なお道長の呼称や「円融院の」段に関する五味説の問題点については、すでに石垣佳奈子「聞き書きの臨場感」(『日本文学』六四巻三号、二〇一五年三月)に指摘がある。

さらに五味説では、清少納言の出仕に「道長が絡んでいた」という推論もなされている。彼女が道長方と疑われた(一三八段)のは、宮仕えに際し「道長の推挙」があったからだろうとするが、本段の大納言が道長とは認められない以上、成り立たち難い推論である。

三　「頭弁」と「左大弁」

三番目の一二八段は、人物呼称に問題を抱えている。舞台は内裏で時期は二月、「頭弁」行成との逸話が描かれるが、彼の頭弁時代(長徳二年四月〜)、定子が本内裏にいたと思われる二月は長保元年(九九九)しかない。ところが同段には平惟仲《これなか》が「左大弁」として登場している。正暦五年から長徳二年(九九六)七月までの、右の事件時には該当しない呼称となる。そこで諸注は、どちらかを前官か後官と見なしてきた。これに対し五味説は、本段の頭弁は行成ではなく、正暦三年から長徳元年まで任にあった源俊賢がふさわしいとする。事件時は「左大弁」惟仲と重なる長徳元年となる。だとすると、他ではすべて行成をさす「頭弁」に、本段のみ(一〇三段で「俊賢の宰相」と記される)俊賢を当てたことになる。他章段の行成像(清少納言との親しさ、能書家の評判)は、本段のそれとも合致しており、ここだけを行成でないと認定するには、よほどの理由付けが必要となろう。

頭弁を行成と認めた場合は、惟仲が前官で呼ばれていることになるが、それは彼が事件時に「中宮大夫」だったからだろう(『新編枕草子』注)。これも前掲書(四章)で述べた所だが、長徳元年以来長く不在だった中宮大夫に、ようやく惟仲が任じられたのが前月のこと。中宮方の期待は高かったはずだ。しかし彼は七月には

（おそらくは道長に憚って）あっさりと辞任してしまう。そんな惟仲を「大夫」の名をもって記すことへの抵抗感が、ここには想定できよう。また先述のように大夫は道長の呼称として用いられていた。よって混同を避けたとも考えられるが、そもそもここは「惟仲」と名が記されている。やはり執筆時の抵抗感を第一と見なすべきだろう。

四　「大蔵卿」の該当者

最後に二五九段。「耳とき人」として「大蔵卿」が登場する。これを正光とするのは、三巻本勘物《かんもつ》（藤原定家による考証）以来の定説。本段は舞台が職で、いま一人、源成信が「大殿の新中将」として登場してくる。成信は他章段では「権中将」「成信の中将」と呼ばれているので、これは本段のみの呼称となる。おそらくは、彼が中将になって間もない頃の逸話であることを示すためだろう。成信の任右近権中将は、「大殿」（道長）の猶子として前途洋々たる長徳四年の十月二十二日、これは正光が大蔵卿に任じられた日でもある。時に正光は蔵人頭でもあったため、職《しき》を訪れる機会も少なくなかったのだろう（『新編枕草子』注）。新任の「中将」「大蔵卿」にして、「耳」で評判の両人が居合わせた職での一齣、長徳四年冬頃の出来事が記し留められていることになる。

五味説が提示する源扶義は確かに大蔵卿ではあったが、すでに同年七月に亡くなっている。新中将と並んで登場する大蔵卿に、その扶義を当てるのは無理がある。五味説は四七段の「大弁」を扶義と解し、そこから彼が「宮の女房と親しい関係にあった」ことを根拠とするが、四七段の一節（大弁見えばうち捨てたてまつりてむものを）は、「中弁」行成相手に大弁を持ち出した所に意味がある（前掲書四章）。この大弁が扶義を想定したものか、女房の誰かと実際に懇意であったのか、そこまでは不明である。また五味説に従えば扶義を「大弁」「大蔵卿」と呼び分けていることになるが、その理由も定かでない。

枕草子の官職呼称は、決して無造作なものではない。誰を指すか、あるいはなぜその呼称が選ばれているか、基本的には読者が理解できるものとなっている。その意味で五味「新説」は、かえって読者の混乱を招く結果となる点に難があろう。通説定説というものには確かに思わぬ盲点も潜んでいる。まずそれを疑ってみようとする本書の姿勢には、もちろん敬意を表したい。

参考文献

津島知明・中島和歌子『新編枕草子』（おうふう、二〇一〇年）
津島知明『枕草子論究』（翰林書房、二〇一四年）
津島知明「奪回された〈定子の記憶〉」（『古代中世文学論考』三一集、新典社、二〇一五年）
津島知明「『枕草子』「殿などのおはしまさでのち」の段を読み解く」（『古代中世文学論考』三二集、新典社、二〇一五年）
津島知明「秀句のある『対話』」（『國學院大學紀要』五四巻、二〇一六年三月）
津島知明「『枕草子』「香炉峰の雪」と「三月ばかり」の段を読み直す」（『國學院雜誌』一一八巻三号、二〇一七年三月）

紫の上妻妾婚姻論は平安時代の結婚をどう読み替え得たか

鵜飼祐江

はじめに

『源氏物語』は紫の上をどのような「妻」として描こうとしたのだろうか。紫の上は、幼くして光源氏に迎え取られ、時間をかけて理想の伴侶へと成長していった。しかし一方で、複数の女君たちと源氏の愛情の深浅を競うという哀しみも抱えており、そうした危うい立場の妻として意図的に造型されたと考えられる。

本稿では、平安期の婚姻についての研究史を整理しつつ、紫の上が物語ならではの、創作された妻であることを、呼称と絡めながら考察してみたい。

一　婚姻研究史

玉上琢彌《たまがみたくや》は『源氏物語評釈』（角川書店、一九六六年）において、野分巻では寝殿居住であった紫の上が、梅枝巻では対《たい》を居所としているとし、「正妻は寝殿に居住する」という立場から、女三の宮降嫁の構想に伴い、紫の上が正妻の座から失墜する伏線であると指摘した。

以来、紫の上については、光源氏の正妻か妾妻かという問題が論じられてきたのだが、玉上の指摘の段階では、江戸時代から明治時代にかけて上流富裕階級の男たちが複数の妻を娶《めと》り、そこには正妻（正室）と妾妻（側室）の別があった、という近接する歴史の実感的な慣習を、漠然と平安時代の結婚の理解に当て嵌《は》めたという、実証より感覚に根ざす発想に依るところが大きいと思われる。

これに対して女性史学は、史料をもとに、平安時代の婚姻形態と妻の座のあり方を明らかにしてきた。その先鞭をつけた高群逸枝《たかむれいつえ》は、「一夫多妻制」を唱え、多妻群には本質的な優劣はなく同列的であるとした（高群一九六三）。これに反して工藤重矩《くどうしげのり》は、奈良時代の律令を根拠に、「一夫一妻（多妾）」説を提唱し、「正妻」はあくまで一人であったとの見解を示した（工藤一九九四）。工藤と同時期に、梅村恵子によっても、多妻群の中には一人の正妻が存在したことと妻妾間には子の扱いに明確な差があることが論じられ（梅村一九八七）、現在では、多妻群を同列的とする見解は改められている。園明美が「『正妻』の地位は不安定で、その決定についても不確定」（園二〇一〇）と検討したように、正妻の実態は今なお曖昧だが、論点としては、処遇（特に子女の扱い）、結婚経緯（儀式婚か否か）、居所（同居か別居か）、呼称（「北の方」呼称の使用）等々が注目される傾向にある。

二 「妻の座」の整理

なぜ平安期の婚姻問題は摑《つか》みにくいのであろうか。高群説では、日本の古代社会の基層が母系的な招婿婚《しょうせいこん》の社会であったとする主張も重要であった。一方、工藤説が根拠とする律令制は中国の父系社会の価値観を日本文化に持ち込むものである。高群の母系的という主張は、双系的という視点を取り込みつつ、修正される傾向にあるが、いずれにせよ律令制の導入によって、日本古来の文化と異なる形態が入り込んできたという現象は想像されよう。すなわち平安時代は、大きくはそもそもの母系あるいは双系社会の招婿婚の文化に父系制の嫁取婚《よめとりこん》の価値観が取り込まれる、まさに「過渡期」にあたるのである。これを踏まえ、妻の座の理解をまとめると、次のように整理できる。

①多妻群には、正妻妾妻の別がある。ただし、十世紀くらいまでは、正妻的な存在が複数いる場合や、単独でも最初から安定的であったとは限らず、後から正妻が決まるような曖昧さを多く残す（妻の別がなかった基層社会の名残が色濃いか〔増田二〇〇二〕）。

②正妻たる条件は、女側の親が全面的に仕切る儀式婚を経ること。その上で有力な子女を儲けることも妻の立場の安定に寄与する。実態としては、招婿婚を経て夫と同居する妻が正妻と見なされた。道長・頼通《よりみち》父子の場合、儀式婚を経た妻（源倫子、隆姫女王《たかひめじょおう》）が生涯唯一の正妻であり、子女の有無は無関係であった。その意味では、この時期あたりから安定的立場の唯一の正妻という意識が定着してきたと見ることもできる。

『源氏物語』の紫の上という妻は、こうした女性史学の成果に照らすと、親が仕切る儀式婚を経なかった点、また同居と言っても正式な儀式を踏まない据え婚だった点において、現実社会では貴紳の正妻たり得ない。しかしながら、そのおよそ正妻たり得ない存在を、藤裏葉巻までは、ほとんど正妻としか思えない存在として慎重に描いている。ところが若菜巻以降には、女三の宮降嫁によって、その虚妄の妻の座を執拗に暴いてゆくのである。その意味では、紫の上という妻は、過渡期にあって正妻のあり方も曖昧かつ流動的であったことを逆手にとった、極めて物語的な創造の妻と見るべきだろう。

高木和子は、正妻とも妾妻とも論じられ得る紫の上の立場を「きわめて〈境界的〉」であるとした〔高木二〇〇二〕。これを受けて青島麻子《あさ》は、紫の上の「境界的」な婚姻のあり方を、歴史的実態から切り離し、物語が描き出すものとして受け止めるべきだと論じた〔青島二〇一五〕。紫の上が正妻か妾妻かを争うことよりも、描かれた妻としてのあり方を探る姿勢こそが求められているのである。

三　紫の上の妻の呼称

そうした物語の創造性は、紫の上を語る呼称表現の上からも裏づけられる。紫の上には、まるで正妻であるかのように「北の方」呼称が用いられるが、これは『落窪物語』など継子《ままこ》譚の女主人公の、幸せな結末の指標として、「北の方」が多用されるのに同じである。しかし紫の上の場合は、使用例が三例のみと限定的で、しかも地の文では使用しない。代わりに多用されるのが「対《たい》の上《うえ》」である。この「対の上」は、対居住を意味する呼称として、玉上により紫の上の正妻からの格下げを意味する根拠とされた。「対」と呼ばれる者には女房的性格があるという指摘もあり〔斎木一九九六〕、妾妻の呼称とされたのである。しかしながら「対の上」は、『源氏物語』以前の作品に使用例のない、「紫の上のために創造」された「制度ないしは歴史的実態の中ではあり得ない、『源氏物語』の虚構性のもっとも端的に現れている」〔高木二〇〇二〕呼称であり、正妻妾妻の別を示す呼称などではない（ただし、国冬《くにふゆ》本の少女、藤裏葉巻では、それぞれ「北の方」とある〔工藤二〇一二、二〇一三、越野二〇一六〕）。

調べてみると、「対」は男君に引き取られた後見のない女君に用いられており、一方「上」は一座の女主人を呼ぶ呼称であるように、「対の上」という複合は甚だ矛盾する様相を呈している。そもそも紫の上には「対の上」に先駆けて、やはり前例のない呼称「対の姫君」が使われており、これを経て「対の上」が登場するわけで、後見なく源氏の邸に迎え取られて妻となる存在、という紫の上の特異さと、更にはそうした女君を最愛の伴侶として栄華を極める光源氏の超越性を映し出す呼称として、本物語が編み出したと考えられる〔鵜飼二〇一〇〕。その意味では、光源氏という特異な主人公が作り上げた世界観を体現する妻として描くために、創作された呼称なのである。

描かれた妻としての紫の上を表す呼称は「対の上」だけではない。紫の上には「殿の上」「大殿の北の方」が見られ、「殿」「大殿」が光源氏を指すため、夫由来の呼称となっている。『大鏡』でも、「殿」を道長とし、その正妻倫子を「大殿の上」「殿の上」と呼んでいる。夫に由来する「夫の呼称＋上・北の方」呼称は、夫との同居を意味し、正妻の呼称の類に挙げられる。花散里ら妾妻にこの種の呼称はなく、代わりに「二条東の院の御方」等、源氏と別居する邸に因《ちな》む呼称が使われる〔鵜飼二〇一三〕。ただ、『源氏物語』で「上・北の方」と複合する夫の呼称は、「大将殿の北の方」のように官職名が通例で、「殿」と複合するのは紫の上のみである。一方で「殿」「大殿」を女君に援用する例は、「大殿」「大殿の君」のかたちで、葵の上や雲居の雁、夕霧の大君などにも確認できる。本来男主人を指す「殿」系呼称を、家の繁栄を担い家財を継ぐ娘たちに被せて呼称化するのである。大宮にも夫由来の「故大殿の宮」があるが、内親王の婿には保護者的な役割が課せられたことが窺える。ここから考えるに、紫の上の「殿の上」は、正妻の呼称の型を踏まえつつも、物語内において、父親鍾愛《しょうあい》の惣領娘を呼ぶ「殿」系呼称の印象の上にある呼称となっており、娘のように愛育された時間を経て光源氏と結ばれた、紫の上の特異な婚姻のあり方を映し出す呼称なのである。

紫の上の妻の呼称は、「北の方」を極力避け、「対の上」や「殿の上」「大殿の北の方」を独自に用い、親が介在する正式な婚姻ではない、男君に救い出された姫君が妻となる物語ならではの関係性を描き出した。本来なら正式な正妻が別に迎えられても不思議ではない中、最愛の妻として君臨するのが「対の上」であり、実父ではなく夫によって家や財を惜しみなく与えられる妻が「殿の上」「大殿の北の方」である。

女性史学の研究は、紫の上が実態と乖離した物語ゆえの妻であることを鮮明にした。正妻妾妻の枠を超える境界的な紫の上は、後見を介さず、光源氏とただ二人の愛情によってのみ結ばれるという婚姻のかたちを描くための妻であり、翻ってそれは、そうした妻を伴侶に据える光源氏の、貴族の規範から外れたあり方を描き出すものに他ならない。光源氏に相応しい、幻想的とも思える理想の愛を築く妻が紫の上なのであり、やがて若菜巻において、それが根底から問い直され紫の上が苦悩するのは、結局のところ光源氏を揺さぶるためである。そしてそれが、光源氏自身でなく、紫の上の妻の座を揺るがすことで見えてくるという構図こそが、二人の絆がいかに比類ないものであるかの逆説的な証明となるのではあるまいか。

参考文献

青島麻子『源氏物語　虚構の婚姻』（武蔵野書院、二〇一五年）
鵜飼祐江「「対の上」という呼称――特異な呼称の描くもの」（『中古文学』八五号、二〇一〇年六月）
鵜飼祐江「『源氏物語』の妻妾の呼称――光源氏の妻妾の呼称の独自性」（『日本文学』六二巻一二号、二〇一三年十二月）
梅村恵子「摂関家の正妻」（佐伯有清編『日本古代の政治と文化』吉川弘文館、一九八七年）
木村佳織「紫の上の妻としての地位――呼称と寝殿居住の意味をめぐって」（『中古文学』五二号、一九九三年十一月）
工藤重矩『平安朝の婚姻制度と文学』（風間書房、一九九四年）
工藤重矩「国冬本源氏物語乙女巻に見られる本文の疵――紫上の呼称と六条院の描写をめぐって」（『国語国文』八一巻一二号、二〇一二年十二月）
工藤重矩「国冬本源氏物語藤裏葉巻の本文の疵と物語世界――別本の物語世界を論ずる前提として」（『中古文学』九二号、二〇一三年十一月）
胡潔『平安貴族の婚姻慣習と源氏物語』（風間書房、二〇〇一年）
越野優子『国冬本源氏物語論』（武蔵野書院、二〇一六年）
斎木泰孝『物語文学の方法と注釈』（和泉書院、一九九六年）
園明美『王朝摂関期の「妻」たち――平安貴族の愛と結婚』（新典社、二〇一〇年）
高木和子『源氏物語の思考』（風間書房、二〇〇二年）
高群逸枝『招婿婚の研究』一・二（大日本雄辯会講談社、一九五三年）
高群逸枝『日本婚姻史』（至文堂、一九六三年）
増田繁夫『源氏物語と貴族社会』（吉川弘文館、二〇〇二年）

『源氏物語』の巻々はどのような順番で作られたか

中川照将

一　光源氏は、なぜ〝記憶喪失〟になったのか？

昨日の夕食で何を食べたのか、なかなか思い出せない。そんな経験をしたことはないだろうか。しかし、夕食を食べたこと自体を忘れたり、ましてや「昨日」という存在そのものを忘れたりすることなどは、まず、ないと言っていい。ただ、『源氏物語』を読んでいると、こうした通常ではありえないはずの〝記憶喪失〟に遭遇することがある。

なぜ、こうした奇妙な現象が見られるのか。その原因を成立の問題として捉えようとしたのが成立過程論であり、その中で最も有名な説が「玉鬘系後記挿入説」である。

「玉鬘系後記挿入説」とは、一九五〇年に武田宗俊《たけだむねとし》が提唱したもので、その論旨は、次のとおりである。

『源氏物語』第一部の巻々のうち「玉鬘系」の十六巻は、紫上系の十七巻が作られた「後」に「記」され、その後現在の位置に「挿入」されたものである。

なお、武田が述べるところの玉鬘系十六巻とは、

1桐壺―2帚木―3空蝉―4夕顔―5若紫―6末摘花―7紅葉賀―8花宴―9葵―10賢木―11花散里―12須磨―13明石―14澪標―15蓬生―16関屋―17絵合―18松風―19薄雲―20朝顔―21少女―22玉鬘―23初音―24胡蝶―25蛍―26常夏―27篝火―28野分―29行幸―30藤袴―31真木柱―32梅枝―33藤裏葉

の□で囲んだ巻を指し、それ以外の巻が紫上系になる。

武田が『源氏物語』第一部の成立順序を［紫上系十七巻→玉鬘系十六巻］とする根拠は〝記憶喪失〟にある。

『源氏物語』の巻々は、物語内の時間に沿って並んでいる。しかし、玉鬘系の巻であれほど活躍していた人物が、次の紫上系の巻では、なぜかぱったりと出てこなくなる。玉鬘系の巻であれほど重大な出来事が起きていたのに、次の紫上系の巻では、なぜかだれもそのことを気にとめない。武田は、その理由を、紫上系の

巻が、その直前の玉鬘系の巻の内容を忘れたからではない。そもそも紫上系の巻が作られた時点では玉鬘系十六巻はこの世に存在しなかった。だから、思い出そうにも思い出すことなどできるはずがない、と結論づけたのである。

「物語内の時間の流れ」と「作られた順番」が一致しないという現象は、『源氏物語』以外でもよく見られるものである。映画『スターウォーズ』は、まず本編の三作品が作られ、その後に、物語内時間としてはそれ以前にあたる「エピソード1」以降の作品が作られている。このように「物語内の時間の流れ」は、あくまでも物語内の問題であって、成立の問題には直結しないのである。

みなさんの中には、こんなこと当たり前じゃないかと思う人もいるかもしれない。しかし、武田が「玉鬘系後記挿入説」を発表した当時は、決して当たり前ではなかった。武田説は、発表直後から、ごく一部の賛成派をのぞく、すべての研究者から批判され、抹殺ともいうべき状況にまで追い込まれてしまったのである。

わたしは、基本的に武田説は認められるべきだと考えている。ただ、「基本的に」と、あえて条件を付けているのは、武田説に関しても、その論旨とは別の部分で、反対派と同じ誤りを犯しているからである。その誤りとは、玉鬘系十六巻を「後記」し「挿入」した人物を、すべて作者紫式部だと考えている点である。

二　『源氏物語』の作者は、紫式部ではない？

紫上系の巻々と玉鬘系の巻々を読み比べてみると、どこか印象が違う感じがする。武田は、こうした印象の違いの原因を作者紫式部の成長とし、反対派は作者紫式部の執筆意図の違いとした。つまり、武田と反対派は、結論に関しては真っ向から対立するものの、『源氏物語』に認められる諸問題の原因を、作者紫式部に求めている点に関しては同じであったと言える。

確かに、紫式部が『源氏物語』を書いたこと自体は、動かない。『紫式部日記』に「源氏の物語」という言葉が見られるからである。また、「若紫」という言葉が見えることから、この時既に5若紫巻が完成しており、実際に読まれていたことも確認できる。ただ、事実として確認できるのは、ここまで。それ以上のことは『紫式部日記』からは読み取ることはできない。

実のところ、紫式部が書いた『源氏物語』原本は、かなり早い段階で失われている。そして、成立からわずか一五〇年後ごろには、紫式部が書いた『源氏物語』原本がどういったものであったのかが、既にわからなくなっていた。そのことは、平安時代のさまざまな享受資料からも確認することができる。

十二世紀後半成立の『源氏釈《げんじしゃく》』によると、当時、現在の『源氏物語』には見られない桜人《さくらひと》巻を持つ『源氏物語』が存在していたことがわかる。しかも、この桜人巻は、紫式部が書いたものかどうかについて評価が分かれていたらしく、それを有している『源氏物語』と、有さない『源氏物語』の二種類が共存していたという。また『白造紙《はく（しろ）ぞうし》』（『簾中抄』の異本）には、宇治十帖を有する／有さないといった二種類の『源氏物語』が共存していたことが記されている。巻順に関しても同じである。先に挙げた『白造紙』や鎌倉時代の『河海抄』には16関屋→15蓬生のように、現在の『源氏物語』の巻順とは逆の順番に巻が並べられている箇所が見出される。つまり、巻数だけでなく、巻順が違う『源氏物語』も共存していたことがわかるのである。

こうしたさまざまな『源氏物語』が、現在の形へと統一されはじめたのは、鎌倉時代の藤原定家や源光行《みつゆき》・親行《ちかゆき》の頃のこと。改めて述べるまでもなく、この時も紫式部が書いた『源氏物語』原本など存在しない。彼らは、ただ紫式部が書いたと思われる巻を選別し、紫式部が書いたと思われる巻順に整えたのである。

もしかすると、本当は紫式部が書いたものでありながらもニセモノとして排除された巻があったかもしれない。逆に別人が書いたものであってもホンモノとして『源氏物語』に取り入れられた巻があったかもしれない。いずれにしても、今、わたしたちは、そうした歴史を持つ『源氏物語』を読んでいる。このように考えた時、わたしたちが手にしている『源氏物語』は、本当に紫式部が書いた『源氏物語』原本と同じものだと言い切れるのだろうか?

魅力的な仮説として評価されるべきであった「玉鬘系後記挿入説」が、なぜ、それ以上の発展をみなかったのか。それは、武田も反対派も、本来、享受の問題として捉えられるべき現行『源氏物語』の現象を、すべて作者紫式部に起因するものとして捉えていたことにあったのである。

三 「玉鬘系後記挿入説」が教えてくれること

人間というのは、おもしろい作品に出会うと、さらなる物語を読みたいと思う生き物である。それは、現代のマンガやドラマを見てもよくわかる。人気があれば続編が作られたり、映画化されたり、スピンオフと称される作品が作られたりもする。しかも、それらの作品は、必ずしも制作者が同じであるとは限らない。『ドラえもん』は、作者藤子・F・不二雄が亡くなった現在でもストーリーを変えながらテレビで放送され、定期的に映画も作られている。当然のことながら、それらのなかには、作者藤子・F・不二雄の作品をリメイクしたものだけでなく、彼以外の脚本家たちによって作られたオリジナルの作品が含まれている。

おそらく、それは『源氏物語』も同じであった。紫式部によって書かれた『源氏物語』原本は、人々に親しまれ、彼女が亡くなった後も成長し続けていった。「玉鬘系後記挿入説」は、『源氏物語』もまた、『ドラえもん』のように愛され続けた作品であったことを明確に教えてくれる。

ところで現在、紫上系/玉鬘系といった分類が認められるのは、第一部のみで、それ以降の第二部・第三部に関しては実証できるところまでには至っていない。また、紫上系十七巻自体の成立過程に関しても不審な点があり、解決すべき課題は数多く残っている。

こうした課題に取り組む際に心がけたいのは、従来の解釈にとらわれずに本文を解釈するということである。例えば、紫上系／玉鬘系の議論でよく取り上げたものの一つに、９葵巻の「人ひとりか」がある。

常のことなれど、人ひとりか、あまたしも見たまはぬことなればにや、たぐひなく思し焦がれたり。

これは、正妻葵上を失った光源氏が「人の死が悲しいのは世の常だが、せいぜい一人くらいか、多くは経験していないことだから、葵上のことをこの上なく思い焦がれている」というものである。議論のポイントは、「人ひとりか」がだれを指しているかにある。鎌倉時代以降、「人ひとりか」は４夕顔巻の夕顔の死を指すものとされてきた。それに対して武田は、紫上系である９葵巻の光源氏が、後記挿入された４夕顔巻を想起するはずはなく、同じ紫上系の１桐壺巻の祖母の死を指すと反論した。以降、この「人ひとりか」の箇所は、紫上系／玉鬘系の存在を認めるか否かという問題と密接に絡み合いながら議論されていくことになる。

ただ、ここでわたしが素朴に疑問に思うのは、「人ひとりか」ではなく、「思し焦がれたり」の方である。かつて阿部秋生が指摘していたように、そもそもここで「思し焦がれ」ているのは、光源氏ではなく、葵上の実父左大臣なのではないか。事実、前後の場面で慟哭する姿が繰り返し描かれているのは、光源氏ではなく、左大臣であった。しかも、葵上は、物語内において左大臣よりも先に死去する唯一の娘でもあった。つまり、この箇所は、わが子を亡くすという経験は、年配の左大臣でもせいぜい「人ひとりか」……というように、光源氏の経験ではなく、葵上の父左大臣の経験について語るものとして理解すべきではないか。少なくとも、それによって決定的な不具合が生じることはないと思うのである。

もしかすると、従来の議論の中には、思い込みによって見えなくなってしまっているものがあるかもしれない。逆に、本来は関係ないにもかかわらず、あたかも重要なものであるかのように見えていたものがあるかもしれない。

先入観を取り払い、もう一度、本文を読み直す。そして『源氏物語』の生成過程の謎を解き明かしていく。それもまた『源氏物語』を読む、醍醐味なのである。

参考文献

加藤昌嘉『揺れ動く『源氏物語』』（勉誠出版、二〇一一年）
加藤昌嘉『『源氏物語』前後左右』（勉誠出版、二〇一四年）
中川照将『『源氏物語』という幻想』（勉誠出版、二〇一四年）
なお、本論で取り上げた武田宗俊・阿部秋生のほか、成立過程論に関する主要な論考については、解説とともに、以下に再録している。
加藤昌嘉・中川照将編『紫上系と玉鬘系――成立論の可能性と展開』（勉誠出版、二〇一〇年）

『源氏物語』作中人物論の常識を問う

竹内正彦

はじめに

『源氏物語』に登場する作中人物の人数は、四五〇名程度とも、五〇〇名を超えるともいわれている。もちろん、その数のなかには主要人物と目されるものから、その存在を示されるだけのものまでも含まれており、それらの人物たちすべてが個性的に活写されているというわけではない。ただ、たとえば、鈴木日出男編「源氏物語主要人物解説」(新編日本古典文学全集『源氏物語』⑥小学館)に立項されている人物は一一九名を数えることができ、秋山虔編『源氏物語必携Ⅱ』(学燈社、一九七七年)には三十五名についての「源氏物語作中人物論」が収載されているということだけを見ても、この物語が、実に多くの人物たちを登場させながらもそれらを描き分け、個々にそれぞれの役割を与えつつ有機的に結びつけて長大な物語世界を構築していることをうかがい知ることができよう。そして、綿密に描き出された作中人物たちの存在は、『源氏物語』という物語を特徴づけるとともに、読む者をひきつけ、物語に描かれる作中人物それ自体を対象としてその個性や性格などを論じる「作中人物論」を生み出す要因ともなっているのであった。

しかし、そもそも作中人物論とは如何なるものなのであろうか。他の方法論と同様、作中人物論もまた、その有効性が不断に問い直されなくてはなるまい。作中人物論の限界と可能性について、研究史的位相を確認したうえで、とくに作中人物の年齢矛盾の問題と関連させつつ、あらためて考えてみたい。

一　作中人物論の始発

『源氏物語』における作中人物論は今井源衛にはじまるといっても過言ではない。もちろん、『源氏物語』の作中人物についての批評は、古くは『無名草子』などにも見られ、近代に入ってからも、作中人物に言及するいくつかの論考や論著もあるが、昭和二十四年(一九四九)に発表された今井源衛「明石上について」(今井一九四九)は、ひとつの画期をなす論文であった。今井の当該論文は、歴史社会学的な視座から、作品世界の精緻な分析を行ったうえで、明石の君という作中人物の人物像を再構築したものであり、明石一族を「新没落貴族」ととらえつつ、「明石上的世界」を追究して、明石の君を「作者の抱く理想的女性の一つの型」であるとした。この後、秋山虔(秋山一九五〇、一九五二)や益田勝実(益田一九五四）による論考が世に問われるなどして、作中人物論はひとつの方法論として定着していくことになるのであるが、その始発に今井論文は位置づけられる。

　今井自身が回想するところによれば、今井論文は、太平洋戦争後という社会状況にあって「環境論的限界を打ち破り作品鑑賞の場を回復しようとしたものであった」という（今井一九五四）。作中人物論が生み出されていく背景には、戦争という状況で虐げられてきた人間性をすくい上げようとする機運があったことは確かであろう。今井論文が、作者の志向性の追究にとどまるものであることは否めないが、それでも作中人物論の始発に位置づけられるのは、それが作中人物自体の個性や性格などの解明に終始したものではなく、明確な方法意識のもと、「作品鑑賞」への地平をひらくものであったためなのである。

　今井の作中人物論は、作中人物が『源氏物語』の諸問題と切り離して論じることができない存在であることを明らかにするとともに、作中人物の人間像なるものを追究する作中人物論の限界をも示したのであり、そうした観点からすれば、『源氏物語』の作中人物論は、今井源衛に終わったともいえる。事実、昭和三十四年（一九五九）に発刊された阿部秋生の論著（阿部一九五九）でも、今井論文と同じ明石の君がとりあげられているが、そこで志向されているのは、明石の君という人物の人物論ではなく、「明石の君の物語の構造」という構造論なのであった。

二　「出発点」としての作中人物論

　しかしながら、今井論文以後、作中人物論は、むしろ活況を呈するようになる。昭和四十年（一九六五）、清水好子（清水一九六五）が、作中人物論を「素人の段階における研究」と評したのも、そうした状況をふまえてのことであろう。ただし、ここで見落としてはならないのは、清水が作中人物論を「文学の研究としては正しいまともな出発点」としていることである。『源氏物語』の作品世界を研究対象とするかぎり、登場する人物およびその言動に注目するのは当然のことであり、それを研究の起点とするのも有意義なことであるといってよい。むしろ、ひとりひとりの作中人物を人物として破綻なく描いている『源氏物語』の作品としての完成度の高さが作中人物論を可能にしているのであり、作中人物論が生じたこと自体、『源氏物語』という作品のあり方からして自然なことなのであった。清水の言説は、そうした作中人物論を研究の「出発点」として認めながらも、物語から作中人物のみを切り出して、あたかも実在する人間かのように、時には作者や自己の姿を投影しつつ論評を加えるといった作中人物論に終始することに警鐘を鳴らしているのである。

　清水は、当該論文で、先の今井源衛、秋山虔、益田勝実の諸論をとりあげ、それらが「王朝貴族社会の矛盾になんらかの意味で苦しむ人間像」をとらえようとしたものであることを指摘したうえで、「私は源氏物語の作者は端役の書き方は下手であったと思う」としながら、『源氏物語』における作中人物は「物語全体の意図するもの」に「奉仕し制約されるものだったのではなかろうか」と述べる。清水のこの見解は、それらの論文が、社会と人間性との関わりに比重を置くことを批判しつつ、描かれる人間そのものよりも、それらを描く作者の構想や物語の方法といったものに目を向けるべきとの方向性を示したものと思われる。

清水の当該論文にも引用されている論考において、森一郎〔森一九六五〕は、「構想の進展に随伴して人物に付着的造型がなされ、主題に人物の造型がはめこまれる」という作中人物のあり方を指摘している。森によれば、作中人物の変貌は、人物自身に内在する要因によるものではなく、「新しい主題による新しい局面での性格の変貌」ということになり、その考え方を徹底していくと、作中人物論は成り立ち得ないということになりそうだが、森は、その後、「作中人物論」を標題として掲げる論著等〔森一九七九、森一九九三〕を世に問い、作中人物論のあらたな可能性を探っていった。このことは、『源氏物語』における作中人物が、矛盾するかに見えるものを抱え込んでいても破綻することなく、かえって多面的な姿を示すものとして綿密に描き込まれているということの証左であり、そのような『源氏物語』だからこそ、今井源衛に終わったかに見えた、いわゆる作中人物論が現在もなお命脈を保つことになるのではあるが、しかし、たとえそうであったとしても、作中人物論が『源氏物語』を考えるためのひとつの「出発点」であることは何度も繰り返し確認されるべきことであろう。

三　作中人物の年齢の問題をめぐって

『源氏物語』では作中人物の年齢が語られることがあるが、物語に明示される作中人物の年齢を根拠として、物語主人公である光源氏と薫の推定年齢を軸に物語の年紀と出来事等を整理したものが年立《としだて》である。年立もほぼ破綻することなく構築できるため、作中人物の年齢の矛盾が生じる箇所では、その理由として作者の誤りや場面構築の必要性などが指摘されてきた。濱橋顕一〔濱橋二〇一四〕は、そうした年立の研究史、およびその諸問題を整理しながら、「年立上の緊密な時間を施設している作者が、その内部においてときに局面の論理からその緊密な時間構造に齟齬を来たすような設定・記述を施す事例」が見られることを指摘し、年立や作中人物の年齢の問題は、物語の構想や構造を視野に入れながら「動態的」にとらえるべきことを述べる。

年立をめぐる諸問題をどのようにとらえるかということは、『源氏物語』の構造や方法をどう考えるかということに等しい。作中人物の年齢の矛盾を作者の誤りなどとするのは易しい。しかし、それは作中人物に作者の投影を見ることと似て危うい。大切なことは、作中人物の年齢の問題も、それを「出発点」としてその先に進むことなのであろう。

たとえば、明石の君の年齢については、「明石」巻における明石の入道の会話文に、住吉神に祈願し始めて「十八年」とあることから、明石の君の年齢もその時点で十八歳だと考え得るが、その九年前の「若紫」巻では代々の国司が求婚しているとされているため、その矛盾が指摘されている。「明石」巻で十八歳ならば、「若紫」巻では九歳となり、しかも代々の国司という複数の国司が求婚しているとあることから、もっと幼い頃から求婚が始まっていることになってしまうのである。こうした矛盾を解消するために、作者の誤りとする説や、光源氏にふさわしい年齢の女性を登場させるという局面の必要性のためとする説、さらに「明石」巻の「十八年」は明石の君の年齢ではなく、その時点で二十一、二歳になっていたとする説、年齢はもっと高く二十六歳から三十一歳程度まで考えられるのではないかとする説、逆にやはり十八歳としてとらえるべきとする説など、さまざまな見解が提出されてきた。しかし、「明石」巻で示される「十八年」が明石の君の年齢であり、それが「若紫」巻と同じであると考えるとき、そこには時間が流れない異郷というものが顕《た》ち現れてくることになろうし、その「十八年」がもう一度「若菜下」巻で冷泉帝が退位し、明石の女御の皇子が東宮《とうぐう》に立つ折に用いられることによって、明石の君の誕生以来、明石一族が夢の実現を祈願してきた住吉神の霊験が感知されてもこよう〔竹内二〇〇三〕。

「出発点」から先に進めばそのぶん、『源氏物語』は興味深い世界を見せてくれる。「出発点」はそこから前に踏み出すためにある。

参考文献

秋山虔「玉鬘をめぐって」(『文学』一八巻一二号、一九五〇年十二月、原題「玉鬘をめぐって――源氏物語ノオトより」『源氏物語の世界』東京大学出版会、一九六四年)
秋山虔「浮舟をめぐっての試論」(『国語と国文学』二九巻三号、一九五二年三月、原題「浮舟をめぐっての試論――源氏物語ノオトより」『源氏物語の世界』東京大学出版会、一九六四年)
阿部秋生『源氏物語研究序説』(東京大学出版会、一九五九年)
今井源衛「明石上について」(『国語と国文学』二六巻六号、一九四六年六月、原題「明石上に就いて――源氏物語人物試評」『源氏物語の研究』未来社、一九六二年、〔改訂版〕一九八二年)
今井源衛「戦後における源氏物語研究の動向」(『文学』二二巻二号、一九五四年二月、原題「戦後に於ける源氏物語研究の動向」『源氏物語の研究』未来社、一九六二年、〔改訂版〕一九八二年)
清水好子「物語作中人物論の動向について」(『国語通信』七八号、一九六五年八月)
竹内正彦「明石の十八年――「明石」巻における明石君の年齢をめぐって」(『群馬県立女子大学紀要』二四号、二〇〇三年二月、原題「明石の十八年――明石君の年齢をめぐる試論」『源氏物語発生史論――明石一族物語の地平』新典社、二〇〇七年)
濱橋顕一「源氏物語の年立」(助川幸逸郎・立石和弘・土方洋一・松岡智之編『新時代への源氏学(一)源氏物語の生成と再構築』竹林舎、二〇一四年)
益田勝実「源氏物語の端役たち」(『文学』二二巻二号、一九五四年二月)
森一郎「源氏物語における人物造型の方法と主題との連関」(『国語国文』三四巻四号、一九六五年四月。『源氏物語の方法』桜楓社、一九六五年)
森一郎『源氏物語作中人物論』(笠間書院、一九七九年)
森一郎編『源氏物語作中人物論集』(勉誠社、一九九三年)

『源氏物語』宇治十帖の謎

三村友希

二人の男に愛されて苦悩し、入水した女……。『源氏物語』宇治十帖の浮舟は、薫、匂宮という二人の貴公子に愛され、どちらの男をも選ぶことができずに、宇治川に身を投げたのだ、という漠然としたイメージを抱きがちではないだろうか。

浮舟の物語の背後には、『万葉集』における菟原《うない》処女《おとめ》や真間《まま》の手児奈《てこな》などの処女塚伝説のヒロインたちの入水譚がある。浮舟は、登場の始発から「人形《ひとがた》」「形代《かたしろ》」「撫《な》でもの」と呼ばれ、罪や穢れを移して水に流されるイメージが付与されていた。浮舟の入水の運命ははじめから暗示されているのであり、浮舟の物語は川水や雨と連動してもいる。そうした語りの積み重ねから、「浮舟は入水した」と読者はつい思い込んでしまう。いや、浮舟は、確かに入水するつもりで邸を抜け出したのである。

一　浮舟は入水したか

意識を取り戻した浮舟が最初に手習いしたのは、次の和歌であった。

身を投げし涙の川のはやき瀬をしがらみかけて誰《たれ》かとどめし
（手習⑥三〇二）

（涙にくれて身を投げた川の早瀬に、誰がわざわざしがらみをかけて私をひきとどめてくれたのでしょう。）

新編日本古典文学全集・頭注には「第二、三句、涙が川のように流れる意に、宇治川の瀬の速さを重ねる」とある。浮舟失踪の後、浮舟の生死を明かさぬまま、人々が驚き、混乱し、悲しむ様子を語る蜻蛉《かげろう》巻は、「物語の姫君の人に盗まれたらむ朝《あした》のやうなれば」（蜻蛉⑥二〇一）と始まり、母中将の君や乳母《めのと》をはじめ、人々は浮舟の失踪にとまどい、泣き叫び、鬼が食べてしまったのか、狐などが連れ去ったのではないかなどと狼狽するばかりであった。ただ二人の女房をのぞいては。

かの心知れるどちなん、いみじくものを思ひたまへりしさまを思ひ出づるに、身を投げたまへるかとは思ひ寄りける。
（蜻蛉⑥二〇一）

（あの事情を知る者達は、〈浮舟が〉ひどく物思いなさっていた様子を思い出すと、「身を投げなさったのか」と思い当たったのであった。）

浮舟が悩んでいた三角関係――薫と匂宮との――の事情を知る右近と侍従には、浮舟がどちらの男を選ぶこともできずに宇治川に入水したのではないかと想像することができたのである。

ところが、浮舟は生きていた。手習巻、横川《よかわ》の僧都《そうず》一行が大木の根元にいた浮舟を発見する。小野に運ばれ、横川の僧都の妹尼が亡き娘の身代わりのように熱心に介抱する中で、浮舟はようやく意識を回復し、風が激しく、川波の音も荒く聞こえた夜にそっと部屋を抜け出したことを思い出している。しかし、浮舟の記憶は曖昧だ。「いときよげなる男」（手習⑥二九六）に抱かれて移動したような気がした、あるいは「前近く大きなる木のありし下より人の出で来て」（手習⑥二九九）連れて来られたような気がしたと回想される。横川の僧都の祈祷によって出現した法師の物の怪《け》が、浮舟をさらったのだと告白してもいる。わかっていることは、要するに、浮舟の入水は失敗に終わったということであり、果たされなかった入水であるのにもかかわらず、浮舟があたかも入水したように思わせてしまう、浮舟の物語における語りの方法があるということである。また、浮舟の物語と水の関わりだけでなく、浮舟発見の場面などから、浮舟と樹木の関わりは新たな視点として読み解かれようとしている。

二　「袖ふれし人」は誰か

尼となった浮舟が詠んだ和歌にも、重大な謎が残る。

袖ふれし人こそ見えね花の香《か》のそれかとにほふ春のあけぼの

（手習⑥三五六）

（袖触れ合ったあの人の姿は見えないけれど、花の香があの日と同じように香しい春の曙であることです。）

部屋近くに咲く紅梅の色も香も、以前と変わらない。変わったのは、出家した浮舟であった。この紅梅にこそ特別に心がひかれるのは、「飽《あ》かざりし匂ひのしみにけるにや」（手習⑥三五六）と語られる。

いつまでも飽くことがない逢瀬であった、あのお方の匂いが忘れられないからだろうか……。「袖ふれし人」とは、まさにその「匂ひ」がまだ身体にまとわりついているような相手にほかならない。それはいったい誰か。すなわち、薫なのか、匂宮なのか。二人の間に挟まれて入水を決意した浮舟であったが、出家してもなお揺らぎ、思いを寄せるのはどちらの男なのであろうか、ということだ。どこか主体性のないように見える浮舟の根本を問う、大きな謎と言えようが、『細流抄《さいりゅうしょう》』には「薫にても匂にても也」とある。どちらとも言えないことじたいが、浮舟の物語のありようではあろう。

この場面に「春や昔のと、こと花よりもこれに心寄せのあるは」（手習⑥三五六）とあり、『伊勢物語』二条の后章段の「月やあらぬ春や昔の春ならぬ我が身ひとつはもとの身にして」が引かれていることから、浮舟が自身を二条の后になぞらえて、昔男の不在を嘆いていることが指摘されてきた。梅花香《ばいかこう》によって引き出される記憶は、薫のものとも匂宮のものとも断定は難しい。

匂宮は白梅よりも香りの強い紅梅を好み、紫の上に託された遺愛の紅梅の木を大事にしていたが、当該場面に引かれる「色よりも香《か》こそあはれと思ほゆれ誰《た》が袖ふれし宿の梅ぞも」（古今集）がとりわけ薫に関わって引かれてきたとの指摘もあり、薫もまた紅梅の香とゆかりがあった。浮舟が二条院ではじめて匂宮に出会った後、匂宮の移り香がまだ残っている「心地」がしていたこともあって、やや優勢なのは匂宮説であるようである。ともあれ、どちらとも決められないところに意味があるとすべきだという考えも見られるようになり、あるいは、これは未だに消えない恋慕の情を示すものではないとする見方も出ている。

また、故大君を追慕する早蕨巻の場面において、紅梅を前に「春や昔の」と中の君とともに心を惑わせた薫は、中の君が宇治を離れて上京することを寂しく思い、「袖ふれし」の和歌を詠んでいた。

袖ふれし梅は変はらぬにほひにて根ごめ移ろふ宿やことなる　（早蕨⑤三五七）

（その昔、賞でていた梅は今も変わらぬ匂いだけれど、根ごと移ってしまう宿は他人の邸なのでしょうか。）

ここで薫が「袖ふれし梅」と言っているのは、かつて一夜を（実事なく）過ごしたことのあった中の君のことである。大君に続いて中の君までも失ってしまい、『伊勢物語』の「昔男」のように嘆いている。中の君に寄せる思いを抑制しながらも思いを詠じた一首なのであった。

この二つの「袖ふれし」歌をめぐる場面を重ねれば、薫が大君を偲ぶ日々と浮舟が過去を思い起こす日々が二重写しになる。「袖ふれし人」は誰か、という問いにとどまらない課題を孕んでいるわけであろう。当該場面、浮舟の尼衣に移り香が残っているわけではもちろんない。それでもなお残っている、香の記憶、幻覚なのである。

三　横川の僧都は還俗を勧めたのか

薫の愛人とは知らずに浮舟を出家させてしまったことを、横川の僧都は後悔もしている（「法師といひながら、心もなく、たちまちにかたちをやつしてけること、と胸つぶれて」夢浮橋⑥三七五）。浮舟を見つけた際から感じていた高貴性も、浮舟が故八の宮の血を引くと聞けば合点がいった。新編日本古典文学全集・頭注の鑑賞欄には、「僧都は薫の訪問を、はじめは光栄と思っていた。しかしやがて、権大納言兼右大将の隠然たる威圧をも感じながら、僧都ははからずも厄介な一件にまきこまれることになる」とある。
浮舟のもとに、異母弟の小君が薫からの使者としてやってきた。ちょうどそこに、横川の僧都からの消息《しょうそこ》が届く。

いかがはせん。もとの御契り過《あやま》ちたまはで、愛執《あいしふ》の罪をはるかしきこえたまひて、一日の出家《すけ》の功徳《くどく》ははかりなきものなれば、なほ頼ませたまへとなん。　（夢浮橋⑥三八七）
（どうしたものでしょう。もともとのご宿縁を過つことなく、愛執の罪をお晴らし申し上げなさって、一日の出家の功徳は、無量のものですから、なお、お頼みなさい。）

『源氏物語』の最後のキーパーソンとも言える横川の僧都は、浮舟に還俗《げんぞく》を勧めているのか、いないのか。詳細は自身が参って申し上げようとして、この消息では言葉足らずなのである。ところが、実際に横川の僧都が浮舟に対面して説く場面は語られないまま、物語は閉じられてしまうのである。
現在のところ、最新の三角洋一説は、「薫のもとで尼の生活を続け、薫の愛執をはらしてさしあげなさい、『一日の出家の功徳は』云々は得戒の功徳を頼みとしなさい、ないしは有縁の僧都をなお頼みとしてくれてよい」（三角二〇一二、三三二頁）と消息の内容をとらえ、さらに「僧都の勧めの力点は還俗せよというところにではなく、浮舟は身柄を薫にゆだねるのがよいという点にあって、還俗する、しないの問題など、薫ののちの意向にしたがえばよい」（三角二〇一二、三三二頁）と補強する。
これら浮舟をめぐる謎は、浮舟の物語だけの問題ではなく、宇治十帖それじたいの重大な命題でもある。宇治十帖の三姉妹はそれぞれに紫の上の物語を引き継いでいると言えようが、浮舟は紫の上が遂げられなかった出家を強引になし得たという意味でも、浮舟の出家生活の内実が問われるにちがいない。

参考文献
正道寺康子『源氏物語』『森かと見ゆる木の下』の浮舟——樹木怪異譚および樹下における儀礼との関連」（『中日文化論叢』二七号、二〇一〇年七月）
藤原克己「『袖ふれし人』は薫か匂宮か——手習巻の浮舟の歌をめぐって」（『国際シンポジウム　源氏物語と和歌世界』新典社、二〇〇六年）
三角洋一『宇治十帖と仏教』（若草書房、二〇一一年）
室伏信助監修・上原作和編『人物で読む源氏物語　浮舟』（勉誠出版、二〇〇六年）

『源氏物語』校訂本文はどこまで平安時代に遡及し得るか

上原作和

はじめに

寛弘五年（一〇〇八）十一月一日、『紫式部日記』の御冊子造りの条に草稿本と浄書本（正副）、豪華浄書本（正副）の三種五セットの存在が類推される『源氏の物語』ではあるが、河内学派の古註釈に伝える源光行《みなもとのみつゆき》・親行《ちかゆき》の校訂過程において、探し求めた本の情報がわかっており（一二五五年以前）、作者自筆本、藤原行成筆本は平安末までに逸亡していたこと、定家本（号青表紙）等、当時の有力諸本、都合二十一本が知られる。したがって、作者自筆本本文の再建は極めて困難であると言う前提が『源氏物語』にはある（図1）。書承により伝えられる古典の本文批判《テクストクリティーク》の目的は、「原作者の原手記に可及的に最も近い本文の再建」（萩谷一九九四）にあるが、平安時代の古典文学の場合、紀貫之自筆本の復原が可能な『土左日記』（原表記）を除いて、いずれの作品においてもこれは同様である。池田亀鑑《いけだきかん》が主導した、いわゆる青表紙本本文の再建を前提とする近代の『源氏物語』の本文批判は、「原作者の原手記《オリジナル》」を「藤原定家所持本」に置き換え、定家本以前の、院政期から鎌倉初期の本文の再建に留まることは、周知の事実であろう。

一　池田亀鑑の『源氏物語』研究

『源氏物語』五十四帖において、伝本状況が最も良好なのは、尊経閣文庫本、定家本臨模《りんも》とされる明融本《みょうゆうぼん》、大島本の各四半本《よつはんぼん》を有する「柏木」巻である。とりわけ、尊経閣文庫本は、冒頭の一部が定家自筆とされており、定家監督書写本であることが知られる。それゆえ、池田亀鑑『日本古典全書』「柏木」巻所収第四巻の「凡例」には以下のようにある。

> 本文については、校異源氏物語の底本となつてゐる大島雅太郎氏蔵の青表紙本に依り、他の系統の諸本の本文を参照し、大島氏本自身の誤脱を補訂することによつて、定家所持本の再建に努めた。
>
> 右青表紙本の再建に当つて、定家本自身に犯された誤謬と思惟すべきものは、河内本、別本などの諸本の異文を参照し、それらによつて誤謬の過程が説明し得られる場合には、これを訂正した。（三頁）

ついで、右「凡例」に該当する「誤謬」が発生している箇所の代表的校訂本文を掲示する。

※上原註 ▼印は定家本・明融本・大島本に共通する脱文のある箇所、傍線部分は他の諸本で補綴した箇所 ○内は行数

日本古典全書（朝日新聞社、一九五二年）二三六頁⑥ 底本・大島本

さすがに限らぬ命の程にて、行末遠き人は、却りて事の亂れあり、世の人に譏らるるやうありぬべきことになん、なほ憚りぬべき」など宣はせて、

註六（朱雀院）「さういふご希望があるならば大変尊い事ですが、病気とはいへ死ぬとも決まらぬ年若い人が出家するのは、却つて問題が起こり、世間に非難される筈のことだから矢張遠慮すべきでせう」

※（三条西家証本の山岸徳平『古典大系』第四巻、二四頁⑦は脱文のない同文）

新編全集（小学館、一九九六年）三〇五頁⑫ 底本・定家本

さすがに限らぬ命のほどにて、行く末遠き人は、かへりて事の乱れあり、世の人に譏らるるやうありぬべきことになん、なほ憚りぬべき」などのたまはせて、

※（底本の同じ『新潮日本古典集成』第五巻、二八二頁⑬は脱文のまま）

新大系（岩波書店、一九九六年）十六頁⑨ 底本・大島本

さすがに限らぬ命のほどにて、行く末とをき人は、かへりて事の乱れあり、世の人に譏らるるやうあり▼ぬべき」なんどのたまはせて、

註十「世間の人に非難される事態がきっとあるにちがいなかろう。底本「ありぬへきなんと」、定家本、明融本「ありぬへきなと」、他の青表紙本、河内本、別本は多く、「ありぬへき事になん猶かゝりぬへきなと」（伏見天皇本）とある。底本・定家本・明融本は目移りによって欠文が生じたか」（校注・藤井貞和）

これは、「ぬべき……ぬべき」とあった本文の、書写時の目移りによって発生した「異文」である。定家本系の本文系譜上、尊経閣文庫本が宗本《アーキタイプ》に位置する本文ではあるが、実際には、朱雀院が女三宮の出家を思いとどまらせるべき言説の、右記の如き校訂が必要であり、池田亀鑑の校訂方針「定家本自身に犯された誤謬と思惟すべきもの」に該当する。このことから、部分的にではあるにせよ、定家本以前、院政期から鎌倉時代初期の本文が復原可能となる。言い換えれば、明融本、大島本と四半本定家本の親近性を言う池田亀鑑の底本選定規準の確かさを裏書きするとともに、『源氏物語』の場合には、定家本ですら絶対的に信頼できる本文ではない、と言う警鐘《けいしょう》を鳴らしてくれるのである。

二　大島本『源氏物語』の成立過程

定家自筆本や明融本は全巻が存在しない。したがって、他の巻々は室町時代後期の写本である大島本が底本とならざるを得ない。大島本は、書写成立以後も数度の加筆があり、複雑な成立過程を経ていることは、池田亀鑑以来、考察が重ねられて来た。すなわち、「関屋」巻末奥書から、「桐壺」「夢浮橋」巻を除く現存五十一帖が飛鳥井雅康《あすかいまさやす》自筆であるとする池田亀鑑説や、雅康監督書写本であるとする藤本孝一説を批判し、「関屋」巻のみが雅康筆本の転写本であり、これらは吉見正頼《まさより》家臣団の書写により、複数の『源氏物語』諸帖を取り揃えたとする佐々木孝浩説が提出された。佐々木は、書誌学的事実から、書写の古い巻々(宮河印十九冊)と書写の新しい巻々(宮河印の無い三四冊)を吉見正頼が五四帖揃いの家本としたのが、現在の大島本であるとする。この本は現存全巻に亘って夥《おびただ》しい傍書、本文抹消・重ね書き、見《み》セ消《け》チ等が残り、「夢浮橋」巻奥書の如く、これらも吉見正頼の監督下、家臣団が大内氏旧蔵の曼珠院良鎮《まんしゅいんりょうちん》(一条兼良《いちじょうかねら》の子)筆河内本本文を校合《きょうごう》し、注記を書き入れたものである。これにくわえて、片桐洋一によって、大島本は六半本《むつはんぼん》系定家本との校合も指摘されていた。すなわち、大島本内に「定本波とあり」(「真木柱」巻)「定家卿本……」(「夕霧」巻)の異文注記が二箇所あり、前者は、定家自筆本『奥入』の「真木柱」巻残欠巻末本文「おきつなみ……(「おき」重ね書き)」に一致するのがその証左である(図2)。

三　平安『源氏』との乖離と本文批判の限界

都合五種の定家本『源氏物語』校訂本文を作成した阿部秋生《あきお》は、諸本本文の異同は、「表現としての微妙な陰翳、強弱」レベルで、桐壺巻の「絵に描ける楊貴妃」本文の異同が記憶に残る大きなものであって、和歌が増減したり、物語の筋書きが大きく異なったりするものは存在しなかったと述べている(阿部一九八〇、一二七~一二八頁)。

ところが、今井源衛が発見した了悟《りょうご》なる人物の『光源氏物語本事』(文永年間〈一二六四~一二七四年〉頃)には十数本の「本」の特徴が記され、「京極自筆の本＝定家本」は「歌道の本」であり、「本の奥の巻ごとに勘注などあり」と『奥入《おくいり》』の存在が記されている。また本文特性は「言葉も世の常よりも枝葉を抜きたる本」とある。また、河内本と思しき「孝行が本」については「関の東の人々がら大きなる草を用ひた」る「わろき本」とし、後宮や五摂家伝来の諸本に比べ、共に恣意的な本文転訛を持つ末流伝本の評価である。

したがって、定家所持本再建を目指した現行校訂本文は、校訂で補われた箇所もあるが、なお脱文数十箇所を欠き、平安時代の本文とは如何ともし難い乖離《かいり》がある。『源氏物語』研究者・読者は、常にこのことを念頭に置いて、諸本本文に注意を払う必要があろう。

参考文献

阿部秋生『源氏物語の本文』(岩波書店、一九八〇年)
池田亀鑑『源氏物語大成』全八巻(中央公論社、一九五三～一九五六年)

上原作和『光源氏物語傳來史』（武蔵野書院、二〇一一年）
片桐洋一「もうひとつの定家本『源氏物語』」（『源氏物語以前』笠間書院、二〇〇一年、初出一九八〇年）
加藤洋介「青表紙本源氏物語の目移り」（『国文学 解釈と教材の研究』學燈社、一九九九年四月）、「青表紙本源氏物語目移り攷」（『国語国文』京都大学国語学国文学研究室、二〇〇一年八月）
佐々木孝浩「「大島本源氏物語」に関する書誌学的考察」（『日本古典書誌学論』笠間書院、二〇一六年、初出二〇〇七年）
萩谷朴『本文解釈学』（河出書房新社、一九九四年）
藤本孝一『日本の美術 定家本『源氏物語』冊子本の姿』（至文堂、二〇〇五年）

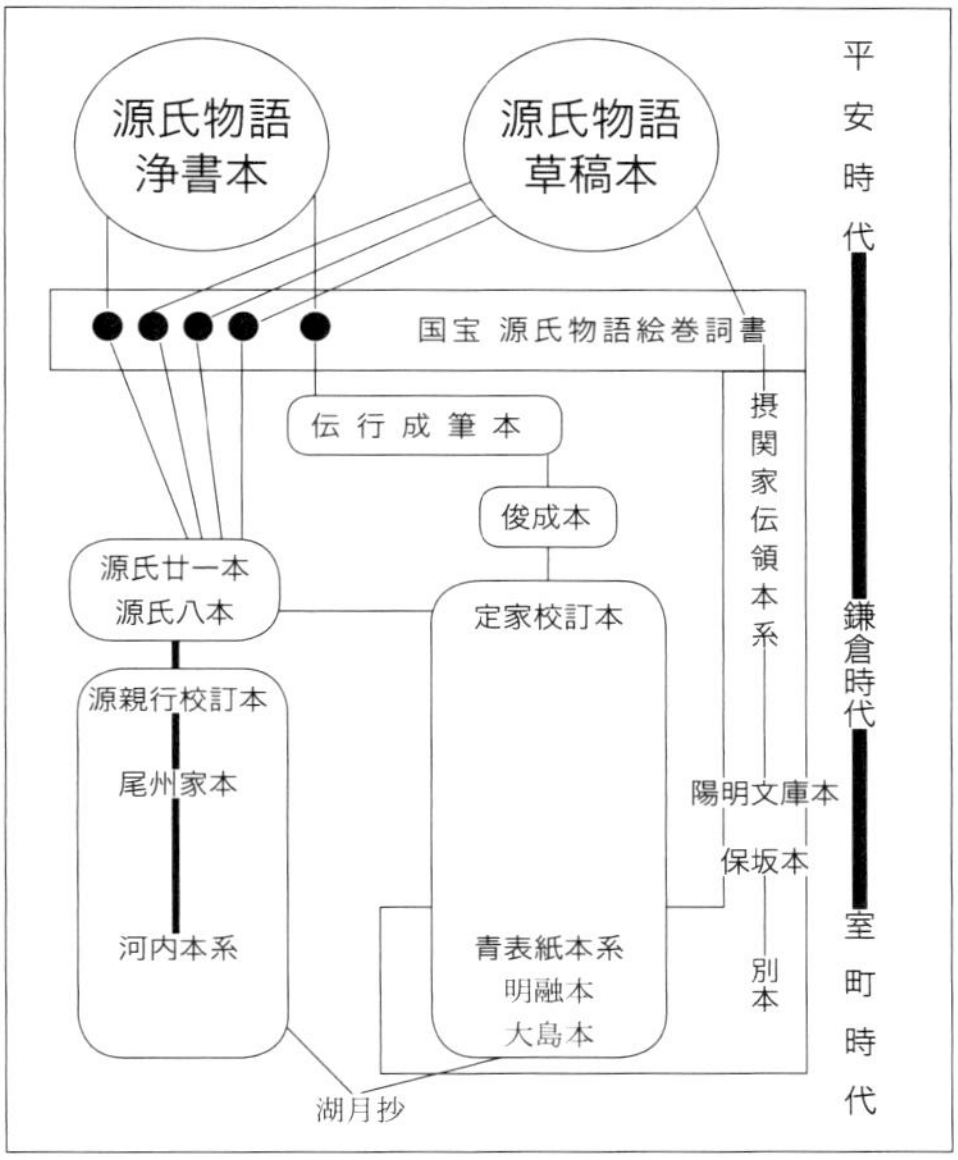

図1　加藤昌嘉『揺れ動く源氏物語』『源氏物語前後左右』（いずれも勉誠出版）を参照した。

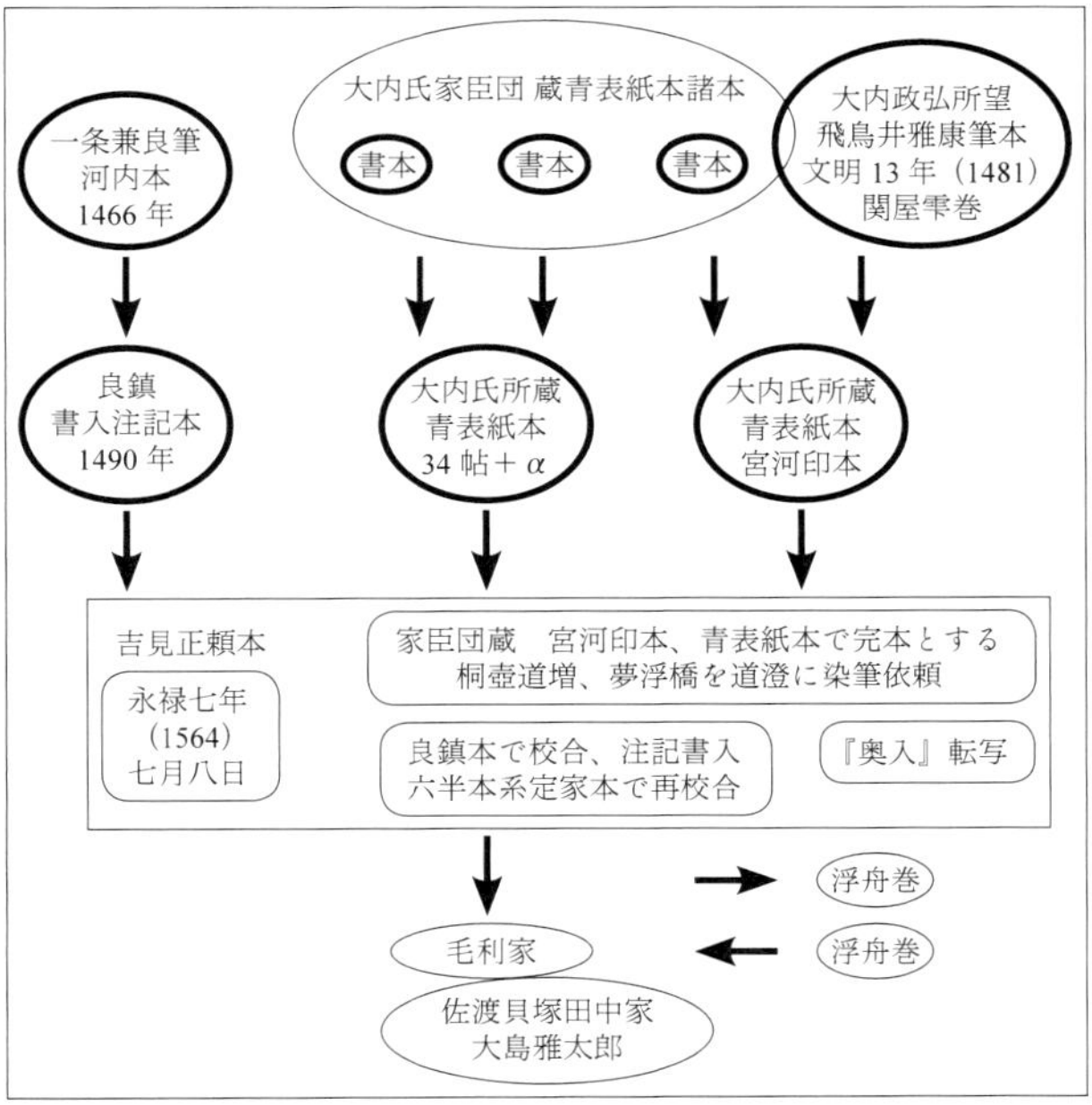

図2　大島本の成立過程

『源氏物語』の注釈書はなぜ思想書となったか

湯浅幸代

一　実用書としての『源氏物語』

注釈とは、本文の語句、内容についての意味説明や解釈を指し、古典作品の場合、本文表現の典拠が指摘される。また、世尊寺伊行《せそんじこれゆき》『源氏釈《げんじしゃく》』や藤原定家『奥入《おくいり》』といった十二・三世紀に作られる初期の『源氏』注釈書は、特に引歌《ひきうた》の指摘を中心とする。このような注釈のあり方は、『源氏物語』がまずは「歌詠みの書」（歌人が歌作のために読むべき書）とみなされたことに起因している。つまり、『源氏物語』は、「実用書」として受けとめられたことから、注釈の対象となりえたのである。

　ではなぜ、そのような物語評価がなされたかと言えば、平安時代末から中世にかけて深まりを見せた浄土信仰により、作者・紫式部が狂言綺語《きぎょ》の罪（道理に合わない言葉や、巧みに表面だけを飾った言葉によって人々を惑わせた罪）を着せられたことと関わりを持つ。『源氏物語』が、虚構の恋愛譚によって人々を魅了する所以《ゆえん》は、実は、内容に道理があるからだ、としなければ、男性貴族が堂々と読めない時代背景があった。結果、『源氏物語』は、中世の先例主義とも相まって、歴史を範としながら作られたもの、あるいは物事の道理を学ぶ書として位置づけられる。

　中でも、室町期の注釈書である四辻善成《よつつじよしなり》『河海抄《かかいしょう》』（一三六二年頃）は、「誠に君臣の交、仁義の道、好色の媒、菩提の縁にいたるまでこれをのせずといふことなし。」とその冒頭に述べており、近年、学問をするための書としての位置づけも明らかにされている（松本二〇一五）。仏典引用の指摘も、『河海抄』から顕著となるが、そのように読むことが当時『源氏物語』を正当に読む方途の一つであり、物語の本質もそこにあると考えられていたのである。

　実際、物語には、光源氏を通し、そのような「実用書」としての物語の価値を言い立てているくだりがある。玉鬘と光源氏との間で交わされた、いわゆる蛍巻に描かれる「物語論」である。

> 「骨《こち》なくも聞こえおとしてけるかな。神代より世にあることを記しおきけるななり。日本紀などはただかたそばぞかし。これらにこそ道々しくくはしきことはあらめ」とて笑ひたまふ。
>
> （新編日本古典文学全集『源氏物語』「蛍」二一二頁）

光源氏は、既に権威ある史書（『日本紀』）と物語とを比較し、物語にこそ「道々しくくはしきこと」（道理にかなう真実）が書かれていると発言する。つまり、右記は他の権威あるものと比較することで物語に価値を与える記述と言えるが、作者は他の巻でもこのような叙述を繰り返している（絵合巻では、史上の天徳内裏歌合になずらえて物語の絵合行事が描かれるが、和歌の地位に物語を当てはめる作者の意図が窺える）。このように、和歌の有用性を説くことで、漢詩文と等しい地位の獲得を期した初の勅撰和歌集『古今和歌集』の序文さながらの方法が物語に見出される限り（藤井一九八二）、中世の注釈者の読み方が、全てその時代の所産に過ぎないとは切り捨てられないのである。

二　対立する注釈――国学者・宣長と儒者・蕃山

一方で、そのような実用的な読み方を否定する江戸時代の国学者・本居宣長《もとおりのりなが》も、この蛍巻の物語論から、かの有名な「もののあはれ論」（『源氏物語玉の小櫛《おぐし》』一七九六年）を展開する。宣長は、物語の実用について説く前の光源氏の主張――「……よきもあしきも、世に経る人のありさまの、見るにも飽かず聞くにもあまることを、後の世にも言ひ伝へさせまほしきふしぶしを、心に籠《こ》めがたくて言ひおきはじめたるなり。」という、物語が個人の心におさめがたい情動（あはれ）から起こったものであるという言葉に注目する。この言葉は、同じく『古今集』序の冒頭に記された、やはり「情動」を起点とする詠歌のあり方「やまと歌は人の心を種としてよろづの言の葉とぞなれりける。世の中にある人事業《ことわざ》しげきものなれば心に思ふことを見るもの聞くものにつけて言ひ出《いだ》せるなり」に由来している。

つまり、この物語論には、多くの読み手を惹きつける効果が認められるのであり、明らかに物語読者を意識した作者の筆法がある。そこには、『古今集』序の方法を踏襲することで、これまで登場人物に感情移入し、物語を情動そのままに享受してきた玉鬘に代表される女性たちの読み方と、確かな実用書として享受する光源氏のような男性たちの読み方と、二通りの読み方を示しているのである（湯淺二〇一五）。宣長は、主に前者の読み方で享受し、中世の注釈者たちの流れを汲む儒者たちは後者の読み方で享受したと言えようか。

たとえば、後者の代表とも言うべき儒者・熊沢蕃山《くまざわばんざん》は、『源氏外伝』（延宝初年［一六七三］頃）の中で次のように述べている。

> ……故に此物語におゐて、第一に心をつくべきは、上代の美風なり。礼の正しくてゆるやかに、楽の和して優なるてい、男女ともに上臈しく、常に雅楽を翫びていやしからぬ心もちひなり。次には書中人情をいへる事詳なり。人情を知らざれば五倫の和を失ふ事多し。是に戻りては国治らず、家とゝのほらず。此故に毛詩にも淫風を残せるは、善悪ともに人情に達せんが為なり。国民みな君子たらんには、政刑もその用な

し。ただ凡人をおしへんための政道なれば、人情時変をしらでは成りがたし。さるにより此物語にも、さまざまのことによせて人情をつくし知らしめ、且、時勢の移りゆくさまをよくしるせり。（増訂『蕃山全集』第二巻、名著出版、表記は一部改めた）

まず、『源氏物語』において、第一に注目すべきは「上代（古代）の美しい風習」であるとし、具体的には、当時の礼楽思想により国を治める古代中国の儒家思想、いわば「礼」（社会の秩序）と「楽」（音楽による人心の感化）の受容から、男女ともに優美に雅楽をたしなみ、豊かな心様であったとする。確かに、宣長が批判する通り、作者が最初から後世失われる「上代の美風」を物語の主題としていたとは考えにくい。しかし、次に記される「人情をいへる事」については、宣長も「まことにさることにて、やまともろこしの書にならぶものなし」と賛同している。この「人情」（人間の思いやりの心・情愛）については、物語では主に男女間のそれとして描かれるが、蕃山は家や国を治める根幹の概念として主張するのである。ただそれが外国からもたらされた礼楽思想に基づくものとされる点が、日本古来の固有の学問を至上とする国学者・宣長には受け入れられなかったのだろう。蕃山の主張は、「例の儒者心にぞ有ける」と宣長によって退けられる所以である。

そして、物語を他の方便に用いるのではなく、物語そのもののありようを読み解くべきであり、その本旨は「もののあはれ」にあるのだという宣長の主張は、現代に至っても、文学の自立性を説く思想として支持されている。

三　二人をつなぐ徂徠――「琴学」の観点から

しかし、物語中、繰り返し見える音楽の記事について、宣長が次のように述べる点は、再考する余地があろう。

中にも音楽の道を、くはしく記せりといへるも、あたらず、楽《アソビ》の事の多く見えたるは、今の世の人の、三味線、浄瑠璃などいふ物を、おもしろきことにして、もてあそぶと、同じことにて、ただそのかみの世の有さまにて、おもしろき事をしるせるにこそあれ、「風をうつし俗をかふるは、楽よりよきはなし」などいふは、儒者のつねのことにて、物語には、さらによしなきしひごと也、

（『源氏物語玉の小櫛』『本居宣長全集』四、筑摩書房、表記は一部改めた）

宣長は、物語中に記される「楽の事」を、江戸時代の人々が「三味線、浄瑠璃」を演奏するのと同様、全くの娯楽として受けとめている。また、それらを礼楽思想の実践と見る蕃山の説を一蹴する。しかし、『源氏物語』蛍巻の物語論の下敷きとされている『古今集』序は、確かに礼楽思想に基づいて書かれている。たとえば「やまと歌は人の心を種として」とある部分は、『礼記《らいき》』楽記《がくき》の「音之起、由二人心一生也」に由来する。また「力をも入れずして天

地を動かし、目に見えぬ鬼神をもあはれと思はせ、男女のなかをもやはらげ、猛きもののふの心をもなぐさむるは歌なり。」とあるのも、同じく『礼記』に「楽者天地之和也」とあるように、歌（楽）が、あらゆる物事を整えて和する働きを示している。宣長は序文に見える「鬼神をもあはれと思はせ」の部分のみを引き自説の根拠とするが、その前後に目をやれば、明らかに礼楽思想の文脈でおさえなければならない記述である。つまり、宣長の主張する物語の自立性もさることながら、平安時代の思潮として、礼楽思想を抜きにしては語れないこともまた事実なのである。

『源氏』の少し前に成立した『うつほ物語』が秘琴伝授を主題の一つとすること、光源氏が琴の名手として語られ、自身も琴について語り、六条院の女楽《おんながく》を実現させることなどは、物語が礼楽思想を受容し、その思想を最も体現する楽器として、「琴」（中国より奈良時代に渡来した七弦琴《キン》のこと。現在よく知られる箏の琴《こと》とは形状が異なる）を大変重視していることが知られる。

荻生徂徠《おぎゅうそらい》『琴学大意抄《きんがくたいいしょう》』では、『源氏物語』の女楽の記述を基に、江戸儒学における古楽礼賛の思想を展開するが（上原・正道寺二〇一六）、そのような荻生徂徠に宣長も影響を受けたのではないかという指摘がある（野口一九八二）。

徂徠は、『詩経』についての朱子学的解釈を批判し、そのような勧善懲悪の具ではなく、人間の性情に「温柔敦厚《おんじゅうとんこう》」の気をもたらすための聖人の教えの一つであるとした。そのことは、蕃山と宣長の両者の説をなかだちしうるものであるというのだが（野口一九八二）、確かに、双方、「人情」や「情動」（あはれ）を重視する点は共通している。蕃山は断章取義、宣長は礼楽思想の否定という点でその読み方に欠陥はあるが、それでも、両者ともに、作者・紫式部が想定した範囲の読者ではなかったか。

結語

『源氏物語』の注釈書が、明確に思想を孕む書となるのは、著者である善成自身の光源氏願望を投影したとも言われる『河海抄』からであろう（日向二〇〇三）。ただし、元々そのような男性読者を意識し、歴史や思想を睨《にら》んで織りなされた物語であったこと、そのような『源氏物語』のあり方自体に、物語の注釈書を思想書に成した理由があるのである。

参考文献

上原作和・正道寺康子編『日本琴学史』第一部第八章（勉誠出版、二〇一六年）
野口武彦「江戸儒学者の『源氏物語』観――熊沢蕃山『源氏外伝』をめぐって」（『文学』五〇巻七号、一九八二年七月）
日向一雅「『河海抄』の源氏物語―順徳院と後醍醐天皇を媒介として」（『文学』四巻四号、二〇〇三年七月）
藤井貞和「物語論」（『講座源氏物語の世界』五、有斐閣、一九八一年）
松本大「典拠から逸脱する注釈――中世源氏学の一様相」（『中古文学』九五号、二〇一五年六月）
湯淺幸代「『源氏物語』蛍巻の物語論――物語と史書との関わりを中心に」（『古代学研究所紀要』二三号、二〇一五年十一月）

古筆研究はどこまで文学史を書き換えたか

仁平道明

一　『夜の寝覚』の欠巻に由因する従来の見解の問題点

『夜の寝覚』は、現在残されている伝本にはすべて中間と末尾に欠巻があるにもかかわらず岩波書店の日本古典文学大系、小学館の日本古典文学全集及び新編日本古典文学全集等に収められているという事実が示しているように、不完全なかたちでしか残っていない作品でありながら平安後期の代表的な物語の一つとして評価されていると言ってよいだろう。しかしながら、その欠巻部の内容は、『寝覚物語絵巻』及びその断簡、『無名草子《むみょうぞうし》』、『拾遺百番歌合』、『風葉《ふうよう》和歌集』、改作本『夜寝覚物語』、大阪青山短期大学蔵伝後光厳院《ごこうごんいん》筆『夜寝覚抜書《よるのねざめぬきがき》』、わずかに残る末尾欠巻部と考えられる部分の写本の断簡等によって、それでも多くの空所が残る物語の設定と展開を推測するほかない。終わり方によって確定することになるはずの全体像を正確に把握することができないこの物語を、文学史に的確に定位するのが容易ではないことは、あらためていうまでもない。

『〈日本古典文学全集〉夜の寝覚』（小学館一九七四）の解説（鈴木一雄）が、「『夜の寝覚』の場合、四部構造の把握のうえで最も大きい問題は、第三部と第四部とのかかわりをどう判断するかである。（中略）この問題に初めて解答を与えたのは永井（注・永井和子）論文であり、一、二部の昔物語の伝統に沿ったおもしろさと第三部の現実的、性格的、心理的な深さとを総合した新しい発展を第四部に予想し、期待している（「『ねざめ』の構造」『寝覚物語の研究』所収）。これに対して、第三部をこの物語の主題の窮極を示すものと評価し、第三部をもって主題は完結されたもの、第四部は第三部までの主題を放棄して、単に読者の要望に沿って書き継がれた続編にすぎないと論じるのが前記野口（注・野口元大）論文である」とするような『夜の寝覚』の読みと評価の分かれも、特に末尾部分に欠巻があることに由来する。なお、「四部構造の把握のうえで最も大きい問題は」「基本的には第三部の評価の問題」とする鈴木一雄の総括は必ずしも適切なものではなく、むしろ第四部の欠巻部の内容と物語のあり方をどのように推測するかということが決定的に影響すると考えるべきだろう。だが、現存の伝本では、物語の全体像を把握するうえで決定的な意味をもつ末尾の部分に欠巻がある以上、上記のような諸資料と現存の部分によって推測できる範囲は限られている。

二　伝後光厳院筆《ごこうごんいん》『夜の寝覚』末尾欠巻部断簡出現以前の通説

といって、現在、それがまったく不可能というわけではない。通説では最後にきて非現実的、超自然的な設定になっていると考えられてきたこの物語の性格に関して、その通説に修正をせまるものと考えられる、末尾欠巻部のヤマ場と思われる部分の断簡《だんかん》――伝後光厳院筆の古筆切《こひつぎれ》が十数年前に出現したからである。

その伝後光厳院筆の古筆切が出現する以前の研究状況がどのようなものであったかと言えば、『夜の寝覚』末尾欠巻部の、女主人公が「しらかはの院よりあながちにのがれいでたまへる」と『拾遺百番歌合』にあるような状況についての従来の見解の多くは、〝秘法を用いて一度死んでから生き返って、白河院を脱出した〟というような非現実的、超自然的な設定を考えてきたといってよいだろう。

例えば小松登美は、「中間ならびに末尾欠巻について」（関根・小松一九六〇）で、次のように推測している。

> 源氏の浮舟以来、身を投げたり、死を信じられたりしていた女性が実は生存していたといった事件は狭衣・朝倉といくつもあるのに、無名草子がねざめのこの事件だけをここまで非難し、天の少女がくだって来るとか、即身成仏なみの超現実的事件と考えている様子から見て、単に気絶したり姿が見えなくなったりしたのを周囲が勝手に死んだと考えたとか、入水を救われたとか、あるいは小数の腹心とはかって表面上のみ死を公表したりして、どこかに隠れひそんだという域の事ではなく、前世の因縁により「死にかへるべきほう」すなわち何等かの秘法等によって一度死んだがまた蘇生したといった類の事らしい。

このように非現実的、超自然的な設定を推測するのは例外的なものではなく、阪倉篤義《さかくらあつよし》も『〈日本古典文学大系〉夜の寝覚』（岩波書店、一九六四年）の解説で、次のような設定を考えている。

> そのうち、いよいよ窮地に追いつめられた寝覚上は、何物かの力によって急死し、また蘇生する（いわゆる偽死）という極めて非現実的な秘法によって、白河院より脱出することが出来た。

また鈴木一雄校注・訳『〈日本古典文学全集〉夜の寝覚』も、同様の推測をしている。

> 欠巻部分のため詳細は不明だが、あるいは浮舟の失踪、蘇生とは全く別趣の超現実的なものであった可能性もあるのである。『無名草子』が「かへすがへすこの物語の大きなる難」

と非難している点からも神秘的超現実的なものであった「死にかへり」であったとみられる公算が大きいが、もし神秘的超現実的なものであった「死にかへり」であったら、おそらくその底にはやはり伝承的な要素が潜んでいたものかもしれない。

ほぼ通説化していたこれらの見解によれば、『夜の寝覚』は非現実的な要素を有する物語、伝承的な要素の残存に由因する非現実的・超現実的な物語に先祖返りをした作品として物語史に定位されることになる。しかしながら、これらの見解が推測する非現実的、超自然的な設定は、『夜の寝覚』の現存の部分のあり方とはそぐわないものなのではないか。この物語でもっとも非現実的なものと思われるかもしれない巻一の天人降下の話さえも、『狭衣物語』などとは異なり、現実の出来事としてではなく女君が見た夢の中の出来事として設定しているこの物語が、最後になってそのような非現実的・超現実的な性格を有する物語になっていたとは考えがたく、末尾欠巻部の内容を非現実的・超現実的なものだと推測する通説にはしたがいがたいと言わざるをえないのである。

三　伝後光厳院筆『夜の寝覚』末尾欠巻部断簡による文学史の書き換え

そのような疑問と見通しをもって考えていたところ、通説を覆《くつがえ》すことになる『夜の寝覚』の設定の一部を推測させる内容の古筆切が出現した。筆者が入手し、「伝後光厳院筆物語切は寝覚末尾欠巻部か」〔仁平二〇〇二〕、「『夜の寝覚』末尾欠巻部断簡考——架蔵伝後光厳院筆切を中心に」〔仁平二〇〇三〕、「『夜の寝覚』末尾欠巻部再構成の試み——架蔵切・『古筆学大成』切・周辺資料から」〔仁平二〇〇七〕等の報告で紹介した、次のような内容の伝後光厳院筆の物語写本の断簡（以下、「架蔵切」とする）である。

> しにこしかたゆくするゑもおほえすこれを／みすてゝいなはよにいき返なからへ給とも／我にはなけのことの葉もかけたまはし／かゝるをりたにひたふるにかきいたきて／この院にいてたてまつりていひしらぬ心を／つくして大願をたて佛を念したて／まつりしさまなと世のつねなる心さしな／りやいみしくこのよならさらむまてふかき／心さしにはまけぬへきわさなるをかはかり

この架蔵切は、『夜の寝覚』末尾欠巻部の断簡である。

前掲の報告で提示した、架蔵切が『夜の寝覚』末尾欠巻部のヤマ場の一部であるという筆者の見解に対して、「断簡はやはり『寝覚』のそれとは認定しがたい、といわざるをえまい」とする否定的な見解〔田中二〇〇四〕、また架蔵切及び筆者がそのツレとして言及した伝後光厳院筆の一連の断簡について「思い当たるのはいわゆる「しのびね型」といわれる物語群との類似性である。（中略）この断簡の場合も、おそらくはそうしたストーリーを持つ物語の一部ではなかろうか。少なくとも、男君の死や出家もなく、院の思いも遂げられていないはずの『夜の寝覚』の断簡と認めてよいものかどうか、疑問が残る」として疑問視する見解（田淵二〇〇四）もあったが、その後、末尾欠巻部の歌を含む断簡が出現して紹介され（各種報道および〔横井二〇一四〕）、伝後光厳院筆の架蔵切等が『夜の寝覚』末尾欠巻部断簡であるということが確認された（実践女子大学蔵となったその断簡が架蔵切のツレであることについては、〔『武蔵野文学』二〇一四〕参照）。

伝後光厳院筆の架蔵切によって、従来超自然的な設定が推測されてきた寝覚の上の白河院入りとその後の展開が、実は、何らかの事情によって死んだような状態になっていた寝覚の上を冷泉院が白河院に連れてきて、その後寝覚の上が息を吹き返した（「大願をたて佛を念じたてまつりて」というのは、事実ではなく、院の寝覚の上に対する誇張と考えるべきなのかもしれない。）という展開であったということが判明した。末尾欠巻部のヤマ場の内容と設定は、秘法を用いて、死んで生き返って、という超自然的な設定を考えていた通説とは異なるものであったと考えられる。

『夜の寝覚』欠巻部の写本断簡である伝光厳院筆の架蔵切によって、平安後期の物語として評価される『夜の寝覚』が、それまでの通説とは異なり、それ以前の部分との不整合が否定しがたいことになってしまうあまりにも非現実的、超自然的な設定の物語として終わっているような作品ではなかったことが明らかになり、本来あるべきところに定位されることになった。

参考文献

『〈日本古典文学大系〉夜の寝覚』（岩波書店、一九六四年）
『〈日本古典文学全集〉夜の寝覚』（小学館、一九七四年）
小松登美「中間ならびに末尾欠巻について」（関根慶子・小松登美『寝覚物語全釈』學燈社、一九六〇年）
田中登「伝後光厳院筆物語六半切は『寝覚』の断簡か――付、伝冷泉為秀筆夜の寝覚物語切について」（『国文学』八八号、関西大学国文学会、二〇〇四年二月）
田淵福子「『夜の寝覚』末尾欠巻部の資料の解釈をめぐって」（『解釈』五〇巻一一・一二号、二〇〇四年十二月）
永井和子「『ねざめ』の構造」（『寝覚物語の研究』笠間書院、一九六八年）
仁平道明「伝後光厳院筆物語切は寝覚末尾欠巻部か」（『解釈』四八巻一一・一二号、二〇〇二年十二月）
仁平道明「『夜の寝覚』末尾欠巻部断簡考――架蔵伝後光厳院筆切を中心に」（久下裕利編『狭衣物語の新研究――頼通の時代を考える』新典社、二〇〇三年）
仁平道明「『夜の寝覚』末尾欠巻部再構成の試み――架蔵切・『古筆学大成』切・周辺資料から」（永井和子編『源氏物語へ源氏物語から――中古文学研究24の証言』笠間書院、二〇〇七年）
「寝覚める古筆切　特集　座談会　夜の寝覚」（『武蔵野文学』二〇一四年増刊春号、二〇一四年五月）
横井孝「『夜の寝覚』末尾欠巻部断簡の出現」（横井孝・久下裕利編『王朝文学の古筆切を考える――残欠の映発』武蔵野書院、二〇一四年）

作家の古典現代語訳はどのように推敲されたか

上原作和

はじめに

谷崎潤一郎、円地文子、瀬戸内寂聴ら、作家の古典現代語訳が研究者の校閲を経ていることはよく知られている。とりわけ、谷崎潤一郎による『源氏物語』の現代語訳と校閲については、山田孝雄《よしお》・玉上琢彌《たまがみたくや》らの校閲過程についての詳細な研究が進められてきた。その《谷崎源氏》（底本・湖月抄）には、以下の三種がある（すべて中央公論社刊）。

①『潤一郎訳源氏物語』（二六巻、一九三九年一月〜一九四一年七月、山田孝雄校閲）
②『潤一郎新訳源氏物語』（一二巻、一九五一年五月〜一九五四年十二月、山田孝雄校閲）
③『谷崎潤一郎新々訳源氏物語』（一一巻、一九六四年十一月〜一九六五年十月）

これらは従来「旧訳」、「新訳」、「新々訳」と略称される。谷崎文学においては、古典に取材した作品のみならず、『細雪《ささめゆき》』（上巻、一九四三年一月〜下巻完結一九四八年十月）のように、物語そのものに『源氏物語』が影響を及ぼしたとされている作品も多い。

近時、富山市立図書館山田孝雄《やまだよしお》文庫の《谷崎源氏》校閲書入本『定本源氏物語新解』（金子元臣校注、明治書院、一九二五〜一九三〇年）の紹介によって、「不敬」とされる藤壺事件等削除の実態や、現代語訳の本文批判へと研究が展開されつつある。本稿では、中村ともえによって「『新訳』から『新々訳』への改訳に関する研究は、管見の限り皆無である」（中村二〇一一）とされる、谷崎源氏定本の成立過程と国文学者たちの関わりを記しておきたい。

一　新訳『源氏物語』

「新々訳」の前提となる「新訳」には都合五次の刊本があった。以下、①初刊（全十二巻、一九五一年五月〜一九五四年十二月）②愛蔵本（全五巻、一九五五年十月）③普及版（全六巻、一九五六年五月〜十一月）④新書版（全八巻、一九五九年九月〜一九六〇年五月）⑤愛蔵版（全五巻別巻一、一九六一年十月〜一九六二年三月）である。①初刊刊行中の一九五一年九月八日土曜日、NHKラジオ第二放送で、東大助教授の池田亀鑑が、谷崎源氏の「夕顔」巻を解説していたことが知られる（「読書案内『源氏物語』について」朗読・加藤幸子、「読売新聞」ラジオ欄・午後六時三十分〜七時）。池田亀鑑は、中央公論社から『校異源氏物語』（一九四二年）を刊行する出版戦略から、旧版月報「源氏物語研究」の第一巻に「源氏物語の主題――自然及び人間に対する愛」を寄稿、月報には二度に渡って『校異源氏』の刊行予告が掲載されるに及んだ。山田孝雄が訳業、東大の池田亀鑑《きかん》が宣伝広報の側面支援者として役割を分担し、池田亀鑑自身も多大なる関心を寄せていたことが、『校異源氏』の協力者・清田正喜《まさき》に宛てた書簡からも知られる（図1）。

「旧訳」から「新訳」の大きな変更点である文体の「です」「ます」調は、新たに校閲に参加した玉上琢彌の「物語音読論」（一九五〇年）が、谷崎・山田の物語観を改めさせるきっかけとなったと言われている。くわえて、初刊の刊行時までは山田孝雄と玉上琢彌間の解釈の対立点も存在していた。ひとつは「桐壺」巻の、帝の渡御「ひまなき御前渡りに」の主語（帝、あるいは桐壺更衣）の解釈、もうひとつは「手習」巻の浮舟に取り憑いた物の気《け》・八の宮説の注記である。一九五五年の「新訳愛蔵本」刊行の際、解釈の変更に際し、玉上は谷崎に了解を取り付け、さらに山田に解釈変更の了解を取り付けるべく、同年八月二一日、遠路、大阪から仙台に赴き、地元郵便局から編集部に「交渉成功」の電報を打ったという。結果、前者は訳文に動作主（　）を入れて改め、後者は注記を削除して刊行された。このように谷崎は、旧訳、新訳二回の訳業をするにはしたが、以後の改訂に関しては、玉上と中央公論社編集部の伊吹和子（一九二九〜二〇一五、一九五三年以来「新訳」「柏木」巻以降の口述筆記を担当）によって進められたことが知られる（伊吹一九九四）。

二　新々訳『源氏物語』

谷崎は、その「新訳」の最終版となった、愛蔵版（一九六一年十月）の「潤一郎訳源氏物語愛蔵版序」で、「私の所謂「新訳」にも、十分の改訂を加へてゐない。ところ〳〵ふと眼に触れた部分に手を加へた程度である。他日機会があつたら、老躯に鞭打って更にもう一度新々訳を試みたいと思ふ」と、ここで「新々訳」の構想が披露されている。この「新々訳」本文の見直しについても、引き続き伊吹によって進められた。小谷野敦編「谷崎潤一郎詳細年譜」によれば、

> 昭和三八年（一九六三）十二月三十日、伊吹ら、東大助教授秋山虔（四〇）の紹介で院生を頼み、新々訳源氏の準備に掛かる。

とある。しかしながら、秋山虔（一九二四〜二〇一五）はこのことに関する言及を避けていたようである。秋山編集になる『源氏物語　解釈と鑑賞の基礎知識　花散里』（室伏信助共編、至文堂、二〇〇三年五月）には「特集　源氏物語をどう読むか――本文と現代語訳」（秋山虔）「源氏物語の現代語訳――その限界をどう考えるか」が組まれ、伊吹も「谷崎源氏」と呼ばれるもの」を寄稿している。

しかし、秋山の関与には一切言及していない。伊吹は、後に「当時東大で『源氏物語』を講じておられた秋山虔先生に紹介をお願いして、数人の大学院生の方々のアルバイトを頼み、通読の応援をして頂きました。通読を済ませた巻から順に谷崎先生に原稿を送り、それに目を通して返送してこられるものを原稿にする、という段取りでした（伊吹二〇〇九、三〇六頁）」と書き残した。この「東大グループ」については、元「院生」四名が、担当巻を分担し、「新訳」本に校閲案を書き込む作業が行われたことは確認し得た。また、秋山への依頼以前、「新訳」愛蔵版（昭和三十七年三月）完結から程なく、「新々訳」への準備作業が始まっており、「夕顔」巻は東大グループ依頼以前の通読作業の成果であったようである。この間、編集部では、新方針である、旧仮名遣いから新かな遣い、さらに新字への変更が行われた。「新々訳」の特性について、中村は、「旧訳」から「新訳」への「改訂の分量は帖ごとにばらつきがあり、「夕顔」は最も改訂箇所が多い」とし、当該巻の一節、源氏が夕顔の遺骸と対面し、惟光《これみつ》と共に二条院に帰るくだりの異同から以下のように記す。

「新訳」から「新々訳」へは、「旧訳」から「新訳」への改訳ほどの大きな改変はなく、文の区切りや用いられる単語等はほぼ同じである。それでも、前記の「心持がなされます」が「心持がなさいます」に改められるなど、敬語に関連する細かな違いは確認される。他に、「路」の字を「道」に変えるといった漢字の変更や、ルビの追加・削除も見られる。このように「旧訳」から「新訳」へ、「新訳」から「新々訳」への二度の改訳は、多岐にわたり繁雑であり、整理し分析することが困難である。実際、二度の改訳の実態はほとんど解明されていない。

三　谷崎の死と完結前後

以上のような経緯から、「新々訳」編集作業は、当時七十八歳となっていた谷崎の健康状態がいよいよ予断を許さぬ状況となって以降も、遅滞なく進められた。一九六四年十一月刊行開始、完結目前の一九六五年七月三十日、谷崎死去。中央公論社は、訃報の際、「未刊の巻も概ね予定通り刊行される」旨を広告し、谷崎の葬儀の際には、八月発売予定であった第九巻（早蕨巻～夢浮橋巻）を急遽造本し、伊吹が谷崎の棺に納めている。同年十月二十日、第十一巻を以て完結、以後、様々な造本により、それぞれが版を重ねて来た。

参考文献
伊吹和子『われよりほかに――谷崎潤一郎最後の十二年』（講談社、一九九四年）
伊吹和子「浮舟入水のことなど」（紫式部学会編『むらさき』三一輯、武蔵野書院、一九九四年十二月）
伊吹和子「谷崎潤一郎・「谷崎源氏」の真実」（『めぐり逢った作家たち――谷崎潤一郎・川端康成・井上靖・司馬遼太郎・有吉佐和子・水上勉』平凡社、二〇〇九年）
小谷野敦『谷崎潤一郎伝――堂々たる人生』（中央公論新社、二〇〇

六年）
田坂憲二「『校異源氏物語』成立前後のこと」（伊藤鉄也編『もっと知りたい池田亀鑑と「源氏物語」』一集、新典社、二〇一一年）
中村ともえ「〈谷崎源氏〉考（一）」（『京都大学国文学論叢』二五号、二〇一一年三月）
三田村雅子「戦中・戦後の谷崎源氏」（『記憶の中の源氏物語』新潮社、二〇〇八年）

図1　昭和十三年（一九三八）十月八日付　清田正喜宛て、池田亀鑑書簡（架蔵）

お変りいらつしやいませんか。先日はおたより有がたうございます。小著一部お送り申上げます。近く谷崎氏の源氏物語が出ます。それにつきまして、我々は源氏についてしっかりした態度をもってゐたいものと存じます。何卒御校の生徒諸君に一冊でも宣伝して下さい。お願ひ申し上げます。時分柄御身御大切になさいますやう祈ります。先はお願ひまで。

「しっかりした態度」とは、谷崎の『湖月抄』での訳業に対する「文献学的態度」のことであろう（上原作和「『校異源氏物語』の時代——桃園文庫の人物群像」『光源氏物語傳來史』武蔵野書院、二〇一一年参照）。

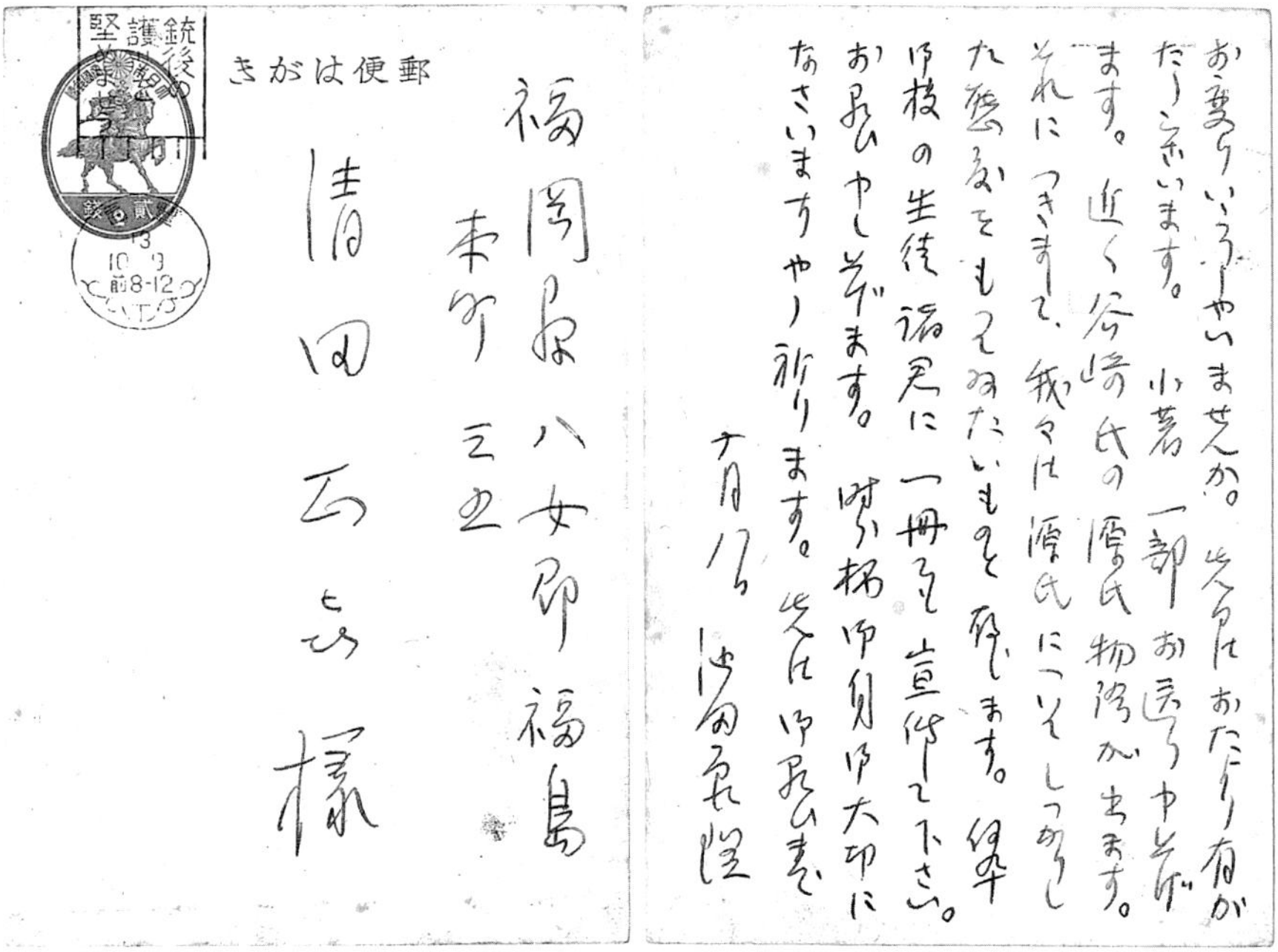

第三部　中世文学

中世が無常の時代というのは本当か

藤巻和宏

はじめに

次々と移りゆく常ならぬ世のありさまを「ゆく河の流れ」に喩えて語る『方丈記』。祇園精舎の鐘の響きから「諸行無常」を聴き取る『平家物語』。これらに示されるように、中世という時代の本質は「無常」である。――というと、多くの人が納得する。「中世を代表する文学作品の『方丈記』や『平家物語』でも無常がテーマになっているのだから、当然だ」という人も少なくない。しかし、ここには二重の誤解がある。

まず、『方丈記』や『平家物語』は、本当に中世を代表する文学作品なのか。次に、これらの説く「無常」は、本当に中世という時代の本質を示しているのか。「中世が無常の時代というのは本当か」という命題を考えるには、こうした点を問い直してゆかなければならない。

一　『方丈記』や『平家物語』は中世の代表作品なのか

ある文学作品をもってある時代の代表とする考え方は、どこに由来するのだろうか。上代といえば『古事記』『日本書紀』『万葉集』、中古といえば『伊勢物語』『枕草子』『源氏物語』、中世といえば『方丈記』『平家物語』『徒然草』……といった類いのものである。

「これらの作品は、教科書や文学史に必ず載っているし、注釈書や現代語訳も多数刊行されているではないか」と思う向きもあろうが、よく考えていただきたい。これらを教科書や文学史に載せたのは誰か。注釈書や現代語訳を作ろうと判断したのは誰なのか。そして彼らは、なぜそういう判断をしたのか。

近代を迎え、「国民」に共有される古典という〝新たな伝統〟が要請されるようになった。そうした動向のなかで、三上参次と高津鍬三郎とにより、日本で最初の文学史といわれる『日本文学史』（金港堂、一八九〇年）が刊行された。また、これより数ヶ月早く、芳賀矢一と立花銑三郎とによって『国文学読本』（富山房書店、一八九〇年）が刊行されており、「文学史」の名は冠していないものの、時代を区分し、そこに作家や作品を並べて記述しており、こちらも実質的には文学史といいうるものである。

三上らは『日本文学史』緒言で、西洋には文学書・文学史なるものがあるが日本にはそれらがないため、日本文学の研究は外国文学を研究するよりも困難であると嘆息し、「名家の傑作を掲げて、之《これ》に批評を加へ、之が註釈を下し、且《か》つ作者の小伝を付した」西洋の文学書を参照して本書をなしたとしている。作家・作品を時代順に並べる文学史の叙述形式は、こうして創られた。また、『国文学読本』では、日本文学の沿革を研究することによって国民の思想の変遷を知ることができるが、紙幅と能力に限界があるので、時代ごとに分けたうえ、各時代の特性を略述するとしている。このときに示された時代区分は「上古」「中古」「鎌倉時代」「室町時代」「江戸時代」「維新後」というものであった。位相の異なる呼称が混在しているが、『日本文学史』では「奈良朝」「平安朝」「鎌倉時代」「南北朝時代及び室町時代」「江戸時代」と、政治史的呼称に統一されている。これ以降、種々の文学史で時代区分が試みられて整理された結果、現在では「上代」「中古」「中世」「近世」「近代」という区分が一般的となっている。とはいえ、例えばヨーロッパや中国の「中世」と日本のそれとが一致するはずもなく、あくまで日本のみに限定される呼称として、中世はおおむね鎌倉・室町時代に相当するものとして運用されている。

さて、こうして時代を区分したうえで、それぞれの時代ごとに「名家の傑作」を挙げるという西洋方式が日本文学史でも踏襲されることになり、その選定がおこなわれた。また、この年に博文館より刊行された『日本文学全書』全二十四巻および『日本歌学全書』全十二巻は、いわゆる「文学全集」の先駆けである。こうした文学史や全集類に収録された「文学作品」は、特定少数の編者らにより重要で有名であると判断されたといえよう。それらのなかに『方丈記』も『平家物語』も含まれるが、このように草創期の文学史や全集に収録されたものが、それ以降も踏襲されてゆくケースが少なくない。後世の読者は、これらの著述に収録されているという〝安堵〟にもたれかかり、自ら判断せずとも「時代を代表する重要な作品」として認識することができる。

付け加えるならば、「literature」という概念が既存の日本語にあった「文学」という語と結び付き、「言語芸術」を意味する概念に変容していったのもこの時期であり、過去の多種多様な文献資料から「文学」を抽出するという作業もともなっていたはずだ。近代的「文学」概念のなかった時代に書かれた『方丈記』や『平家物語』が、この「文学」という新来の概念に相当するという、幾多の価値判断を経て判定された結果も、以降は無批判に踏襲されてゆくことになる。

二 「無常」は中世の本質なのか

ところで、中世の特徴を示すとされる「無常」という語は、中世特有のものなのだろうか。試みに、データベース『Japan Knowredge』で新編日本古典文学全集（小学館）収録作品から「無常」という語を検索してみたところ、八十六作品にこの語が使用されていることがわかり、時代別の内訳は上代一、中古九、中世二十六、近世五十であった。この結果だけ見ると、あたかも時代が降《くだ》るにつれて用例が増加しているかのようにも見えるが、新編全集に収録されている作品数が各時代とも同数というわけではないので、数値の比較はあまり意味がない。また、「無常」の語義も時代や文脈によって異なる場合があるので、この結果からいえることは、「無常」という語が時代を通して広く使用されているということにとどまる。

では、なぜこの「無常」が、中世の本質であるかのような誤解が定着してしまったのか。これもおそらく、近代に創られたイメージなのではないかと思われる。

先に挙げた『日本文学史』では、「鎌倉時代の文学」の総論で承久の乱に言及しつつ、「さすがに猛《たけ》き関東武士と雖《いへども》、無常を感ずること深く」と述べるが、「平安朝の文学」の総論中でも、「唐風を模して、浮華を尊び、仏法を信じて、無常を感ずる時代」としている。各時代にそれぞれの特徴があるという前提で叙述しているのだが、平安・鎌倉いずれも「無常」という言葉によって時代の特徴の一面が説明されている。あくまで一面にすぎぬものであるが、例えば本田義憲『日本人の無常観』（日本放送出版協会、一九六八年）や西田正好『無常観の系譜――日本仏教文芸思想史　古代・中世編』（桜楓社、一九七〇年）も、古代（上代・中古）・中世の文学作品から「無常観」を見いだそうとしている。西田はさらに『無常観の伝承――日本仏教文芸思想史　近世・近代編』（桜楓社、一九七六年）において、こうした無常観は近世・近代にも継承されていったとするが、このように「無常」は時代を問わず種々の文献や事象から見いだすことができるのである。にもかかわらず、なぜ「無常」は中世の専売特許のようになってしまったのか。

これはおそらく、無常が「仏教的無常観」等の文脈で語られていたことと関わるのではないか。六世紀に伝来した仏教は、八世紀の記紀を始発とする日本文学史に最初から関わっていることはいうまでもない。しかし、日本文学研究における記紀は、その冒頭に記された神話ばかりが注目され、仏教の印象はきわめて薄い。中古文学も、やはりいちばん注目されるのは、王朝物語に見られる貴族たちのきらびやかな宮廷世界という側面であろう。例えば藤岡作太郎が『国文学全史　平安朝篇』（東京開成館、一九〇五年）で仏教の影響を重視し縷説したように、かつては中古文学においても仏教は当然の前提であったが、時代区分を導入した文学史が次々と著されるなかで、それぞれの時代にそれぞれの特徴を積極的に見いだそうとする傾向が顕著となっていき、他時代との差別化が必要とされた。つまり、時代を区分したことにより、時代の特徴なるものが過剰に意識されるようになったのである。

尾上八郎『日本文学新史』（東亜堂書房、一九一四年）の「情（感情）中心時代」「法（仏法）中心時代」「道（儒道）中心時代」「主義（文芸主義）中心時代」、あるいは津田左右吉や折口信夫が試みた作者階級による時代区分、即ち「貴族文学」「武士文学」「平民文学」（津田『文学に現はれたる我が国民思想の研究』洛陽堂、一九一六年）や「伝承者の文学」「女房の文学」「寺家の文学」「隠者の文学」「町人の文学」（折口『日本文学啓蒙』朝日新聞社、一九五〇年）などは、政治史的区分を退け、文学特有の理論で時代を区分すべしという姿勢のもとに提唱されたものであるが、このなかで現在「中世」とされる時代にほぼ重なるのは、尾上の「法中心時代」、津田の「武士文学」の時代、折口の「寺家の文学」「隠者の文学」の時代である。新たな区分の試みが、結果として政治史的区分の各時代に、それぞれの個性を与えてしまった。つまり、「仏教」「武士」「隠者」が、中世を他の時代と区別する指標となったのである。これらが中世だけに限定されるものでないことはいうまでもないが、他の時代にはより相応しい要素があるので、あえてこれらを他時代のイメージに据える必要はない。アフリカにも高層ビルは林立しているが、それよりもサバンナの風景を見せたほうが手っ取り早い。

つまり、「無常」等の語が中世という時代を正しく言い当てている必要はなく、現代に生きる我々の「中世とはかくあるべし」という願望が投影されていることが重要なのである。我々は、過去を振り返るときに時代の「特徴」をわかりやすくイメージすることで、長い歴史を把握しやすくしたいという欲求から逃れることは難しい。それぞれの時代に特定のイメージを〝幻視〟することはきわめて自然である。批評の世界では、小林秀雄『無常という事』（創元社、一九四六年）や唐木順三『無常』（筑摩書房、一九六五年）が、やはり中世を中心として「無常」を論じた。田中貴子が、典型的な中世イメージ形成の背景に、研究者だけでなく近代知識人の影響を指摘するが、「無常」についても同様のことがいえるだろう。さらに、教育の場においてもこうした傾向を見いだすことができる。教科書や指導要領が、学習目標として「中世の無常観を読み取る」といった類いの目標を掲げており、「中世は無常の時代」という認識を前提とした教育が、そのイメージを再生産し、次世代に継承されてゆくのだ。

時代に「本質」などというものはなく、どの部分に注目するかによっていかようにも判断できる。それがあたかも定説のようになってしまうのは、偶然の積み重ねによってそれが注目されただけにすぎない。無限にある後世の評価のなかの、ごく一部でしかないということを改めて認識したうえで、それを浮上させた〝偶然〟が、積み重なってゆく経緯や背景を検証することこそ重要ではないだろうか。

参考文献
品田悦一『万葉集の発明——国民国家と文化装置としての古典』（新曜社、二〇〇一年）
田中貴子『中世幻妖——近代人が憧れた時代』（幻戯書房、二〇一〇年）

和歌史において武士の時代はどう位置づけられるか

舘野文昭

一　中世和歌史をどう捉えるか

中世を代表する和歌集と言えば、先ず第一に鎌倉時代初期に成立した、第八代勅撰集『新古今和歌集』が挙げられよう。中等教育においては、『万葉集』『古今和歌集』とともに三大和歌集として扱われ、教科書にも必ずと言って良いほど採録されている。学界においても和歌文芸の一つの頂点として評価され、『新古今和歌集』及び新古今歌人とその和歌に関しては研究も非常に盛んである。

その一方で、中等教育におけるそれ以降の和歌の存在感は無きに等しい。一例を挙げると、補助教材として利用されている『原色シグマ新国語便覧』（増補三訂版、文英堂、二〇一四年）では、『新古今和歌集』以降の和歌史について、「その後、歌壇は、定家の家系が二条・京極・冷泉の三家に分かれて対立したこともあり、しだいに停滞する。室町時代までに十三の勅撰集（十三代集）が次々と編まれたが、一部を除いて特筆すべきものはなく、『新続《しんしょく》古今和歌集』を最後に勅撰集の時代は幕を閉じた」と記述される。ここでいう「一部」とは、『玉葉和歌集』『風雅和歌集』の京極派の両集のことを指していると思われる。即ち、京極派和歌を除いて、鎌倉中期以降の和歌については見るべきものはない、という評価がなされているのである。

和歌は公家の文化において醸成された「雅」の価値観を基盤とする文芸である。他方、中世は武士の時代である。そう考えると、武士の時代の到来とともに、公家の文芸である和歌が衰退したかような印象を受けるかもしれない。

しかし、右の如き認識が、中世和歌史の実態と乖離することは、学界では既に常識となっている。中世は詠歌者人口の増大期であり、京都の公家のみならず、地方の武士にまで、和歌という文芸が広まった時代である。新たなる権力者である武士の支援を得て、和歌文芸は前代以上に隆盛したという見方の方が真相に近い。

中世の和歌を考えるに当たって、武士の存在は無視できないものである。以下、武士を視座として中世の和歌史について述べてみたい。

二　十三代集と武士

鎌倉幕府の成立により、京と鎌倉との間の往来が盛んになると、関東でも歌壇が成立し、多くの武士が和歌を詠むようになった（とりわけ第六代将軍宗尊《むねたか》親王を中心に活発な歌壇活動が行われ、また宇都宮氏一族を中心として下野・常陸にかけて展開された宇都宮歌壇もよく知られるところである）。鎌倉中期には『東撰和歌六帖《とうせんわかろくじょう》』や『新和歌集』などの私撰集が関東の地で成立するに至る。

和歌テキストとして最も高い権威を持つのは、天皇の勅命により編纂される勅撰集であることは言うまでもないが、中世の勅撰集を見ると武士の和歌が多く採られている。南北朝期を代表する二条派歌人頓阿の手になる歌学書『井蛙抄《せいあしょう》』によると、文暦二年（一二三五）完成の第九代『新勅撰和歌集』には「宇治河《うじがわ》集」、弘安元年（一二七八）完成の第十二代『続拾遺《しょくしゅうい》和歌集』には「鵜舟《うぶね》集」という別称があったらしい。前者の「宇治河集」とは、「宇治」にかかる「もののふの」という枕詞から「武士《もののふ》」の歌を多く入集する集を言い、後者の「鵜舟集」とは、篝火を焚く鵜飼に託けて「篝屋武士」の歌を多く収載する集を言うものである。ともに武士の和歌の入集が多いことを揶揄する異名と言える。深津睦夫は、中世の勅撰集における武士歌人の割合を調査して、『新勅撰和歌集』から武士歌人の入集数・割合が急増していることを明らかにしている〔深津二〇〇五〕。

深津はさらに二条家系の勅撰集が武士歌人を積極的に入集させていることを確認し、「中世において歌壇の主流をなしたのは二条家であったが、二条家が主流となり得た理由のひとつは、このような、武士歌人の処遇の仕方にあるのかもしれない」と述べているが、歌道師範家として、公家歌壇で支配的地位を得られるか否かは、武家政権との関係に左右されたことは間違い無い。歌壇では主流派とはなり得なかった冷泉家が、和歌の家として命脈を保ち得たのも、その自由な歌風が武士の支持を得たことと無関係ではあるまい。

十三代集を語る上でさらに特筆すべきなのは、南北朝期から武家執奏による勅撰集の撰集が慣例化するという点である。これは延文元年（一三五六）に足利尊氏が後光厳天皇に勅撰集を撰集すべき旨を奏上することにより、天皇の綸旨が下され第十八代『新千載和歌集』が編纂されたことに始まる。『新千載和歌集』は延文四年（一三五九）に完成をみるが、その僅か四年後の貞治二年（一三六三）には二代将軍義詮の執奏により、再び後光厳天皇の綸旨をもって第十九代勅撰集『新拾遺和歌集』撰集が開始される。同じ天皇在位中の二度目の撰集は異例ということで問題になるも、執奏を行った義詮にとっては初度ということで撰集は執り行われた。ここにおいて勅撰集は、天皇よりもむしろ将軍の治世の象徴として機能しているのである。

その後は三代将軍義満の執奏により第二十代『新後拾遺和歌集』が、六代将軍義教の執奏により第二十一代『新続古今和歌集』が成立した。第八代将軍義政の執奏による第二十二代勅撰企画（寛正勅撰）は応仁の乱の戦火による和歌所（勅撰集編纂事務所。このときは撰者飛鳥井雅親邸に設けられていた）消失のため挫折し、勅撰集の歴史は二十一代で終わることになるが、室町期の勅撰集は、将軍の権威を公武に示すための具として新たな意味を持つようになっていたと言えよう。

三　勅撰集以後の武士と和歌

勅撰集の歴史が幕を閉じたことにより、その後の和歌文芸が衰退したということはなく、むしろさらに広範な展開を見せるようになる。戦国期になると、有力大名の政権下に地方でも成熟した文化が生まれた。そこに戦火を避けて下向した京都の公家や廻国の歌僧・連歌師が和歌を指導し、各地で歌壇が生まれる。生活の糧を得たい中央の歌人と、公家文化を憧憬した地方武士との利害が一致した結果の産物である。

有力な地方歌壇の例を挙げよう。西国では周防山口の大内氏は西国に一大文化圏を築いたことで有名であるが、その代々の当主は和歌をよくし、勅撰歌人も輩出している。第十四代政弘（一四四六～一四九五）期には三条公敦《きんあつ》が下向し、武士たちに和歌の指導を行った。政弘には『拾塵和歌集《しゅうじんわかしゅう》』という家集がある。同集は公敦の跋文を持つが、それによると、政弘の和歌は二万首あまり存していたらしい。彼が如何に和歌を好んだかを窺うことができる。また、同時代には宗祇や兼載も山口に下向しており、公敦らと交流した。地方歌壇が、武士だけでなく歌人同士の交流の場としても機能していたのである。第十五代義興《よしおき》（一四七七～一五二八）・第十六代義隆《よしたか》（一五〇七～一五五一）期には宗碩《そうせき》、周桂《しゅうけい》、宗牧《そうぼく》、飛鳥井雅俊といった歌人・連歌師が周防を訪れている。歌会・連歌会も盛んに開催され、歌書の書写や伝授も行われていた。地方にあって和歌文芸の一大中心地となっていったのである。

東国に目を転ずれば、駿河の今川氏は、公家と姻戚関係を持つ、公家志向の強い戦国大名として知られているが、やはり和歌を愛好していたことで著名である。第七代氏親（一四七三～一五二六）は『続五明題集《しょくごめいだいしゅう》』という類題集（先行歌を題ごとに分類した歌集）を編纂するなどの和歌事績が存する。駿府歌壇の最盛期を迎えたのは第九代義元（一五一九～一五六〇）の時で、冷泉為和《ためかず》、三条西実枝《さねき》ら専門歌人、今川氏姻戚の公家や連歌師が下向し、盛んに歌会が開催された。とりわけ冷泉為和は義元の歌道師範として厚遇され、その家集は、戦国期の東国歌壇の様相を窺える貴重な史料となっている。駿府では、日を決めて毎月開催する月次和歌会が定例化するが、これは全国的に珍しいものであり、同時代の都で慣例化した月次会をいち早く取り入れたものとして評価される（小川二〇一六）。

その他にも和歌を愛好した大名は数知れず、全国各地で大小の歌壇が成立し、盛んに和歌が詠まれた。その様相は古くは米原正義、井上宗雄、近年では小川剛生の研究によって、かなり具体的に明らかにされつつある。しかし、中世地方歌壇に関しては、まだ国文学研究者に把握されていない資料も多いと思われる。研究の進展が著しい歴史学の成果を参照しつつ、さらなる研究の展開が待たれるところである。

なお、戦国大名にとって、和歌は単なる文芸以上の意味を持っていた。家臣たちとともに歌会や連歌会を行うことにより、家臣団の連帯感強化に繋がったと見られるのである。これも武士が和歌を愛好した一つの要因と考えて良いだろう。

四　今後の課題として

以上のように、中世の和歌史において武士の果たした役割は非常に大きい。公家の和歌活動も、武士を全く無視して行うことは不可能な時代となっていた。武士の和歌活動と公家の和歌活動は密接に連動する。武士の和歌を抜きにしては中世和歌史を記述することは不可能である。和歌史においても、中世は間違いなく武士の時代であった。

この武士の和歌の重要性は認識されて久しく、歌壇史研究を中心に、研究も多く積み重ねられている。しかし、その時代の長さに比して、研究者の数がまだ少ないということは否めない。依然として新古今前後の時代に多くの研究者が集中している。必然的に研究の余地も大きく、課題も多い。

とりわけ重要な課題が、注釈的読解であろう。先述の「新古今以降は京極派を除いて特筆すべきもの無い」というイメージも手伝ってか、京極派以外の中世和歌、特に非専門歌人である武士の和歌が注釈的に読まれることは極端に少ないのである。無論、注釈が全く進められて来なかった訳では無く、現在続刊中の叢書「和歌文学大系」（明治書院刊）は武士の和歌を多く含む十三代集も対象としており、着実に注釈作業は進展してはいる（二〇一七年三月現在、『新勅撰和歌集』『続後撰和歌集』『続拾遺和歌集』『玉葉和歌集・上』『続後拾遺和歌集』『新続古今和歌集』が刊行されている）。それでも、注釈の対象とすべき作品はまだ膨大に残されているのが現状である。

武士たちが如何に和歌という文芸に向き合ったか、武士にとって和歌とは何であったのか、という本質的問題を解明するためには、やはり注釈的読解は不可欠である。今後は、今まで以上に多くの研究者の参入により、読解がなされてゆくことが求められていると言えよう。

参考文献

井上宗雄『中世歌壇史の研究　室町前期』（風間書房、一九六一年、改訂新版、一九八四年）

井上宗雄『中世歌壇史の研究　南北朝期』（明治書院、一九六五年、改訂新版、一九八七年）

井上宗雄『中世歌壇史の研究　室町後期』（明治書院、一九七二年、改訂新版、一九八七年）

小川剛生『武士は何故歌を詠むか――鎌倉将軍から戦国大名まで』（角川選書572、株式会社ＫＡＤＯＫＡＷＡ、二〇一六年、二〇〇八年刊の角川叢書を増補改訂）

深津睦夫『中世勅撰和歌集史の構想』（笠間書院、二〇〇五年）

米原正義『戦国武士と文芸の研究』（桜楓社、一九七六年）

中世歌謡と信仰はどのように結びついていたか

中本真人

一　歌謡の時代性

神楽歌は、御神楽でうたわれる歌謡である。神楽歌は、長く古代（上代）歌謡に分類されていたが、今日では中古の歌謡として扱うのが一般的である。しかし、なお神楽歌を古代（上代）歌謡に扱おうとする意識は、今日の学界にも根強く残っているように思われる。

そもそも歌謡研究の分野では「古代歌謡」、「中世歌謡」、「近世歌謡」などの呼称が長く用いられてきた。「古代歌謡」とは、古代にうたわれた歌謡を示しており、記紀歌謡が代表的なものである。また少し古い例となるが、岩波書店の日本古典文学大系『古代歌謡集』（一九五七年）には、神楽歌、催馬楽、東遊歌、風俗歌、雑歌（琴歌譜など）も収録されている。これに対して『中世近世歌謡集』（一九五九年）には、閑吟集、狂言歌謡、田植草紙、隆達小歌集、松の葉が収録されており、さらに『和漢朗詠集　梁塵秘抄』（一九六五年）も刊行されている。

日本古典文学大系のような歌謡の時代区分は、現在の歌謡研究の水準でも支持されているわけではない。近年、日本歌謡学会が編集した『古代から近世へ　日本の歌謡を旅する』の「参考文献」には「上代」「中古」「中世」「近世」と分けられており、神楽歌、催馬楽、朗詠、梁塵秘抄（今様）などは「中古」に区分されている。

神楽歌研究の底本に広く用いられてきたのは、鍋島家本『東遊歌神楽歌』（鍋島家旧蔵、現鍋島徴古館蔵）「神楽歌次第」だが、同書は十二世紀ごろの書写とされており、中世の文献といっても差し支えない。御神楽の成立は平安期だが、広く古記録や有職故実書、あるいは楽書を見渡すと、神楽歌は中世以降も宮廷を中心にうたわれた事実が確認できる。特に、神楽歌が天皇の習得する歌謡となるのは、院政期以降であった。仮に便宜的に神楽歌を中古歌謡に分類したとしても、それが中世歌謡ではなかったということにはならない。神楽歌は、中古歌謡であると同時に中世歌謡でもあったのである。

そこで本稿では「古典文学の常識を疑う」というテーマに従って、特に中世における神楽歌の位置を述べてみたい。さらに神楽歌と当時の信仰との関係についても検討していく。

二　中世の神楽歌と伊勢信仰

宮廷の御神楽は、九世紀末ごろに開始された賀茂臨時祭の還立《かえりだち》の御神楽から、宮中の年中行事に加えられた。その後、石清水臨時祭の社頭の御神楽、内侍所御神楽、清暑堂御神楽なども恒例化されるようになり、朝廷の年中行事における存在感を増していく。特に有名な内侍所御神楽は、一条天皇の代の内裏火災により神鏡が損傷したことから、神鏡の神威を慰めるために開始された。中古の神楽歌は、慰労宴である還立の行事でうたわれるなど、必ずしも神に奉げる芸能とはいえない側面もあったが、内侍所御神楽は賢所の神鏡、すなわち天照大神に奉げる芸能であり、明らかに神事芸能であった。

次に、中世の天皇と神楽歌との関わりを考えてみたい。順徳院の『禁秘鈔』「諸芸能事」には、歴代の天皇が、音楽の実技（御所作）にどのように関わってきたのか列挙されている。この中で歌謡（音曲）は、次のように記されている。

第二管絃。（中略）音曲上古有レ例。堀河院内侍所御神楽之時別有二此音曲一。鳥羽。後白河　御催馬楽雖レ不レ窮二其曲一。已晴御所作云々。又後白川今様無二比類一御事也。何モ只可レ在二御心一。

（第二は管絃。（中略）歌謡は遠い昔に例がある。堀河院は内侍所御神楽の時に、特別に神楽歌をうたわれた。鳥羽・後白河の催馬楽は極められはされなかったものの、公の場でうたわれたという。また後白河の今様は比類ないことである。いずれも御心のままになされるがよい。）

歌謡については、上古の例は置くとして、院政期の堀河天皇の神楽歌が最初であったと考えられている。承徳二年（一〇九八）十二月二日、内侍所御神楽に臨席した二十歳の堀河天皇は、簾中にあって笛を奏した（『中右記』同日条）。この内侍所御神楽の約半月前の殿上御神楽では、天皇は拍子をとり、みずから神楽歌をうたっている（『中右記』同年十一月十五日条）。さらに、数年後の康和五年（一一〇三）十二月十二日にも、黒戸御所において遊興があり、神楽を初めとして朗詠・今様などの様々な声技が行われたという（『中右記』同日条）。

そもそも神楽歌の歌い手は、楽家の公家や楽所の近衛舎人らであった。天皇は御神楽に臨席することはあっても、みずからうたうような場面はなかったと考えられる。その先例を破って、堀河天皇は神楽歌の習得に意欲を示した。承徳元年（一〇九七）十二月二十七日、十九歳の堀河天皇は多資忠《おおのすけただ》を召して神楽歌を学んでいる（『中右記』同日条）。資忠は、御神楽の拍子の名手として知られていたが、衛府の下級官人の資忠が天皇の師になることは、それまでの常識では考えられなかった。しかし天皇は、身分の差を問題とせず、その道の熟達者から芸能を教わることを求めたのである。

『禁秘鈔』「地下者」には、次のような記述もみられる。

堀川院御時。楽所者朝夕候レ砌。

（堀河院の御代には、楽所の者たちが朝夕砌《みぎり》にお仕えした。）

堀河天皇の代には、楽所の地下人たちが殿上の砌に参上して、天皇の近くで管絃に参加したことがうかがえる。さらに天皇は、神楽歌「宮人」を習得し、資忠が殺害されて多氏が断絶の危機に至った際は、遺児の近方《ちかかた》にみずから神楽歌を伝授したといわれている。

このように、堀河天皇は、神楽歌を愛好した帝として特筆すべき存在であった。天皇が神楽歌を愛好した背景としては、その音楽的才能の高さに加えて、天皇自身の伊勢信仰の深さも指摘されている（菅野二〇一二）。『禁秘鈔』は巻頭に「賢所」の項目を掲げて、次のように述べている。

凡禁中作法。先神事。後他事。旦暮敬神之叡慮無二懈怠一。（中略）自二神代一為二神鏡一。如二神宮一奉レ仰為二伊勢御代官一被二留置一也。神事次第同二伊勢一。

（さてもまず禁中の作法は、神事を最優先として、そのほかのことは二の次である。朝から晩まで天皇が神を敬う心に怠りがあってはならない。（中略）神代から神鏡をもって伊勢神宮のようにおまつりし、伊勢神宮の御神体として留め置かれたのである。神事の次第も伊勢神宮と同じように行う。）

禁中の作法は神事を最優先とし、伊勢神宮のごとく崇敬される内侍所の神鏡に対しても、神宮と同じ神事次第を執行すべきであるとしている。内侍所御神楽は、天照大神に奉る芸能であり、まさに伊勢信仰を基盤とする神事芸能であった。中世の神楽歌についても、伊勢信仰との強い結びつきが確認される。

次に、鎌倉後期、特に両統迭立《てつりつ》期の神楽歌の位置を検討してみたい。この時代、堀河天皇と同じように、あるいはそれ以上に神楽歌の習得に熱心な天皇がいた。後醍醐天皇である。そもそも後醍醐天皇は、累代楽器の蒐集や、秘曲の伝授に熱心であったが、神楽歌・催馬楽についてもその奥義を極めようとしたことで知られる。嘉暦二年（一三二七）閏九月二十九日、および建武三年（一三三六）三月二十九日の内侍所御神楽では、天皇みずからが本拍子をとって、神楽歌をうたっている（『続史愚抄』同日条）。

後醍醐天皇と神楽歌の関係を考える際、父の後宇多天皇の代に起こった元寇が注目されるところである。『勘仲記』弘安四年（一二八一）閏七月二十一日条によると「異国御祈」のために臨時内侍所御神楽が行われている。外圧に対抗しうる軍事力を持たない朝廷にとって、神仏への祈祷は唯一の防衛手段であった。内侍所の神鏡、すなわち伊勢の神の神威によって、元を撤退させ、朝廷を守護しようとしたのだ。

両統迭立の時代、大覚寺統の院・天皇は、持明院統に比べて伊勢信仰の深かったことが指摘されている（岡野二〇〇九）。朝敵調伏の目的の内侍所御神楽についても、伊勢信仰を基盤とすることは明らかである。周知のように、弘安の役は、暴風雨で戦力を失った元軍が撤退して終結した。公家社会では、伊勢の神に直接芸能を捧げる内侍所御神楽が、朝敵調伏の有効な手段であると再認識されたのではないだろうか。先述した後醍醐天皇の神楽歌の御所作については、すでにみずからの権威の強化に加えて、鎌倉幕府打倒の意図も指摘されているが〔豊永二〇〇六、二〇一七〕、これは父帝の代の元寇の経験も小さくなかったように思われる。

三　歌謡の文学性と音楽性

中古に成立した神楽歌は、中世の内侍所御神楽において、特に伊勢の神に対する芸能としても機能していることが確認された。その上で、性格の時代的変遷の認められる神楽歌について、「中古歌謡」や「中世歌謡」などの呼称を与えることの問題も明らかになった。本来は神楽歌の各曲についても、それぞれどのような場でうたわれたのか、具体的に整理する必要があるのだが、それは今後の課題としたい。

神楽歌に限らず、歌謡を特定の時代の文学として扱おうとすると、それ以外の時代における位置を見失ってしまう結果になりかねない。それにもかかわらず、歌謡の時代区分の意識がなお根強く残っているのは、曲と詞章からなる歌謡について、その音楽性を排除して、時代を特定した文学作品として読もうとする研究態度が根底に存在するからではないだろうか。

録音技術のない時代の歌謡は、保存することができない。曲が記録できないのはもちろんだが、詞章についても、一つの形に固定するものではなく、時代を超えて絶えず歌い替えられたはずである。多くは口頭伝承のため、文献に書きとめられて成立するわけではない。何らかの理由により、偶然に詞章が表記されて残ったのが、歌謡集という書物なのである。今後の研究では、歌謡が歌謡として本来的に持っている性格に留意しつつ、文学の常識にとらわれない研究態度が求められるのではないだろうか。

参考文献

阿部泰郎「両統迭立のなかの芸能——後深草院と後醍醐天皇」（渡部泰明他編『天皇の歴史10巻　天皇と芸能』講談社、二〇一一年）
岡野友彦『ミネルヴァ日本評伝選　北畠親房——大日本は神国なり』（ミネルヴァ書房、二〇〇九年）
菅野扶美「神へ向かう歌——神楽・今様」（阿部泰郎・錦仁編『聖なる声——和歌にひそむ力』三弥井書店、二〇一一年）
豊永聡美「後醍醐天皇と音楽」（『中世の天皇と音楽』吉川弘文館、二〇〇六年）
豊永聡美『天皇の音楽史　古代・中世の帝王学』（吉川弘文館、二〇一七年）
中本真人『宮廷御神楽芸能史』（新典社、二〇一三年）
中本真人『宮廷の御神楽——王朝びとの芸能』（新典社新書、二〇一六年）
日本歌謡学会編『古代から近世へ——日本の歌謡を旅する』（和泉書院、二〇一三年）

中世に説話集が流行したのはなぜか

近本謙介

一　説話集と説話の中世

なぜ説話集が流行したのかということと、なにがそこに記されていたのかということとのあいだには、緊密な関係が認められるであろう。

文字によって記されるべき初めにあったものは、みずからがなにものかということと、その淵源や起源との関係を示す座標なのではあるまいか。『古事記』・『日本書紀』が編纂され、そこに創世神話をはじめとする多くの「ことの起こり」が記されることは、中世の説話集『古今著聞集』巻頭話「天地開闢の事」や『沙石集』巻頭話「太神宮の御事」が、それをかたることから起筆されることとの根源的な結びつきを示唆するように思われる。

「ことの起こり」と「いま」とのかかわりが取りざたされるのは、みずからの状況が、それらとの結びつきにおいて定位される必要を生じたときである。時代の転換点や画期は、それを誘発するきっかけとなる。平安時代から源平の争乱を経た鎌倉時代がそのような画期のひとつであったことは、およそ認めてもよいであろう。

説話集の時代としての中世を、鎌倉時代を中心に据えながら考えるとき、その時代に多くの集が編まれた事実が厳然としてあることからも、これを「流行」と見なす文学史が成り立たないわけではない。もちろんその前提として、「中世」の開始の時代認識と文学史とをどのように対応させていくのかという課題が、そこに横たわるであろう。そもそも、「説話集」というジャンル意識をもって編纂されたと見なす前提の是非、すなわち編者による集の自己規定の問題もそこに介在する以上、与えられたテーマすべてに括弧付きの概念が包含されていることになるのである。

説話研究の常識として、ここ数十年の研究で積み上げられてきたことのひとつは、中世文学における説話は周縁ではなかったとの共通理解である。もちろんこのもの言いで、説話という領域を中世文学の中核に位置づけようとする意図を有しているわけではない。和歌注釈・軍記物語・能といった諸領域を考えるにつけても、説話と無縁に成り立っている中世の文学・芸能を見いだすのがむつかしい点を確認できれば、いまは十分である。

伊藤正義・片桐洋一・黒田彰等の先導により明らかになってきた、説話を織り込んだ注釈史と中世諸文芸との関係は、「中世日本紀」・「中世史記」と定位され、中世文学史における認識を覆した。そこに記される日本や中国の「ことの起こり」をかたる言説は、説話を媒介として、文芸にあらたな淵源神話や故事の世界をもたらしたのである。

そうした説話研究の隆盛と同時に進行したのは、皮肉なことに、説話集研究の停滞であったように思われる。個々の説話と説話集所収説話とが往還し、ときとしてその運動がジャンルを超越する実態や、その基盤となった寺院の唱導の史料論的・文献学的位置づけについては、小峯和明・阿部泰郎・黒田彰・徳田和夫等がリードしながら進めてきた研究が備わったものの、説話研究の隆盛が、集としての世界を見通すことへの関心を相乗的に喚起したわけではなかった。

二　古典文学の常識としての説話集の隆盛

説話集の隆盛と鎌倉時代とを結びつけて考えるとき、そこには、『宇治拾遺物語』・『発心集』・『閑居友』・『撰集抄』・『沙石集』・『古事談』・『続古事談』・『古今著聞集』・『十訓抄』等といった、人口に膾炙した作品群が浮かび上がる。

そうした説話集は、寛和年間（九八五～九八七）頃の成立と目される『日本往生極楽記』（慶滋保胤）から、『続本朝往生伝』（大江匡房）・『拾遺往生伝』『後拾遺往生伝』（三善為康）・『三外往生記』（蓮禅）を経て、仁平元年（一一五一）の『本朝新修往生伝』（藤原宗友）に至る、平安中期から院政期の往生伝の継承または展開としてもたらされたと考えられている。結縁を媒としたこれら往生伝と中世仏教説話集との関係については、山口眞琴「結縁の時空――往生伝と中世仏教説話集」に詳述されるところである。

往生伝の時代から説話集隆盛の時代への転換の背景として、保元の乱（一一五六）・平治の乱（一一五九）以降の源平の争乱と世の無常への注視を見ることも、その時代を生きた蓮胤（鴨長明）が、『方丈記』と『発心集』というふたつの形式の著述によって、それを写しとどめようとした事実から妥当であろう。

『本朝新修往生伝』末尾は、大江親通（?～一一五一）の往生話で閉じられる。親通は、保元の乱以前に二度の南都巡礼を果たし、それらを『七大寺日記』『七大寺巡礼私記』として記し遺した。『七大寺巡礼私記』において、「可《シ》レ見《ル》」の定型句で、巡礼による結縁の虚しからざることを記主として謳い、巡礼に誘《いざな》った親通の往生叙述によって、説話集隆盛前夜の往生伝は閉じられるのである。その後の平氏政権による京の疲弊や遷都、源平の争乱やその過程で生起した「可見」とされたものを失う南都焼亡等の後に、説話集隆盛の時代が到来することを勘えると、この時系列の事実には、往生伝のみならず巡礼記の文脈と説話集の時代との狭間が端的に示されているように思われる。

もちろん、往生伝が編まれなくなったわけではない。源平の争乱後にも、日野法界寺の如寂によって『高野山往生伝』が編まれ、その環境と時代は、きわめて蓮胤とも近しいものがある。また、大江匡房がそうであったように、往生伝の著者が、同時に説話集や説話の言談を遺した事実にも注目しなければならない。蓮胤は熱心な往生伝の読者であり信奉者であったし、蓮胤『発心集』の影響下に『閑居友』を編んだ慶政こそ、往生伝書写者として特筆すべき存在である。『閑居友』の影響を受けつつ西行仮託の書として著された『撰集抄』にも、往生の集としての性格と集の方法とを明確に窺うことができる。

中世の説話集が、遁世や隠遁をテーマとして成り立つことは事実であるが、『沙石集』巻末近くに無住が配した栄西話（巻十末十三話）が、遁世門の往生の証明を深く意識するように、説話集研究の視座の中核に、うちなる往生伝と往生話の探求は据え続けなければならないものと思われる。

三　構造のかたる説話集の自己規定と文学史

説話集が編まれ続けた隆盛期を定位するにあたり、どのように編纂しようとされていたのかに耳を傾けることから窺える部分もあるものと思われる。説話集には、編者が未詳のものも多いが、集の構造そのものが、なぜそのように編まれたのかを語る文芸であり、また、より自覚的に序・跋によって自己規定を行うものも多いからである。

中国の通史を説話として語ろうとする『唐鏡《からかがみ》』序文は、「今ハ桑門ノヨステ人ナレトモ、昔ハ柳市ノ学ヲ勤メキ」と称する編者による、「古《いにしへ》ヲ以テ鏡トスル事アリトカヤ、キコヘ給シカハ、唐鏡トヤ申侍ヘキ。」との文言によって締めくくられる。古を鏡としながら今をかたろうとすべく編まれた一連の歴史の物語（『大鏡』をはじめとするいわゆる四鏡）を、わたくしたちは日本古典文学史のなかにすでに知っている。説話と歴史の物語との文学史としての地平は、大きく隔たったところに位置するものではない。『今昔物語集』・『宇治拾遺物語』等、説話集は「ものをかたる」文学の系譜として、みずからを規定し主張してきたのである。

「古ヲ以テ鏡トスル」ことができるならば、連続する時の流れの中で、「今」もまた鏡とすべき「古」へと変転し続ける。『唐鏡』とちがい、『今昔物語集』は序のない文芸であるけれども、日本に伝わるこの最大の説話集の各説話冒頭の定型句「今ハ昔」は、その構造を戦略的に全編に張りめぐらすものだ。そこでは、天竺・震旦・本朝の三国の仏教東漸における、その淵源たる巻一天竺部巻頭に配される釈迦の伝記すらも、「今昔、釈迦如来、未ダ仏ニ不成給ザリケル時ハ、釈迦菩薩ト申テ、兜率天ノ内院ト云所ニゾ住給ケル。」のように、成道前とそれ以後の長いみちのりを表す「今ハ昔」の構造の中に相対化されることとなる。

『古今著聞集』の著者橘成季は、その序で、「夫レ著聞集者、宇県ノ亜相巧語之遺類、江家ノ都督清談之余波也。」と、『宇治大納言物語』や『江談抄』を継ぐべく編んだことを明確に謳っている。巻一「神祇」の巻頭に天地開闢神話を据え、巻二「釈教」に続く全二十巻から成るこの大部な説話集の構造は、勅撰和歌集を意識したものであろうことが指摘されている。源平の争乱を経て成立した勅撰和歌集『千載和歌集』が巻十九「釈教」・巻二十「神祇」、一方『新古今和歌集』が巻十九「神祇」・巻二十「釈教」として、ともに集の末尾に「神祇」・「釈教」の巻を特立して配したこととの共鳴を、「神祇」と「釈教」を巻頭に配する鎌倉時代の説話集との間に見ることもできるであろう。

『唐鏡』、『古今著聞集』序文と集の構造から見えてくるものは、説話集の自己規定が、先行する集を意識し、その影響下に著されていくすがたであり、またそれが、説話集のみならず、物語・和歌文学史との相関を見せる点である。説話集隆盛の理由を問うテーマは、どうやら平安期や院政期の文学をも射程に入れた中世文学史の考究をうながすようだ。思えば往生伝そのものが、各々先行する集を意識しつつ編まれてきたのである。

『古今著聞集』のみならず、『撰集抄』もまた、「神祇」と「釈教」とを、集の構造として強く意識する自己規定を持ち合わせている。『撰集抄』序は、「巻は九品の浄土に思宛、十に一をもらし、事は八十随好に思よそへて、百に廿を残せり。」と、九品往生と八十随好そのものを集の枠組みとする意図を記している。序文末尾は、「されは偏に冥助をあをき奉らんか為に、巻毎に神明の御事を注載奉仕るに侍り。」とも言う。九品の浄土に準《なぞら》えた各巻毎に、その冥助を仰ぐべく、神明説話を配したというのであり、『撰集抄』は、往生と神明の加護とを巻の構造のうちに現出させた集なのである。

『撰集抄』と同じく仏教と神祇との融合を強く意識した集が『沙石集』である。『撰集抄』と『沙石集』とは、ともに鎌倉時代後期の成立であるが、その成立からあまり時を隔てずして、神祇説話を集成した『類聚既験抄』（真福寺蔵）に話材を供給していることが知られる。『類聚既験抄』は、東大寺東南院において書写されたことが想定できることから、これらの説話集が、どのような場において享受され必要とされていたのかの一端が窺われる。遁世門や編者仮託の説話集が、中央寺院に近しく存在し用いられた点の確認は、説話集が流行したのはなぜかという問いかけに対して、だれがそれを必要としていたのかという享受面からのひとつの答えを用意することになるであろう。それは、寺院からの再出家や遁世を描く説話集やその編者が、中央寺院とまじわる接点を有していたことの証であり、また説話集が管理され伝存した経路を示すものでもあるのである。

参考文献（説話集研究のために参照すべき参考文献は数多いが、ここでは、本論に言及した論文・資料についてのみ掲げることとする。）

山口眞琴「結縁の時空――往生伝と中世仏教説話集」（『西行説話文学論』笠間書院、二〇〇九年、初出『高知大学学術研究報告　人文科学』四一号、高知大学、一九九二年十二月）

『類聚既験抄』（『中世唱導資料集二』真福寺善本叢刊〈第二期〉四所収、臨川書店、二〇〇八年）

『平家物語』は鎮魂の書か

佐伯真一

「『平家物語』は、滅亡した平家一門を鎮魂する作品である」という考え方がある。結論を先に言ってしまえば、筆者もその意見に賛成なのだが、これはそんなに簡単な話ではない。そうした意見を肯定するにせよ否定するにせよ、「鎮魂」とは何を言うのか、概念規定に揺れがあるため、ただ賛否を言っても意味がないのである。

一　「鎮魂」とは何か

「鎮魂」は日本では古くから用いられている言葉だが、古い用例として知られる『令義解』巻一・職員令の神祇官条をはじめとして、前近代の文献に見える「鎮魂」は、ほとんど鎮魂祭に関わる用例であり、それは、「身体から遊離した、あるいは遊離しようとする霊魂を体内に呼び戻し、鎮めて、生命力を活発にすることで寿命の永続をはかる意」（『日本民俗大辞典』）などと説明されるものである。折口信夫の論ずる「鎮魂」（たまふり）も、こうした概念である。しかし、現在、私達が用いる「鎮魂」の語は、そうした意味ではなく、「死者の霊を慰め鎮めること」（『日本国語大辞典』「鎮魂」第三項）、つまり「慰霊」や「供養」「追悼」に近い意味であることが多い。こうした用法はいつ頃広まったのか。

坂本要は、「死者を鎮魂する」といった用法は近代のものだと指摘する。日清戦争の頃から戦死者に対する「鎮魂」の用法が見られるようになり、一九七〇年代以降には死者を悼む意味の「鎮魂」が急に増え、「平家物語や軍記物語を鎮魂の文学といったり、能を鎮魂の劇といったりする」ことも、同時期に増加したというのである。従うべき見解と思われる。つまり、「死者の鎮魂」「怨霊鎮魂」といった用法が広まったのは、最近のことなのである。だとすれば、そうした意味での「鎮魂」には、本来的な正しい用法などあるわけもない。

しかし、「鎮魂」が、『平家物語』の研究史において重要な役割を果たしてきた概念であることや、日本の精神史を考える上で有効な概念であることは確かである。曖昧だからといって「鎮魂」の語の使用をやめてしまうのではなく、右のような経緯を確認した上で、できる限り明確な概念となるように工夫しつつ用いるべきではないか。

さて、『平家物語』研究に「鎮魂」概念を導入したのは筑土鈴《つくどれい》寛《かん》である。筑土は、保元の乱以降の死者が怨霊として恐れられた時代、慈円はそれらが国家に禍をなすことを防ごうとして大懺法《だいせんぼう》院《いん》建立などの活動をしたが、その慈円の傘下において、世の泰平を祈る怨霊回向（鎮魂）の物語として作られたのが『平家物語』だと考えた。この筑土説を基盤としてさまざまな説が生まれ、特に一九七〇年代以降、活発に議論されてきた。

二　死者の語りと生者の語り

では、鎮魂の物語とは何をどのように語るものなのか。従来の論には、二つの方向があったと思われる。一つは死者の立場に立った語りの想定であり、もう一つは死者に対する生者からの語りの想定である。

前者は、死者の霊に語らせることを「鎮魂」の重要な要素と考える。悪霊への対処は一般的に、ヨリマシ（巫覡《ふげき》）に死者の霊を憑依させ、霊に語らせた上でそれを鎮めるという形で考えられているだろう。そうした過程を「鎮魂」ととらえることにより、「鎮魂の語り」を、死者の思いをそのままに語らせることを中核として考えるわけである。しかしながら、そのように考えた場合、現存する『平家物語』が、主な鎮魂対象であるはずの平家の思いを語っているのかどうかが問題となる。物語の基盤となった「語り」や、現存諸本の形になる以前の物語についてはさまざまな想定が可能だが、私たちの眼前にある『平家物語』は、「おごれる人も久しからず」と清盛を批判して語り始め、清盛の悪行の報いとして平家の滅亡を語る作品である。平家の人々の思いがさまざまに語られており、清盛についてさえ、その思いを語る場面がないわけではないが、少なくとも清盛に対する態度はほぼ批判的であるといえるし、それ以前に、物語は基本的に過去の歴史を語る視点から、外在的に語られているといってよいだろう。平家の亡魂の思いを代弁した作品とは言い難いのである。

では、後者の想定はどうか。物語の内容に死者の美化や死者への同情などを盛り込んで語ることにより、生者の立場から死者を慰める――物語による「鎮魂」をそのように考えるのは、より一般的な説であるといえよう。実際、死者に官位を追贈したり、怨霊と化した死者の生涯を賛美して神と祭り上げることは、日本では多い。『平家物語』にもそうした側面を認めることは可能だろう。

しかしながら、そのように考えたとしても、現存する『平家物語』の内容が平家の全面的な讃美とは言い難いことは明らかである。たとえば『北野天神縁起』が菅原道真を讃美するような語り方で、『平家物語』が平家の人々を語っているわけではない。物語全体を支配する清盛批判などを考えれば、この物語が、平家の人々をひたすら讃美することによって、その霊を慰めているとは言えないのである。

このように、従来の鎮魂説は、物語の基盤となった種々の「語り」や、『平家物語』の前身として現存形態以前の物語を自由に想定する場合にはともかく、『平家物語』という現存作品を説明する論理としては、いささか難点を抱えているように思われる。しかし、筆者はそれでも『平家物語』は鎮魂の書であると言って良いと考えている。それはどういうことか。

三　威圧・説得の「鎮魂」

右の後者の説のように、生者が死者に語りかける「鎮魂」を考える場合、生者が語りかける内容は、死者をひたすら美化し、慰めることだけだっただろうか。それ以外の語りかけは考えられないだろうか。たとえば、覚一本『平家物語』巻三「御産」では、徳子を苦しめる怨霊達に対して、後白河法皇は「お前達は皆、私の恩を受けた者たちではないか、直ちに出て行け」と威圧的に語りかけ、怨霊を撃退している。延慶本『平家物語』巻四の福原遷都場面では、清盛が同様の言葉で悪霊を退けている。これらは、「鎮魂」というより「調伏」だが、「鎮魂」と「調伏」は、それほど離れたものではないのではないか。

また、『今昔物語集』巻十一第六話「玄昉僧正、亘唐、伝法相語」では、藤原広嗣の霊を吉備真備《きびのまきび》が鎮める。真備は広継の墓の前に行って「誘《こしら》へ陳ジ」たが、悪霊の力は強く、真備の身も危ういところだった。しかし、真備は陰陽道の術で身を守りつつ、広嗣の霊を「懃《ねむごろ》ニ掍《をこつり》誘《こしら》へ」て、鎮めることができたという。「をこつりこしらへ」とは、甘言によってなだめすかし、相手を自分の思う方向に誘導することである。こうした説得も一種の鎮魂だったといえるのではないか。

親しい死者に、心から哀悼の言葉を連ねるだけが「鎮魂」ではない。強大な怨霊に対してはひたすら恐懼して讃美の言葉を並べるが、説得できそうな相手であれば説得の論理を説き、威圧すればすみそうな相手であれば威圧する――「鎮魂」は、そのように生者と死者の関係によって自在に姿を変え、時にはいわば怨霊との駆け引き、戦いという側面を持つのだと考えておきたい。

四　清盛批判と「鎮魂」

そうした「鎮魂」の種々相を示す一例として、建久八年（一一九七）十月四日の源親長《ちかなが》敬白文（鎌倉遺文九三七号）がある。この文書は、但馬国守護を務めた源（安達）親長が、頼朝による「八万四千基御塔」建立の呼びかけに応え、五輪塔を造立供養するための勧進にあたって草した敬白文だが、その文章は、清盛の南都焼討や法皇幽閉を非難し、頼朝は天に代わって「王敵」を討ったのだとする（「王敵」は「朝敵」の同義語）。しかし、その趣旨は平家批判ではない。清盛ら「逆臣」によって不運にも合戦に駆り出された者達が、恨みを残し、悲しみを含んだまま亡くなったことを悼む、多くの軍兵に対する鎮魂の文章なのである。

逆に言えば、軍兵を責めないのは、決して平家の戦いを肯定するからではない。彼らが平家側で戦ったのは国家に叛く悪事だったので、頼朝に討たれたのはしかたのないことだったのだと、死者達を説得しているのである。その上で、体制側も「徳を以て怨に報ずる」と、死者達の罪を許すと宣言する。つまり、滅亡した平家を否定し、現在の頼朝体制を肯定する論理を死霊に受け入れさせる一方、体制側も寛大な態度で怨みの連鎖を断ち切ることにより、怨霊の発動を防ごうとしているわけである。これも一種の「をこつりこしらへ」であると言えるのではないか。

そして、この構造は、『平家物語』とよく似ていると言えよう。『平家物語』は、清盛を徹底的に批判し、その堕地獄を描く一方で、滅びてゆく平家の人々に対しては、ほとんどその罪を追及せず、むしろ救済を描いてゆく。彼らは自分の行為の結果ではなく清盛の悪行の報いによって滅びてゆくのであり、その死は同情の対象となるのである。そして、惜しむべき死が次々と語られ、追悼・供養で結ばれる。

しかし、だからといって、平家が正しかったと語られることは決してない。延慶《えんぎょう》本では、建礼門院が、勝者の代表である後白河法皇に対して、平家の滅亡はその「悪行」によるものだと認めて懺悔し、両者が和解するさまを語る。物語においては、こうした場面を創り出すことこそが、死者を説得する「鎮魂」なのではないだろうか。

作品の構造をこのような形でとらえることができるならば、『平家物語』は、従来考えられてきた「鎮魂」とはいささか異なる意味においてではあるが、やはり一種の「鎮魂」の書であると考えられるのである。

参考文献

佐伯真一「『平家物語』と鎮魂」（日下力監修、鈴木彰・三澤裕子編『いくさと物語の中世』汲古書院、二〇一五年）

佐伯真一「軍記物語と鎮魂」（『仏教文学』四一号、二〇一六年四月）

坂本要「「鎮魂」語の近代――「鎮魂」語疑義考　その1」、「「鎮魂」語――「鎮魂」語疑義考　その2」、「怨霊・御霊と「鎮魂」語――「鎮魂」語疑義考　その3」（『比較民俗研究』二五～二七号、二〇一一年～二〇一二年）

『筑土鈴寛著作集　第二巻　慈円――国家と歴史及文学』（せりか書房、一九七七年）

『平家物語』の読み本と語り本はどう違うか

佐谷眞木人

はじめに

『平家物語』は日本の古典文学作品の中でも、際立って多様で数多い異本を持つ作品である。また、異本間の本文異同も果たしてこれらを同一の文学作品として扱ってよいのかと思うほど大きいものがある。現存諸本からは「原平家物語」を復元することも難しい。それらの異本間の関係については、近年、詳細な研究が進んでいる。本稿では、それらの研究の現状を踏まえつつ、今後の課題を考えてみたい。

一　諸本はどう位置づけられてきたか

平家物語の諸本が大きく読み本系と語り本系の二系統に（この呼称が適当かどうかという問題は措くとして）大別されること、そして伝本の数からいえば語り本系が圧倒的な多数を占めることは、この問題を考える際の前提として今も揺らいでいない。二系統を分ける違いのうち最大の違いが、源頼朝挙兵記事を語り本が大庭《おおば》の早馬による報告によってごく簡略に記すのに対して、読み本はその経緯を詳細に記していることにある。読み本には延慶《えんぎょう》本・長門本・源平盛衰記・四部合戦状本・源平闘争録・南部異本が含まれる。一方、語り本は、覚一《かくいち》本のように建礼門院に関する記事を纏めた「灌頂巻《かんぢょうのまき》」を十二巻とは別に立てる「灌頂巻型」と、平家の断絶をもって物語を終える「断絶平家型」に大別されてきた。

読み本と語り本の位置づけについては歴史的に見ても大きく変化してきた。たとえば、水原一は新潮日本古典文学集成『平家物語』解説（一九八〇年）において、「従来の通説」として、「十二巻語り物系『平家物語』の諸伝本」が「『平家物語』の基本的・正統的な姿を見せる本文」であり、一方、延慶本のごとき「大部の異本」は「正統的な『平家物語』から派生し、逸脱した後代の増補本」であるとしている。水原はこのような「通説」を否定し、延慶本を「現存諸本中最古態」であると主張しているのだが、その後の研究は延慶本の古態説を軸に展開した。そのため、今日から見れば当時の「通説」とそれに対する「異説」があたかも逆転したかのような印象を受ける。今日においては延慶本が最古態をとどめるとする見方が「通説」と化しており、逆に覚一本をはじめとする語り本のほうが相対的に時代の下る諸本と位置付けられているからである。しかし、その後の本文研究は、そこからさらに新しい段階に進みつつある。
かつて、行為としての「語り」による本文形成という仮説に対して、八〇年代以降の研究においては、書写による異本形成の様相が詳細に明らかにされてきた。今日では、語り本の本文は、延慶本のような広本系からの抜粋によって編集されたという見方が有力である。しかし、現存する延慶本が必ずしも祖本とほぼ同等の価値を持つわけでもない。たとえば、櫻井陽子は現存する延慶本の本文が一部、覚一本を取り入れていることを明らかにしている。つまりそれぞれのテキストに部分的に古態が含まれている可能性があり、延慶本は相対的に古態を多く留めるということである。このような形で「古態探し」が一段落したことによって、諸本研究はそれぞれのテキストの特性へと移行しつつある。

二　語りとは何か

このような諸本研究の進展はしかしながら、より大きな問題をかえって見えにくくしているように思われる。それは読み本と語り本の位相の違いである。そもそも、『平家物語』の読み本と語り本は異質な文学作品と言ってもよいのだが、それが机上での校合作業に供されたために、あたかも同質な作品であるかの如くに解される傾向が生じてしまっている。語り本の異本形成において書承が果たした役割が重視されてきたのは、それはそれで重要な問題ではあるが、今日においてそれが比較的容易に立証可能であるためでもある。確かに書承関係については解明が進んだが、さてそれでは行為としての「語り」が本文にどのように介在したかとなると、そちらは実証が困難であるだけに論じられることも少なく、注目されにくいのである。

ここで読み本と語り本の関係を検討するために「語り」という語について、意味を整理しておきたい。この語の持つあいまいさが議論を錯綜させることを避けるためである。従来、軍記物語研究における「語り」は異なる意味を包摂してきた。第一に「いくさ語り」などと言う場合の、文字化される以前の口誦伝承を指す「語り」である。そのような語りによる情報が文字化される以前に存在したことは、俊寛の物語の背後に有王による語りを想定した柳田國男以来、繰り返し論じられてきた。つまり歴史的な記録とは異なる伝承の本文への介在という問題である。第二に『大鏡』に見られるような、「語り」を仮構した書記行為が挙げられよう。語るように書く、語りを想定して書くという表現の在り方である。そして第三に、完成したテキストを暗誦し、芸能として語った琵琶法師による技能的洗練を伴う「語り」がある。語り本を論じる際に重要なのは、この第三の語りである。

このような琵琶法師の語りの本文への影響については、たとえば、村上學が幸若舞曲における語法を参考に同文繰り返しに着目して、語りの文体の特質を明らかにしていることが重要である（村上二〇〇〇）。また、鈴木孝庸《たかつね》は「頃は〇〇」という語り出し表現に着目し、語りの文体の解明を試みている（「〈平家〉的表現の成立に関する一試論」〔村上編一九九二〕。これらの取り組みは「芸能としての平家語り」の文体の在り方を解明する方向を持っている。

さて、「語り本」の代表的なテキストである覚一本が成立するまでのおおよその流れを確認しておきたい。『徒然草』二二六段は、信濃前司行長が『平家物語』を作ったこと、そしてそれを「生《しょう》仏《ぶつ》」という「盲目」に「教へて語らせ」たことを記している。さらに「かの生仏が生まれつきの声を、今の琵琶法師は学びたるなり」と記している〔新日本古典文学大系『方丈記　徒然草』〕。生仏が盲目であるからには、晴眼者が本文を読み聞かせねばならない。「生まれつきの声」を「学びたる」という表現については従来、生仏の東国訛りを学んだと解されることが多いようだが、その後の琵琶法師もまた盲目であるから、より広く「生仏による語りの特徴を耳で聞いて暗記した」と理解するべきである。近世の当道座の伝書『当道要集』によれば、この生仏〔性仏〕から城一《じょういち》、如一《じょいち》を経て覚一へと四代の伝承経路が示されている。これについて福田晃は「四代とするのはいささか短すぎる」と疑問を呈しているが、覚一に至るまで何らかの、主として口誦による芸の継承が行われたことは認めてよいと思われる。

一方、覚一本の奥書には「以口筆令書写之」とあるから、このテキストが覚一による口述を書き留めたものであることは疑いない。つまり、覚一本に代表される語り本は、文字テキストが先行し、それがひとたび音声のみの世界に入って口誦によって伝えられたのちに、再び音声から文字化されたということになる。もちろん実際には、その中間においても文字テキストの介在があった可能性が高いので、成立の経路はそれほど単純ではないだろうが、大筋ではこのようになるはずだ。たとえば、覚一本に動詞の音便形が多用されていることは、そのような成立過程の明白な痕跡であろう。語り本においては、先行する文字テキストの暗誦に起因する文法的変化が起きていると考えられるのである。また、早川厚一は覚一本の漢字表記の過誤について、「口筆の際に誤って記された事例もあろう」と指摘している〔早川二〇〇〇〕。音声から文字へのテキスト変換には、しばしば困難が伴うといえよう。

三　追体験のためのテキスト

ここで、語り本の性格を考えるために、近世に時代を移してみたい。近世には数多くの浄瑠璃本をはじめ、説経や古浄瑠璃等の正本が刊行された。それらは基本的に読まれた本である。近世には素人による浄瑠璃語りが盛行したが、もちろん、稽古をしない人々によっても浄瑠璃本は読まれた。浄瑠璃の芸能としての人気が、浄瑠璃本の盛行を支えていたといえよう。中世とは時代も環境も異なるが、近世の浄瑠璃本のありかたは『平家物語』という作品の性格を考える際にも参考になると思われる。

中世においても、琵琶法師による語りを聴いた人々にとって、書かれた『平家物語』を読むことは、脳内における語りの芸能の追体験でありうる。それは文字テキストを目で追って、そこに書かれた内容を理解するという「読書のためのテキスト」とは本質において位相を異にしている。そして、語り本『平家物語』の読者の多くは、芸能としての平曲を半ば意識しつつ、物語を享受したはずである。

『平家物語』の語り本に伝本が多いのは、つまり、語り本には人気があったということだ。それはおそらく平曲の人気とシンクロする問題だった。需要があったために、語り本は繰り返し書写された。その結果として異本が生じた。したがって、今日残された語り本の伝本の多くは、実際には「読まれた本」である。むろん、覚一本のように語りの「正本」であることを標榜するテキストがあり、それらが語り手による実演と結びついていることは否定できない。しかし、実際に流通した語り本テキストのほとんどは、一般読者が読むためのもの、それも単なる「読書」だけでなく、琵琶法師による語りを読みながら想起するという読みにも適したテキストだったと考えられる。

おそらくそこに「読み本」と「語り本」の大きな落差が存在している。延慶本や長門本を読んでも、読者がその背後に琵琶法師の語り口を思い描くことは難しいだろう。異なる享受のあり方が異本を生む。異本の形成は書き手や書写者の問題だけではなく、享受者の問題でもある。『平家物語』の研究者は琵琶法師の語りと語り本本文の関係という困難な問題に、再度向き合う必要がある。語り本の分析を通した、『平家物語』の芸能としての文体の在り方の解明の進展が望まれる。

参考文献
櫻井陽子「延慶本平家物語（応永書写本）本文再考」（『国文』九五号、二〇〇一年十一月）
早川厚一『平家物語を読む　成立の謎を探る』（和泉書院、二〇〇〇年）
兵藤裕己『平家物語の歴史と芸能』（吉川弘文館、二〇〇〇年）
福田晃「語り本の成立――台本とテキストの間」（『日本文学』三九巻六号、一九九〇年六月）
村上學編『平家物語と語り』（三弥井書店、一九九二年）
村上學『語り物文学の表現構造』（風間書房、二〇〇〇年）

『太平記』はどのような意図で書かれたのか

小秋元段

一　複雑な成立過程

『太平記』はどのような意図で書かれたのか。このことを考えるためには、まず『太平記』の成立過程を理解することが必要だ。今川了俊《りょうしゅん》が応永九年（一四〇二）に著した『難太平記』には、『太平記』の成立過程がつぎのように記されている。昔、等持寺《とうじじ》（足利尊氏邸内の寺院）に法勝寺《ほっしょうじ》の恵鎮《えちん》上人が三十余巻分の『太平記』を持参し、尊氏の弟、直義《ただよし》に見せた。直義はこれを玄恵《げんえ》法印に読ませると、虚偽や誤りが多いことが判明したため、修訂を命じた。だが、その作業はのちに途絶え、近代になって再び書き継がれた、という内容である。現存する『太平記』は全四十巻で、貞治六年（一三六七）に細川頼之が管領に就任したところまでが記される。しかし、了俊の語るところに従えば、『太平記』はそれ以前の足利直義施政下に一旦成立し、その修訂作業が命じられていたことになる。ここではその段階の『太平記』を「原太平記」と呼んでおくことにしよう。

では、「原太平記」はどの程度の規模の作品であったのだろうか。直義は貞和五年（一三四九）に高師直《こうのもろなお》と対立して失脚する。以後、

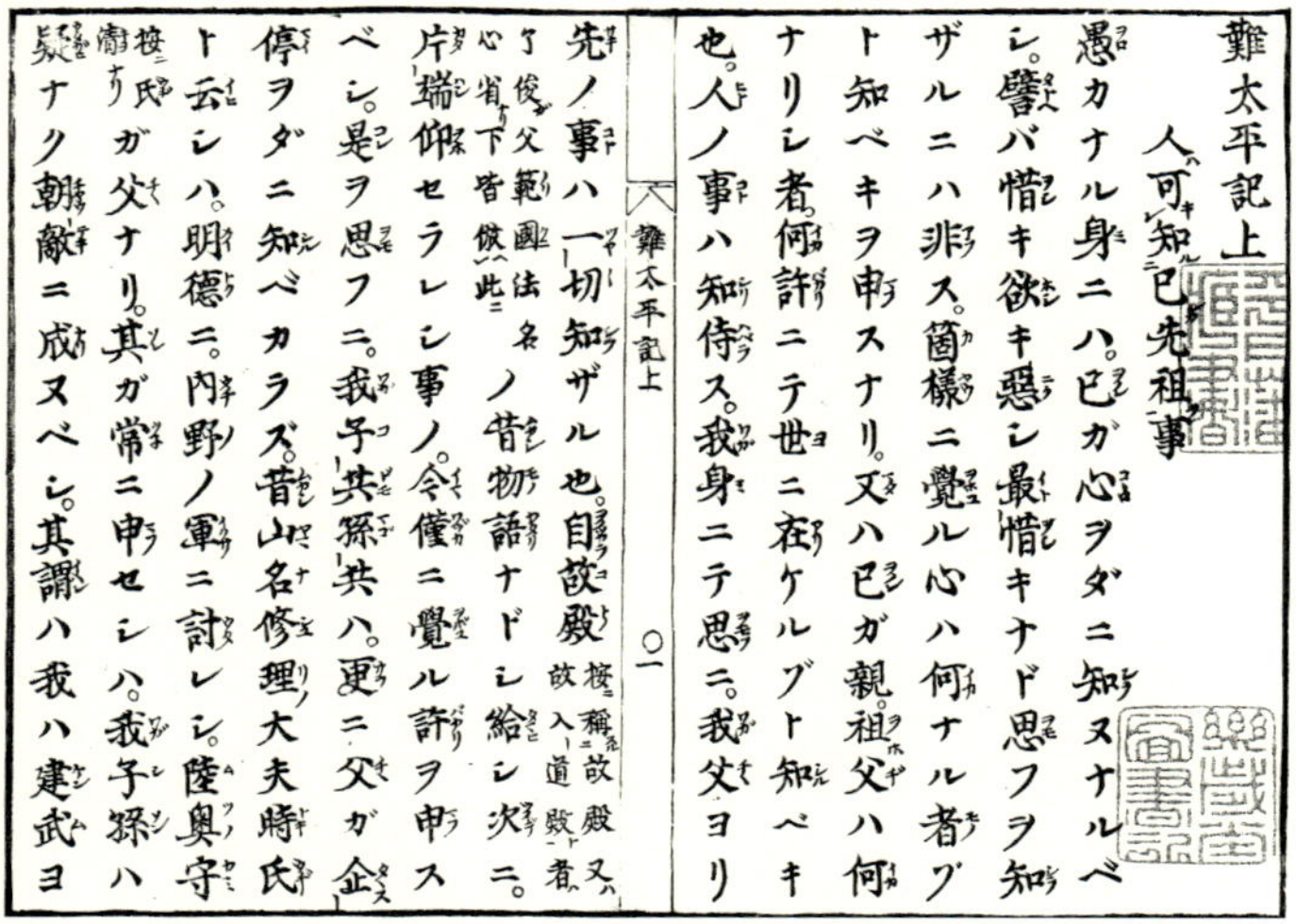
難太平記上
人可知己先祖事
愚カナル身ニハ。己ガ心ヲダニ知ヌナルベシ。譬バ惜キ欲キ悪シ最惜キナド思フヲ知ザルニハ非ス。箇様ニ覚ル心ハ何ナル者ゾト知ベキヲ申スナリ。又ハ己ガ親。祖父ハ何ナリシ者。何許ニテ世ニ在ケルゾト知ベキ也。人ノ事ハ知侍ス。我身ニテ思ニ。我父ヨリ

難太平記上　〇一

先ノ事ハ一切知ザル也。自故殿（按ニ称故殿又ハ故入道殿ト者了俊ガ父範國法名心省下皆倣此ニ）ノ昔物語ナドシ給シ次ニ。片端仰セラレシ事ノ。今僅ニ覚ル許ヲ申スベシ。是ヲ思フニ。我子共孫共ハ。更ニ父ガ企停ヲダニ知ベカラズ。昔山名修理大夫時氏ト云シハ。明徳ニ。内野ノ軍ニ討レシ。陸奥守（按ニ氏清ナリ）ガ父ナリ。其ガ常ニ申セシハ。我子孫ハ[illegible]ナク朝敵ニ成ヌベシ。其謂ハ我ハ建武ヨ

図1　貞享三年（1686）刊『難太平記』（平戸藩旧蔵本、架蔵）

観応擾乱《かんのうのじょうらん》と呼ばれる抗争のなかで、直義は一度は復権を果たすものの、観応三年（一三五二）に兄尊氏によって毒殺される。現存本の『太平記』ではこの観応擾乱の経緯が、巻二十六から巻三十にかけて緊密な構想のもとに叙述されていることから、「原太平記」はそれ以前の、巻二十五以内の規模で成立したと考えるのが妥当である（巻数は古態本のものによる）。『太平記』の作品研究では長大な作品を三つに区分して理解する「三部構成説」がしばしば用いられるが、「原太平記」の範囲はその第一部・第二部に相当するといってよい。一方、その後に書き継がれた部分は第三部に該当する。

その後、「原太平記」に対して施された書き継ぎが一度だけであったのか、数度にわたるものであったのかはわからない。先述したように、現存本巻四十の末尾は細川頼之が管領に就任する貞治六年の記事となっている。その範囲までが書き下ろされるのは意外と早く、応安年間（一三六八～七五）の中頃であったと推定される。『洞院公定《とういんきんさだ》日記』応安七年（一三七四）五月三日条には、「近日天下に翫ぶ太平記作者」とされる小嶋《こじま》法師の死が記されている。恐らく、『太平記』はそれ以前にでき、人々の知るところとなっていたのであろう。現存本の巻三十二に相当する零本（僅かな部分のみ残存する本）で、永和三年（一三七七）以前に書写された永和本が存在するのも、こうした理解を支える。

このように、『太平記』は一度に全体が著述されたのではなく、現存本の形態が完結する遥か前段階に一旦完成を見ていた。したがって、『太平記』の執筆の意図という問題は、「原太平記」の段階のものと、その後に書き継がれた段階のものとに分けて考えてゆかなければならない。もとより、「原太平記」が現存していない以上、それがどのような内容・表現をもっていたのかはわからない。そのような状況で「原太平記」の意図を考えることは危険きわまりないことではあるが、現存本を通して少しでも元の姿を類推する努力はなされるべきである。

二　「原太平記」執筆の意図

「原太平記」は恵鎮によって直義のもとにもたらされた。恵鎮は法勝寺大勧進職《だいかんじんしき》などを務めた律僧で、南北両朝より信頼を集めた人物である。直義のもとで「原太平記」を読んだとされる玄恵は、儒学・文学に秀でた学僧で、これも両朝より重んぜられた存在だ。室町幕府が初めて出した法令である「建武式目」において、玄恵は八名から成る勘申《かんじん》者の一人でもあった。とりわけ、政務を取りしきる直義の信認は厚かった。こうした人的環境を考えてみると、「原太平記」は直義を中心とする政権と密接な場で成立したことになる。

「原太平記」の範囲を巻二十五までと考えた場合、その歴史叙述はどのような特徴をもっていたであろうか。『太平記』の第一部は後醍醐天皇の即位にはじまり、鎌倉幕府の滅亡までが語られる。つづく第二部は、建武新政の開始から描かれるものの、尊氏と護良《もりよし》親王の対立、中先代《なかせんだい》の乱、そして尊氏と後醍醐の抗争へとすぐに筆が進む。以後、後醍醐の敗北（巻十七）、後醍醐の吉野逃走（巻十八）、尊氏の将軍補任（巻十九）、新田義貞の敗死（巻二十）、後醍醐の死（巻二十一）と記事がつづき、抗争の歴史における主要な出来事が描かれる。ただし、肝心の後醍醐の死去の記事は巻二十一のなかばに置かれており、歴史の終局にふさわしい扱いを受けていない。物語はその後、塩冶判官《えんやはんがん》讒死事件（巻二十一）、土岐《とき》頼遠《よりとお》による光厳院《こうごんいん》御幸狼藉事件（巻二十三）、伊予国における脇屋義助《よしすけ》と足利方の抗争とその終焉（巻二十四）とつづき、巻二十五の天龍寺《てんりゅうじ》落慶供養へとつながる。

建武新政の開始にはじまる第二部の世界は、尊氏の将軍就任や義貞の敗死、後醍醐の死去などの重要局面を描きながらも、そこで完結を見せるのではなく、地方における南朝方の動きの沈静化や天龍寺の落慶までを含み込んで終局を迎える。天龍寺は後醍醐天皇の菩提を弔うために、尊氏によって創建された寺院である。敵方の横死者を鎮魂することは、勝者にとって勝利を宣言する重要な行為でもあった。『太平記』では天龍寺の創建と落慶供養に対し、いささか批判的な叙述を行っている。しかし、ほぼ一巻を費やしてその顚末を記すところから考えてみると、「原太平記」の作者はここに南北朝争乱の終結を見いだしていたと考えることができる。つまり、「原太平記」は前半を鎌倉幕府の滅亡過程、後半を足利体制の確立と全国静謐にいたる過程を描くものとして執筆されたのだ。

前述のとおり、現在、我々は「原太平記」を見ることができない。だが、現存本の『太平記』を見ても、この書が政権に対して一定の配慮を行っていることに気づくことができる。例えば、冒頭の「序」では、徳を欠いた君主は位を保つことができないとして、夏《か》の桀《けつ》、殷《いん》の紂《ちゅう》の例をあげる。革命思想を肯定するこうした主張の背景には、後醍醐を排斥して自らの政権を確立した足利氏の行為を正当化する意図が存在するのであろう。一方、巻十四には鎌倉にいる尊氏が後醍醐に反旗を翻す記事がある。そこでは、尊氏は積極的に謀叛を決断したのではなく、直義と上杉重能《しげよし》が作成した偽綸旨に騙され、後醍醐に背くことを決意したと描かれる。政権に配慮する作者が生み出した秀逸な趣向といってよいだろう。

しかしながら、『太平記』は巻二十一、巻二十五などで、足利方の武士たちを痛烈に批判する。「原太平記」の段階からこうした記事があったと考えた場合、政権に近い作者がなぜこうした批判を記したのかが問われなければならない。これらの記事では武士たちの破格の出世とそれにともなう僭上、バサラ（常識外れで奔放な振る舞い）に耽った豪奢な生活などが批判の対象となっている。実は、こうした武士たちの統制に苦慮していたのは、足利政権そのものであった。「建武式目」にはバサラの禁止や人材の厳選などが謳われ、『太平記』が抱く問題意識との共通性が窺える。『太平記』は足利方の武士たちに批判的であることをもって、反足利の立場にあるとすることはできない。共通の基盤から現状を見ているといった方がふさわしいのだ。「建武式目」と『太平記』の成立の両方に玄恵の名が見えることも注目されよう。

三　その後の『太平記』

ところが、その後、書き継がれた部分は「原太平記」とは性格を異にしてゆく。第三部に相当するその部分は、一旦確立した足利体制内の紛争を延々と叙述する。巻二十六から巻三十までで観応擾乱を描いたあと、山名時氏、仁木《にっき》義長、畠山道誓《どうせい》、細川清氏、斯波道朝《どうちょう》など、幕府の有力守護大名の離反と反抗から滅亡・投降までの歴史を描く。そして、不安に覆われる世相を描きながらも、巻四十巻末で細川頼之が管領に就任し、幼い足利義満を補佐することによって太平が訪れたとして、唐突に筆をおく。

足利氏の新たな体制を祝寿するこの末尾のあり方には、どのような意図が込められているのか。そのことを考えるためには、巻三十五「北野通夜物語」を読み解く必要がある。本話は北野社に通夜する遁世者・雲客《うんかく》・法師の三人が、それぞれ本朝・震旦・天竺の故事を語る長大な説話群である。理想的な君臣関係の故事を遁世者と雲客が語ったあと、法師は因果論にまつわる故事を語り、現世で生じるすべての出来事は過去の因果によっていると説く。そして、それを受けて物語の語り手は、そういう道理があるならば、この乱世もいずれは収まるかもしれないという期待のことばを導きだす。ここでは法師も語り手も因果の道理の存在を主張したいのではない。この世の中で起こるあらゆる出来事は、まるで因果の道理によって生じているかのように、我々の作用とは無関係に生起する、ということを述べたいのだ。だから、繰り返される争乱も我々の所為で起こるのではない。同時に、今後仮に平和が訪れたとしても、それは我々の努力や善意にもとづくものではない、という理屈をいいたいのである。

平和の到来の原理をこのように観じていた作者にとって、細川頼之政権の誕生による全国静謐は彼の善政によるものではなく、偶然の所産に他ならないものであった。書き継ぎ段階の作者は、恐らく政権とは距離を置き、歴史と現実を冷ややかに見ていたのだろう。その作者とされる小嶋法師は、『洞院公定日記』に「卑賤之器」と記される。小嶋法師と政権との距離感を窺うことのできる象徴的な評語である。

参考文献

小秋元段『太平記・梅松論の研究』（汲古書院、二〇〇五年）
和田琢磨『『太平記』生成と表現世界』（新典社、二〇一五年）

中世文学研究と「歴史学」の交錯

大橋直義

一　共同研究の現場から

近年の文学研究をとりまく状況は、まさに「共同研究はなざかり」の時代といってもよいだろう。研究者が個別に申請する科研費等の競争的資金を母体とするものを始め、種々の研究機関がいくつもの共同研究を遂行している。そのなかにあって、文学研究者も日本語学（訓点語学）・日本史学・美術史学・宗教史学・文化人類学を研究手法とする研究者たちと協働して、同じ対象に向き合う機会に浴している。

そのような場で「〇〇史学」と対峙することになった「文学」は、いつもよりも少しだけ頼りなげなものになってしまうと感じるのは稿者だけだろうか。歴史学にとって拠るべきは古記録・古文書などの一次史料が第一で、第二に『吾妻鏡』などの編纂物、最後に軍記物語・歴史物語・説話集などの文学作品が位置づけられる。たとえば平治の乱など一次史料に乏しい事象については『平治物語』が「史実」を検証するための材料に用いられるが、そうではない場合においては、まず「史実」が措定された上で、それを準拠点とし、文学作品の中で「史実を反映している箇所」や虚構、伝承などを腑分けしながら、テクストを読むのである。逆に、歴史史料から——たとえば『扶桑略記』や『吾妻鏡』からフィクションを抽出したりもするが、それも多くの場合には一次史料によって措定された「史実」を準拠点としたものに他ならない。

「文学とは何か」などという問いには答えられそうにはないが、「文学」というものが研究の対象となるテクスト群に冠せられた名称でないことは明らかである。『平家物語』は歴史学にとっても当然「史料」の一つであるのだ（『兵範記』『玉葉』『明月記』等の一次史料とは比較にならないものであったとしても）。では、人文学における文学の役割とは何か。歴史学が数多の史料から削り出してきた「史実」に「お世話になる」だけでいいのか——。

極めて限定的に言えば、「歴史学」と相対する「文学」とは、ある時／ある場所に存在していた言語活動をめぐる様々な事象を理解するための一つの方法とすべきではないだろうか。「歴史学」が実在の人間の一生やある事態の推移の「史実」を明らかにすることを目指すように、「文学」は、現実になされた言語活動としての歌や説話や物語を、またそれらを記しとどめた書物の存在を一つの事象としてとらえ、その「事実」を明らかにすることを「史実」を目指しうるのではないか。『平家物語』に書かれていることを「史実」に準拠しつつ読み解くだけではなく、『平家物語』という書物やそのテクスト、またそれに関わる言説がどこに、いかなる形状・形態で存在し、いかにして変容を遂げ、虚実ないまぜのままで現実の社会にあったのか――物語はときに呪縛として現実社会を規定しもする――ということを明らかにする。

このような方法としての「文学」を試みに「言語活動史学」などと呼んでみるなら、そこで明らかにしえた事実は歴史学が希求する「史実」の一部たりうるようにも思われる。しかしながら、より重要なことは、ある言語活動が個人的なものであったにせよ、共同体的なものであったにせよ、その「史料」として拠るべき書物や言説は、それが存する場所の個別の文脈の中で理解されねばならないという点である。場・地域の史的文脈が剥奪された状態で市場に流通する「美術品」としての古筆切にも確かに大きな意義はあり、古筆切となったからこそ現在まで伝来したという場合もある。しかしながら、奥書や蔵書印が削り取られた「商品」として流通する古典籍は、地域の小堂から暴力的に盗み出され、地域史的文脈を無理やりに奪われた上でオークションにかけられる仏像ともある意味で等しい。たしかに美しく、価値あるものかもしれないのだが、和歌山県立博物館が近時の展覧会で幾度もアピールしているように、その仏像が地域社会において受けていた信仰の姿をそこに見ることはもはやできない。その文化財としての本来の意味は、それが存した場の文脈の中にこそある。

二　道成寺縁起をめぐる場の実像

道成寺は和歌山県日高郡日高川町に存する古刹であり、十六世紀前半期に制作されたと推定されている著名な重文『縁起絵巻』二巻が蔵され、その模本を用いた絵解きが毎日行なわれていることでよく知られる。その『縁起絵巻』のいわゆる「安珍清姫説話」は『法華験記』『今昔物語集』を淵源とし、中世においては『元亨釈書』、また『日高川草紙』や『磯崎』の話中話としても現れる。能「鐘巻」「道成寺」には「安珍清姫」以後の時代が描かれるなどの新たな展開も見え始めるが、近世にいたって人形浄瑠璃・歌舞伎・長唄や民俗芸能としての神楽の演目ともなり、「道成寺物」とも言いうる極めて大きな動向へと広がってゆく〈山路二〇一六、西瀬二〇一六〉。また、近世においては「安珍清姫」の物語についての絵巻・絵入り本が複数制作されることにも注意が払われる〈徳田二〇一〇〉（徳田論考にも言及のある石川透蔵『道成寺物語』『安珍清姫一代記』等の近世期制作の絵草紙については石川透「江戸時代の道成寺縁起資料について」〈講演〔レジュメ無〕和歌山大学紀州経済史研究所二〇一六年度公開シンポジウム「紀州地域の寺社縁起」キャンパスイノベーションセンター東京、二〇一六年十一月二十六日〉として詳細な検討が行われた）。以上が「道成寺縁起絵巻」について常識的に語られることのほぼ全てである。道成寺の「建立縁起」について言えば、ここに「髪長姫」説話を加えることもできるが、今は措こう。限られた紙幅の中で指摘しうるのは、道成寺という場の文脈にそくした上での縁起・絵解きの意義とはいかなるものであったのかという点である。そのためには、道成寺を「文学史」「日本史」という大きな流れの中ではなく、地域史の中で理解しなおす必要がある。

道成寺経蔵内に保管される近世の文書函の中に『道成寺什物書上』と題すべき一書が収められる。そこには、慶長五年（一六〇〇）に紀伊藩初代藩主となった浅野幸長に対し、道成寺が文武天皇勅願所にして大宝年中創建の古刹であり、その創建縁起を今回新たにしたためて進上したこと、この段階で由緒を示す記録等は既に失われていることを奏聞し、翌六年に寺領わずか五石が安堵されたことが示されている。

文化四年（一八〇七）に当時の院主・忍海が著した寺伝によれば、開山時は法相宗であったが、いつの頃からか真言宗に転じ、承応元年（一六五二）に紀州徳川家の宗教政策の元で天台宗に改められたとされる。それ以後も寺領が新たに安堵されることはなく、江戸時代を通じ、この石高が維持された。つまり、檀家も持たない道成寺は、国宝・重文に指定される仏像群、『縁起絵巻』と同じく重文指定される色紙墨書『千手千眼陀羅尼経』を蔵する古刹でありながら、その近世期における財政状況は極めて逼迫したものだったのである。十六世紀以前の状況は資料が不足しているために判然とはしないが、近世期にも増して厳しい状況に置かれていた可能性すらあるだろう。

とはいえ、天台に改宗した十七世紀後半以後、財政状況は徐々に上向いてゆく。改宗後の二世院主・真海（在職一六五五〜九四）と三世院主・盛海（在職一六九四〜一七二一）の時代がそれにあたる。明暦元年（一六五五）と寛文九年（一六六九）に行なわれた諸堂修復事業は元禄・宝永期に一応の完成を見る。現存の仁王門・書院・十王堂がこの時期の再建である。しかしながら、その費用は自ら賄ったものではもちろんなく、両院主がたびたび紀伊藩に事業費の拠出を願い出た結果、伽藍の整備が行なわれたことが文書群から読み取れる。また、この時期、熊野参詣道沿いに存した小松原宿と道成寺門前茶屋との間で参詣・宿泊客の争奪にかかる相論が始まり（山崎二〇〇六）、加えて十七世紀末期以後、道成寺境内での居開帳（元禄五年［一六九二］が初例か）を始め、和歌山城下・江戸両国廻向院・尾州名古屋阿弥陀寺など文政期まで複数回の出開帳・居開帳が催される（和歌山大学紀州経済史文化史研究所二〇一六）。現存する「文武天皇影像」「九海士王子影像」や掛幅本「道成寺縁起」、また「清姫の角」等の遺物は開帳興行を営むなかで制作されたものと推定される。開帳時には「鐘巻由来之縁起巻物　上下二巻」（享保五年［一七二〇］に和歌山城下の栗林八幡社境内で行なわれた出開帳時に立てられた立札書案文に拠る）もたびたび開陳され、『縁起絵巻』を紹介する際の口上や絵解きの台本も近世文書として伝存している。開帳時に重文絵巻が出陳されたかどうかははっきりしないが、江戸中期頃に制作されたと思しい絵巻模本の天地が劣化・摩滅した現況を見るに、寺の内外で行なわれた絵解きは長年にわたって模本を用いて行なわれ、開帳の際や藩主・巡検使等が道成寺を参詣した際には重文絵巻がひろげられたものと推定される。

すなわち、道成寺は、天台宗に改宗した十七世紀後半頃から、霊験・奇瑞を説く縁起の寺へと自寺の姿を変容させ、その深刻な財政難を克服しようとしたのである。そのことは、「道成寺創建縁起」としての『紀道明神縁起絵』が盛海代に制作され、紀道神社に奉納されたこと、真海・盛海代に近隣の寺社の縁起を収集し、その再編を行なっていたこととも関わるだろう。

三　地域研究という視座

このように、著名な『縁起絵巻』「道成寺物」であったとしても、地域の場の文脈にそくして理解しようとしたならば、これまでと全く異なった相貌が見えてくるのではないか。

加えて、『縁起絵巻』が寺伝の絵解きと結びつけられる以前、いかなる経緯で道成寺にもたらされたのか、という点についてもますます興味深い。寺伝では後小松天皇宸筆、応永年間(応永十年[一四〇三]とも)の制作と伝えられるが、これは果たして荒唐無稽な言説にすぎないのだろうか。南北朝合一前後の湯浅および畠山・湯川の動向や、応永期に法燈派の耕雲明魏(花山院長親)が紀伊国に所在する寺社の縁起絵制作に関わっていたこと、『縁起絵巻』巻下末尾に見えるように足利義昭が天正元年(一五七三)に絵巻を披見したのは法燈派の拠点である興国寺であったこと等、地域史の文脈を勘案すれば、そういった言説が生じてくる素地についても思い至ることができるのかもしれない(耕雲の関わった『霊巌寺縁起』『衣奈八幡宮縁起』等については稿を改めたい)。

テクストを読むことは「文学」という研究手法にとって本質的なものである。しかし、読むべき対象は「文学」というジャンルによってあらかじめ決められているわけでは決してない。そのテクストを記し留めた人や書物が現に存在した場のありかたを常識的な「文学」「歴史学」の枠組みにとらわれずに読むことが、テクストの意味をもときに更新しうるのではないだろうか。

参考文献

徳田和夫「『道成寺縁起絵巻』の再生――寺社縁起の在地化」(堤邦彦・徳田和夫編『遊楽と信仰の文化学』森話社、二〇一〇年)
西瀬英紀「人形浄瑠璃の「道成寺物」の人形浄瑠璃の諸相」(和歌山大学紀州経済史文化史研究所編『道成寺の縁起――伝承と実像』和歌山大学紀州経済史文化史研究所二〇一六年度特別展図録、二〇一六年)
山崎竜洋「道成寺門前茶屋江旅人宿為致度段同寺領ニ付小松原村取調一件」(『和歌山県立文書館だより』一九号、二〇〇六年九月)
山路興造「三つの道成寺伝説」(和歌山大学紀州経済史文化史研究所編『道成寺の縁起――伝承と実像』和歌山大学紀州経済史文化史研究所二〇一六年度特別展図録、二〇一六年)
和歌山大学紀州経済史文化史研究所編『道成寺の縁起――伝承と実像』(和歌山大学紀州経済史文化史研究所二〇一六年度特別展図録、二〇一六年)

お伽草子は中世の文芸か

伊藤慎吾

はじめに

「お伽草子は中世の文芸か」と問われるのは、誰もがその確信を持てずにいるからだろう。成立時期の曖昧さ、諸本展開過程における大きな改変が、中世文学としてのアイデンティティを脅かす要因となっている。しかし、そうであればこそ、我々は疑いなく中世文学と呼ばれる大作品よりも切実に「中世的なものとは何か」を考える必要に迫られる。

お伽草子とは中世後期から近世前期にかけて作られた短編物語の一群を指す。中世文学かどうかを問われて問題になるのは、前代との接点ではなく、後代とのそれであろう。お伽草子の上限は中世だが、下限は近世に入るのだから。

一　お伽草子伝本事情

お伽草子を調べる上で重宝するのが松本隆信編「増訂室町時代物語類現存本簡明目録」（奈良絵本国際研究会議編一九八三）である。これを見ると、お伽草子作品にどのようなものがあり、また個々の作品がどのようなかたちで、どのくらいの伝本が残っているのかを俯瞰することができる。

登録作品数は三六八点。この目録が作成されてから随分と月日が経っているから、その後、新出作品が幾つか発見されているし、伝本の追加分もかなりある。しかし今は問題としない。

さて、お伽草子作品は、単純に手書きの写本として書写されたもののほか、絵を伴う絵巻や絵本に仕立てられたもの、そして印刷して出版された版本、絵を伴う絵入り版本に大別される。先の簡明目録が作成された段階までという条件が付くが、伝世するお伽草子伝本を整理すると、次のように示すことができる。

写本　七五六（うち、古写本・同転写本一二四）
絵巻　四七五（うち、古絵巻・同模本一七二）
絵入り写本・奈良絵本　四九一（うち、古奈良絵本二〇）
版本　四五
絵入り版本　三六二

「古」を冠するものは、ここでは近世前期、少なくとも近世極初期を下らないと判定された伝本である。右の伝本をまとめてみると、そのほとんどが近世に書写され、また出版されたものであることが分かる。こうした伝本事情からすると、お伽草子を中世文学として扱ってよいものか、疑わしさが出てくるだろう。

二 『玉藻の草紙』の場合

とはいえ、中世の公家日記などの記録類を見ると、明らかに同一作品と認められる書名が見出せるものも確かにある。たとえば『玉藻の草紙』がそれだ。大陸から渡来した妖狐が才色兼備の女房として帝の寵愛を得て宮中に入り込み、日本を乗っ取ろうとする。しかし、陰陽師に正体を暴かれて退治されるというものである。

この物語は室町時代の公家日記に記録されており、さらに『神明鏡』という歴史書にも物語草子本文に基づく説話が収録されている。『玉藻の草紙』は間違いなく中世に成立し、流布した物語草子の一つであるといえる。

しかし、問題はそこではない。現存する『玉藻の草紙』が成立当初の古態をとどめているのかということだ。

世に古典というものがある。『源氏物語』や『伊勢物語』『古今和歌集』などはすでに中世人にとって古典となっていた。こういう作品は、一字一句の読み方が大切にされる。面白可笑しく書き直したり、つまらない部分を省略しようものならば、他人から非難されることは必定である。作品そのものに権威があり、改竄はそれを損なう所業だからである。

ところが、お伽草子には、そのような古典としての権威がない。むしろ、読まれる環境によって、また所蔵者の都合によって容易に書き換えられてきた歴史がある。たとえば恋愛や合戦という世俗的なテーマの作品を仏教寺院で人々を教え導く教材として利用しようとすれば、恋人が死ぬ部分よりも、出家して仏道修行に専念し、ついに極楽往生の素懐を遂げる部分が強調される。合戦において九死に一生を遂げる武士を描くのであれば、それを観音菩薩など仏菩薩の霊験であるという点に重点が置かれるだろう。お伽草子作品は、こうした加筆修正がしばしば行われるジャンルであった。

してみると、近世の写本を前にしたとき、確かに中世の記録に同一作品が見られるからといって、この伝本は中世の作品だと無条件に信頼できるだろうか。もしかしたら、近世に下って著しく手が加えられたものかもしれないではないか。

『玉藻の草紙』の一伝本に、真字本《まなぼん》、すなわち漢文体の写本がある（図1）。数ある伝本の中で真字本はこれだけである。近世後期の写本ではあるが、なんと保元二年（一一五七）の本奥書《ほんおくがき》を持つ。限りなく胡散臭いが、その詮議はさておき、漢文体の本文は果たして中世に作られたものなのか、それとも「近世に下って著しく手が加えられたもの」なのか。後者であれば、それでも中世の文学作品といえるのであろうか。

幸い、本作の場合、十五、十六世紀に遡る古写本が数点伝わっている。それらと読み比べてみれば、たとえ近世の写本とはいえ、忠実に古態を受け継いだものか、それとも著しく改竄されたもの

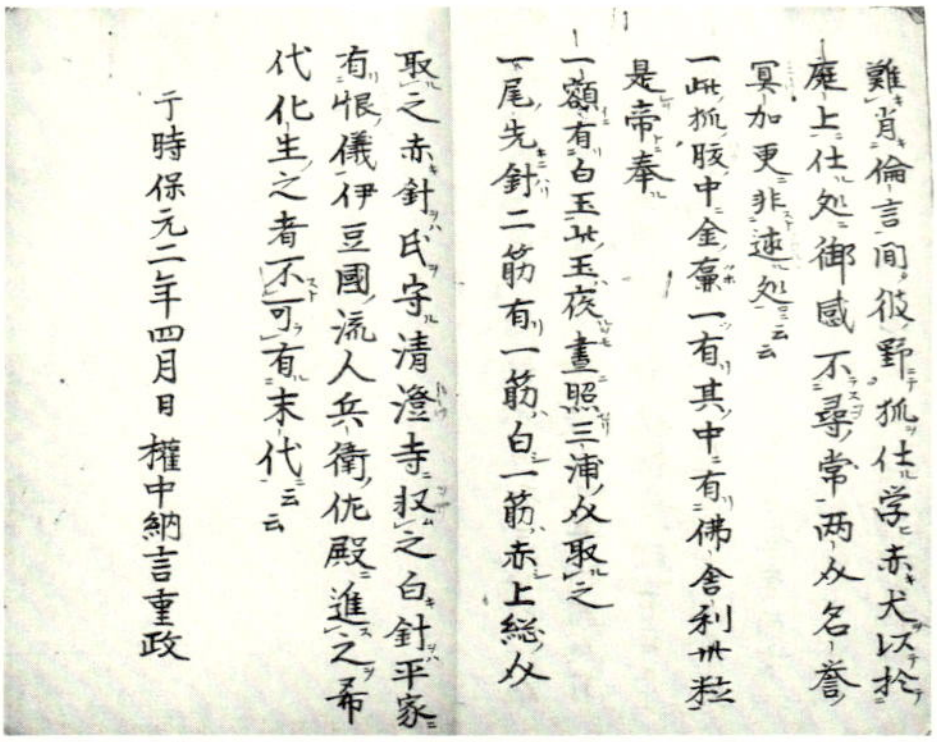
雖肖倫言間彼野狐住学赤犬以於
庭上仕処御感不尋常両以名誉
冥加更非速処云云
一此狐腹中金嚢一有其中有佛舎利卅粒
是帝奉
一頷有白玉卅玉夜晝照三浦以取之
一尾先針二筋有一筋白一筋赤上総以
取之赤針氏守清澄寺収之白針平家
有恨儀伊豆國流人兵衛佐殿進之希
代化生之者不可有末代云云
于時保元二年四月日　權中納言重政

図1　真字本『玉藻の草紙』（伊藤慎吾蔵）

かは知られる。こうした比較作業によって、右の漢文体の伝本についても、ある程度明らかにすることができる〔伊藤二〇一七〕。

ところで、『玉藻の草紙』のように、古写本が残り、且つ古記録からも確認の取れる作品は相当恵まれている。ほとんどのお伽草子作品は、記録に残らないばかりか、古写本が存在しない。作者が分かるものは至極稀であって、ほぼすべての作品の作者は特定できていない。いつ、どこで、誰が作ったのか分からない作品は、中世前期にも後期にもあるし、近世に至っては初期から幕末、更には明治期に至るまで夥しく存在する。こうした作者不詳、成立時期不明の大量の物語作品の中で、近代の国文学者たちが〈お伽草子〉と判定していったものが〈お伽草子〉というジャンルに組み込まれていくことになった。主たる判定条件は、文体や近世前期の伝本、特に絵巻・奈良絵本の有無、そして物語の内容である。平易な文体で書かれ、類型性の強い物語の内容をもち、近世前期頃の古色を帯びた写本か、絵巻・奈良絵本のかたちを採っていれば、間違いなく〈お伽草子〉、引いては中世文学と見做されるであろう。個別に検討すれば、どう考えても中世文学とするのはおかしい作品が含まれるが、いずれ白黒が付けられるだろう。

もちろん成立時期がどうか、伝本の書写時期がどうかという、史料論的観点は常に持つべきである。しかし、それと〈中世の文芸〉であるか否かという文学論は別次元のものだと思う。文芸評論的で不確かな言い方になるが、たとえ近世前期に成立した物語であっても、ストーリー、キャラクターが室町時代物語群と隔てなく、また世界観や思想が旧来のものを相対化することなく素朴に受け継いだものであれば、それはもう中世の文芸と位置づけて構わないのではないかと思う。

三　新たな物語創作法

翻って本文を即物的に見てみると、近世に至って新たな傾向が現れることは注意してよいだろう。

『俵藤太物語絵巻』は中世を代表するお伽草子絵巻である。物語自体も広く読まれ、数多くの伝本が生まれた。中でも近世前期の絵入り版本は流布本として知られる。本文は当然古絵巻と異同が甚だしいが、特徴的なのは、『源平盛衰記』の記事を取り入れていることである〔大島二〇一四〕。要は物語の分量を増やしたり、内容に面白味を出したりするために、この中世軍記の大作を素材集として利用しているのである。この発想は中世にはなかった。いわば職業作家の萌芽といえるかも知れない。『源平盛衰記』は一般に流布する『平家物語』よりも和漢の故事をたくさん取り入れてあり、その一つに俵藤太説話も挿入されているのであるが、版本の本文作成にこれが流用されたのである。

また、見かけは中世以来のお伽草子であるが、分析してみると、本文作成に新味が出たことが分かる。同一手法は『石山物語』『賀茂の本地』『弘法大師御本地』『鶴の草子』など絵入り版本に特徴的だが、絵巻の『咸陽宮《かんようきゅう》』『松浦明神縁起絵巻』、奈良絵本の『住吉の本地』『七草ひめ』などにも指摘できる。中でも『石山物語』『賀茂の本地』『弘法大師御本地』などは元の物語草子と同一説話をわざわざ『源平盛衰記』収録説話にすり替えている。

このように、一見、中世から連綿と作られてきた物語草子の一つのように見えるが、本文作成過程に新時代ならではの方法が生まれた。私はこうした新手法の見られるお伽草子作品は中世的なお伽草子と区別して〈後期お伽草子〉と、意識的に区別することがある〔伊藤二〇一二〕。

おわりに

中世か、近世かということに拘泥するのは、戦後の国文学界が時代ごとに学会を立ち上げていったことによる時代の壁の建設と無関係ではないだろう。中世／近世それぞれ一方の学会に帰属することで、他方に関心がなくなる傾向が強い。しかし、こと、お伽草子に関していえば、同一作品であっても諸本展開過程で著しく手が加えられ、近世の伝本の中にはもはや別作品ではないかと評されるものも少なくない。特に浄瑠璃の形式に改変された地方伝来の近世後期写本などはそうだ。どうしても中世文学の立場にこだわっていてはテクストの価値を見誤るか、見出せないままとなってしまう。

お伽草子は中世の文芸かという問いかけをしながらも、一方で日本文学史全体を俯瞰する視座が必要だ。時代区分を超えることで見えてくる文芸としての特色もあることを忘れてはならないだろうし、むしろ、それこそがお伽草子の本質ではないかと思うのである。

参考文献

伊藤慎吾「仮名草子への一潮流」（『室町戦国期の文芸とその展開』三弥井書店、二〇一二年）第二章序
伊藤慎吾「真字本『玉藻の草紙』考」（『中世物語資料と近世社会』三弥井書店、二〇一七年）
大島由紀夫「『俵藤太物語』の本文成立」（『中世衆庶の文芸文化　縁起・説話・物語の演変』三弥井書店、二〇一四年）
奈良絵本国際研究会議編『御伽草子の世界』（三省堂、一九八三年）

中世の偽書

千本英史

一　中世以前

日本の古典偽書には多くの存在が知られるが、それらが爆発的ともいうべき盛行を見せたのは、中世の時代であったことは疑えない。

もちろん、中世以前にも偽書がなかったわけではない。

たとえば、『旧事記《くじき》（先代旧事本紀）』十巻は、本居宣長が『古事記伝』巻一「旧事記といふ書の論」で、「此は後ノ人の偽り輯《アツ》めたる物にして、さらに彼の聖徳太子命の撰び給し、真《マコト》の紀《フミ》には非ず」（『本居宣長全集』第九巻）と明らかにするまでは、『古事記』を上回る権威を持った。『旧事記』は、

> 夫《そ》れ先代旧事本紀は聖徳太子且《まさ》に撰ぜられんとする也。時に小治田豊浦宮の御宇、豊御食炊屋姫天皇（推古）即位廿八年、歳次庚辰春三月甲午朔戊戌、摂政上宮厩戸豊聡耳聖徳太子尊、大臣蘇我馬子宿祢等に命じて勅を奉じて撰定す。（以下略、原漢文、私に読み下す）

という序文を持つが、これは『日本書紀』巻二十二推古天皇二十八年条の末尾に、「是の歳に、皇太子・島大臣、共に議《はか》りて、天皇記と国記、臣・連・伴造・国造・百八十部、并《あは》せて公民等の本記を録《しる》す」（新編日本古典文学全集の読み下し）とあることから後に付加された偽序であり、同書は、実際には「物部氏の誰かの手により平安時代初期に撰せられたもの」（国史大辞典）とされる。

しかしながら院政期以降の偽書の盛行は、質量ともに圧倒的である。それはやはり、文化の急激な変動期に際して、その変化を説明する新たな「典拠」が求められ、いわばそれを「手っとり早く」説明する為の根拠が、偽書という形をとってまでも必要とされたことの結果と考えてよいかもしれない。

二　神道五部書

『皇字沙汰文《こうのじさたぶみ》』（神道大系論説編『伊勢神道』上）は、永仁四・五年（一二九六〜九七）、伊勢神宮の内宮外宮《ないくうげくう》の間で交わされた、「皇」の字を宮の名や祭神の名に冠するかどうかについての論争の記録を、外宮の祠官であった度会常昌《わたらいつねよし》（幼名常良、一二六三〜一三三九）がまとめたものという。外宮は内宮と同格となることを欲し、『古事

記』では食物神にすぎなかった「豊宇気比売神《とようけひめのかみ》」「登由宇気神《とゆうけのかみ》」は、皇祖神としての「豊受皇大神」へと姿を変えていくのである。

そうした動きの中で姿を現したのが「神道五部書」という存在であった。すなわち『天照坐伊勢二所皇太神宮御鎮座次第記《あまてらしますいせにしょこうたいじんぐうごちんざしだいき》』(御鎮座次第記)、『伊勢二所皇大神御鎮座伝記』(御鎮座伝記)、『豊受皇太神御鎮座本記』(御鎮座本記)、『造伊勢二所太神宮宝基本記《ぞういせにしょだいじんぐうほうきほんぎ》』、『倭姫命世記《やまとひめのみことせいき》』(神道大系同前)の五書である。契沖《けいちゅう》(一六四〇～一七〇一)は、元禄十二年(一六九九)以前のいずれの年かの九月二十四日、親交のあった外宮の祠官中西信慶《のぶよし》に宛てた書簡中で、『倭姫命世記』について「或所より……流布の本は堅く偽作の由、申し越され候。誠に元来、拙僧も所々不審の條々御座候」(契沖全集十六)と疑念を示していたし、「五部書」のいずれもが鎌倉中期の偽作書であることは、吉見幸和《ゆきかず》(一六七三～一七六二)の『五部書説弁』(大神宮叢書 度会神道大成後編)などに明らかである。久保田収はこのうちの前三書は度会行忠《わたらいゆきただ》(一二三六～一三〇五)の手になるものとし、「伝記がまづ成り、ついで本紀が成り、次第記はもつとも遅く成立した」「次第記の成立はあるいは弘安八年(一二八五)以後永仁三年(一二九五)までの間であるかも知れない」といい、後二書はそれらに先行して著述されたであろうとする〔久保田一九五九〕。山本ひろ子は「その営為は記紀の神話的地平からの離陸を意味しており、そこには中世的というべき不可知なるものの認識への渇望が貫流している」と評価した〔山本一九八七〕。そうした中で北畠親房《きたばたけちかふさ》『元元集』(この書は「親房の書であることを疑われていたが、現在では親房の著とするのが通説」〈日本古典文学大辞典〉という)は、伊勢神道の集大成といわれる度会家行(一二五六～一三五六)の『類《るい》聚《じゅ》神祇本源』(神道大系同前)を大幅に取り込みながら生み出され、その『元々集』を土台として『神皇正統記《じんのうしょうとうき》』(初稿本一三三九、再稿本一三四二)が記されることになる。偽書で始まった伊勢神道の流れの内から、中世を代表する神祇書である『神皇正統記』とその神道理論が形成されていくことの意味は深いものがある。

三 定家偽書

その北畠親房は、和歌においては二条家流の流れを汲んでいたが、「古今序」の注『親房卿古今集序註』の中で次のように述べる。

……近来宗匠の家。定家卿の如此の口伝を書たる書一合あり。一合には鷺を木絵とす。仍(河を訂)うさきと名付て。為家卿まては身をはなたさる物あり。一合には上を鵜を木絵にして。為家卿薨ける時。室家の尼阿仏局歌の文書を取て関東に下向す。其後嫡子為氏卿の訴訟に依て。亀山院御時。被下院宣於関東。彼文書を召渡さるゝ時。旧より目録もあり。諸人存知の文章等は皆渡之。而をうさきの箱の納物まては。為氏卿も委知せさりけるにや。彼秘伝などをは是を留て。あらぬ物共を入て渡にけり。　(続群書類従)

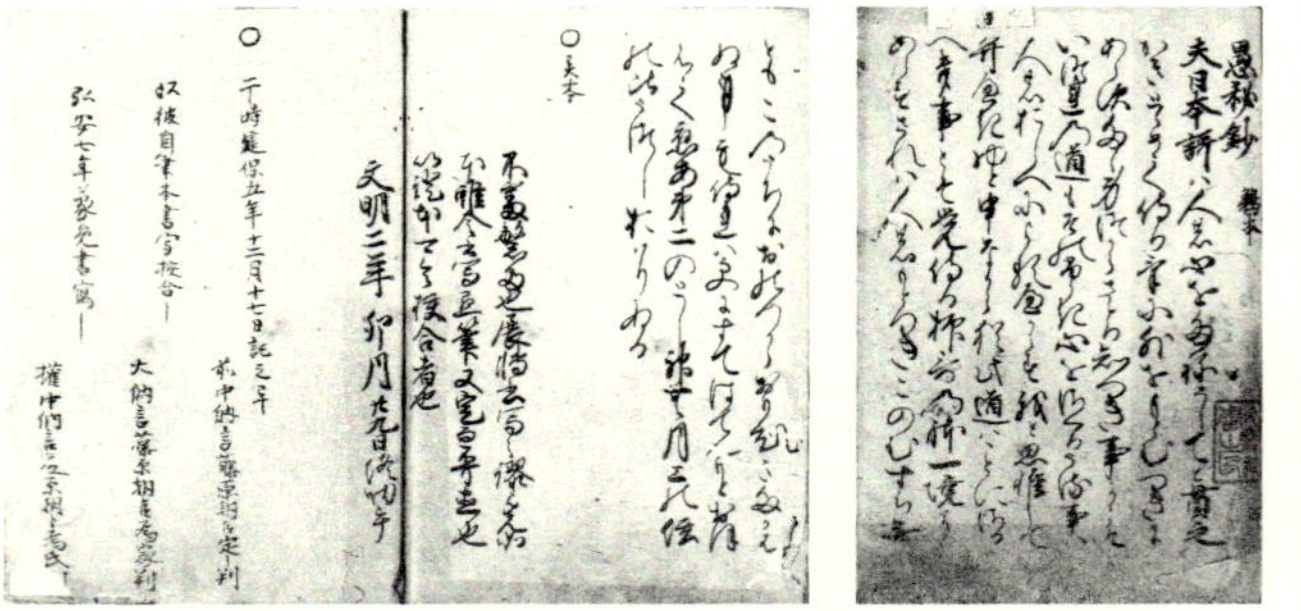

図1　国文学研究資料館蔵（久松潜一博士旧蔵）『愚秘抄』（久松11-60）の巻頭と巻末　本文同筆で文明二年（1470）の書写奥書があるが、その前にわざわざ異本にはこの位置に本奥書があると場所を示した上で、最後に、定家、為家、為氏の三代の名を補記する。

[大意]　藤原定家の秘伝と伝える書が二櫃あり、一方には鵜の姿が浮彫にされ、もう一方には鷺の姿が浮彫にされていた。定家の息子の為家の死後、その妻の阿仏が歌書の類を持って関東に下った。為家の先妻の息子で二条家の為氏は、亀山院の時代に院宣を得て、それらを取り戻したが、さすがに櫃の中味までは詳しくは知らなかったのだろうか、秘伝は別に取り置いて、まったく違った書と入れ替えて渡されたのだった。

すなわち親房は、「六義についての定家卿の口伝は返されることがなかったので、二条家では六義のことをあまり論じなくなった」（片桐一九八一）とするのである。

現在に残る『愚秘抄』は、「鵜本《うのもと》」「鵜末《うのすえ》」、『三五記』は「鷺《さぎの》本《もと》」「鷺末《さぎのすえ》」のそれぞれ上下巻から成るが、『和歌文学大辞典』は「鵜鷺系偽書」の項目で「藤原定家に仮託された偽書群である『愚見抄』『愚秘抄』（鵜本末）『三五記』（鷺本末）『桐火桶《きりひおけ》』の四書ほかを一括して呼称する用語」とする（以上四書いずれも『日本歌学大系』第四巻所収）。それらの成立は互いに関わり合ってのものであったらしく、田中裕の『中世文学論研究』（第三章「定家歌論批判」第一節「定家仮託書（上）」）は、「現在のやうに愚秘抄上下、三五記上下をそれぞれ鵜本末、鷺本末とよび慣はすようになつたのは室町末近世初期のことである」といい、矢島長寿は「鵜鷺の書形成考」で、その経過を三段階に分け、

第一段階では、愚秘抄一冊本を鵜の書、三五記下巻を鷺の書として構成され、これに一時桐火桶一本が鵜の書に参加した状態があった第二段階では、愚秘抄板本と三五記下巻とで構成され、鵜本鷺末と呼ばれた。第三段階になって始めて三五記上巻が鷺の書に加わって、愚秘抄類従本が鵜本末、三五記上・下巻が鷺本末という形が形成された。

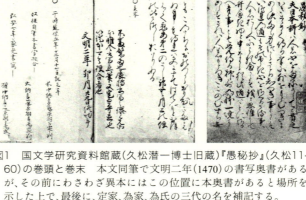

と推定している。『和歌大辞典』ではさらに、『毎月抄』をも「鵜鷺系偽書」に含める見方もあるとするが、『毎月抄』は「古来最も尊重された歌論書の一であり、近代秀歌、其他の五部と合せて、細川幽斎が最も重視し、幽斎座右抄と呼ばれ、又和歌六分抄として出版せられ」(『日本歌学大系』第三巻、久曽神解題)てきたものである。けれども一九七一年に刊行の『中世の文学 歌論集一』解題(久松潜一)では「中世においては、定家の歌論書であることを疑う立場はまず無かったといってよい。しかるに、近代ではこれを数多くの定家仮託書の一とする論が、かなり多い」とし、「本巻では、定家の真作の歌論書として取り扱った」としながら、「但し、この消息体歌論書の宛て先、成立年次などについては、今後なお考慮の余地がある」としているのである。かくて、『毎月抄』はもとより、『愚秘抄』以下の諸書もそれぞれの時点では、定家歌論を伝えるものとして受容され、後の文芸・芸術思想に大きな影響をもたらしたのであった。

四　その後の偽書

二条家と冷泉家をめぐる争いは、またこんな作品を生み出しもした。『阿仏東下り』は、細川庄の訴訟のため鎌倉に下ってその結果を見ることなくその地で没したと推定される、冷泉家の生みの親の阿仏が、勝訴の後、都に凱旋するまでを描くもので、『十六夜日記』を素材(文中のかなりの和歌は引用関係にある)として偽作されたもの。室町物語と成立時代が重なるとする見解もあるが、よくわからない。むしろ特定の人物(ここでは阿仏)にヒロインとして焦点をあてて自由な擬托を行う点で、中世前期の偽書とはほどこか違った風合いがあり、紫式部日記ならぬ『紫日記』や、清少納言の老いの流謫を描く『清少納言松島日記』などの偽作と共通するところもあり、より近世的な偽作へと展開していく流れの中にあるかと思われる。

以上、神道書・歌学書分野での中世の偽書について簡単に振り返ってみたが、改めて確認できるのは、偽書とはそれぞれの時代の「思潮」の表現にほかならないということである。そうして、実にしばしばそれは、真実の著作以上に後代に大きな影響を与える存在なのであった。

参考文献

片桐洋一『中世古今集注釈書解題』三上(赤尾照文堂、一九八一年)
久曽神昇編『日本歌学大系』三、四巻(風間書房、一九五六年)
久保田収『中世神道の研究』(神道史学会、一九五九年)
田中裕『中世文学論研究』(塙書房、一九六九年)
久松潜一『中世の文学　歌論集一』(三弥井書店、一九七一年)
久松潜一監修『契沖全集』第十六巻、書簡上篇一七(岩波書店、一九七六年)
平田俊春『元元集の研究』(山一書房、一九四四年)
矢島長寿「鵜鷺の書形成考」(横浜国立大学『人文紀要』一二号、一九六五年十一月)
山本ひろ子「神道五部書の世界」(『解釈と鑑賞』五二巻九号、一九八七年九月)

琉球をめぐる文芸

目黒将史

はじめに

奄美、沖縄、宮古、八重山諸島のいわゆる琉球列島における琉球語の文化圏で生成された文学を一般に「琉球文学」と呼ぶ（一般に「沖縄文学」というと、明治以降の沖縄県の近代文学をさす）。これらは琉球語のみで生成されるものではなく、漢文や和文で構成される文学も包括している。

従来、琉球文学研究は古代の分野に偏りがちであり、民俗学の研究が主流となり口承文芸が研究の俎上に上げられることが多い（文学研究において、琉球が扱われる特集は、古代に根付いた論考が中心であることは厳然たる事実であろう。琉球の資料学などにつながる特集については、末尾の参考文献にまとめておく）。また、琉球文学は琉球で作られたものだけに限定されがちではあるが、日本（ヤマト）や中国などで叙述された作品群にも琉球を描くものが数多くあり、今後琉球文学研究は日本（ヤマト）や中国などの資料も包括した広い見地に立つことが求められている。

琉球の歴史は、慶長十四年（一六〇九）の薩摩藩による琉球侵略を境に大きく二分される。侵略以前を古琉球と呼び、日本文学史における中世の時代は古琉球の時代になる。しかしながら、琉球文学の中心として扱われている『おもろさうし』も、現存するテキストは近世期に再編されたものであり、厳密に古琉球から伝わるテキストは存在しない。

よって、ここでは広く琉球をめぐる前近代の文芸に着目していきたい。また、既存の琉球文学という範疇にとらわれず、日琉双方から資料を捉え直すことの必要性を考えていく。

一　琉球文学における古謡研究

これまでの琉球文学研究において古謡研究が中心となってきた。なかでも『おもろさうし』がその根幹を担っている。「おもろ」は琉球古代の歌謡であり、祭祀や儀礼に用いられた。『おもろさうし』は若干の漢字を含む平仮名を基調として表現されており、巻頭には歌の担い手でもあった、琉球の最高神女である聞得《きこえ》大君《おおきみ》を中心とした神女たちが詠まれている。その成立をたどってみると、一五三一年（琉球は中国の冊封体制下にあるため、中国の元号が用いられる。ここでは琉球関連の年次は西暦で統一した）に王府による編纂が始まり、一六二三年までに編まれている。しかし、その後一七〇九年に首里城の火災により焼失し、現存の『おもろさうし』は翌年に再編されたものである。この時二部作られた『おもろさうし』は一冊は王府に、もう一冊は、おもろを担っていく安仁屋《あにや》家に伝わる。この安仁屋家に伝わった伝本が近世期の王府儀礼のテキストになっていく。

二　琉球の歴史叙述

琉球王府は王国の正史として、いくつかの史書を編んでいる。まず留意すべきは、これらはすべて古琉球以後、薩摩藩支配下で成立していることである。

王府最初の史書は、羽地朝秀《はねじちょうしゅう》（向象賢《しょうしょうけん》）により一六五〇年に編纂された『中山世鑑《ちゅうざんせいかん》』である。『世鑑』編纂の背景には日本（ヤマト）側の取り組みが大きく影響している。寛永二十年（一六四三）、幕府は諸大名に命じて家系図を提出させ、『寛永諸家系図伝』を完成させる。『世鑑』成立は、この大名系図作成と連動している。王府作成の史書の内『世鑑』のみ和漢混淆文で書かれ、以後の史書は漢文で記される。これを鑑みても『世鑑』が日本（ヤマト）を意識していることが、はっきりしよう。また、『世鑑』では源為朝の渡琉譚が盛り込まれ、琉球の初代の王舜天《しゅんてん》が為朝の子であるとする。これは琉球の王統が、天皇家に由来する源氏であるとするものであり、島津の支配下の中で日本（ヤマト）との関係性を模索していることがうかがいしれる。

『世鑑』から五十一年後の一七〇一年、久米村の蔡鐸《さいたく》により『中山世譜《ちゅうざんせいふ》』が編まれる。『世鑑』を漢訳したとするが、『資治通《しじつ》鑑《がん》』などの漢籍を基準に全体を再構成しており、先の為朝伝承も削除されている。蔡鐸は『世譜』において、史資料に基づく琉球史を築こうとしたのである。その後『世鑑』は、蔡鐸の子、蔡温《さいおん》によって再編集される（一七二五年）。蔡温は『中山沿革志』『冊封使録』などを用いて、新しい琉球史を形成しようとする。

その後、鄭秉哲《ていへいてつ》などにより『球陽《きゅうよう》』が編まれる（第一期の編集の完了は一七四五年）。『球陽』は序も凡例もないことから編纂動機は曖昧であり、よくわかっていない。注目すべきは、『球陽』には外巻として漢文説話集『遺老説伝《いろうせつでん》』が付加されていることである。『球陽』の編纂意図を明らかにするには、『遺老説伝』との関係性を考えねばならないだろう。また、蔡温の『世譜』以後、『琉球国由来記』（一七一三）、『琉球国旧記』（一七三一）と地誌の編纂が相次いでいる。この琉球王府による一連の資料編纂も見逃せない。

王府編纂以外の資料として、ここでは内容にふれる余裕がないが、琉球に渡り、茶道の師として琉球王尚寧に仕えた喜安《きあん》入道蕃《ばん》元《げん》の日記『喜安日記』にも注目しておきたい。

三　日本から見た琉球

ここまでは琉球で作成された、いわゆる「琉球文学」についてみてきた。次に日本から見た琉球を描いた文芸作品についてみていきたい。

寺門派の僧である慶政は、寛元元年（一二四三）、肥前の国から出航した渡琉者からの聞き書きをまとめ、『漂到琉球国記《ひょうとうりゅうきゅうこくき》』を編纂する。折からの悪風により琉球へ流された人々が島で人骨を発見し肝を冷やす。未知なる国琉球への畏怖の念が反映されたものであろう。『智証大師伝』にも同様の叙述があり、旅の苦難を物語る叙述として機能している（『今昔物語集』などにも同話が採録されている）。また、巻末の琉球人を描いた絵画にも注目すべきである。

琉球に流された僧として著名なのは浄土宗の良定袋中《りょうじょうたいちゅう》だろう。袋中は慶長八年（一六〇三）、渡明を試みるが失敗し、琉球へ流され、三年間琉球に滞在することになる。慶長十一年（一六〇六）、帰朝。琉球より帰った袋中は草案をもとに『琉球神道記』の執筆を開始する。『琉球神道記』には、巻一「南閻浮洲《なんえんぶしゅう》」の由来など、今生きている世界の位置づけ、巻二「天竺」、巻三「震旦」、巻四に「琉球」、巻五には「キンマモン」など琉球の神々について述べている。袋中は琉球固有の琉球の人民守護、王権鎮護の蛇神、キンマモンを仏菩薩の化身である権者神であると照明しようとし、琉球を仏土に比定しようとするのである。この『琉球神道記』は慶安元年（一六四七）に出版され、一般に周知されている。他に袋中の著作とされるものに『琉球往来』がある。『琉球往来』は『琉球神道記』のように出版されることもなく、伴信友《ばんのぶとも》に発見されるまで世に出ることはなかった。奥書には『琉球神道記』版本の序にもみえる琉球の高官馬高明に請われて制作されたことが記されるが、袋中仮託の作品であることも否定できない。

近世になると異国琉球を舞台にした文芸作品がつぎつぎに生み出されてくる。渡琉僧の物語として興味深いのが『定西法師伝《じょうさいほうしでん》』である。これは定西という老僧の一代記であり、若者が聞き役になり定西が懺悔物語をする。『定西法師伝』と同様の物語を描く作品に『琉球うみすずめ』がある。『琉球うみすずめ』は宝永八年（一七一一）に刊行されるのだが、これは前年宝永七年の琉球使節来日のブームに乗ったものである。源為朝の伝説を描く『椿説弓張月』の出版にも、前年文化三年（一八〇六）の琉球使節来日が背景にあることは間違いない。『琉球うみすずめ』や『椿説弓張月』の出版にみえるように、琉球使節の来日ごとに琉球ブームがおこり、テキストの生成が盛んになるのである。

また、享保四年（一七一九）には新井白石『南島志』が成立する。白石は江戸幕府による国家政策の一環として、日本国土の支配域の確定をめざしていくわけだが、様々な琉球知識などを織り込み、日本国土としての琉球を描き出している。そして、そのような時代背景もあり登場するのが〈薩琉軍記〉である。

〈薩琉軍記〉は慶長十四年（一六〇九）の薩摩藩による琉球侵攻を、新納《にいろ》武蔵守と佐野帯刀《たてわき》との対立譚を軸に描く軍記の総称である。琉球侵攻を題材にしているが、実際には起きていない架空の合戦を作りだし、様々な武将たちの活躍を創出している。伝本は十七～十八世紀にかけて成立しており、当然そこには当時の日本における琉球認識や異国観などが反映される。まさに〈薩琉軍記〉

は近世中期、後期の日本（ヤマト）側から見た琉球像を知るための恰好のテキストなのである。

ここでみてきた文芸作品は、これまで琉球文学という範疇では扱われてこなかった作品である。しかし、さまざまな資料から琉球像をあぶり出していくためには、日琉双方からの様々なテキスト分析が必要とされているのである。またここでは日本側のみの文芸作品に絞ったが、同じ事が中国、朝鮮などとの関係にも言えることであり、各国の文芸からみた琉球像の分析が必要になる。双方向から見た資料学の確立が急がれるのである。

おわりに

紙幅の都合もあり雑駁なまとめになったが、最後に先人の論考の再検証の必要性を指摘して末尾としたい。琉球をめぐる著作集には『伊波普猷《いはふゆう》全集』（平凡社、一九九三年）、『東恩納寛惇《ひがしおんなかんじゅん》全集』（第一書房、一九九三年）を始め、近年では『池宮正治著作選集』（笠間書院、二〇一四年）などが数多く出版されている。しかし、現在の研究では、それぞれの研究分野からしか先行論が顧みられてこなかった。今、琉球文学研究において問われているのは、広い視座からの先行論の再検証なのだろう。琉球をめぐる文芸は文学のみならず、民俗学、歴史学など幅広い立場から論じられなければならないはずである。文学の立場から歴史の論考を、歴史の立場から文学の論考を考えていくといった視座に立つことにより、新しい「琉球」研究へ踏み出していくことができるのではないだろうか。

参考文献

『岩波講座日本文学史』一五巻「琉球文学、沖縄の文学」（岩波書店、一九九六年）

「特集　琉球文学の中世と近世」（『季刊文学』九巻三号、岩波書店、一九九八年七月）

「特集　琉球文学の内と外　東アジアの視界」（『国文学解釈と鑑賞』七一巻一〇号、至文堂、二〇〇六年十月）

池宮正治・小峯和明編『古琉球をめぐる文学言説と資料学　東アジアからのまなざし』（三弥井書店、二〇一〇年）

島村幸一『『おもろさうし』と琉球文学』（笠間書院、二〇一〇年）

島村幸一編『琉球　交叉する歴史と文化』（勉誠出版、二〇一四年）

軍記文学史は必要か

大津雄一

一　四種の軍記

軍記（軍記物語）には何があるかと問われたなら、『保元物語』『平治物語』『平家物語』『太平記』と答えるのが文学史的常識であろうが、これらは氷山のほんの一角である。

江戸時代後期に塙《はなわ》保己一《ほきいち》が編纂した『群書類従』は二十五の部立てからなり、その一つに合戦部がある。『群書類従正続分類総目録・文献年表』（続群書類従完成会、一九一八年）の合戦部には、一九一の作品名があげられている。『将門記《しょうもんき》』『純友《すみとも》追討記』『陸奥《むつ》話記《わき》』『奥州後三年記』という平安期の合戦を記したものや鎌倉期の承久の乱を扱った『承久軍《いくさ》物語』（成立は江戸時代）、今では軍記には含めない『梅松《ばいしょう》論』『伯耆《ほうき》之巻《のまき》』など南北朝期の歴史を扱ったものもあるが、そのほかは室町期や戦国期の合戦に取材したものである。数の上からいえば、それらが全体のほぼ九六パーセントを占めている。散逸しかねない書物を後世に残すというのがこの叢書の目的であったから、当時何度も刊行されて比較的容易に手にすることのできた『保元物語』『平治物語』『平家物語』（『源平盛衰記』）『太平記』は当然収められていないが、その事実は、この四種のほかの軍記は当時の人々にとってさしたる興味の対象ではなかったことを物語っている。

近代になって「国文学」が誕生してもそれは変わらない。佐伯真一は、明治三十年代後半頃には『保元物語』『平治物語』『平家物語』『源平盛衰記』『太平記』を軍記物語の代表とする定型が定着したと指摘している（当時はまだ『平家物語』と『源平盛衰記』とを別作品として扱っていた）。

一九二六年十月に刊行された『国語と国文学』（三巻一〇号）は、日本で最初の雑誌の軍記特集号である。二十二編の論文が並ぶが、その中に斎藤清衛の「戦記物語の時代環境について」がある。斎藤は冒頭で、「戦記物語」という用語の慣用的解釈に従うならば、「中世（院政時代から足利時代末まで）」に出た戦記文学というほどの意味であるとした上で、

> 今全作品を網羅しても、その類に入るものは保元物語・平治物語・平家物語・源平盛衰記・太平記・曾我物語・義経記、この七種に過ぎないのである。それもその中の盛衰記は平家

物語の異本の一つであるというふうに見、曾我と義経記は完全な戦記文学でないから当然除外すべきものといふ風にでも見るならば、戦記物語の種類はわづかに四種に限定される。（かつ事実、文学史上特に問題とされてゐるものもこの四種に止まってゐるのではあるが）

と述べている。それ以外の軍記の研究がまったくなかったというわけではないが、この後も、軍記研究は『平家物語』を中心として行われ、次いで『太平記』『保元物語』『平治物語』の研究があり、さらには「准軍記」と称された『曾我物語』と『義経記《ぎけいき》』などの研究もあるという状況が続くことになる。それは、文学的評価の表れでもあった。

二　軍記文学史

敗戦後の一九五〇年ころに『平家物語』は「国民的叙事詩」として再生し、軍記研究も活性化した。戦前にも試みられていた軍記文学史を、これまではなおざりにされていた四種の軍記以外の作品をも取り込んで再構築し、その史的展開や軍記文学の本質を把握しようとする動きも始まる。その結果、『将門記』が軍記の始発としてまず注目され、それは『陸奥話記』にも及び、「初期軍記」あるいは「前期軍記」と括られる。鎌倉期成立の軍記のうち研究の遅れていた『承久記』の研究も徐々に進んだ。さらには、「後期軍記」と総称される室町期以降の戦いを扱った諸軍記は、軍記の大部分を占めながらほとんど放置されていたが、それらにも研究が及ぶようになる。現在では「後期軍記」を、その対象とする事件が起きた時期によって「室町軍記」、「戦国軍記」と分けるようにもなった。各時期の各作品の研究が進み、その成果によって、『将門記』を始発とし『平家物語』を文学的ピークとして位置付け、その後「戦国軍記」へと数を増しながらも質的に低下していく様相がより具体的にとらえられるようになった。

軍記は、大雑把には「過去に起きた権力をめぐる集団的な武力闘争を物語る単独のテクスト」とでも規定できよう。その権力は当初は天皇王権であり、その危機と回復を物語る最初の独立したテクストとして『将門記』は登場した。『陸奥話記』『保元物語』『平治物語』『平家物語』『承久記』も、その戦乱の実際がどうであれ、日本という王国の存亡にかかわる事件として物語ってきた。しかし天皇王権の弱体化と軌を一にして、南北朝の王権の分裂を語る『太平記』の後半にいたると、王権の危機と回復という従来の物語の枠組みは機能不全に陥ってしまう。それが、『太平記』の歴史叙述の散漫さの大きな原因となっている。その後、室町から戦国へと権力の分散化と縮小化が加速される。それにつれて、『明徳記』や『応永記』のように足利将軍の権力の正当性を語る物語から、さらには戦国期の大名家や初めて知るような地方の中小の武家の興廃、あるいは一つの合戦をめぐる物語となり、この国の存亡にかかわる重大で深刻な事件を描き出すという歴史語りのダイナミズムを失っていく。

もちろん、権力の分散化、縮小化ということだけで軍記が変化したわけではない。「戦国軍記」は、しばしば情報の平板な羅列に終わってしまい、そこに記録することへの執念は感じても、読者を魅了するためのドラマチックな語りをすることへの情熱は感じられない。総じて表現力が貧しく、語り方は類型的であり、思想的には単純でしかも過剰であって、多彩で豊かな物語世界を生み出すことはない。文学としての魅力は乏しいといわざるをえない。

実は、「戦国軍記」といってもその大半は江戸時代の成立である。近世文学の研究者が「近世軍書」と称するのも自然である。近年、近世文学の側からのアプローチもあって、研究は大きく進展した。実に多様な人々が、多様な目的と要請によって、多様で膨大な数の、軍記（軍書）を生産したことが明らかになってきた。そのような状況は、平安期にも鎌倉初期にも存在しない。歴史を「書く」「読む」という営為はごく少数の特権的人々、貴族階級の出身者たちに独占されていた。その営為がより広く社会に開放されていく経緯と、軍記の量産化と全般的な質的低下との間には当然相関関係が予想される。さらには、思想、宗教、倫理、教育など、「知」をめぐる状況の変化がどのように軍記の変遷とかかわっているのかも考えなければならない。

たとえば、『大塔《だいとう》物語』という室町時代の軍記がある。一四〇〇年、信濃国の新守護小笠原長秀と対立した国人は一揆を起こす。守護方の坂西長国らは大塔の城に籠るが、一揆方に包囲され、援軍も来ない。飢えに苦しみつつ戦うものの、二十日余りで落城してしまう。その後小笠原は、京へ逃げ上る。その顛末を、特徴ある真名表記（変体漢文）で記している。書写奥書から一四六六年以前の成立とされ、その描き方から善光寺あたりの僧侶がかかわっているのではないかとされるが、この時期にはすでに相応のリテラシー能力を持った在地の人間がいたのである。佐倉由泰は、『大塔物語』の表現には室町期にさかんに作られ流通した往来物（作文のための短句・単語集や文案・文例集。常識や知識を教える教科書的役割も果たした）と共通するところが多く、漢学の知識や教養が広範に蓄積されていた室町期の文化環境、学問環境の中にあって、初めてこの作品が可能となったことを指摘している。それは、この国における「知」の広がりを示しているが、そのような進歩が優れた軍記の誕生に結実はしなかった。『大塔物語』も、その生々しい戦場表現は印象的だが、だからといって大きな物語体験の喜びをもたらすものとはなりえていない。それがなぜかを説明する努力が必要となろう。

総じていえば、日本社会の変化と軍記の変化との相関関係をもっと明確に丁寧に説明する必要が、軍記文学史にはあるだろう。時代ごとに軍記をただ陳列して内容を説明するだけでは何の意味もない。各時代のあるいは各軍記の研究を深めつつも、そのような大きな視野も失はず、軍記文学史の記述が試みられるべきである。なぜなら軍記文学史は、私たちをさらに大きな問題へと導いてくれるからである。

三　軍記文学史の課題

人間は暴力とともにある。人間は暴力を制御することの失敗を繰り返し、それでも何とか制御しようともがいて現在に至っている。「人間と暴力」との関係を考えることは現在においてもとても重要なテーマである。軍記研究は、この国の暴力表象のありよう——何をどのように書き、何をどうして書かなかったのか——の系譜を知ることによって、この問題系に参入できる。

たとえば『平家物語』は、戦争という暴力に巻き込まれた人々の悲劇を語る一方で、華やかに戦闘場面を描き出す。描かれたそれらの物語は我々に悲しみをもたらし、そして喜びをももたらす。さらに意地悪くいうならば、悲劇は確かに悲しみをもたらすが、甘い蜜でもあるはずだ。この国の戦争表象の歴史的総体を解き明かすことによって、人間にとって暴力あるいは戦争とは何かを、文学の側から問うことができるはずなのだ。それは軍記研究者の責務であると、私は思う。そのためにこそ軍記文学史は必要なのである。

解き明かすための道具としては、現代思想の多様な「知」と方法が大いに役立つだろう。暴力の理解には脳科学も必要になるかもしれない。哲学、倫理学、心理学、社会学、文化人類学、史学などの「知」も幅広く積極的に利用し、時には大胆な仮説を示すことも必要であろう。はっきりしていることは、現在の古典研究、軍記研究の閉ざされた枠組みの中で軍記文学史を構築しても、そのような問いは永遠に解明されないだろうということである。

参考文献

井上泰至『近世刊行軍書論』（笠間書院、二〇一四年）
大津雄一『軍記と王権のイデオロギー』（翰林書房、二〇〇五年）
大津雄一「軍記と暴力」（『文学』一六巻三号、二〇一五年三月）
梶原正昭『室町戦国軍記の展望』（和泉書院、二〇〇〇年）
佐伯真一「「軍記」概念の再検討」（佐伯真一編『中世の軍記物語と歴史叙述』竹林舎、二〇一一年）
佐倉由泰「『大塔物記』の記述を支えるもの」（『軍記物語の機構』汲古書院、二〇一一年）

第四部　近世文学

日本における「文人」とは

池澤一郎

一　現代日本の「文人」概念の偏向

「文人」という語は、現代日本社会では、作家、物書き、エッセイストなどの存在を指す語として使用される。本来「文人」とは、科挙に合格した中国の高級官僚を指す言葉であった。「文人」が現代日本で、文筆業者を指す語として使用される契機のひとつが、「文人俳句」という言葉の登場である（村山古郷『文人俳句』一九六五年）。『俳文学大辞典』（角川学藝出版、一九九五年）の「文人俳句」という項目（関森和夫執筆）の冒頭に「文人」は「文筆に携わる人、特に詩歌など風雅の道に携わる人の意」と定義される。これでは、「文人」が中国古典世界に淵源する語であることに気づけぬ。和歌俳句は作っても、中国古典に意を絶てば「文人」ではない。

二　村上哲見の「文人」規定

「文人」という語が本来、文筆に携わる人といった茫漠たる意味に止まらず、中国史の中で胚胎し、その社会制度と連繋し、日本では中国古典文化への傾倒が頂点に達した近世中期から明治、大正期まで文藝、学問の世界で支配的な地位を保ち続けていた語であることを再確認するために、われわれが見るべき文献として本稿では次の四点を挙げる。

青木正児《まさる》「中華文人の生活」（『琴棊書畫』春秋社、一九五八年）
村上哲見《てつみ》「文人・士大夫・読書人」（『中国文人論』汲古書院、一九九四年、『未名』第七号、一九八八年、初出）
中村幸彦「近世文人意識の成立」（岩波講座『日本文学史〈第九巻〉近世Ⅲ二』一九五九年）
水田紀久「本邦近世の文人趣味」（『日本篆刻史論考』青裳堂書店、一九八五年、『江戸文学と中国』一九七七年、初出）

青木の論は、右の文章を含む『琴棊書畫《きんきしょが》』全体、あるいは『青木正児全集』全体が「文人」の本質研究に資する。例えば「琴棊書畫」という一文中で、青木は、元の趙子昂《ちょうすごう》と錢舜擧《せんしゅんきょ》との「如《い》何《か》ナルカ是レ士夫ノ畫ゾ」「隷家《れいか》ノ畫ナリ」という問答を『唐六如畫譜』から引いて、「隷家」とは素人であり、「士夫畫」すなわち文人画は素人の画であるとする。「士夫」とは「文人」の謂《いい》である。

村上は先ず、青木の論などを批判的に継承して、中国における「文人」概念の変遷をたどる。発生期において「文徳備われる先祖」の意に用いられ（『詩経』『書経』）、漢代には一時的に「著述家、文章をよくする人」の意で用いられたが、六朝期には竹林の七賢に代表される生活意識や詩文書画の制作、鑑賞において「雅」と「俗」とを峻別し「雅」を追究する知識人の輩出とともに「文人」概念が成立、中国知識人と科挙制度との連繫が鞏固《きょうこ》となった宋代に至って、「文人」概念が完成、成熟するとする。村上は「文人」と「士（大）夫」と「読書人」という三概念を対比的に整理する。三者に共通する条件は、経書の素養と文言（中国古典語）の詩文の作成能力である。これを備えれば「読書人」である。「士大夫」というのは、右の「読書人」の条件に加えて、経世済民治国平天下への政治的使命感を必須とし、その実践的形態が政治家、官僚である。北宋期に完成した科挙試験の内容は高い水準の「士大夫」の実質を保証した。「文人」には「読書人」の条件に加えて、生活意識や詩文藝術の鑑賞における尚雅の精神の保持が求められる。これら三者は一身に兼ねうるもので、「士大夫」にして「文人」である存在が官僚文人である一方で、尚雅の精神は不問に付して、政治的使命感を第一義とする純「士大夫」的存在もあれば、政治的関心を抱かず、尚雅の精神を発動する純「文人」的存在もある。尚雅の「雅」とは「俗」に対置されるもので、政治的使命感を全うするために政治家官僚たらんとすれば、必ず官僚的ヒエラルヒーの中で「俗」にまみれるから、詩文書画音楽の「雅」の世界に徹して、バランスをとる。政治的使命感と尚雅の精神とは一人物の中で共存する。それは中国古典詩歌の中で、「士大夫の精神」を具現化する「詩」と「尚雅の精神」を基本とする「填《てん》詞《し》」（音楽性を重視した五言七言に限らぬ長短句の韻文）とが、宋代以降は同一作者の詩文集中に混在することに徴して理解できる。村上は、純「士大夫」的な存在と純「文人」的存在と「士大夫」にして「文人」である官僚文人とについて、「文人」概念が完成した宋代の文人の中からそれぞれ具体的な名前を挙げた。官僚文人としては、北宋の歐陽脩、蘇軾《そしょく》、蘇門四学士（黄庭堅・秦観・晁補之《ちょうほし》・張耒《ちょうらい》）、南宋の陸游、范成大の名が挙げられ、政治に意を絶ち、風流韻事に徹した純「文人」としては、南宋の姜夔《きょうき》、呉文英、周密、張炎の名を挙げる。

三　日本近世の「文人」における「雅」と「俗」

ここで村上の整理した概念を日本近世に移行させる。村上が中国において非政治的にして純「文人」的存在として挙げた姜夔以下四名は、日本の近世中期においても一般的ではなかった。村上が官僚文人の典型とする、歐陽脩、蘇軾、陸游、范成大が、むしろ文人の典範とされた。彼らは中世から日本で流行していた『古文真宝前後集』『三体詩』『唐宋聯珠詩格』などのアンソロジーや『唐宋八大家文』『文章規範』所収の詩文の作り手、あるいは近世後期の江戸で、江湖詩社の活躍によって広く読まれた「文人」であった。

浮沈の激しい生涯を送った北宋の高級官僚蘇軾は、日本では詩文書画に秀でた典型的な「文人」で、日本の「文人」の憧憬の的であった。その蘇軾の詩文に親しみ、詩文書画に多彩な才能を発揮した日本の「文人」は頼山陽であり、その盟友の田能村竹田であった。

頼山陽に「論詩絶句二十七首」（『山陽遺稿』巻二）がある。これは漢詩による詩論、あるいは詩史で、このスタイルを可能としたこと自体が文言の韻文と散文との双方を能くするという中国「文人」の条件を満たす。説理性に富み、散文的な韻文という側面を備える宋詩に学ぶことが深かった他の多くの詩人同様、山陽が得意とした漢詩のスタイルである。「論詩絶句」では平安朝の昔から化政期に至るまでの詩風や個別の詩人が論評されているが、個々の詩人としては、正徳期の木下順庵門下の新井白石、祇園南海、室鳩巣《むろきゅうそう》あたりから荻生徂徠、服部南郭を挙げた後に、村瀬《むらせ》栲亭《こうてい》、市河寛斎、柏木如亭、館柳湾等を批評する。木門の祇園南海は、詩文のみならず南画を作った故に、服部南郭、柳里恭と並び、初期文人に列挙される。白石と鳩巣とはその多才が称されるが、実務官僚としての側面が強調され、かつ木門が朱子学を奉じたために、従来は「儒者」とされた。朱子学派といえば、林家の評価の問題がある。林家の詩文については、近年、近世漢詩研究はその遊戯的側面や反俗性を浮き彫りにしたので、羅山、鵞峰、梅洞、読耕斎をも近世中期に「文人」が成立する以前の先駆的存在と見なしうる。

徂徠は研究史が思想史に偏するが、詩も一流で、書については諸家が絶賛する。書画のみならず七絃琴に関する著述『幽蘭譜抄』も備わることに徴して、弟子の南郭のみならず、その師徂徠も「文人」としたい。経学派の詩人太宰春台も笛の名手で、「文人」だ。

山陽は、江湖詩社に関心を注ぐが、盟友竹田は豊後の出身であり、九州一円の「文人」についてもその随筆中で風流韻事のありようを活写する。基本的に木門・蘐園《けんえん》以降の漢詩人にして詩集のあるものは、学派の如何を問わず、「文人」的側面を追究するに足る。近世中期以降の林家も一部例外はあるにせよ、基本的に「文人」概念に包括しうるとすれば、闇斎《あんさい》学派はどうか。山崎闇斎は一般には詩を作らなかったとされるが、朱子が優れた詩人でもあったのと並置して、闇斎にも詩作があることが指摘されている（津坂東陽『夜航詩話』）。表現に意を凝らすことを玩物喪志として斥けながらも、「詩は志の之《ゆ》く所なり」（『詩經』大序）という「詩」重視の伝統は無視できなかった。林家にしろ、闇斎学派にしろ、一概に斥けないで個々について「文人」的遊戯性や反俗性が考察されるべきだ。

竹田が『山中人饒舌』『屠赤瑣々録《とせきささろく》』『竹田荘詩話』などで取り上げた全国の「文人」は現在全く名を忘れられてしまったものが多いが、池大雅、与謝蕪村、浦上玉堂等の名は逸していない。

美術史では大雅・蕪村は近世日本文人画の最高峰である。しかし、彼らを「文人」画家とは呼び難いとする立場にも一理ある。青木が述べたように、文人画は「隷家」＝素人のものである。文人画の本質は山水画に規定されるが、それは画作をし、鑑賞する

「士大夫」が、官僚社会のしがらみの中で被った心の傷を癒すべく、「胸中」で理想的な山水の世界に遊ぶためのものだからである。中国にも明代清代には「行家《こうか》」＝専門家とすべき職業画家が輩出したが、「文人」＝「南宗《なんしゅう》画家」はこれを俗として嫌う。大雅、蕪村は職業画家であって、「文人画家」とは呼び難いので、「南宗画家」を略した「南画家」と呼ぶべきだと説く研究者もいるが、筆者は大雅・蕪村を「文人」と見なす。「隷家」として俳諧に遊び、むしろ俳人として知られる蕪村のありかたと『近世畸人伝』などで知られる大雅の超俗的な人柄とが尚雅の精神を体現する「文人」と呼ぶにふさわしく、その超俗的気韻は書画にも歴然とする。中国の「士夫画」が官僚であることの「俗」にまみれずに、「雅」を実現しえたように、両者の「行家」としての画は「俗」を超越している。そして何よりも大雅・蕪村には漢詩文を作りうる中国古典の素養が備わる。蕪村以外の俳人でも、漢詩人でもあった黒柳召波、高井几董《きとう》等は「文人」と呼びたい。芭蕉はその杜甫、白居易、蘇軾への傾倒を考慮に入れても、ほとんど漢詩文を書き綴らなかったゆえに「文人」の先駆とは見なしにくい。一茶にも中国古典の素養はあるが、作品世界が俗の意義を主張するもので、尚雅の精神は見出しにくい。

　中村には近代の永井荷風に至るまでの日本の「文人」概念に関する論究が備わり、『著述集』に集成される。中村がいうように、近代に至って、作家・文章家として捉えられる人々の中にも「文人」と呼ぶにふさわしい存在がいる。紅葉、露伴、鷗外、漱石、荷風といった人たちで、いずれも量の多寡はあるが、漢詩を作った。科挙試験によって「文人」としての条件が保証されぬ日本では漢文崩しの候文《そうろうぶん》を日常的に綴った武士階級や和文を能くする知識人が「雅」を志向して表現に彫琢を凝らすために漢字・漢語運用能力を錬磨すべく、漢詩を作ったか否かが境界線となる。

　水田の論には「平仄こそ違え、印は淫に通じ、文房清玩の極とされる。方寸の間に刻示する篆刻は、篆書体を基調とする彫刻文字であるかぎり書であり、布字印影の図案性からすれば画でもあり、印材・鈕式等を併せ鑑賞する点から見れば工藝であり、これら総合的造形美術の意匠性が、藝術としての篆刻を成り立たせている」とあり、文人の藝術の極致としての「篆刻」文化の探求は、「文人」の本質考究に必須である。

　日本における「文人」は近世中期に成立し、詩文のみならず「琴棊書画」と括られる音楽から篆刻に至るまでの多岐に亘る趣味性を一身に兼ね備える知識人を指した。趣味が昂じて職業となっても、経世済民の政治的使命感が牢固であっても、「文人」であることを妨げないが、その書画や生活様式に反俗性、遊戯性が認められるべきだ。近代に入っても「文人」は存在し続けたが、中国古典の素養を喪い、様式美のある草書体の、漢詩文を書き添えた「南画」や漢詩の鑑賞実作をなしえなくなった現今の作家や文筆業者を「文人」と呼んではならない。

歌語「のどけし」にみる近世の歌論と実作

盛田帝子

一　古学派歌人たちから見た歌語「のどけし」

有栖川宮職仁《よりひと》親王に入門し歌学を学んだ富士谷成章《なりあきら》が、江戸中期の堂上歌人について批評した言説が、同門の賀茂季鷹《すえたか》著『詠歌概言』〔弥富一九三四〕に掲載されている。

此頃ある殿上人のかたられける今様の歌よむべき文字とて
歌はたゞあるはえならずさやけしな猶ものどけきわが中ぞうき
げに此頃は、さる文字ぞ耳かしましきやうにきこゆる

最近、ある堂上歌人が、世間で流行している当世風の歌を作るのに使用すべき必須の歌語は、「ただ」「あるは」「えならず」「さやけしな」「猶も」「のどけき」「わが中ぞ」「うき」だとおっしゃった。しかし、これらの歌語は至るところで目にし大いに耳障りだ、と目慣れた歌語を無批判に使用する堂上歌人に批判的だったことが知られる。堂上歌人の歌語に対するセンスについては、季鷹も以下のように批判している。

又歌の道も自然の詠物なるを、中古よりさまぐ〜むつかしきことゞも出来て、今世と成ては、古書・古歌によりてよむを古学家と号し、わづかに頓阿《とんあ》法師などを我仏と仰たふとぶを、後世家とさへいふめり。万葉集をもとゝして、三代集にならひよめらんを難ずべき事かは。其古学をそしる人々の歌を見に、花には「あかず」「えならず」、月には「さやけしな」、恋歌には「おもふぞよ」、「我中ぞうき」などやうの外の詞はいたく見及ばずなん。さる力なく珍らしげなき詞《うた》をよみて何の楽しきことや有。（下略）　文化二年仲冬賀茂季鷹書

（架蔵　賀茂季鷹〈歌論〉）

文化二年（一八〇五）当時は、『万葉集』を基本として三代集に倣って歌を詠む古学家と称される流派と頓阿法師をあがめて歌を詠む後世家（堂上歌人）の流派があり、後世家（堂上歌人）の歌は、「花」の題であれば「飽かず」「えならず」、「月」の題であれば「さやけしな」、恋歌であれば「思ふぞよ」「我中ぞうき」というパターン化された歌語と発想で作られ、何の力も目新しさもない歌が

累々と詠まれていた。季鷹は古学家としての立場から、新しい趣向の歌を詠出できない後世家（堂上歌人）を痛烈に批判しているのである。成章、季鷹は地下《じげ》古学派の立場から堂上歌人のセンスを批判したが、堂上歌人でありながら批判した富小路貞直の狂歌が、長澤伴雄《ともお》の日記に掲載されている。

富小路治部卿貞直卿は、ざえかしこく、万《よろ》づいたりふかうおはしける中に、歌なんわきてめでたくつくられける。うち〳〵鈴の屋翁のをし子《マヽ》となりて、古風の長歌などをもよませ給ひける。ひとゝせ「公家見花」といふ事をたはぶれによみける歌に、のどけしなえならずよとて宮人の御思案のまに花やちるらん、いとをかし。

（台湾大学図書館所蔵、長澤伴雄『伴雄の日記帖』天保十年〈一八三九〉）

貞直は、享和二年（一八〇二）に催された大愚《だいぐ》歌合に出詠していたことから宮廷歌会を追放され、地下の本居宣長の弟子となった堂上古学派歌人である。地下国学者の伴雄から見ての貞直は、学識があり諸芸すべてに造詣が深くて到達しているが、中でも和歌はとりわけてすばらしい。ひそかに本居宣長の弟子となって古風の長歌さえも詠める、身分は堂上でありながら古学にも通じた堂上歌人である。その貞直が「公家見花」という題で詠んだ狂歌には、桜の花の満開の下、「のどけしな」（のどかだなあ）「えならずよ」（いうにいわれない）といって、のんびり堂上歌人が思案なさっている間に花は散ってしまうだろうという、堂上歌人の発想力のなさと即詠力のなさとが皮肉を込めて的確に詠みこまれていた。

安永期（一七七二～八一）から天保期（一八三〇～四四）にかけての堂上歌人達の形骸化した歌の詠みぶりが、くきやかに立ち上がってくる。時代は刻々と変化しているのに、堂上歌人は新しい趣向を取り入れる努力をせず、当代の動きにまったく無頓着に古びた歌語で相変わらずの歌を詠む行為を繰り返している。そのような堂上歌人達に古学派の成章、季鷹、貞直が、いらだちを感じている様子が伝わってくるのである。

二　堂上歌人にとっての「のどけしな」

古学派が批判している歌語のうち「のどけしな」について、江戸時代の堂上歌人達はどのように理解し、どのように歌に詠み込んでいたのだろうか。

江戸時代前期、後水尾院歌壇の一員であった烏丸資慶《すけよし》の『続耳底記』からは「長閑《のどか》」は主に春の歌に使用される歌語と理解されていたことが知られ、江戸時代中期、桃園天皇の門人で宮中での御所伝受の設営も行った広橋勝胤《かつたね》の『広橋卿江《え》畑中盛雄歌道伺』からは、百首歌を詠む際には「春の歌なとに、長閑なる、長閑けし、なとの詞定れる事なれと、多けれは見苦し」として春の歌に「長閑」を使うのは定石だが、同じ百首歌の中で多いと見苦しいと発言していることが知られる。しかし、堂上歌人の聞書《ききがき》類からは古学派歌人達のような問題意識は見られないのである。では、実際の宮廷歌会では「長閑」はどのように使用されていたのだろうか。試みに天明六年一月二十四日の内裏での公宴和歌御会始の冒頭五首を掲げる。

霞添山気色

のどけしなあさな〳〵にたちそふる霞の色ににほふ山まゆ

まきあぐるこすの外山の朝がすみげに春なれやむかふのどけさ　院御製

春の色の長閑さそへて朝霞山よりやまに立かさねつゝ　関白尚実

のどかなる光をよもの峰つゞき緑もはるに霞そふらし　左大臣藤原輔平

朝ぼらけうつろふ山は雪きえてかすみの色にむかふのどけさ　右大臣藤原輝良

（国立国会図書館所蔵『内裏和歌御会　天明六年』）

冒頭の一首は、無記名であることから時の天皇である光格天皇の御製、二首目は後桜町院の御製である。その後、関白、左大臣、右大臣と身分順に詠草が続く。題は「霞添山気色」。題者は冷泉為章。年の始めに相応しい出題である。注目したいのは、光格天皇以下、右大臣藤原輝良までの五首すべてに、「長閑」が使用されていることである。近世中期の堂上歌人たちにとって「長閑」

という歌語を使用することには全く抵抗がなく、むしろ年始のおめでたい御会始に積極的に「長閑」を使用しているとさえ思われるのである。堂上歌人と古学派歌人との間には、大きな意識の差があったようだ。

三　「めでたき詞《ことば》」としての「のどけしな」

同じ頃、武家でありながら古典学・有職学・歌学に深く通じていた松平定信が、地下歌人の清水浜臣《はまおみ》に自身の和歌を添削させた『賢歌愚評』に以下のような記述がある。

【定信歌】のどけしな雲なき空の夕まぐれかすみにたづの声ぞ聞ゆる

【浜臣評】一首のうへゆたかにうけ給はり侍る也。そも〳〵かみおろしの句に「のどけしな」とよみ侍る事、めでたき詞ながら、近世の歌人、ともすれば春のことぐさにまづつみいづる言葉にして、いと耳なれ侍り。富小路貞直卿などは、長閑社中とてきらはせ給ふよしつたへ承りはべり。

浜臣は、定信の歌が十分にレベルに到達していると認めながらも、初句に据えた「のどけしな」の歌ことばについて、春の歌といえば、誰でも使用する読み慣れた新鮮味のない言葉のため、京都の堂上歌人である富小路貞直卿などは、「のどけし」連中の歌といって嫌っていらっしゃると聞き及んでいます、といって「のどけし」を使用するすることを、やんわりと諌めている。当時、京都在住の古学派歌人たちが主張していたことが、江戸でも受け入れられていたことが知られるのだが、ここで注目したいのは、傍線部の『のどけしな』とよみ侍る事、めでたき詞ながら」という浜臣の認識である。「のどけし」という歌語は「めでたき詞」だというのである。浜臣の批言は、どのような背景をもとに記述されたのであろうか。

四　天皇の御世を言祝ぐ「長閑」

堂上歌人のバイブルであった『古今和歌集』の春部に「世の中にたえて桜のなかりせば春の心はのどけからまし」（業平）、「久方の光のどけき春の日にしづ心なく花の散るらむ」（友則）といった有名な古歌があるが、堂上歌人達は、これらの歌をお手本として、春のうららかで穏やかな様子を表現する際に「長閑」という歌語を使用してきた。一方、安和元年（九六八）、冷泉天皇の大嘗会《だいじょうえ》が行われた際の風俗歌として詠まれた大中臣能宣《おおなかとみのよしのぶ》の「君が世の長等《ながら》の山のかひありとのどけき雲のゐる時ぞ見る」（『拾遺和歌集』神楽歌）で、「のどけき雲」が天皇の治世の安泰の象徴として描かれ、冷泉天皇の御世が長らく安らかに続くことが言祝がれてから、次第に天皇や院の治世を言祝《ことほ》ぐ歌語として定着してゆく。江戸時代になると春の歌として詠まれる場合でも、そのような例が多く見られるようになる。例えば、中院通村《みちむら》は寛永二十一年（一六四四）の代始に「除夜立春」の題で「年のうちに立ちそめし春は昨日といひ今日より君が御代ののどけさ」（『後十輪院内府集』）と詠み、武者小路実陰は「寄鶴祝」という題で「めぐみある時ぞと君が代にあひて雲ゐる長閑に遊ぶ友づる」（『芳雲集』）と詠んだ。通村の詠む天皇の御世に迎える立春の穏やかで平和な様子や、実陰の詠む穏やかでのどかな宮中に鶴が舞い降りて遊ぶ恵みある天皇の御世は、江戸時代の多くの堂上歌人達によって幕末まで繰り返し詠まれてきた。このような繰り返しの行為を、古学派歌人達は新しさを希求しない行為として鋭く批判してきたのである。

堂上歌人達にとって、戦のない穏やかで平和な天皇の御世に春を迎えられる幸いや天皇の御世の永世を歌語「長閑」で繰り返し詠む行為は、数百年にわたって堂上歌人達が歌語「長閑」の力を借りて、平和な天皇の御世がこれからも長らく続くようにと言祝ぐ祈りの行為だったのではないか。近世中期から後期にかけて、古学派歌人達にとって和歌は、時代に即した新たな趣向や表現を求めるものであった。しかし、堂上歌人にとって「のどけし」の和歌を繰り返し詠む行為は、平和な天皇の御世への祈りでもあった。その側面は忘れられてはならないだろう。

以上のように、同じ歌語に対しても堂上と古学派ではスタンスが異なる。歌論と実作の関係を論じる場合でも、そこに留意しなければならないだろう。

参考文献

弥富破摩雄「加茂季鷹の歌学——詠歌概言を中心として」（『國學院雑誌』四〇巻七号、一九三四年七月）

国学における実証性と精神性

田中康二

一　国学の実証性

日本古典文学の研究は遠く平安朝に始まり、中世を経て近世に至るまで連綿と続いてきた。その成果は『古今集』や『伊勢物語』、あるいは『源氏物語』の注釈という形でうずたかく積み上げられてきたのである。しかしながら、近世初期までの研究は二条家の伝統を重んじるあまり、その秘伝や秘説を守ることに汲々として、伝えられた説を批判するという発想がなかったと言ってよい。「古今伝受」がその典型である。『古今集』にまつわる秘説を金科玉条のごとく考え、仏教や儒教や神道といった思想が混淆した奇妙奇天烈なこじつけの解釈を後生大事に伝えたのである。もちろん、乱世においては古今伝受があったからこそ和歌研究の伝統は途絶えることなく継続し、戦乱の時代を乗り切ることができたのであるから、一概にそれを否定し去ることはできない。時代の要請に応えたともいえるからである。

だが、江戸時代が始まり、しばらくして内乱もほぼなくなりかけてくると、古今伝受が無用の長物に思われてきた。妙に大事そうに秘めているけれども、その内実はさして意味のない空虚な事柄であると見なされたのである。その中で、古今伝受を批判する急先鋒が契沖《けいちゅう》だった。

契沖が国学を確立する際に、その方法として重んじたのが、実証性という理念である。ある作品の意味を考察するに際して、その作品と同時代あるいはそれよりも古い時代の作品を証拠とすることが重要であると考えたのである。後世の解釈はできる限り排除するというのが要諦である。そのような理念に基づいて、契沖は中世に乱れた仮名遣い（定家仮名遣い）を正して歴史的仮名遣い（契沖仮名遣い）を創出し、『万葉代匠記』を著して古代研究に先鞭をつけた。かくして古今伝受は歴史的役割を終えたのである。

契沖の精神を受け継いだ賀茂真淵は、『万葉集』研究を飛躍的に向上させ、契沖の方法を受け継いだ本居宣長は、『古事記伝』を完成させた。とりわけ、宣長は契沖の唱えた方法を発展させ、古典研究の方法論を構築した。『うひ山ぶみ』の中で、宣長は次のように記している。

　古学とは、すべて後世の説にかゝはらず、何事も古書によりて、その本を考へ、上代の事をつまびらかに明らむる学問也。

「古学」とは今の国学のことである。国学における「後世の説」と「古書」との軽重関係がよくわかる言説である。このように国学は手垢の付いた後世の解釈を排して、テクストそのものに帰るという精神をうち立てたのである。それはきわめて厳格な本文校訂と可能な限り厳密な本文解釈として実践され、科学的ともいえる客観主義であった。国学における実証性とは、おおむねそのような事柄を指すと考えてよい。

二　実証性と精神性

さて、国学はこのような科学的実証主義のほかに、独特の精神性をその属性として有していた。それは古代日本に対する信仰に近い思い込みである。真淵や宣長は古代日本に理想的な国の姿を見出し、その理想郷を復元するために古代研究をおこなったという面がある。真淵は古代に用いられていた言葉で歌を詠み、作文することを目標とした。真淵がうち立てた「ますらをぶり」と呼ばれる万葉風歌論は、そのような精神の論理的帰結である。また、宣長は継続して古代研究をする過程で、日本語の優越性を確信するに至った。その一つは「係り結び」であり、もう一つは音声の美麗である。ここでは宣長に絞って国学の精神性を見てみたい。

「係り結び」現象は、現代でも古典文を読解する時に意識され、中等教育の国語科でもとりわけ力を入れて教えられる「係り結びの法則」として認識される。宣長はそれを「てにをはの本末のととのへ」と称して、その現象の法則化を目指して『てにをは紐《ひも》鏡《かがみ》』を著し、その法則の根拠資料（エビデンス）として『詞の玉緒』を編んだ。『詞《ことば》の玉緒《たまのお》』の凡例冒頭には、次のような言説がある。

> てにをはは、神代よりおのづから万のことばにそなはりて、その本末をかなへあはするさだまりなん有て、あがれる世はさらにもいはず、中昔のほどまでも、おのづからよくとゝのひて、たがへるふしはをさ〱なかりけるを…。

「（てにをはの）本末をかなへあはするさだまり」（係り結びの法則）は、日本のすべての言葉に自然と備わっていて、神代から変わらぬ法則として機能していたというのである。後世になってそれらの照応が乱れてきたので、本来の正しさを明らかにしようというわけである。この係り結びの照応の正しさを実証したのが『詞の玉緒』であるが、言葉の規則の正しさが、いつしか言葉そのものの正しさに転化した。つまり、係り結びが正しく機能する日本語は正しいという発想である。

同じことは音声についてもいえる。それは漢字音の研究をきっかけにスタートした。宣長は『字音仮字用格』を記して漢字の一字一字に該当する仮名遣いを確定させ、『漢字三音考』を著して、呉音・漢音・唐音という三種類の漢字音が日本に伝来した事情やその背景、あるいは時代による音韻の変化に論及した。その方法は実証的で、その手続きはきわめて論理的である。そうした探究の中で、音声における日本語の優位性を意識するようになった。

殊に人の声音言語の正しく美《めでた》きこと、亦夐《はるか》に万国に優《まさり》て、其音清朗ときよくあざやかにして、譬へばいとよく晴たる天を日中に仰ぎ瞻《み》るが如く、いさゝかも曇りなく、又単直にして迂曲《まが》れる事無くして、真に天地間《ノ》の純粋正雅の音也。

日本語の音声が正しく、清く鮮やかであることを曇りのない晴天にたとえて、「純粋正雅の音」であると結論づけている。具体的には五十音に従っていること、清音のみをもちいていること、助辞の精緻な用法などをその特徴として挙げている。このように日本語の音声に関しても、それが正しく美しいことを導き出しているのである。

三　「宣長問題」とは

かくして日本語の文法や音声は正しく美しく、それゆえに日本語は正しく美しいというわけである。莫大な数の用例を調査・収集し、それらを合理的に整理・分析して導き出されたものが、日本語は正しく美しいという結論であった。この緻密な実証性と粗雑な精神性は宣長の中でいかに両立していたのか。

このような宣長における相反する性質は「宣長問題」と名付けられ、その解決の方法が模索されてきた。たとえば、加藤周一は次のように述べている（一九八八年三月二十二日付朝日新聞夕刊「夕陽妄語」中の「宣長・ハイデッガ・ワルトハイム」）。

今さらいうまでもなく、宣長の古代日本語研究が、その緻密な実証性において画期的であるのに対し、その同じ学者が、上田秋成も指摘したように、粗雑で狂信的な排外的国家主義を唱えたのは、何故かということである。

「緻密な実証性」と「粗雑で狂信的な排外主義」が矛盾するという指摘である。この指摘の根拠となっているのは『馭戎慨言《ぎょじゅうがいげん》』であるから、別種の書物を扱う場合は別の思考様式によるのだといった苦し紛れの言い訳を考えつけないわけではないが、いずれにしても宣長が書いたものであることに違いはない。

このような加藤周一が設定した課題は、実は取り立てて新しいものではない。つとに村岡典嗣が名著『本居宣長』（警醒社書店、一九一一年）の中で指摘しているものなのである。村岡は宣長の学問的精神を分析した上で、次のように書いている（第五章「宣長学の意義及び内在的関係」）。

宣長のかくの如き学問的意識は、それ自らのうちに於いて、明らかに一つの変態（Metamorphose）を示して、上記の、客観的、帰納的、説明的主義は、同時に、主観的、演繹的、規範的をなしてゐる。換言すれば、古代の客観的闡明がさながらに、主観的主張をなしてゐる。

村岡は宣長学の本質をひとまず「文献学」と規定するが、そこには「文献学」の定義に当てはまらないものが存在するという。それを「文献学の変態」、あるいは「文献学的思想」と称するのである。これは宣長学が客観と主観、または帰納と演繹、もしくは説明と規範との二重性を有していることを指し示している。つまり、背反する二つの性質を持っているわけで、どちらか一方に押し込めてしまうことなどできないということなのであろう。要するに、実証性と精神性とが乖離しつつ共存しているのである。

四　「宣長問題」の解決にむけて

こういった問題をわれわれはどのように考えればよいだろうか。この問題提起に対して、三つの解答を示しておこう。

そもそも、宣長学に「文献学」という用語を当てはめようとするから、その余剰として「変態」と呼ばざるを得なくなるのである。しかも「文献学」といっても、村岡が扱ったアウグスト・ベックのような非思想的な文献学もあれば、芳賀矢一が援用したウイルヘルム・フンボルトのようなものもある。フンボルトは文献学を定義して「ウイツセンシヤフト、デア、ナチヨナリテエート」、すなわち「国民の学問」と名付けた。これなら国学、とりわけ宣長学の概念に近い。要するに、客観性を標榜する「文献学」の実体の問題である。

二つ目の解答として、客観性と主観性の両者を同時に持つ可能性を模索することも許されよう。つまり、宣長学は客観的合理主義と主観的排外主義の二つの顔を持つ双面神《ヤヌス》と見なすわけである。もともと相異なる性質を内面に持つ特異な知性が宣長の素顔だった。

さらに別解を示して締めくくりとしたい。このような問題提起をすること自体に意味があるかどうか、はなはだ疑問である。実証性と精神性、すなわち客観性と主観性といった二者択一の中に、血のにじむような思索体験を振り分けてしまうのは、宣長が生涯をかけて取り組んだ活動への冒瀆である。宣長に言わせれば、それこそが漢意《からごころ》に他ならないということだ。後世人の「さかしら」が創り出したマッチ・ポンプの議論にこれ以上つきあう必要はない。

参考文献

田中康二『本居宣長の思考法』（ぺりかん社、二〇〇五年）
田中康二『本居宣長の大東亜戦争』（ぺりかん社、二〇〇九年）
田中康二『国学史再考――のぞきからくり本居宣長』（新典社選書、二〇一二年）
田中康二『本居宣長――文学と思想の巨人』（中公新書、二〇一四年）
田中康二『本居宣長の国文学』（ぺりかん社、二〇一五年）

浄瑠璃正本は実際の舞台にどれだけ忠実なのか

黒石陽子

一　まずは問題の所在

「実際の舞台」を「現行の人形浄瑠璃文楽の舞台」と規定すれば、「浄瑠璃正本《しょうほん》は実際の舞台に忠実な部分もあるが、忠実ではない部分もある」ということになる。しかし「その作品の初演時の舞台」と規定すると「浄瑠璃正本は実際の舞台に忠実であった」ということができる。

この問題を述べるにあたり、まず、平成二十八年に国立劇場小劇場（第四十八回文楽鑑賞教室）で上演された『曾根崎心中』を確認するところから始めよう。上演パンフレットの解説にあるように、『曾根崎心中』の初演は元禄十六年（一七〇三）五月だが、その後上演は途絶え、現在上演されるものは、昭和三十年（一九五五）に野澤松之輔の脚色・作曲により復活されたものである。現行作は生玉社前の段、天満屋の段、天神森の段で構成されており、初演当事に人気を博したお初の「大坂三十三所観音廻り道行」は省略されている。また本文も改変された箇所があり、原作とは異なっている部分がある。『曾根崎心中』を近松のテキストで読んでから人形浄瑠璃文楽を鑑賞すると、「原作とは違う」という印象を持つのは当然のことなのである。

ただしこの例はかなり極端な例であり、近松作品も含め、近松没後の浄瑠璃の黄金時代といわれる合作者制度の時期の作品の場合、浄瑠璃正本と実際の舞台とが極端に相違することは少ないといってよい。

二　浄瑠璃正本とは何か

「正本」とは『日本古典文学大辞典』（岩波書店）によれば「普通は浄瑠璃の詞章に節付《ふしづ》けをした本をいい、太夫が詞章・節付けともに誤りのないことを証する奥書を付けるものを例とする」とあり、その最初を寛永十一年（一六三四）刊『はなや』、初めは主として読み物として用いられ、宇治加賀掾が延宝七年（一六七九）『牛若千人切』で初めて稽古用の大字八行本を刊行したとする。「正本」という語自体は広くは浄瑠璃だけに留まらず、説経節や謡曲・長唄などの詞章を記したものも含むものだが、浄瑠璃はその代表的なものとして扱われる。また、浄瑠璃の中でも竹本義太夫が登場し、浄瑠璃の代表的存在としての位置を占めるようになってからは、浄瑠璃正本といえば義太夫節のそれを指すようになっていった。

　主として読み物であった浄瑠璃正本が、やがて太夫が舞台で語る詞章と語り方を記したものとしての性格を持つようになる。出版された浄瑠璃正本には「大字七行稽古本」と記されるものもあり、読むだけではなく、浄瑠璃を語るための稽古用の本という意義を持つようになる。浄瑠璃正本は作者が書き上げたものを町奉行に提出し、許可が下りて上演が決定、その後浄瑠璃正本の刊行発売へと進む。作品によって刊行までの時間は異なるが、平均すると初日の五十日後（ただし興行中）であると神津武男は指摘する。興行中に刊行されることは、実際の初演舞台の台本・記録としての意味も併せ持つこととなる。

　以上の状況から研究において浄瑠璃正本、しかも初版あるいは初版に近いものを重要視するのは、初演時の作品の状況を捉えようとする上で極めて有効だからである。

三　実際の舞台

　実際の舞台では、太夫が舞台向かって右側の「床《ゆか》」と呼ばれる所で三味線と共に義太夫節を語り、舞台中央では三人遣いの人形遣いによる人形の演技によって人形浄瑠璃文楽の世界が展開していく。太夫は語る前に見台の上の「床本《ゆかほん》」を恭《うやうや》しく持ち上げ、掲げてから再び見台に戻し、表紙を開いて語り出す。この「床本」は浄瑠璃正本ではない。「床本」は太夫自身の手書きによるもので、師匠から弟子へと受け継がれてきたものである。古典芸能の多くに共通するが、元来芸は師匠から直接に習うものであり、義太夫節も師匠から稽古をつけてもらって体得していくものである。「床本」は師匠から稽古をつけてもらって受け継ぎ、さらに太夫が体得した一つ一つのエッセンスを凝縮して自身で作り上げた貴重な記録であるといえよう。

　我々は浄瑠璃をテキストとして読む時、岩波の日本古典文学大系や小学館の日本古典文学全集、岩波の新日本古典文学大系や小学館の新編日本古典文学全集、新潮社の日本古典文学集成等をはじめとして種々の翻刻されたものを活用している。それらの殆どは浄瑠璃正本の何かを底本として翻刻されている。その中にあって、実際の舞台（昭和二十年代から三十年代）で太夫が語っている詞章を対象にするという編集方針で作られたのが『文楽浄瑠璃集』（岩波日本古典文学大系、一九六五年四月五日第一刷）であった。

　この本で本文の底本にしたのは八世竹本綱大夫の床本である。初演時に刊行された浄瑠璃正本とは異なり、芸の伝承の過程の中で多く名人の工夫や考案が加えられ、また語りくせによる文句の改訂なども加わって、浄瑠璃正本とは異なる部分が種々生じている。これらは芸能の伝承の過程で生み出され、継承されてきた、太夫たちの解釈や表現方法の集積の結晶であるといえる。

　この本では底本とする綱大夫の床本と、浄瑠璃正本との校異を示している。たとえば『菅原伝授手習鑑』の四段目「寺子屋」の段を見てみよう。武部源蔵が菅原道真の子息、菅秀才の首を打って差し出すよう命じられ、苦悩の面持ちで帰宅するが、それを見た女房の戸浪が「山家育は知れて有子供。モにくて口は聞こへも悪い。殊にけふは約束の子が寺入して居まする。」という部分は、元々の床本では「約束の子が寺入。母ごが連れて見へました」とあった所を綱大夫が後から浄瑠璃正本の通りに訂正している。師匠からの伝承を踏まえながらも、浄瑠璃正本にも当たってさまざまと解釈を加えた上で、改訂を施している例である。太夫が舞台で語る浄瑠璃は、伝承と太夫自身の解釈と研究を踏まえた上で、常に動く可能性を持ったものであることが分かる。我々が舞台で聞く浄瑠璃はこの床本によるものであり、浄瑠璃正本によるものではないのである。

さらに、伝承の過程の中で詞章が大幅に改訂され、現行の舞台となっている場合もある。『義経千本桜』（『上方文化講座　義経千本桜』和泉書院、二〇一三年）で久堀裕朗が「道行初音旅」の現行本文と初演本文を翻刻し、比較対照してその相違を解説している。現行本文の明確な成立時期は不明なものの、幕末から明治初頭にかけては、初演本文と現行本文の二種が並行して演じられていたことを指摘している。

人形浄瑠璃が新作を生み続けながら現代劇としての意味を持つことができたのは寛政十一年（一七九九）の『絵本太功記』までであるといわれている。また初演興行と連動して刊行された新作の浄瑠璃正本の最後は文化十三年（一八一六）『五天竺』との指摘がある。その後は伝承の時代となり、植村文楽軒の登場を経て、明治期に入ると、名人たちの活躍により人形浄瑠璃が新たに活性化していく。この幕末から明治を経て、大正・昭和・平成へという時の流れの中で、初演時とは異なる改訂本文も作られるようになり、『曾根崎心中』のような復活・復曲も行われるようになっていった。

四　上演形式の変化とその影響

人形浄瑠璃は全段を全て通して上演するのが原則である。複数の作者で合作する場合も、全員が全段の構想を踏まえて分担して執筆するのであり、全段を通して鑑賞することで、その作品世界を聞き手、観客も理解することができるのである。明治まではそのあり方が踏襲されてきた。しかし明治末年頃から必ずしも通しで上演するのではなく、見取り形式（聞き所の多い切り場などの部分だけを寄せ集めて）の上演が増えてくる。そして大正時代には見取り形式の方に移行していった。こうなると、全体を知らないままに、作品の山場だけを鑑賞することになり、作品全体の理解は困難になって行く。さらには上演される山場の場面の意味も分かりにくくなる。こうした状況は戦後の国立劇場が開場されるまで続いた。国立劇場開場とともに昭和四十年代になって通し上演の復活が行われ、続いたことによって、浄瑠璃作品全体を通して鑑賞することの意義が理解されるようになっていった。しかし近年は必ずしも通し上演を頻繁に行ってはいない。

こうした上演形式の現状から考えれば、浄瑠璃正本（初演時の全段全て）の通りには上演されていないということになる。これを換言すれば「浄瑠璃正本は実際の舞台に忠実ではない」ということになるだろう。

参考文献
内山美樹子「第一講　人形浄瑠璃の歴史」（『日本古典芸能と現代　文楽・歌舞伎』岩波書店、一九九六年）
神津武男「浄瑠璃本（義太夫節）の種類と性格」（『詞章本の世界――近世のうた本・浄瑠璃本の出版事情』京都市立芸術大学　日本伝統音楽研究センター研究報告2、二〇〇八年）
神津武男「浄瑠璃本の刊行日」（『浄瑠璃本史研究　近松・義太夫から昭和の文楽まで』第一部第二章、八木書店、二〇〇九年）
祐田善雄「近松浄瑠璃七行本の研究」（『浄瑠璃史論考』中央公論社、一九七五年）

歌舞伎人気はどれくらい地方にまで広がっていたのか

池山　晃

はじめに

本稿は、与えられたテーマについて、そこに含まれる各用語について吟味することを端緒として、検討を進めていく。

一　「地方」と中央

「地方」という語に関して、稿者はかつて『岩波講座　歌舞伎・文楽』における執筆担当箇所のなかで、「「中央」と「地方」の構図」という章題を立てて整理を試みた（池山一九九七）。本稿テーマに「広がって」（広がり）とあるのはこのような「構図」を常識的に念頭においたものとみて再整理すると、

・興行地としての「地方」にあたる近世当時の用語としては、京都・大坂・江戸を指す「三ヶ津」「三都」に対置して「田舎」「他国」「諸国」「旅」等などがあった。

・近世初期において、収入や安定性の面から大都市を指向した歌舞伎芸団の生存競争のなかから、敗者が地方へ舞い戻った（守屋一九八五）。旅回りの不安定な活動を行う者もいた（神田一九九九）。このような経緯から、中央と地方には格差が生じたのであった。

・中央の役者による地方興行が成立あるいは成功するかどうかは、中央と地方の双方の事情がうまくかみ合うかどうかが前提条件であった。

といった要点が掲げられる（表現に手を加え、若干文意を補った）。

これらに付け加えると、地方の興行地は、独自の演目を創出すること、独立して中央と対抗しうるレベルの役者集団を持つことが結局できなかった、という特徴もあげられる。格差、ひいては主導と従属の関係が、厳然として存在したと見受けられる。

本稿においては、中央の役者による地方興行に対象を絞り、あらためて論及を試みることとする。前述の旅回りの芸団や地元住民による地芝居などは、独自の性格を持ち、これとは別個に検討されねばならない。しかしこれらも、演目や芝居全体の様式という点からみれば中央の従属的存在となっており、これらもまた、そのようなレベルでは中央を広める存在であったという見方ができる。

まず「地方」という語を用いるに際して、以上のような認識を備えておくこととする。

二　「広がり」の前提

「広がり」という語からは、まず興行地の展開という物理的な条件が想起される。本稿では「人気」の広がりについて検討しなければならないが、その前提として興行地が盛んに展開している状況、そしてそのことが世間に向けて明示されている時期について確認しておく。

これについてしばしば引用される資料が、文政六年（一八二三）刊の役者評判記『役者多見賑《たみのにぎわい》』所載の二枚の略地図（大まかに西日本と東日本に分けてある）と、文政八年（一八二五）刊の一枚摺の角《す》力《もう》見立番付『諸国芝居繁栄数望《くにぐにしばいはんえいずもう》』である（両資料を共に影印で掲げる文献がすでにある（服部一九八六））。全国各地の劇場が、前者には六十四件、後者には東西に分けて一三六件記されており、近世後期における全国的な歌舞伎興行の盛況がうかがわれるのである。この時期に相次いでこのような資料が公にされた背景としては、ほぼ天明・寛政年間（一七八一〜一八〇一）以降、中央のうちで主に上方の役者たちが、本来一劇場に定着すべきであった興行年度（十一月〜翌年十月）内に、盛んに劇場間あるいは土地間を移動するようになった状況があげられる。

なお、前者（略地図）のうち西日本の部においては大坂と京都が、そして東日本の部においては江戸と名古屋が、都市部として大きく位置を占めている。特に大坂は文字通り中央に位置しており、この当時においても中央から地方への広がりというイメージが保有されていることが確認できる。一方後者（見立番付）においては、最上位を占める三都の興行地とその他の興行地の間に（前述のようにこれらの間には厳然とした格差が存在したが）、特に明確な区分けは施されていない。

近世後期の人々も、これらの資料によって、興行地の展開、盛況ぶりを把握していたのである。

三　「人気」の要因（一）

地方における歌舞伎の「人気」が醸成される要因としては当然、中央の役者による直接の来演、彼らによる興行が実際に行われたことがまずあげられる。そしてその広がりは、前項に述べた興行地の整備、展開という状況を受け皿とするものである。

来演を受容した側の様相については、朝日重章《しげあき》・高力猿猴庵《こうりきえんこうあん》・小寺玉晁《こでらぎょくちょう》といった記録好きによる観劇記録に恵まれる名古屋という土地についてしばしばふれられてきた。かつて稿者はこうした記録類をもとに、受容者側の様相について年表化を試みた（ただし時期を限定した（池山二〇〇九））。これによれば、当地での歌舞伎人気の動向の概略がうかがえる。ただし、あらためて留意しておくべき点も浮かびあがる。

一つは、地方における興行は恒常的に行われるものではなかった、という点である。これは先に述べたように、興行の成立は中央、地方（その土地）それぞれの事情に左右されていたことによる。これによって、期待していわば「待ち受け」ていた者たちが示す人気、あるいはその裏返しとしての不人気は、振幅の大きなものとして誘発されたことが見てとれる。名古屋の場合、これに多様な（時には質の劣る）芸団の行き交いが頻繁であったことが重なり、厳しい鑑識眼（後の「芸どころ」という呼称の一要素となる）が育ったわけである。

また、大立者の来演にあわせて劇場を華やかに飾り立てた、観劇団体である贔屓《ひいき》連中を興行者側が演じてみせた、といった事例などが注目される。前者の飾り立ては、中央においても積物《つみもの》という同様の例が見られるが、地方においては、恒常的でないトピックとしての興行に賭ける興行者の思いが、人気を操作、誘導する演出というかたちをとったものであろう。観客層の立場からいえば、人気は、興行事情次第の待ち受けという以外に、このような点でも一種の受動性、従属性を帯びていたといえる。

四　「人気」の要因（二）

前項では人気の直接的要因である、興行の実現ということに即して述べた。しかし、人気の醸成はそれに依存していたとは限らない。興行の実現以前に、興行を待ち受ける人々のもとに近隣地域での興行情報が伝播し、いわゆる「前人気」が醸成されたことが当然想定される。

興行情報という点に関していえば、興行師という存在が近隣地域での当たり（興行上の成功）という情報を捕捉して、その一座を誘致している事例を、本稿冒頭にふれた拙稿においてかつて紹介した（興行師が旅籠《はたご》屋という職業についている例が複数確認でき、その場合情報収集という点で有利な立場にあったであろうことも指摘した）。そこに、興行者側による意図的な情報伝播ということまでも推測を及ぼすならば、ここにも興行者側の主導性、受容者側の受動性という性格が看取できる。

ただし一方で、その土地での興行が行われない時でも、例えば芝居絵の伝播によって役者の面影を偲ぶことが可能であった（いわゆる錦絵の類が江戸土産としてもてはやされていたことは、諸国の名物を列挙した見立番付から知られる。例として天保八年（一八三七）刊『大日《だいにっ》本産物相撲《ぽんさんぶつずもう》』・同十一年（一八四〇）刊『諸国産物大数望《しょこくさんぶつおおずもう》』・刊年不記『くに〳〵名物つくし』がある）。また、人気演目の中核をなしていた義太夫狂言の元となる浄瑠璃作品の通し本（いわゆる丸本・院本・浄瑠璃本）の現存点数が全国で二万二〇〇〇点を超えることが、明らかになっている（神津二〇〇九）。実際の興行（上演）を迎えずとも、役者や作品（演目）は、「絵を観る」「本を読む」というかたちで平素から親しまれていた。このように、恒常的、潜在的な人気というものも存在していたのであった（ただしこれらもまた、主に中央からの流通物であった）。

近世において、歌舞伎がいわゆる地方にまで人気の広がりを見せたことについては、疑う余地はない。「どれくらい」か、といえば、本稿中盤に掲げた文政年間の興行地についての具体的な数字は、ひとまずの「常識」的回答となりうる。しかし本稿は、「地方」における「人気」の「広がり」について、手放しに繁栄を評価するのではなく、そこに受動性、従属性という特質、問題点が大きく内在することを、末尾にあらためて提示するものである。

参考文献

池山晃「VI　地方都市の歌舞伎」（鳥越文蔵・内山美樹子・渡辺保編『岩波講座　歌舞伎・文楽』第三巻『歌舞伎の歴史II』岩波書店、一九九七年）
池山晃「近世名古屋　劇場・観客年表稿（享和～天保）」（『日本文学研究』大東文化大学日本文学会、四八号、二〇〇九年二月）
神田由築『近世の芸能興行と地域社会』（東京大学出版会、一九九九年）
神津武男『浄瑠璃本史研究　近松・義太夫から昭和の文楽まで』（八木書店、二〇〇九年）
服部幸雄『大いなる小屋　近世都市の祝祭空間』（平凡社、一九八六年）のち副題を「江戸歌舞伎の祝祭空間」とあらため、平凡社ライブラリー（一九九四年）、講談社学術文庫（二〇一二年）より刊行。
守屋毅『近世芸能興行史の研究』（弘文堂、一九八五年）

『奥の細道』中尾本の意義はどこにあるのか

佐藤勝明

はじめに

芭蕉自筆の『奥の細道』（以下、『細道』と略記）として、新出本が紹介されたのは平成八年十一月であるから、それからすでに二十年の歳月が経過したことになる。所蔵先の名によって「中尾本」とも称されるこの本をめぐっては、発見後の数年、多くの論文等が書かれて盛んに議論がなされたものの、ここ十年ほどはほとんど話題にされることもなくなっている。本稿の執筆を求められたのも一つの機会と考え、同本の意義を改めて考えることにしたい。ただし、同本出現後の研究に関する整理を始めると、それだけで紙幅は尽きてしまうので、その点は〔金子二〇〇一〕等をご参照いただきたい。なお、『細道』の句や本文を引用する際は、句読点・濁点や振り仮名（歴史的仮名遣いによる）を自分の判断によって付すこととする。

一　真筆なのか否か

中尾本が芭蕉自筆なのかどうかは、厳密な言い方をすると、未だに確定されていない。拙著『松尾芭蕉と奥の細道』（吉川弘文館、二〇一四年）に「平成八年出現の自筆本（中尾本）」と記した通り、私自身は自筆と考えているけれども、それは一個人の判断に過ぎない。学界の趨勢も自筆説を認める方向にはあると見られるものの、強固な反対論者も存在し、その溝は埋まっていないようである。

反対する側の一根拠に誤字・誤記の多さということがあり、その指摘に対抗する措置として、芭蕉の学力（とくに漢詩・漢文を読解する能力）を過大評価してはならないとする田中善信の研究〔田中二〇一二等〕がある。誤りがあるから自筆ではないとの見方を批判し、芭蕉にさほどの学力はなかったとする田中説は斬新で、芭蕉の文芸を考える上にきわめて大きな問題を突きつけている。その検証は学界をあげて進めていく必要があるだろう。

一方、書風・書体という面からの検討は、線の弱さや字体の欠陥を問題にする意見がいくつかあった以外、あまり行われていない。そこには、書風や書体の問題には判断者の主観が抜きがたく入り込み、万人を納得させることは難しくなる、との認識が介在しているのかもしれない。そこで、中尾本紹介者の一人、上野洋三が『芭蕉自筆奥の細道』（岩波書店、一九九七年）などで示したのは、これまで芭蕉真蹟と見られてきた作品と共通する書き癖を取り上げることであった。

書き癖を指摘することで、中尾本の自筆説を証明しようとしたこの方法は、かなりの有効性をもっていたと考えられる。しかし、その一方、書き癖こそ真似やすいという見方もできるのだから、部分のみを見て全体を見ないというわけにもいかない。やはり、重要なのは、書き癖も含め、〝芭蕉の文字〟で終始一貫するかどうかを検証していくことであろう。では〝芭蕉の文字〟とは何なのか。その議論こそが、今の芭蕉研究に最も必要なのではないだろうか。中尾本の真偽判定も、それと連動してなされなければなるまい。

二　貼紙下の本文

周知の通り、中尾本の特色は、貼紙を中心とした数多くの訂正箇所をもつ点にあり、貼紙の下からは未知の本文が続々と出現した（前掲『芭蕉自筆奥の細道』の脚注に記載）。たとえば、冒頭の「行《ゆき》かふ年も又旅人也」が初めは「立帰《たちかへる》年も又旅人也」であって、立ち帰るものとしての旅から行き交うものとしての旅へ、そのイメージが大きく変えられていたと知られる、といった次第。少し説明を加えると、年が立ち帰るという発想は、素性法師の「あらたまの年たちかへるあしたより待たるるものは鶯の声」（『拾遺集』）以来、和歌伝統の中では常識化されたものであり、芭蕉もそれに従って「年」に「立帰」の二字を冠したのであろう。しかしながら、「立帰年＝旅人」ということになると、旅は立ち帰るためのものになってしまい、これから当てのない旅に出ようとする者の発言には似合わない。「立帰」から「行かふ」への変更は、そのことに気づいての訂正であるとおぼしく、こうした推敲過程を追うことによって、作者芭蕉の意図（とくにその変容）がより明確なものになる可能性も出てくるわけであった。

ここでは、一例として、〈象潟《きさがた》〉（現在はキサカタと清音であるものの、江戸時代は「ガ」と濁音で読むことが多かった）における発句の部分を取り上げることにしたい。まず、『細道』の本文として最もポピュラーな西村本（素龍清書）から該当箇所を挙げると、

象潟や雨に西施《せいし》がねぶの花
汐越《しほごし》や鶴はぎぬれて海涼し
　祭礼
象潟や料理何くふ神祭《かみまつり》　曽良
蜑《あま》の家《や》や戸板を敷《しき》て夕涼《ゆふすずみ》　みのゝ国の商人　低耳
　岩上に雎鳩《みさご》の巣を見る
波こえぬ契《ちぎり》ありてやみさごの巣　曽良

となり、貼紙をした後の中尾本以来、これらに大きな変更はない。ところが、貼紙の下はどうかと言うと、「祭礼」の部分は「を□□□□の祭り也。幾世になりぬ象潟の神と、□□代の神の祭にやと、ゝへば」とあり（□の部分は判読不能であるとの由）、地の文であったのを短い前書に直していたことが知られる。次の句の前も、「みのゝ国の商人、酒田より跡をしたひ来《きた》りて」とあったのを、作者名の肩書という形に改めているのであり、最後の句の前も、「荒礒の岩の

上にみさごの巣有《あり》。寛々たる睢鳩のちぎりおもひ寄《よせ》て」となっていたのである。

この推敲により、右の箇所は、文章の中に句が置かれる様式から、文章の後に発句五章が並置される形態へ移行する。本文を受けた雨・晴二句の後、本文では触れない話題を発句群（わずかな前書や肩書を含む）として表現するのであり、読者の脳裡では、祭礼の一日を楽しむ漁師の一家と、その海岸から偶目されたミサゴの巣とが、重なるイメージ（すなわち、危険と隣り合わせにある団欒の姿）として認識されることになる。そして、それは、短い文章の後に発句四章を並置した〈尾花沢〉の様態（ここでも、最初の一句は文章を受け、残る三句は発展的な話題を担う形をとる。〔佐藤二〇一七〕を参照）と、基本的に一致する。

発句がいくつも連なる『細道』の箇所としては、これらのほか、〈出羽三山〉の四句（曽良の一句を含む）と〈金沢〜小松〉の四句を挙げることができる。もう一つの例に後者を取り上げ、前文とともに西村本から該当箇所を掲げれば、

一笑と云《いふ》ものは、此道《この》にすける名《な》のほの聞《きこ》えて、世に知《しる》人も侍《はべり》しに、去年《こぞ》の冬早世《そうせい》したりとて、其兄《そのあに》追善を催すに、

塚も動け我泣《わがなく》声は秋の風

ある草庵にいざなはれて

秋涼し手毎《てごと》にむけや瓜茄子《うりなすび》

途中吟

あか〳〵と日は難面《つれなく》もあきの風

小松と云《いふ》所にて

しほらしき名や小松吹《ふく》萩すゝき

となる。ここも中尾本に貼紙のある箇所で、「塚も動け……」から「途中吟」まで四行分の下には、「塚も動け」句と「いまだ残暑はなはだなりしに、旅のこゝろをい（以下は破損して判読不能）」の三行分があるという。これによれば、貼紙下に「秋涼し」の句はなく、「塚も動け」句の後には、きびしい残暑に閉口しつつ旅を続けるといった内容の文章があって、これに「あか〳〵と」の句を続けた可能性が大きいであろう。やはり、初案では文章の中に発句を配する形であったのを、発句（および短い前書）の並置へと直しているのであり、その結果、一笑の死を知っての衝撃から、土地の人々との交歓模様をはさみ、残暑の中で再開された歩行と小松への到着までを、わずかに右の分量だけで表現し尽くしたわけである。この四句による〈金沢〜小松〉の道行も、〈象潟〉と同じく推敲によるものであったという事実を確認しておく。

陸奥と出羽の分岐点にあたる〈尿前《しとまえ》・山刀伐峠《なたぎりとうげ》〉を越え、『細道』は、文章中心の前半から発句中心の後半へ移っていく。〈尾花沢〉の四句並記こそは、その最も象徴的な一事であった。後半になると句集的な性格が強くなるのは、『野ざらし紀行』以来の、

芭蕉の紀行文に共通する一特色と言ってよく、そのことは、文章が簡潔を極めていくことにも連動する。一つの仮説ながら、それは作者芭蕉が序・破・急の呼吸を強く意識していたからではないか、というのが私の持論（佐藤二〇一六）。中尾本を用いることによって、〈尾花沢〉と共通する〈象潟〉や〈金沢～小松〉のありようが、実は推敲の結果であったと判明するのであり、その意義は決して小さくない。後半に発句群を設け、句集的様相を明確に打ち出すことが、芭蕉の意図的に断行したことと知られるからである。

三　今後の展望

中尾本への言及が最近はなぜほとんどないかと問えば、結局のところ、芭蕉自筆かどうかが決しないまま膠着状態に陥っているからだという答えに落着する。どんなに魅力的な資料であっても、それが贋物であれば、研究材料とするに値しないことは明白。中尾本に関しても、真蹟であることが保証されない限り、扱いに慎重であらざるをえないということかもしれない。しかし、それはあまりにもったいない事態ではあるまいか。

右にその一端を示したように、貼紙を中心とする中尾本の訂正箇所は多大なる情報源であり、これを資料として使用しない手はない。また、そうした考察の集積が、中尾本の重要性（ひいては自筆性）を証していくことにもなるであろう。中尾本が芭蕉自筆かどうかをひとまず措いてでも、同本を含む『細道』の諸本を丁寧に読み直す意義は十分にあるはずである。その意味で、結論的な部分に対しては賛同しかねるものの、中尾本も『細道』の一異本と位置づけ、積極的な発言を続ける井口洋（「行かふ年・気稟の清質――『奥の細道』校訂私案」『叙説』二五号、一九九七年十二月、以来、現在まで諸誌に掲載中）の姿勢は、評価に値する。『細道』の研究には、なお大きな可能性が残されているのである。

それと同時に、前述の通り、〝芭蕉の文字〟とは何かという視点から、中尾本を積極的に検証していくことも、最重要事項であるに違いない。容易ではないことながら、芭蕉真蹟とされる作品を一つずつ見直し、『芭蕉全図譜』（岩波書店、一九九三年）によって格段に高まった芭蕉文字学の精度を、さらに高めていくほかはないであろう。中尾本の検討もその中で行っていけばよいのであり、それは、共同研究・共同討議という形をとって進められるべきである。二十年が経った今は、まさにその時なのではないだろうか。

参考文献

金子俊之「新出本『奥の細道』研究史概説――付・研究文献一覧」（『近世文芸研究と評論』六〇号、二〇〇一年六月）
佐藤勝明「『おくのほそ道』の白河前後」（『文学・語学』二一五号、二〇一六年四月）
佐藤勝明「芭蕉は何をめざしたのか――『猿蓑』と『おくのほそ道』を中心に」（『近世文学史研究一　十七世紀の文学』ぺりかん社、二〇一七年）
田中善信『芭蕉の学力』（新典社、二〇一二年）

蕉風は芭蕉の何を受け継いだのか

深沢了子

はじめに

編集部から頂いたこの題はあまりにも大きい。なぜならそれは、「芭蕉」は何をしたのか、という問題を避けて通れないからである。しかし、芭蕉の俳風は常に変化していたうえ、芭蕉自身がまとまった俳論を残さなかったため、門人の俳論書というフィルターを通して考えざるをえない。結論から言うと、門人の中に芭蕉俳諧をそのまま引き継いだ者はいなかった。以下その概要を述べる。なお、本来「蕉風」とは芭蕉の俳風そのものも含む用語なので、ここでは「芭蕉の門人は芭蕉の何を受け継いだのか」の意味で考え、十八世紀半ばの蕉風中興運動については省略する。

一　其角

江戸初期の俳諧史では、古風な貞門俳諧に対し、奇抜な談林俳諧が登場し、積極的に漢詩文を取り込んだ天和の異風を経て、貞享期の安らかな俳風にたどりつくと説かれるのが一般的である。そして芭蕉は、この流れに沿って蕉風俳諧を完成させたと理解されてきた。これに対し、佐藤勝明は、芭蕉のみが談林の問題点を認識し、自覚的に改革を目指して蕉風を確立したのだとする（佐藤二〇〇六）。佐藤は、芭蕉が談林の特質である無心所着《むしんしょじゃく》（物付（詞付）により、あえて一句の整合性を無視する付け方）と軽口のうち、前者を捨て、後者から荒唐無稽な世界を除外しつつ、意外性・飛躍性・誇張という特質を「風狂性」の追求に活かそうとしたことを論証し、芭蕉の目指した俳風を具体的に明らかにした。芭蕉がこのように自覚的に俳風を変えることができたのは、この時期に芭蕉の理念を実践する「蕉門」という俳諧集団が誕生したことが大きな要因であり、その成果を最もよく表したのが、門人其角が関与する諸撰集であった。蕉風俳諧の成立には、芭蕉と理念を同じくした其角が大きな役割を果たしていたのである。

其角と芭蕉については、稲葉有祐も、両者が共に唱和という方法によって地方俳壇への進出を果たしたことを指摘し、方法論から協力関係を論じている（稲葉二〇一二）。一方、辻村（根来）尚子は一連の論考で両者の類似と差異について考察している。例えば天和から貞享にかけての芭蕉・其角の旅・紀行には「景の中に情をふくむ」（『続虚栗』）俳諧につながっていくものとして、古人の「まね」をする、という共通の趣向があった。しかし、芭蕉が古人の「まね」を通して古人の「実《まこと》」を追究することに「景情一致」の一つの解答を見出していったのに対し、其角が紀行に求めた「実」は旅の実感で、それを演出する方法に関心があった。其角の紀行には古人の「実」の追究という志向を見出すことはできないという〔辻村二〇〇六〕。

特に元禄以降、其角の都会的な俳風と芭蕉の「軽み」との齟齬が指摘されるが、許六もその点を芭蕉に質した。其角は芭蕉の何を習い得たのか、という許六の問に対し、芭蕉は、

師（引用者注：芭蕉）ガ風、閑寂を好でほそし。晋子（同：其角）が風、伊達を好でほそし。此細き所、師が流也。爰に付合ス。（『俳諧問答』）

と答えたという。これについては、個性の出方は異なるが底にある本質的な部分で其角は芭蕉の教えを習い得たのであり、「ほそし」とは「人間や自然の存在の儚さとそれに対する繊細さ」だという中森康之の解釈が新しい〔中森二〇一一〕。今後も議論されるべき問題であろう。

二　支考・許六・去来など

芭蕉の記さなかった俳論書をまとめ、後世に大きな影響を与えたのが、支考、許六、去来らである。

数多くの俳論書を刊行し、蕉門の論客と位置付けられる支考の俳論は、その衒学的な傾向から色眼鏡で見られ、必ずしも芭蕉の考えを正確に述べているわけではないとみなされてきた。堀切実は、支考の俳論を体系的に論じ、実は彼の「姿先情後《しせんじょうご》」説（句の情よりも句の姿の表出を重視すべきだという説）が「私意」や「理屈」を排斥し、平淡美を理想とする芭蕉晩年の「軽み」につながるものであると説く〔堀切一九八二〕。しかし、「姿先情後」説は、実際の作法指導上、次第に通俗的・便宜的な認識へと変化していった。むしろ、支考俳論の本質的な部分は、蝶夢ら美濃派の傍流が受け継ぎ、後の中興期へと向かうことになる。

また、支考は俳諧に対する考え方を文学に限定しなかったという点でも特徴的である。例えば芭蕉の言として、

俳諧はなくてもありぬべし。たゞ世情に和せず、人情に達せざる人は、是を無風雅第一の人といふべし。（『続五論』）

と記し、俳諧とは、発想・認識・表現・考え方・心のあり方・生き方、すなわち思想であるととらえている〔中森一九九九〕。俳諧を生き方の問題ととらえるのは芭蕉も同じであった。堀信夫は支考の芭蕉像を「思想としての俳諧の大成者」とみる〔堀一九九三〕。なお同様に俳諧を生き方を含む問題と考え、「軽き」生涯を実践した門人に丈草、惟然らがいる。丈草は徹底した貧寒の中に生涯を送り、惟然も行脚を重ねた。惟然は極端な口語調俳諧に傾いた

ことで去来・許六ら同門の批判を浴びたが、蕉風から逸脱したのではなく、芭蕉の生き方を実践し、口語調によって無心・無邪気な伊賀の「あだなる風」という「軽み」の一面を継承しようとしたと考えられる〔金子二〇一三〕。

芭蕉から絵の師と仰がれた彦根藩士許六にも『宇陀法師』を初め編著が多い。許六の俳論は、芭蕉が古典文学の本質に開眼したとし、これを相続することを説いた血脈《けちみゃく》説、二つの題材を効果的に配合し、その相互映発を試みる「取合せ《とりあわ》」論が中心である。前者は芭蕉の「風雅の誠」論に通じ、後者は芭蕉の、

　発句は畢竟《ひっきょう》取合せ物とおもひ侍るべし。二ツ取合て、よくとりはやすを上手と云也。（『俳諧問答』）

の言葉に拠っている。この『俳諧問答』の言は、『去来抄』の、

　ほ句は（中略）二つ三つ取集めする物にあらず。こがねを打のべたるが如く成べし。

という芭蕉の教えと矛盾するものと考えられてきたが、堀切実は、歴史的な取合せの実例を眺めつつ、芭蕉の理想は「取合せて」「こがねを打ちのべたる」ようになった句であり、取合せの生命は二物を緊密に調和させる主体的な感合としての「とりはやし」〔続合〕にあることを明らかにした〔堀切二〇〇八〕。その点、許六・去来とも芭蕉の真意を正確には理解していなかったといえよう。

上方蕉門の中心であり、蕉門を代表する撰集『猿蓑』を編集した去来は、芭蕉の「不易流行」説（不易とは永遠不変、流行とは常時変化すること。両者は実は同一で、ともに風雅の誠に基づくという説）を熱心に説いている。俳論書『去来抄』は、蕉門俳書の中でも芭蕉の意図を正確に伝えようとしたものと評価されてきた。しかし、近年その見直しが進んでいる。永田英理は、広く蕉門の式目・作法観を検討し、『去来抄』が、恋を一句で捨てることや、無季の句を認めることなど、芭蕉の言説を誇張した形で書いていることを論証した。永田によれば、それは蕉門の独自性を強調した去来の、他門に対する対抗意識の現れであり、むしろ支考の式目観の方が芭蕉に近いという〔永田二〇〇七〕。

三　その他の蕉門

その他、杉風ら深川蕉門については、佐藤勝明が『別座鋪』『続別座敷』の連句を子細に分析し、問題点を指摘している〔佐藤二〇一四〕。即ち、芭蕉がその重要性から恋句を一句でも良いとしたことを、「一句にても捨べし」が芭蕉の指針であるととらえたこと、擬態語・畳語類の多用等「軽み」を志向する芭蕉の模索を芭蕉流と確信し、守り続けたことなどである。深川連衆は芭蕉流に忠実であろうとして、かえって本質から逸れていったといえるだろう。

そもそも芭蕉の目指した「軽み」とはどのようなものであった

のか。尾形仂は『俳文学大辞典』（角川書店、一九九五年）において、その具体相を①自然をもって人生を象徴する蕉風様式の確立を見た『おくのほそ道』の旅中、②内外合一・無作為・無分別の工夫が凝らされた『ひさご』『猿蓑』期、③日常性の中に詩を求め日常の言語をもって表現する道を模索した最晩年、とまとめている。門人たちは自分が指導を受けた当時の「軽み」に固執し、その変化に対応できなかったと考えられる。

結局のところ「蕉風は芭蕉の何を受け継いだのか」という問題を解明するには、丹念に芭蕉と蕉門の作品を読み、比較検討することしかない。それは例えば、芭蕉発句・歌仙の丁寧な分析を試みた深沢眞二の『風雅と笑い　芭蕉叢考』（清文堂、二〇〇四年）・『旅する俳諧師　芭蕉叢考二』（同、二〇一五年）、芭蕉発句の前書や俳文から蕉風の独自性を論じた金田房子『芭蕉俳諧と前書の機能の研究』（おうふう、二〇〇七年）といった、地道で手堅い研究が先達となるだろう。それぞれの門人が芭蕉の何を引き継ぎ、どう発展させていったのか、まだ研究するべき点は多く残されている。

参考文献

・引用

稲葉有祐「挑発としての唱和――貞享・元禄期俳諧考」（『立教大学日本文学』一〇六号、二〇一一年七月）

金子はな「惟然の「軽み」考」（『連歌俳諧研究』一二四号、二〇一三年三月）

佐藤勝明『芭蕉と京都俳壇――蕉風胎動の延宝・天和期を考える』（八木書店、二〇〇六年）

佐藤勝明「「かるみ」継承の一態――『別座鋪』『続別座敷』の分析から」（『和洋女子大学紀要』五四号、二〇一四年三月）

辻村尚子「其角『新山家』の方法」（『近世文藝』八三号、二〇〇六年一月）

永田英理『蕉風俳論の付合文芸史的研究』（ぺりかん社、二〇〇七年）

中森康之「支考虚実論の試み――豊かな俳諧史をめざして」（『雅俗』六号、一九九九年一月）

中森康之「蕉門を彩る人々」（佐藤勝明編『21世紀日本文学ガイドブック⑤　松尾芭蕉』ひつじ書房、二〇一一年）

堀信夫「支考『芭蕉翁追善之日記』――附たり『笈日記』」（『国文学解釈と観賞』五八巻五号、一九九三年五月）

堀切実『蕉風俳論の研究』（明治書院、一九八二年）

堀切実「取合せ論の史的考察――その本質と根拠」（『連歌俳諧研究』一一五号、二〇〇八年九月）

・取合せ論について

千野浩一「江戸文学のスピリッツ　取り合わせ――「趣向」「句作り」の論をめぐって」（『江戸文学』三四号、二〇〇六年六月）

・軽みについて

露口香代子「「軽み」研究文献一覧（上・下）」（『大阪俳文学研究会会報』四二号、二〇〇八年十月、『樟蔭国文学』四六号、二〇〇九年三月）

金子はな「芭蕉の「軽み」研究史論（上・中・下）」（『東洋大学大学院紀要』五〇・五一・五二号、二〇一四年三月・二〇一五年三月・二〇一六年三月）

・蕉門俳人について

堀切実『芭蕉の門人』（岩波新書、一九九一年）

近世における写本と版本の関係は

塩村　耕

一　版写並立の時代

日本の商業出版が本格的に始動するのは、江戸時代初めの寛永年間（一六二四～四四）のことで、日本の文学史において、江戸時代を「近世」として「中世」と区分する最大の根拠は、その点にある。つまり、江戸時代は完全に出版の時代で、その意味では現代と変わらない。大きく異なるのは写本のあり方で、写本を生産流通させせなくなった現代に対し、近世は写本と版本とが並び行われた。

どのようにして写本が生産されるものであったのか、その一端をうかがっておく。三河碧海《へきかい》郡堤村の村医で刈谷藩医をも兼ねた国学者、村上忠順《ただまさ》（一八一二～八四）は、刈谷市中央図書館に現蔵する村上文庫を一代で築き上げた偉大な蔵書家である。明治元年に自ら作成した『蔵書目録』の序跋は子孫に向けられたもので、いかに苦労して蔵書が形成されたか、涙ぐましい努力が綴られる。その漢文序の中に「素業の餘、手を停めず百家の編を抜き、普く衆籍を書庫中に聚め、逸編を補ひ脱簡を訂し、或は点定し、或は校讐し、以て日夜の楽と為す。……四十年間、或は手づから謄する所、或は購ひ求むる所、数万巻に至る」（原文は漢文。以下、引用文は適宜加工を加える）、その和文跋の中にも「写したる、書入れたるなどは、夜中暁といはず、君に仕へ、病人《やまうど》見ありくいとまのひまにものせしなれば、ことにからくして出で来たるなり。……人の秘めもたるを、あながちに乞ひ得て写ししなれば、これはたおほかたにはあらずかし」などとある。総じて書物の入手が難しかった江戸時代には、ただ本を買って読むだけでなく、書写と校訂と抄録とが読書人の重要な営みであった。実際、村上文庫には忠順の独特の細字の筆蹟による写本や書き入れ本が大量に残る。

もとより出版は多額の費用を要するため、多くの著作は最初から出版を意図せず行われた。識字率の高さに伴い、広い階層の人々が雑多な内容の写本を生産し続けたのが、近世日本である。ただ、それら写本の実態については、いまだ十分に明らかにされていない。個人的体験では、日本を代表する古典籍の宝庫、西尾市岩瀬文庫について、悉皆調査と詳細な書誌データベース作成をほぼ終えつつあり、その間、書名からは想像できない、意外な内容の写本の存在に驚きの連続であった。おそらく日本の古典籍全体について、ほぼ同様の状況があろう。

　版写の重層的な構造こそが近世の書物文化の大きな特徴で、これを写より版へと進化すべき書物文化の未成熟と見なすこともできるが、一方でそれが多彩さ、豊かさという魅力をもたらしている。

二　言論の自由を保障した写本

　まず、江戸時代には版本で何でも表現できるわけではなく、たとえば当代の政道や法制、当代の事件、徳川家の創業史、キリシタンに関する話題などは、原則として取り上げるのが難しかった。しかしながら、写本の世界では、これらについてもほとんど自由に流布しており、情報を得ることはさほど難しくなかった。もしも近現代のように書物が版本に一元化されていたならば、それらについての言説は流布も保存も難しかったことだろう。または差し障りのない内容に書き改められたかもしれない。

　対馬藩儒、雨森芳洲（一六六八～一七五五）の仮名随筆『たはれ草』の事例を見よう。天龍寺延慶庵の桂洲道倫（一七一四～九四）は、かつて対馬以酊庵に滞在中に芳洲に親炙して唐話学を学び、帰京後も書簡を通した親交のあった人。そんな桂洲が、何とか京の書肆より『たはれ草』を刊行させたいと運動したが、政道の機微に触れる同書の刊行に、書肆が二の足を踏み、ことは進まなかった。そのことを書簡で報じた桂洲に対し、芳洲は延享三年（一七四六）八月十五日付書簡（塩村蔵）の中で、かつて見聞した宇都宮由的編『日本古今人物史』の筆禍の例を挙げ、「少しにても公辺に恐れ有之候書を刊行いたし候は、至極入らざる事に御座候。右『狂草（たはれ草）』刊行の義は向後再不要提起と思召可被下候」と刊行を諦めるよう指示している。さらに、その理由について、同書執筆の主意を述べた上で、「右書肆の申候八ケ条は此書の眼目にて御座候故、是を除き候ては『狂草』はなくなり申候故、抜可申事にては無御座候」と語る。

　このようにして未刊のまま後世に託された『たはれ草』は、それでも写本で、ある程度流布し、芳洲没後三十年以上を経た寛政元年（一七八九）に至り、漸く大坂の版元より刊行され、さらに普及することとなる。もっとも、没後刊行書の常として、版本にはテキストに若干の不備があるものの、版本以前の写本も数本が伝わっており、訂正しうる。このように完全に近いテキストの保存と流布を見るに至ったのは、芳洲の配慮と、それを支えた写本文化による。

三　芭蕉と西鶴

　また、写本と版本の並立から想起されるのは、近世前期のほぼ同じ期間を生きた芭蕉と西鶴である。この近世文学史上の両巨頭は、その文学活動の基盤を、前者は写本に、後者は版本に依存した。もっとも、芭蕉は終始、版本の世界に背を向け続けたわけではない。二十九歳の寛文十二年（一六七二）正月に成った処女作的編著『貝おほひ』は、その後、わざわざ江戸の書肆中野半兵衛から刊行している。伊賀上野から江戸に出ようとする無名俳人という当時の境遇より見て、同書の刊行は思い切った行動であったはずで、書籍出版に期する高い意識をうかがうことができる。

その後、初期の刊行俳書では、延宝六年（一六七八）刊『桃青三百韻』や延宝八年刊『桃青門弟独吟廿歌仙』のように自らの名を題号に冠したり、延宝九年刊『俳諧次韻』のように題簽下部に「江戸／桃青」と自らの名を明記したりするものの、天和三年（一六八三）刊『虚栗』以降は、いわゆる芭蕉七部集はじめ、門人を編者とし、自らは出版活動の前面には立たなくなる。『奥の細道』をはじめとする紀行文や俳文も、ついに刊行しようとはしなかった。そして、娯楽や職業の具としての俳諧を否定し、乞食行脚の実践を通して古人の境涯に近づくという高踏的な風雅観を主張するに至る。それは大衆化とは程遠く、一部の限られた門人を主な対象とするもので、その全人的な文学営為は、俳席を共にする直談と書簡による伝道と、秘伝的に伝わる写本により行われた。それは出版からの撤退と表裏の関係にある。

一方の西鶴の本格的活動は、三十二歳の寛文十三年に刊行した処女作『生玉万句』に始まる。芭蕉の『貝おほひ』と同様、この刊行も無名の新人にとって大胆かつ意欲的な行動であったに相違なく、それは同書が大坂単独版として最初の出版物であるらしいことからもうかがわれる。その後は新興の大坂出版界を背景に、ユニークな俳書を続々刊行し、天和二年の『好色一代男』以後は浮世草子の諸作を精力的に執筆公刊する。『一代男』のみ、もともとは仲間うち向けの写本として書かれた可能性があるが、少なくとも第二作の『諸艶大鏡』以後は、全て刊行を企図して執筆された。

当時の版本は後代に比べて文字が大きく、一丁あたりの文字数が少なかった。つまり一文字あたりの経費が高かった。したがって版本の場合、写本と異なり文字数を費やす自由な表現は難しかった。しかしながら、この制約こそが、「ぬけ」という、ことさらなる省略を主な技法とする談林の俳人、西鶴の本領を発揮させた。主に暗示と省略を駆使する、文字数をぎりぎりまで絞り込んだ高度な文学表現が日本の散文世界に新たに創出された。もしも西鶴が、写本を基盤に活動していたならば、西鶴文学は生まれ得なかっただろう。

その一方で、貞享元年（一六八四）に刊行された『一代男』の江戸重版がきっかけとなって、上方版の江戸重版が行われなくなり、翌貞享二年刊『西鶴諸国はなし』『椀久一世の物語』以後、西鶴は自らと文化を共有しない江戸の読者を意識するようになる。そのことは、西鶴文学に普遍性をも付加したはずである。西鶴こそは出版史の申し子であった。

以上のように、近世の版写の二重構造は、芭蕉と西鶴という文学史上の重要な達成とも密接に連動しているのである。

四　版写の価値の差

ところで、『諸艶大鑑』巻七の二で、島原のさる太夫に『源氏物語』

を借りにやったところ、『湖月抄』が届けられ、それを見た客が「さてもさても此の里の太夫も末になるかな。昔は名のある御筆の歌書を揃へて持たぬはなし。板本遣はされて、物毎あさまになりぬ」と嘆ずる有名な場面がある。あるいは、前に一部を引いた村上忠順の『蔵書目録』の自跋の中でも、自らの蔵書の貴重さについて「この書《ふみ》どもは、漢籍《からぶみ》の四書五経などを求むるが如《ごと》、たはやすくは得がたければなり。さるは、写し巻にて伝はれるはさらなり、刷り巻といへども、かの四書五経の如、書屋《ふみや》てふ書屋に家毎には持たらず」などと説明する。これらの発言は、価値の上で写本が版本より優位に立つことを前提としている。『源氏物語』や『徒然草』など版本のある古典も、奈良絵本などの絵草紙類も、能筆家による写本が大量に作られたが、これらは調度品としての利用をねらったものである。種々の芸能の秘伝も写本で行われた。近世の写本にはこういった位相もある。

さて、小稿のはじめに、写本を生産流通させなくなった現代と述べたが、近年になって新たな写本が復活した。ネットを通した個人的な情報発信である。しかも、それはかつての写本とは違い、凄まじい伝播力を備えている。これが書物に準ずる永続性と、同じく書物に準ずる何らかの質の保証とを伴ったならば、文化の質を変える可能性がある。江戸期の多様な書物文化について知ることは、そのまま将来の書物文化について考えることにほかならない。

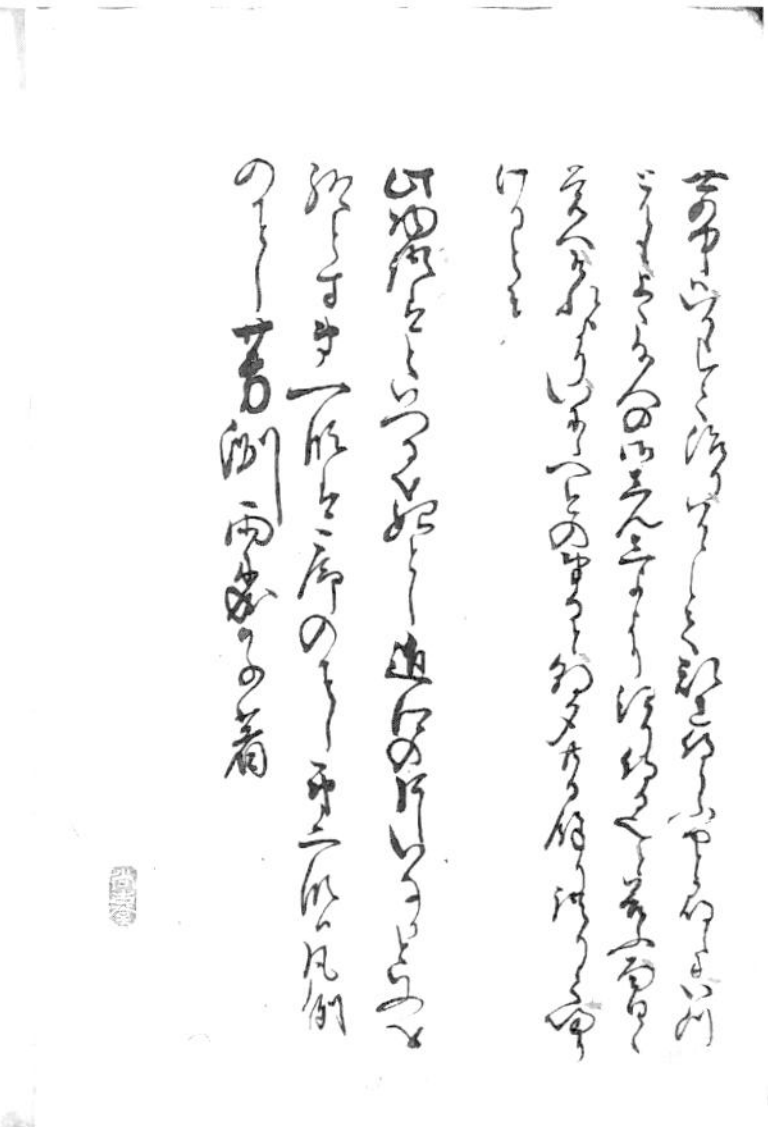

図1　雨森芳洲著『たはれ草』版本以前の写本（巻末部）（塩村蔵）芳洲奥書の寛保四年（一七四四）の三年後、延享四年（一七四七）の写本。このような版本以前の写本が数本知られており（西尾市岩瀬文庫蔵本、東京大学附属図書館森鴎外旧蔵本など）、それなりに流通したことがわかる。

十九世紀江戸文学における作者と絵師、版元の関係

佐藤　悟

一　近世文学における作者と絵師、版元の関係

近世の大衆文学は印刷文化を背景として成立し、挿絵が多用されているため、作者と絵師、版元の関係を知ることは極めて重要である。十返舎一九のように自ら挿絵を描く作者もいたが、多くの作品は専門の絵師が挿絵を担当していたため、作品は文学や美術、さらに出版や流通など、多くの視点から研究され、鈴木重三『絵本と浮世絵』（美術出版社、一九七九年）、向井信夫『江戸文芸叢話』（八木書店、一九九五年）等の先駆的な研究がある。

二　十九世紀文学史の再構築

柳亭種彦は十九世紀前半を代表する戯作者であるが、曲亭馬琴との競争に敗れた一群の読本作者の一人、読本で成功できなかったため、合巻に転進して作者として名を成したというイメージがある。これらのイメージが形成、定着したのは江戸後期の文学史が、馬琴が残した『近世物之本江戸作者部類』やその日記、書簡、評論などを根拠に、馬琴を中心とした文学史が構想されたことによる。馬琴という卓越した作者が残した文学関係資料が、研究上、第一級資料であることは言うまでもないことである。しかし資料批判をおこなわずにその記述を盲信することは、多くの危険を孕んでいるにも関わらず、それを無視して研究が進められてきた〔佐藤一九九四a〕。馬琴は読本を江戸戯作の王者と位置づけ、合巻をそれよりも劣る、潤筆料のための作品と位置付けていた。上田秋成『雨月物語』に代表される上方の前期読本と馬琴『南総里見八犬伝』などに代表される江戸の後期読本という文学史の流れを肯定するならば、それを貫くものは中国小説の摂取であり、正しい評価といえる。しかし山東京伝や式亭三馬、種彦らの読本はそれとは異なる先行の歌舞伎や浄瑠璃、浮世草子などの摂取によって書かれているものも多く、再検討を要する。また読本と合巻の関係も中国小説の摂取ということを除けば、作品としての上下関係を認めることはできない。両者の違いは、読本の購入対象者が貸本屋であったのに対し、合巻は個人を対象としていたことにあり、版元も読本が書物問屋と流通にその名義を借りた大手貸本屋であったこと、合巻が地本問屋《じほんとんや》であり、大手貸本屋よりは経営が安定していたことが、出版物の性格を規定するという側面もあった〔佐藤一九九四b、一九九五a、一九九八、二〇〇八〕。このような視点に

立てば、著名な作者の合巻の出版部数が七、八〇〇〇冊であったという合巻は十九世紀前半の大衆小説としてもっとも重要なジャンルであったことは容易に理解できる。合巻の作者として種彦は山東京伝《さんとうきょうでん》、一九、式亭三馬、馬琴、山東京山《さんとうきょうざん》らと並んで、最も重要な作者の一人であった。

三　種彦と絵師と版元の関係

種彦の合巻処女作は文化八年（一八一一）に西村屋与八から刊行された『鱸包丁青砥切味《すずきぼうちょうあおとのきれあじ》』（『柳亭種彦合巻集』一九九五）である。画工の蘭斎北嵩《らんさいほくすう》は文化六年に刊行された種彦の読本『浅間嶽面影《あさまがだけおもかげ》草紙《そうし》』（山崎平八板）とその続編の文化九年刊『逢州執着譚《おうしゅうしゅうじゃくだん》』（山崎平八板）の挿絵を担当している。北嵩は葛飾北斎の門人であり、北斎は文化四年刊『霜夜星』や文化五年刊『阿波の鳴門』など種彦の読本の挿絵を担当し、種彦の日記（以下『日記』と記す）を閲すると種彦と北斎の関係は作者と画工という関係を超えた親密さが窺われ、その交流は天保期に至るまで続く。種彦は北嵩を含む北斎の関係者とも親密であった。北嵩は文化七年から西村屋の合巻挿絵を描いたようで、文化七年刊『勧善近江八景』（関亭伝笑作）巻末の西村屋の口上に「画工はことしの初ぶたい御ひいき願ふ北嵩が画ぐみもおひ〳〵取出し御らんに入れ奉ります」とある。種彦と北嵩の関係は古く、『日記』の文化五年閏六月二十八日の条にその名が見え、文化六年十二月二十四日の条には北嵩と西村屋に同道とした記事がある。種彦が『鱸包丁青砥切味』の執筆を開始したのは、文化七年一月二十三日と知られるので、暮れの西村屋訪問は『鱸包丁青砥切味』の出版に関わるものであったと考えられる。これは種彦と西村屋の最初の接触であったと思われ、北嵩が種彦を西村屋に紹介したことになる。文化七年の『日記』には北嵩が度々登場し、北斎同様、作者と画工という関係以上の親しい間柄であったようである。その後、文化九年に種彦は『梅桜振袖日記』（歌川国丸画）、『京一番娘羽子板』（柳川重信画）、『女合法《おんながっぽう》辻談義《つじだんぎ》』、文化十年には『錦帯准無間《にしきのおびなぞらえむげん》』（重信画）、『花雪吹若衆宗玄』（勝川春扇画）、『春霞布袋本地』（重信画）、文化十一年には『堀川歌女猿まわし』（重信画）が刊行されたが、版元はいずれも西村屋であった。『日記』によれば文化七年三月十七日に『鱸包丁青砥切味』の初稿が完成し、三月二十一日には『揚屋つゞら翼の紋日』の執筆に取り掛かっている。この作品について知られるところはないが、おそらく西村屋から刊行予定の合巻であり、改題、あるいは改作されて文化九年以降の合巻作品となった可能性もある。さらに『日記』の四月五日には西村屋で文化八年刊の読本『勢田橋龍女本地』（北斎画）の「本読」、すなわち相談がおこなわれている。その時同席していたのが、版下の文字を担当する筆耕であった千形中道《ちかたなかみち》や狂歌仲間の壺龍、そして北嵩であった。四月二十四日には西村屋から『勢田橋龍女本地』の出板が決まった。『日記』には「壺龍子来リ俵藤太のきだゆふ本西与にてほるべしといひつるよしかたらるゝ」とある。『勢田橋龍女本地』は浄瑠璃様式の読本であり、演劇との関りが深い。この外、種彦は文化九年の正月用の縁起物の錦絵と思われる西村屋版の鳥居清峯画の恵比寿と大黒の錦絵（「恵比寿の画像には「墨くろにふく（福）さ唐帋へかくまてもいのち（寿）毛長し鹿（禄）のまき筆」、大黒の画像には「福引の来るもよしや梅の華日なたに笑ふ門松のもと」という種彦の画賛が記される）に狂歌を賛している。文化八年七月秋には橘茂世『北越奇談』（北斎画）に序文を寄せている。こうしたことから、種彦は西村屋との関係を急速に深めていった。そして種彦は生涯を通じて西村屋とは他の版元とは異なる関係を持っていたものと思われる。それに与っていたのは北斎系の人脈であり、馬琴とは異なる路線の読本の延長上に種彦の最初期の合巻は位置づけられるのである。

そこで注目されるのが、北斎系の人脈が種彦の戯作者としての道を開いたということである。種彦の狂歌仲間の壺龍も『勢田橋龍女本地』の出版に関わっていることから、狂歌摺物等の制作を通じて画工、筆耕を含めた文芸グループが形成され戯作者を生み出していくという構造があったものと推測される。

四　大衆小説と役者似顔絵

『鱸包丁青砥切味』は種彦が最初に役者似顔絵を使用した合巻である。処女作ですでに役者似顔絵を用いたということは、この時点で種彦の合巻の特性ともいうべきものが示されていることになる。板本の挿絵は一見役者似顔絵とは見えないが、草稿本（『第十三回国際古書展　一誠堂書店記念目録』（一九九〇年十月）、『国際稀覯本フェア　日本の古書　世界の古書』（ＡＢＡＪ日本古書籍商協会、二〇一二年三月）所収に巻二の草稿本図版収録。『国際稀覯本フェア　日本の古書世界の古書』所収の種彦の役者似顔絵使用の指示が記されている。ただ板本とは絵組が異なり、種彦が絵組にも推敲を重ねたことが窺える）には役者似顔絵の指示が記されている。これは従来指摘されていないことであり、種彦の合巻は山東京伝らによる挿絵の役者似顔絵使用の影響を強く受けていたことを示すものといえる。役者似顔絵が使用される原因として歌川豊国や歌川国貞らの役者絵を得意とした画工たちが挿絵を担当したと説明される（鈴木）。文化十一年までの種彦の合巻の特徴は歌川系の画工が少ないということで、国貞に至っては皆無である。種彦と国貞の提携は文化十二年刊『正本製《しょうほんじたて》』を待たなければならなかった。種彦の作品の特質は絵組のうまさにあり、その意味で挿絵と本文が一体となっている大衆性の強い合巻は、種彦の資質に叶ったジャンルであり、国貞は種彦の資質を生かすことのできる画工であった。西村屋の存在がなければ、種彦と国貞の提携はあり得なかったものと思われる。

五　その後の種彦と西村屋与八

『正本製』全十二編は文化十二年から天保二年（一八三一）にかけて西村屋から刊行された。しかし『正本製』初編草稿が完成したのは文化十年三月であったことが、天保七年板『正本製』初編後帙により知られる。長編のように見えるが、その実際は歌舞伎の正本を意識した短編合巻と中編合巻の作品のシリーズ名というべきものであった。『正本製』と相前後して出版された短編合巻も役者似顔絵の使用など、歌舞伎と密接な関係を持った作品が多い（佐藤一九九二、一九九五b）。種彦の合巻作者としての本質は短編合巻にあったとみるべきである。絵組を重視し、歌舞伎を利用した趣向や、浮世草子や貞門・談林俳諧を巧みに利用するなど、馬琴とは方向性の異なる、種彦らしい作品となっている。合巻に役者似顔絵が用いられるのは、合巻が個人を対象に大部数発行された作品であるからである。京伝や三馬の読本にも役者似顔絵が用いられた作品があり、合巻だけに見られる現象ではない。

種彦と西村屋の関係は種彦の執筆活動の軸になったもので、合巻以外でも文政九年（一八二六）刊の随筆『還魂紙料《かんごんしりょう》』などの刊行を挙げることができる。特筆すべきは天保五年から天保十二年にかけて刊行された『邯鄲諸国物語《かんたんしょこくものがたり》』八編の刊行である。この作品は天保十三年に種彦が没すると、門人の笠亭仙果によって書き継がれ、二十編に至った。長編合巻というよりは諸国物語の形式をとった連環短編合巻ともいうべきもので、種彦によるものは「近江の巻前帙」「近江の巻後帙附出羽の巻」「大和の巻前帙」「大和の巻後帙」「大和巻残編」「播磨の巻前編」「播磨の巻中編」「播磨の巻下編」であり、江戸前期文学の摂取という点では種彦の特質が最もよく現れた作品といえる。板元は天保九年刊「大和巻残編」までが西村屋、天保十一年刊「播磨の巻前編」以降が山本平吉である。板元の変更には西村屋の経営難があった。この作品こそ種彦の合巻の集大成ともいうべきものであるが、鶴屋喜右衛門から刊行され、ベストセラーとして世評が高かった『修紫《にせむらさき》田舎《いなか》源氏《げんじ》』の陰に隠れて研究が行われていないのは残念なことである。

参考文献

佐藤悟「合巻の構造」（水野稔編『近世文学論叢』、明治書院、一九九二年）
佐藤悟「柳亭種彦――馬琴の描いた種彦像」（『国文学・解釈と鑑賞』五九巻八号、一九九四年八月a）
佐藤悟「馬琴の潤筆料と板元――合巻と読本」（『近世文芸』五九号、一九九四年一月b）
佐藤悟「本替あるいは交易と相板元」（『読本研究』九輯、一九九五年十月a）
佐藤悟「戯作と歌舞伎――化政期以降の江戸戯作と役者似顔絵」（『浮世絵芸術』一一四号、一九九五年一月b）
佐藤悟「地本論――江戸読本はなぜ書物なのか」（『読本研究新集』第一集、一九九八年十一月）
佐藤悟「文政末・天保期の合巻流通と価格」（『日本文学』五七巻一〇号、二〇〇八年十月）
『柳亭種彦合巻集』（叢書江戸文庫35、国書刊行会、一九九五年）

西鶴浮世草子をどう読むべきか

中嶋　隆

はじめに

西鶴に限らず、作品を「どう読むべきか」は、解釈やテキスト論の問題であると同時に、「どう読まれてきたか」という研究史の問題でもある。現在、研究者の西鶴作品へのアプローチは百花繚乱のごとき様相を呈している。が、失礼ながら、それは研究史への知覚を欠いた方法論の混乱としか言いようのない状況だと、私には思える。

本稿では、戦後の西鶴作品論に多大の影響力をもった暉峻康隆《てるおかやすたか》・中村幸彦《なかむらゆきひこ》・谷脇理史《たにわきまさちか》の研究方法について、まず取り上げ、私見を述べたい。その上で、私の考える「どう読むべきか」の方向性なりとも提起できればと考える。なお、戦後の西鶴研究史については、「西鶴浮世草子の研究動向」（中嶋二〇一二）、「西鶴研究の展望――「好色本」の文学史的位相をめぐって」（中嶋二〇一〇）で述べたことがある。論旨が重複する箇所があるが、御了解いただきたい。

一　谷脇理史の暉峻批判

「どう読むべきか」という点で、戦後の西鶴研究に影響力をもった代表的研究者は、暉峻康隆である。あえて「代表的」と言ったのは、『西鶴評論と研究』（中央公論社、一九五〇年）の読解方法が、プロレタリア文学史観に加えるに「文芸性発展史観」ともいうべき文芸史観を基礎に、「現実認識」「主体」「階級」「リアリズム」といった昭和二・三十年代のパラダイムを核に展開されていたからである。「暉峻西鶴」は、当時の社会的・制度的価値観が反映されていたがゆえに、多大の影響力をもった。読解というレベルで言えば、中村・谷脇は、「支配的読解」(dominant readings)となった暉峻の作品論に対し、それとは対蹠《たいせき》的な読み方「対抗的読解」(oppositional readings)や読解のパラダイムを変える「転換的読解」(reversal readings)を追究した。なお「支配的読解」「対抗的読解」「転換的読解」については、「西鶴の遊女観――多義的『主題』と『作者』について」（中嶋二〇〇三）を参照されたい。

暉峻の西鶴論（作品論）の特徴は、暉峻が作品から感得したテーマを作品刊行順に並べて、「作家の現実認識は深化する」という作家観から、現代人と同じような西鶴像を描いて見せたことにある。適確な鑑賞力に支えられた暉峻の西鶴論を崩すには、作品論の展開を、出版時点ではなく、草稿の成立時点になるように厳密に考証し直せばいい。作品が一気に書き下ろされたという暉峻の西鶴論の前提を覆した谷脇の『日本永代蔵』の書誌的研究（草稿成立論）は、その意味で当時の学界に衝撃を与えた。しかし、版本の版面の不整合から草稿を推定する研究には、蓋然性に限界がある。この点については、谷脇自身が『「日本永代蔵」成立論談義』（清文堂出版、二〇〇六年）で、谷脇の方法を真似た研究に苦言を呈した。また草稿を想定しても、肝心の草稿成立時期が特定できないと「暉峻西鶴」の反論にはならない。西鶴はほとんどがこのケースだが、執筆時期の根拠となる記事がテキストに見出されない場合、研究者の措定する西鶴の創作意識に、その作品のテーマやモチーフを位置づけ、成立年次が推定されることが多い。これでは、別な研究者が、異なった西鶴の創作意識や作家像を想定した場合には、結論が異なってしまう。とどのつまりは暉峻の措定した西鶴像のほうがわかりやすいという理由で、暉峻説が多数派になる場合が多かった。『日本永代蔵』巻四までと巻五・六との成立時期の前後関係について、暉峻と谷脇とが正反対の結論に到り、現在も決着がつかないのは、このせいである。

　西鶴の現実認識の深化を作品論として論じた暉峻の研究を、当初、谷脇は「表現」という対抗軸から批判した。西鶴の「認識」を「表現」に換えた点では、作家論転換の視座となったが、谷脇の措定した「表現」軸は、実は草稿成立論同様、作者を論ずることが、その前提となっていた。幕府の出版取り締まりに気を配る西鶴という、晩年の谷脇が提起した西鶴像も、二つの点で同様な限界があった。一つには、その西鶴像が、主体性を作家像の核心に据えた「暉峻西鶴」への反措定として仮構されたこと。二つには谷脇の人間観の反映された作家像になったことである。

　作品の読解から西鶴像を想定する方法論は、現在でも多くの研究者が採用する。作品の読みは研究者の価値観や問題意識に制約されるから、読解を根拠に形成された西鶴像は、当然、研究者自身の人間観が反映されたものとなる。自然主義作家の論ずる西鶴が理想的自然主義作家像となったように、西鶴像が、研究者の人間観に似てきてしまうのだ。これは、必ずしも研究者側の問題だけではなく、西鶴のテキストそのものに起因する面がある。つまり、西鶴浮世草子はコンテクストが複綜する構造を持っている（中嶋二〇〇三）ので、研究者（読者）が、絡み合ったコンテクストから自分の価値観に見合ったコンテクストを選択し、場合によってはテキストにはないコンテクストを創造してしまうことさえ可能なのだ。

　谷脇の晩年の研究姿勢は、テキストを厳密に読み込むことに終始するが、「読む」こと自体に、このような矛盾があった。その点に無自覚だったこと（あるいは、自覚しながらあえて論じたこと）、ここに谷脇の研究方法論の限界があったと思う。

二　中村幸彦の暉峻批判

中村は、名指しして暉峻を批判したことはない。しかし、その論考を読めば、当時西鶴研究のパラダイムを為していた「暉峻西鶴」への批判が籠められていることは自明である。批判の論点は、暉峻の「現実認識・表現」の構図で形成された西鶴像と、その文芸史観を否定することにあった。

前者については、簡単に言えば、中村は、西鶴の生きた時代の読み方を追求し、現代小説と同じレベルで西鶴を評論する「暉峻西鶴」を相対化した。この点について、今でも誤解している研究者が多い。中村の提起した方法論を単純化して「西鶴の生きた時代の読者のように読むべきだ」などというエピゴーネンの主張を聞いたなら、泉下の中村は苦笑することだろう。つまり繰り返せば、中村は、暉峻の方法論を、西鶴時代の読解を再構成することによって相対化したのである。これは、西鶴時代の読解を資料を駆使した傍証によって再現したとしても、その読み方が現代的意義を持たないかぎりは意味がないということである。いわば近世的読解、近代的読解双方を絶対視することを否定した点に、中村の方法論的特徴があった。

後者についてユニークなのは、暉峻が西鶴の認識の深化という観点から展開した作品論を、中村は文学史的通時軸を明確にし、文芸様式の変遷として把握したことである。前掲の「西鶴浮世草子の研究動向」で、私は次のように述べた。

> 中村の近世文学研究の特徴は、「文芸様式」や「時代思潮」を明確な通時軸上に位置づけたことにあると、私は思う。いわば「史的」であり、今風にいうなら「戦略的」であったことだ。中村の西鶴論は、伊藤仁斎研究と同じ地平で展開された。すなわち儒学、文芸という領域を超えたパラダイムを追求した点と、フォルマリズムさながらに文芸史の動因を新旧様式の相克として把握している点に、中村の西鶴論がきわめて現代的である根拠があった。

中村の研究方法が、明確な通時軸をもった点は、谷脇と対蹠的だった。谷脇は暉峻の文芸史観を、「文芸史などない」というふうに否定したのに対し、中村は暉峻とは違う観点から文芸史を再構築しようとしたのだろう。活躍時期は逆だが、中村の観点は、谷脇批判ともなりうる。私は、文芸史を文芸様式の相克と位置づける中村の発想に共感する。

三　『好色一代男』の意義

元来は創作・享受のトポス（場）の重なるはずのない詩と小説とが、「歌物語」の例を引くまでもなく、日本では融合しつつ展開した。西鶴も例外ではない。矢数俳諧は、俳諧史からみるとあだ花だが、私は、『好色一代男』が画期的だったのは、独吟・速吟の矢数俳諧《やかずはいかい》、特に遣句《やりく》に多用された「心づけ」の発想を取り入れた「俳諧的小説」だったからだと思う。連句の付け筋をコンテクストと言い換えると分かりやすい。西鶴の句作りの基本的発想は、異質なコンテクストの取り合わせによる「大笑い」にあった。「俳諧的小説」の特徴の一つは、コンテクストが複綜し、一方が他方を両義化する点にある。『好色一代男』にかぎらず、西鶴小説は、読者が自らのコードから、複綜《ふくそう》したコンテクストを再構成する構造をもつ。

複数のコンテクストを取捨選択しつつ、読者が自らのコンテクストを創っていくという西鶴小説の受容形態には、前句の享受・付句の創作の一体化した連句の受容形態と似た側面がある。『好色一代男』で俳諧と小説とを、いわば綯《な》い交ぜたことは、以降の西鶴作品のテキスト構造を決定付けることとなった。依拠した先行文芸様式に応じて、西鶴の文体は変化するが、複綜するコンテクストをもつテキスト構造は、各作品に通底するのである。

四　作家論からの解放

谷脇とは違う観点から「暉峻西鶴」を乗り越えるには、作品の読解からは、現実の西鶴（テキスト外に実在する西鶴）が読み取れないということを、読解の前提にすることが必要だと思う。西鶴浮世草子の「話者」について、当時の読者は西鶴だと考えたことだろう。しかしながら、この西鶴は、受容コードから形成された作者、いわば、テキストに内在する作者である。「話者（西鶴）」は文芸様式に制約される。たとえば「好色本の祖」とされた西鶴と、「町人物」「武家物」の「話者」としての西鶴とは相容れない。受容コードによった西鶴像（テキストに内在する作者）が、現実の西鶴（外在する作者）とは異なると考えると、作品読解から西鶴の現実認識の深化や展開を跡付けるという暉峻の研究方法が成り立たなくなる。私は、十七世紀の仮名草子・浮世草子の展開を「現実再現」という通時軸から考察したことがある（「仮名草子・浮世草子における〈小説とは何か〉」（中嶋一九九六））。十七世紀の小説は、徐々に「現実再現」が拡大していく様相を示すのだが、暉峻が西鶴の現実認識の深化とした叙述は、この流れのなかでは把握されるべきであると思う。「西鶴浮世草子をどう読むべきか」は、文学史的通時軸を明確にし、「作家論」の軛《くびき》から、作品論をいかに解放するか、この点からの試行錯誤が肝要になると考える。

参考文献

中嶋隆『初期浮世草子の展開』（若草書房、一九九六年）
中嶋隆「西鶴・読者・想像力——コンテクストの複綜をめぐって」（『西鶴と元禄文芸』若草書房、二〇〇三年）
中嶋隆「西鶴研究の展望——「好色本」の文学史的位相をめぐって」（『近世文芸　研究と評論』七八号、二〇一〇年六月）
中嶋隆「西鶴浮世草子の研究動向」（中嶋隆編著『21世紀日本文学ガイドブック　井原西鶴』ひつじ書房、二〇一二年）

近世に怪談が流行ったのはなぜか

佐伯孝弘

一 近世は怪異流行の時代

近世は怪異流行の時代である。幽霊や妖怪といった怪異の要素を含む文芸や芝居などが、近世初期から幕末に至るまで多く出続ける。特に名作とされるのが、上田秋成作の読本『雨月物語』（安永五年〈一七七六〉刊）や鶴屋南北作の歌舞伎『東海道四谷怪談』（文政八年〈一八二五〉、江戸中村座初演）である。前者は美文による怪異描写の冴えに加え、怪異を通して人間の深い業《ごう》や心の闇を描出。後者は凄惨な「髪梳《す》き」の場や「戸板返し」「提灯抜け」等の「ケレン」（仕掛けを使って、観客の意表を突き驚かせる演出）で恐怖心を煽《あお》りつつ、善悪の錯綜（善の惨めさや、悪の太々《ふてぶて》しさ）や、下層社会の日常を活写。共に傑作とされ現代でも人気が高い。怪談・奇談を集めた短編集は近世を通して編まれ、中国小説の影響の強い読本は浪漫性と怪異性に満ちている。絵画でも、芝居の幽霊物を描いた浮世絵版画や、肉筆の幽霊画等が多く描かれた。

二 怪異の変容

近世文学は出版文化の進展と共に大衆化・多様化の様相を深めるが、これと軌を一にして怪異物も多様化していく。

中世の仏教説話の系譜を受けた、因果応報の理を説く教訓色の強い怪異譚が見られる一方で、怪異譚の中に怪異譚らしからぬ笑いの要素を持つものや、怪異を否定するようなものも、近世前期において既に見える。自身の良心の呵責（「心の鬼」）により怪異を見る話もある。近世の怪異譚流行の原因を、嘗《かつ》ては人々が素朴に怪異を信じていたからだとする見方もあったけれども、こうした怪異譚の存在は、近世の人々がそう単純に怪異を信じていたとばかりは言い切れないことを如実に示唆している。

地獄破りや地獄遍歴の趣向を構えた作品の系譜を見ても、地獄に墜ちた歌舞伎役者達や武士達が閻魔大王や鬼達へ反乱を起こして大王を追い立てたり、地獄にも跡目争いがあったり、地獄・極楽にも遊里が栄え色恋の騒動が起きたりと、地獄が現世と変わらぬ卑俗化した様相に描かれている。近世後期の戯作になると、怪異の娯楽化、滑稽化が顕著な作が続出する。例えば、十返舎一九は妖怪物の合巻を何作も残しており、それらの描く妖怪達は素朴で野暮《やぼ》で人間界に憧《あこが》れ、人間に負かされたり笑われたりする存在。噺本《はなしぼん》や落語には変化《へんげ》咄が豊富で、その中の幽霊や妖怪達はいずれも心優しくお人好しで甚だ人間臭い。十九世紀に入ると文芸に限らず、化物双六《すごろく》、妖怪カルタ、的《まと》に妖怪を描く「からくり的」といった妖怪玩具も作られ、妖怪が親しみ易い「キャラクター」として使われるようにもなり、怪異の娯楽化・滑稽化は一層進む。

三　近世の怪異流行の理由

近世に怪異物が流行した理由として、以下の複数の要因を挙げることができよう。

〈平和ゆえの刺激の欲求〉　平和が到来し経済も発展。特に都市の町人の生活に余裕が生じる中、刺激を求めた。以前の戦国の世は現世がまさに緊張と暴力に満ちた「地獄」の有り様ゆえ、わざわざ刺激を求める必要がなかった。

〈価値観・現世観の変化〉　徳川幕府が儒教（特に朱子学）を官学として採用し民衆の徳育に努め、寺子屋の普及もあって、儒教は急速に普及した。一方、中世に民衆の思想を支配した仏教は、幕藩体制下に寺請制（宗門改め制）の形で採り込まれ寺院経営が安定したため、以前程は信者獲得に向けた布教活動を行う必要がなくなった。結果として仏教の民衆への影響力が薄まり、相対的に儒教の影響力が増して行った。来世における往生を希求し現世を仮の世と考える仏教思想（特に浄土教）に対して、儒教は現世重視。仏教思想一辺倒でなくなった分、あの世や幽霊などを相対化して眺め多様に描き易くなった。

〈出版文化の創始と発達〉　寛永年間（一六二四～一六四五）に出版業が成立。日本は出版文化の時代に入り、文学作品を含めた書物が商品性を帯びることになった。寺子屋の普及による識字率の向上と経済発展を受け、出版ブームが起こり、作者と本屋は強く読者を意識した作品作りを行うようになった。こうした出版文化の進展が、人々の多様な嗜好と相俟《あいま》って、幅広い怪異物ブームに繋《つな》がった。

〈怪異の趣向化〉　前項と関連。怪異ブームが起きる中、小説作者・芝居作者・講釈師・落語家・説経僧（唱導僧）・絵師などが、人々の嗜好を採り入れて作品の商品価値を高めるべく、怪異の趣向化や劇的描出を進めた。このことがブームに拍車を掛けた。

〈夜咄の会の盛行〉　日待・月待・庚申待の風習が広がり、集った人々が咄を披露し合う夜咄の会が盛行。語られる咄は、笑話と怪談が多く、怪異小説のネタとなることもあった。

〈御伽衆《おとぎしゅう》の下野〉　戦国時代には武将に御伽衆（御咄衆《おはなししゅう》）が抱えられ武将の側近く仕え、武辺咄や笑話・怪談・奇話などを聞かせて無聊《ぶりょう》を慰めた。徳川の世に入り貨幣経済が進展すると、支出が増大して幕府も各藩も財政が逼迫《ひっぱく》。御伽衆を抱えていられなくなった。禄を離れた彼らは、舌耕者や文芸作者として一般の人々へ咄を提供することとなった。

〈地方への関心の高まりと、情報の流入〉　文芸創作や出版は主に三都（京・江戸・大坂）で行われたが、交通の整備と物流の活発化に伴い、地方への関心が高まった。且つ、人々の移動の頻繁化や俳人のネット

図1　『絵本怪談揃』巻4（天保2年〈1831〉刊）（清泉女子大学蔵本）

ワーク等により、地方の民話・伝説・奇話も都市へ伝わり易くなった。

〈巡礼僧や熊野比丘尼の存在〉　巡礼僧（六十六部・廻国僧）や熊野比丘尼《びくに》（勧進比丘尼）が諸国を回り巷説《こうせつ》の流布に関わったり絵解きを行ったりすることが、異界・他界等への人々の潜在的な興味を掻き立て、全国で怪談・奇談への需要を増す一因となった。

〈仏教各宗や寺院の布教活動への怪談の取り込み〉　幕府の方針で仏教各宗の教団の組織化や檀家制度が整い寺院の経営はほぼ安定したが、各宗が庶民への布教活動を止めた訳ではない。勧化本《かんげぼん》や寺院の縁起、寺で行う談義などに、教義や自派の高僧の法力を示す例話として、怪談が採り込まれることが多々あった。

〈近世における「葬式仏教」の定着〉　近世に入ってからの寺請制・檀家制に基づく「葬式仏教」の定着により、死者は遺族・僧により供養されて成仏できるものとされた。非業の死を遂げ弔ってもらえぬ死者の霊は、幽霊として迷って出ると恐れられた。

〈中国の怪異譚の影響〉　怪異性・浪漫性を色濃く有する中国小説が、日本の近世小説に大きく取り込まれ、影響を与えた。近世中期には知識人・上層町人の間で、『水滸伝』などの中国文芸のブームが起こったことも、この傾向に拍車を掛けた。

〈類書や博物学の流行〉　中国の百科事典編纂・刊行や博物学流行の影響もあり、日本でも類書（絵入り事典や便利書の類）が多く刊行され、近世中期以降、知識人の間で博物学が流行した。この流れに乗って、妖怪までが分類すべき考察対象となり、鳥山石燕《せきえん》作の『画《え》図《ず》百鬼夜行《やぎょう》』（安永五年〈一七七六〉刊）に代表される妖怪絵本が多く出た。それ以前は単に不思議な現象と認識されていた事象にまで妖怪としての名称や姿が宛《あて》がわれることになり、妖怪の種類が格段に増し、人々の妖怪に対する興味を増進させた。

〈近世的合理主義の反作用〉　新興町人や儒学者・文人などの知的探求心や合理的精神が発達する中、儒教の世界観を基に怪異を否定する弁惑物という文芸も発生。『古今百物語評判』（山岡元隣作、貞享三年〈一六八六〉刊）に見られる如く、怪異を否定しつつも怪異の「読み物」たる要素を備えていた。また、いくら合理的に説明しようとしても説明の付かない部分が残ることから、却って人智の及ばぬ現象への興味が増大する結果となった。

〈怪異の視覚化とその効果〉　近世小説には大抵挿絵や口絵が付き、筋立ての中の印象的な場面等を描く。その他、歌舞伎・浄瑠璃の舞台や浮世絵版画・肉筆画、見世物小屋等で怪異が趣向として多用され、人々に与えた視覚的な刺激が大きかった。

〈カムフラージュの役割〉　享保七年（一七二二）の出版統制令に代表される、幕府の出版統制・言論統制の中、政治批判・世相批判をしたり権力者である武士を俎上に載せたりすることは、処罰を受ける可能性が高く、文芸を創作する側にとって大変危険であった。現実離れした笑話や怪談の形でパロディー化したり皮肉ったりという遠回しな形で、批判精神の表出が為される場合があった。即ち、カムフラージュの機能である。

〈怪異の娯楽化〉　近世前期から、娯楽性の強い浮世草子や芝居に怪異が採り込まれ、怪異が娯楽的要素を帯びつつあった。仏教の宗教儀礼に端を発するとされる百物語が、若者の肝試しの遊びとして行われたことも軌を一にする。文運東漸《とうぜん》後の江戸の戯作は笑いの要素が強く、怪異物の滑稽本や草双紙等も多く書かれた。幽霊や妖怪が人間に見下され笑われる滑稽な存在として描かれるに及び、怪異の娯楽化は決定的になった。一部の妖怪には、親しみ易いイメージすら生まれキャラクター化する傾向すら生じた。

〈幕末の不安な世相の反映〉　十九世紀に入ると、幕府が弱体化し列強の黒船が日本近海に頻繁に現れるなど社会が不安定化し、人心の不安も募った。退廃的気分が蔓延する中、怪異物や犯罪物の文芸・芝居・浮世絵等が流行した。鶴屋南北の幽霊物や河竹黙阿弥の白浪《しらなみ》物の歌舞伎などがその典型である。

四　付言

怪異は日本の文学・文化・思想などを考察する際の実に刺激的なテーマの一つであり、近世文学を通時的あるいは共時的に考究する際にも有効な切り口たり得るに違いない。

参考文献

アダム・カバット『江戸滑稽化物尽くし』（講談社、二〇〇三年）
アダム・カバット『江戸の化物』（岩波書店、二〇一四年）
アダム・カバット『江戸化物の研究』（岩波書店、二〇一七年）
宇佐見喜三八「怪異小説は何故近世に栄えたか」（『解釈と鑑賞』一九巻五号、一九五四年五月）
後小路薫『勧化本の研究』（和泉書院、二〇一〇年）
香川雅信『江戸の妖怪革命』（河出書房新社、二〇〇五年）
佐伯孝弘「近世前期怪異小説と笑い」（ハワード・ヒベット＋文学と笑い研究会編『笑いと創造第6集　基礎完成篇』勉誠出版、二〇一〇年）
佐伯孝弘「近世前期怪異小説の諸相」（『清泉文苑』二九号、二〇一二年三月）
高田衛『女と蛇』（筑摩書房、一九九九年）
太刀川清『近世怪異小説研究』（笠間書院、一九七九年）
堤邦彦『近世仏教説話の研究』（翰林書房、一九九六年）
堤邦彦『江戸の怪異譚』（ぺりかん社、二〇〇四年）
堤邦彦『女人蛇体』（角川書店、二〇〇六年）
野田寿雄「怪異小説の系譜と秋成」（全国大学国語国文学会編『講座日本文学8（近世篇2）』三省堂、一九六九年）
右の他、今井秀和・門脇大・近藤瑞木などの諸論

秋成にとって『春雨物語』を書く意味とは

長島弘明

一　『春雨物語』の内容

『雨月物語』とともに上田秋成の小説の代表作であり、近世小説の傑作として評価が高い作品が『春雨物語』である。『春雨物語』は江戸時代には出版されず写本で近代まで伝わったが、現在完全原稿の形で残っているのは、奥書に「文化五年春三月」（すなわち一八〇八年三月）の年次記載のある、いわゆる文化五年本である。文化五年本に属する本はいくつかあるが、いずれも筆跡は秋成のものではなく、秋成の原稿がもとになっている転写本である。その文化五年本に従って『春雨物語』所収の各話を示せば、最初に序があり、その後に「血かたびら」「天津《あまつ》をとめ」「海賊」「二世《にせ》の縁《えにし》」「目ひとつの神」「死首《しにくび》の咲顔《えがお》」「捨石丸《すていしまる》」「宮木《みやぎ》が塚」「歌のほまれ」「樊噲《はんかい》」という順序となっている。しかし、『春雨物語』には、この文化五年本以外にも、いずれも不完全原稿ではあるが、それぞれ『春雨草紙《ぞうし》』、天理冊子《さつし》本、富岡本、天理巻子《かんす》本などと呼ばれる、数種類の秋成自筆の原稿も残っている。それらの原稿を文化五年本と比較すると、同じ話でも文章がかなり相違したり、また話の筋が大幅に変化したりするのはもちろん、はなはだしい場合には、収められる話そのものや、話の順序まで異なっている。『春雨物語』は、何度も推敲され、流動している小説集である。諸稿の順序の推定については、ここでは深入りしないが、一つだけ指摘しておくと、筋や描写が詳しい富岡本・天理巻子本が『春雨物語』の最終稿本であるとする説が長らく定説となっていたが（中村幸彦一九五九「『上田秋成集』解説」等）、現在では、むしろ文化五年本よりも前の稿本である可能性が大きいと考えられている（長島二〇〇〇「『春雨物語』の自筆本と転写本」）。

『春雨物語』所収の話は、ごく大ざっぱに分ければ、冒頭の「血かたびら」「天津をとめ」「海賊」のように、歴史的事実に自由な虚構を加えた歴史物語的な話と、「二世の縁」「目ひとつの神」「死首の咲顔」「捨石丸」「宮木が塚」のように、世間に流布する巷説・伝説・説話を素材にした話の二つに大別される。もちろん、このどちらにも分類しきれない「歌のほまれ」「樊噲」などもある。ごく短い歌論の覚書《おぼえがき》風の「歌のほまれ」から、秋成の物語中で最も長く、長編物語の骨格を備えた「樊噲」まで収めた『春雨物語』は、一見すると長さも素材もテーマもまちまちで、統一感に欠けるように思われるが、『春雨物語』全体を貫く秋成のモチーフは、人間や事物の運命を統御する内在的な理法である「命禄」（王充『論衡』中のことば）を、秋成なりに明らかにすることであった。

二　著書廃棄と『春雨物語』の成立年次

秋成は七十四歳の文化四年（一八〇七）秋、自らの著書を古井戸に捨てた。『文反古《ふみほうぐ》』下に収める「難波の竹斎」すなわち森川竹窓あての秋成の手紙から引用する。

> 翁がともがらの、世に立《たち》はさまれて、いのちながきは無益なるものなれど、天禄とか命数とか、そのかぎりは苦楽のあひだにたゞよひてあるから、人のためにえならず、人に役せらるべきにあらねば、たゞ薄く着、淡きをくらひて終らむの外なし。無益の草紙世にのこさじと、何やかやとりあつめて、八十部ばかり、庭の古井にしづめて、今はこゝろゆきぬ。
>
> 　ながきゆめみはてぬほどに我《わが》たまのふる井におちて心さむしも

右の手紙には、「何やかやとりあつめて、八十部ばかり」とあるが、『毎月集』の村瀬栲亭《こうてい》序には「万葉集訓詁及筆記八十余巻」、『胆大小心録』には、「蔵書の外にも著書あまたありしとともに、五くゝりばかり」、『背振翁《せぶりのおきな》伝』には、「著書、論弁、注解、若干編」としている。『茶瘕酔言《ちやかすいげん》』（中之島図書館蔵本）には、具体的に「金沙《きんさ》」（『金砂』と『金砂剰言』）の書名が見える。廃棄されたのは、主に学問的著述らしい。秋成はここで学問をやめたのである。もちろん秋成が完全に筆を折ったわけではない。この後も、死去までの二年弱の間、和歌・和文や物語・随筆（中には、学問的な考証を含む随筆もある）を秋成は書き続けている。

それでもこの著書廃棄は重要な画期である。学問的に見える文章でも、『神代《かみよ》がたり』等の著書廃棄以降のそれは、研究的な事実考証ではなくて、論証を趣旨としない、楽しい想像の産物となっている。また、同じく物語的な文章といっても、この著書廃棄の前と後とでは、秋成にとっては違った意味を持つのである。

ところで、『春雨物語』はいつ書かれたのであろうか。成稿年次がはっきりしているのは諸稿のうち文化五年本のみで、それは文化五年三月である。すなわち著書廃棄以後の成立である。他の自筆稿本は、文化五年三月より前に書かれたものだということは分かるが、それは著書廃棄の前後いずれであろうか。以前は、『春雨物語』は、「寛政享和の間から、折にふれて作った」という説もあったが（中村一九五九）、そうではない。現存する最初期の原稿である『春雨草紙』も、文化五年正月以降の執筆である（長島二〇〇七）。とすれば、『春雨物語』の歴史物語的な話は、同じ歴史的な素材に基づいた話であるといっても、『雨月物語』（安永五年〈一七七六〉刊）はもちろんのこと、鎌倉初期を舞台とした『月の前』『剣《つるぎ》の舞《まい》』（ともに寛政十一年〈一七九九〉成）とは別物なのである。

また、同じく実際の事件に取材していても、『春雨物語』の「死首の咲顔」は、『ますらを物語』（文化三年か四年〈一八〇六か一八〇七〉成）とは違うのである。

三　事実は虚構、虚構は事実――学問と創作の境界の無化

それでは、『春雨物語』とそれ以前の小説・物語はどこが違うのであろうか。それを考えることが、秋成が著書投棄以後において、『春雨物語』を書いた意味を明らかにすることにつながってくる。

『雨月物語』で時代背景として歴史的事件が踏まえられている話には、例えば、尼子《あまこ》の富田城攻めを描いて十五世紀後半に設定されている「菊花の約《ちぎり》」や、享徳の乱などを点綴してやはり十五世紀後半に設定されている「浅茅《あさじ》が宿」等がある。しかし、その主人公たちは、「菊花の約」の場合は白話小説『古今小説』の「范巨卿雞黍死生交《はんきよけいけいしよせいのまじわり》」から、また「浅茅が宿」の場合は、文言小説『剪灯《せんとう》新話』の「愛卿《あいけい》伝」から連れてきたもので、これは最初から虚構の中の人物である。また逆に、『吾妻《あづま》鏡』や服部南郭『大東世語《せいご》』等による『月の前』『剣の舞』は、頼朝にしろ西行にしろ静御前《しずかごぜん》にしろ、実在人物である。『大東世語』はもちろん、『吾妻鏡』もすでに潤色された話であり、そういう意味では厳密には史実を材料にしているとはいいがたいし、また秋成が想像を加えて登場人物を造形していることも確かであるが、史実（とされるもの）に明確に反する設定や、史上の人物像と大きく齟齬するような人物造形にはなっていない。すなわち、著書廃棄以前の小説は、『雨月物語』のように、もともと虚構中の人物にさらに潤色を加えるか、または『月の前』『剣の舞』のように、史実に反しない範囲で想像をめぐらすか、いずれかである。

しかし例えば『春雨物語』の「血かたびら」の場合は、主人公の平城《へいぜい》帝を、『日本逸史』に記された「識度沈敏」（見識器量にすぐれ聡明である）の対極にある「善柔」（善良で気が弱く決断できない）の人物に造形してしまっている。「血かたびら」の平城帝は、史上の平城帝とはもはや別人で、強いことばで言えば、平城帝である必然性はなくなっているのである。また、「海賊」で、紀貫之（八六〇前後～九四五か）と対面している文屋秋津《ふんやのあきつ》（七八七～八四三）は、ほぼ貫之の一世紀前の人物である。出会う事のない人物の対話。こうなると、史実への加筆とか潤色とかいう範囲をはるかに超えている。すなわち『春雨物語』では、史実と虚構の境がなくなっているのである。言い方を変えれば、前年の著書廃棄により、捨てられた学問が物語の中に再生しているのである。もう少し正確に言えば、学問的に追究された史実と、想像の中で形作られた虚構の歴史が一つに溶け合って、史実（事実）でも虚構でもない、学問でも創作でもない、新たな次元の世界が切り開かれているのである。「血かたびら」や「天津をとめ」には、かつての学問的歴史随筆『遠駝延五登《おだえごと》』で考察された歴史が再び取り上げられ、「海賊」に出る海賊の菅原道真批判は、かつて秋成が書いた漢文の歴史人

物評「菅相公《かんしようこう》論」をほぼそのまま作中に持ち込んでいるが、これも正確に言えば、創作の中に学問を持ち込んだのではなく、学問でも創作でもない新たな文章空間を秋成はここで作り上げたというべきであろう。

いわゆる源太騒動を小説化した『西山物語』が真実を写していないと批判し、秋成は文化三年（あるいは四年）にこれこそ真実であるとする『ますらを物語』を書き上げていた。そして『春雨物語』では、再び源太騒動を素材にして、『西山物語』以上に奔放な脚色を凝らした、言いかえれば真実からはるかに遠ざかった「死首の咲顔」を書いている。かつては秋成があれほどこだわっていた歴史上の事件の事実性も、同時代に起こった事件の事実性も、『春雨物語』ではすっかり念頭から外されている。いまだかつてなかった、事実と虚構が混然として一体になった世界を文章で作り上げたこと、そしてその中で、不可思議な「命禄」のあり方を追究したこと、それが秋成が『春雨物語』を書いた意味であり、『春雨物語』の達成であった。『春雨物語』は秋成の小説の集大成だという言い方は、もし『春雨物語』が秋成の従来の小説の延長上にあるという意味であるならば、また「小説」が単なる虚構の話であるという意味であるならば、それは誤っていると言わざるを得ない。『春雨物語』は、小説らしくない、あるいは、小説ではない小説なのである。

参考文献

長島弘明「解題　春雨物語」（『上田秋成全集　第八巻』中央公論社、一九九三年）
長島弘明『秋成研究』（東京大学出版会、二〇〇〇年）（特に「『春雨物語』の自筆本と転写本」と「秋成の「命禄」――『論衡』の影響について」）
長島弘明「秋成の著書廃棄」（『文学』八巻三号、二〇〇七年五月）
長島弘明「最晩年の秋成」（『文学』一〇巻一号、二〇〇九年一月）
中村幸彦「解説　三　春雨物語」（『上田秋成集』岩波書店、一九五九年）

馬琴の「隠微」とは何だったのか

板坂則子

一　「稗史七則」と『八犬伝』中の「隠微」

『南総里見八犬伝』第九輯中帙附言には、「稗史七則」として知られる馬琴の小説創作上の法則を掲げた高名な一文が載る。

唐山元明《からくにげんみん》の才子《さいし》等《ら》が作《つく》れる稗史《はいし》には、おのづから法則《ほうそく》あり。所謂法則《いはゆるほうそく》は、一《いち》に主客《しゆかく》、二《に》に伏線《ふくせん》、三《さん》に襯染《しんせん》、四《し》に照応《せうおう》、五《ご》に反対《はんたい》、六《ろく》に省筆《せうひつ》、七《しち》に隠微《いんび》 即 是《すなはちこれ》のみ。

という文に始まり、以下に各々の法則の内容が説かれる。これら七則の中で、一の「主客」から六の「省筆」までは構成上の作法であるが、七の「隠微」のみは他と性格を異にする。

隠微《いんび》は、作者《さくしや》の文外《ぶんぐわい》に深意《しんい》あり。百年《もゝとせ》の後《のち》知音《ちいん》を俟《まち》て、是《これ》を悟《さと》らしめんとす。

「隠微」は悟りがたいものではあるが、馬琴が『八犬伝』の中に深意を込めたものであり、後代の知音によって探り出されるであろうという極めて挑発的な文辞が並べられているのである。

では「隠微」とは何なのか？

「隠微」を含めて「稗史七則」の個々の用語は『八犬伝』九輯中帙で忽然と姿を現したものではなく、馬琴と作品を通じて繋がった殿村篠斎《じょうさい》、木村黙老、小津桂窓ら熱烈な愛読者である批評家グループとの交流の中で培われてきたものである。服部仁は、これら評答類や作品中で馬琴が「隠微」として挙げている三十程の具体例を分類して、勧懲を意味するものと小説構成に関わるものとに分け、約半数が『八犬伝』中の「隠微」であるにもかかわらず、『水滸伝』『三遂平妖伝』『続西遊記』等の中国白話小説についての記述の方に重点が置かれていることを指摘している〔服部一九七六〕。また板坂則子は馬琴の評答類での批評家グループによる七則用語の使われ方を追い、『八犬伝』稿本調査によって、他の序文が本文執筆の後に執筆されたのと異なり、九輯中帙附言は馬琴最愛の嫡男宗伯の没後三ヶ月の休筆期間を経て再び『八犬伝』執筆に向かう最初に書かれたものであることを指摘した〔板坂一九七八〕。

馬琴が『八犬伝』中に載せた「隠微」自解は、政木《まさき》狐が親兵衛に語る玉梓《たまずさ》と妙椿《みょうちん》狸、甕襲《みかそ》の珠の由来（第一一七回）、里見義成が解き明かす八犬士と里見家の八人の姫との配偶の意味（第一八〇回下）、八房の雑毛《ぶち》が牡丹花に似、八犬士の痣《あざ》子が又、牡丹花に似る所以を問う里見義成への、牡丹は純陽の花で、八房も遂に牝犬を得ず、八犬士も皆男子であるが、妻を得たことにより痣が消えるという丶大《ちゅだい》法師の答（第一八〇勝回中編）と、『八犬伝』の終結部に三箇所見られる。横山邦治はこれら『八犬伝』三大隠微の中で、最初の妙椿譚を取り上げ、八百比丘尼説話を渉猟して馬琴の構想の立て方を探り、八房を養った狸に玉梓の余怨が憑依し、それが八百比丘尼妙椿となって里見家に祟るという壮大な説話が物語を終結に導く為の「隠微」であったと解説する（横山一九八七）。

二　「隠微」の出典と勧善懲悪

「隠微」の意味するものについては、馬琴研究史の当初から多くの研究者によって言及されてきた。たとえば重友毅は作品構成手段として使われた「隠微」の多くが中国小説の知識に基づいた字義の分解による物語部分の後付け解説で、それに対して創作態度上の「隠微」は表面上の展開がそぐわなくともその意図するところは徹頭徹尾、勧善懲悪にあったとした（重友一九二八）。麻生磯次も又、小説執筆は単に文辞や趣向に凝るだけではなく、文外の深意を蔵する必要があるとし、内に勧懲の意が込められねばならないという思想的構成の問題であると述べた（麻生一九三七）。

中村幸彦は、馬琴の文化初期からの読本の作風を丁寧に辿り、中国の演義体小説から学び取った馬琴にとっての小説のあるべき特質の変遷を示し、そこから「隠微」の意義を明示した。「隠微」とは、小説は翫物であっても第一文芸の補となるべき特色、すなわち勧懲という功利性を持つべきであるという考えであり、馬琴はこれを『水滸伝』において自らが発明した三個の「隠微」によって確立する。『水滸伝』三個の隠微とは、洪大尉が放った妖魔は一一〇人であったこと、洪進と王進、王進と史進は一体とみること、そして一〇八人の豪傑が初善、中悪、後忠として描かれており、勧善懲悪を世に示すのが作者の本意である、というものである。前の二個は構成上の問題であるが、最尾の一個は思想の問題であり、これが作品の中に忍び込ませてあること、すなわち「文学が思想を包み込む形」となったものが「隠微」であるとする（中村一七六二）。中村のこの見解は、現在に至るまで最も首肯しうる基本的な「隠微」の捉え方であるといえよう。

このように、馬琴の「隠微」概念の形成は唐土小説の読みから生み出されたものであるが、では直接の出典は何か。浜田啓介は金聖嘆「第五才子之書」「李卓吾評忠義水滸伝全書」等に載る「七則」の用語を取り出し、唐土の概念と馬琴独自の解釈を対比して「七則」が批評家グループ、そして戯作出版界との二つの関係の中で作り上げられていったことを跡づけた（浜田一九五九）。これを受けて徳田武は毛声山評本『三国志演義』の巻頭に賦されている「読三国志法」中に「隠微」を除く六則が載ることを提示して、出典の最終結論とした（徳田一九八〇）。

三　さまざまな「隠微」論

徳田はさらに「読三国志法」第一条に見える魏・呉・蜀三国正統論と簒奪革命否定論が毛声山の主張の主意であり、これに学んだ馬琴の「隠微」は、徳川幕府の衰微をひそかに示唆するものであると主張した。具体的には極盛に達した徳川家の衰微を、家斉とその幕閣の行状を暗示することで示したものであり、親兵衛が退治する妖虎に大塩平八郎の乱を写し、親兵衛が先頭に立つ姿に天明の打ち壊しの際に記録された大衆を率いる美少年の面影が仮託されたと論じた（徳田一九八一）。徳田の一連の論の間に高田衛は『八犬伝の世界——伝奇ロマンの復権』（中公新書、一九八〇年）を刊行した。主張を巡っての高田と徳田の論争も『文学』誌上等を飾り、『八犬伝』は一躍、江戸文芸の人気作に躍り出た観がある。高田の著作は後により詳細な論となって纏められるので、先に信多純一の大著を紹介しておく。

信多純一の『馬琴の大夢　里見八犬伝の世界』（岩波書店、二〇〇四年）は、仮名草子『富士山の本地』を『八犬伝』の典拠として見出し、伏姫が『富士山の本地』ヒロインの金色皇女、八房が獅子王のイメージを受け継ぎ、伏姫の籠もる富山《とやま》が富士山であることを秘鍵として、『八犬伝』の新たな世界構造を描き出す。信多の論の特徴は絵の解釈を契機として多くの知識を導き出すことで、「稗史七則」も肇輯口絵の七図との対応を見出す。また玉梓と丶大に光を当て、そこから伏姫を富士姫・木花開耶姫《このはなさくや》、玉梓を一言主神・鬼神、丶大を弥勒など、壮大な神話的世界を物語の背後に読み取っている。そして信多の論と互いに影響を与え合った高田衛の『完本八犬伝の世界』（ちくま学芸文庫、二〇〇五年）が登場する。本書はこれまでの多くの研究成果を取り込み、緻密な物語解明を試みている。絵からの解読も多く、堅実な論の展開が繰り広げられているが、ここでの『八犬伝』の「隠微」は、伏姫物語に八字文殊曼荼羅《まんだら》の原基的イメージを見ることで、伏姫の八房に載る姿を獅子王騎乗の文殊に、八犬士は文殊八大童子に擬《なぞら》えられる。また親兵衛の幼名大八にこだわり、聖徳太子や哪吒《なた》太子などの特性を見出して独創的な親兵衛像を描いた。これらの成果によって、『八犬伝』を巡る極めて多元的で豊潤な解読の世界が導かれたことになる。

三　「隠微」を越えて

それではこれらが『八犬伝』の「隠微」なのかというと、私はそうは思わない。馬琴の「隠微」は中国古典小説に学んだものであり、構成上の、主に対の趣向を意識した手法をいう時もあるが、秘鍵となる「隠微」は、勧善懲悪なり因果応報なり人の徳を導くものである。しかし『八犬伝』は主人公の八犬士が徳目の化現《けげん》として行動しており、小説の功利性があまりに顕現した作品なのである。馬琴は多弁な作者であるが、作品中で自ら提示する出典は中国小説や古典作品、史料や地誌など第一文芸に連なる作品であり、その範疇を外れる同時代のフィクション類などは馬琴にとって出典として意識されたかどうか疑わしい。それ以上に近年の研究で読み解かれた「隠微」から浮かび上がってくるのは、江戸時代の人々に深く根を張る精神世界の豊かさではないだろうか。とはいえ、『富士山の本地』や八字文殊曼荼羅、幕政への馬琴作品の目などを以前から類推できていたわけではなく、これらの「隠微」論によって初めて具体的なイメージを捉えたのであり、その恩恵は大きい。

数々の「隠微」論を通してむしろ驚かされるのは、多くの代表的な近世文学研究者が、自らの研究姿勢と研究方法を貫いてそれぞれの「隠微」を見出したことである。このことは、『八犬伝』がいかに多様な読みを抱えた豊饒な世界を作り上げているかということを示しているといえよう。『八犬伝』に対して深読みを重ねていくことで、これからも多くの魅力的な秘鍵の発見が出現することであろう。けれども、それを「隠微」の枠で捉え、「百年の後」の「知音」であろうとする姿勢からは、そろそろ逃れても良いのではないだろうか。

参考文献

麻生磯次「隠微」（『国語と国文学』一四巻七号、一九三七年七月）
板坂則子「「稗史七則」の発表を巡って」（『国語と国文学』五五巻一一号、一九七八年十一月）
重友毅「馬琴の隠微について」（『国語と国文学』五巻二号、一九二八年二月）
徳田武「馬琴の稗史七法則と毛声山の「読三国志法」（上）（下）――『俠客伝』に即して「隠微」を論ず」（『文学』四八巻六・七号、一九八〇年六・七月）
徳田武「『八犬伝』と家斉時代（上）（下）――「隠微」再論」（『文学』四九巻七・八号、一九八一年七・八月）
中村幸彦「滝沢馬琴の小説観」（慶応義塾大学国文学研究会編『近世小説　研究と資料』至文堂、一九六三年）
服部仁「馬琴の〈隠微〉という理念」（『近世文芸』二五・二六号、一九七六年八月）
浜田啓介「馬琴の所謂稗史七法則について」（『国語国文』二八巻八号、一九五九年八月）
横山邦治「『南総里見八犬伝』に於ける三大隠微――八百比丘尼説話の場合」（『読本研究』一号、一九八七年四月）

軍記はどのような人に読まれたのか

井上泰至

はじめに

江戸の読み物には「雅俗」がある。しかし、「雅俗」の間に位置する本もないわけではない。江戸時代に生産された軍記は、まさにそうした両生類的なジャンルであった。

一　武家の権威や治世のため

十七世紀に最も読まれた軍記とその派生書は、『太平記秘伝理尽鈔』（正保二年〈一六四五〉刊）と『甲陽軍鑑』（元和末から寛永初年〈一六二五年頃〉刊）である。特に前者が大名やその周辺の武家の間で、治世の書として読まれたことは若尾政希に報告がある（若尾二〇一二）。後者も当初出された大本の立派な体裁や、その表紙の丹色の呪術性は、権威のある書物として上級の武家に認められていた証であろう。

寛永譜編纂による大名家の系譜と家格の確定は、武家に歴史への意識を呼び覚ました。そこで大名のお手元には、寛文・延宝期から陸続と刊行される歴史読み物としての軍記も所蔵される（佐賀県立図書館鍋島文庫など）。写本にまで目を及ぼせば、八戸市立図書館に所蔵の旧南部家本には、歌書と見紛うような鳥の子・綴葉の豪華な美本や、殿様の武道の「稽古」の証として封入された秘伝の書までが残るから、軍記は武家の権威を保障する意味を持っていたのである（井上二〇一四b）。その延長線上には、島原藩主で蔵書家としても有名な松平忠房の『増補信長記』（寛文二年〈一六六二〉成立、（井上二〇一四a）二章三節参照）や、岩国吉川家の家格上昇運動と連動して編纂・刊行された『陰徳太平記』（正徳二年〈一七一二〉刊、（山本二〇〇五）参照）のような、大名自身や藩を挙げての軍記生産という事例に波及してゆく。

二　歴史娯楽読み物として

しかし、近世軍記は、もっと多様な機能を合わせ持っていた。娯楽の要素である。紀州藩家老三浦家に出入りした医者石橋生庵の日記『家乗』には、軍記を何日もかけて主人に読み聞かせていた実態を記す。地方の名家で蔵書調査を行うと、「書本」たる実録の方が残っていて、軍記が少ない場合もままある（矢口丹波記念文庫・三島市郷土資料館勝俣文庫）。しかし、軍記を読まなかったというわけではない。刊行軍記のカタログである『和漢軍書要覧』（明和七年〈一七七〇〉刊）だけは残っていたりするので、貸本で読んだのであろう。板本写しも残る。こういう読み方は十九世紀いっぱいまではあった。明治二十六年（一八九三）の正岡子規に、「妹に軍書読まする夜長かな」の句が残るのである。

軍記の内容面からもそれは確認できる。例えば、先に挙げた写本の『増補信長記』を元に、これを増補し板本化した遠山信春『織田軍記』（元禄十五年〈一七〇二〉刊）では、信長の異様な衣装を印象的に繰り返したり、物語の展開にかかわる人物の行動や心理を明確に描いたり、と軍談化の傾向を確認できる。こうした傾向は、近世軍記中、十四点を刊行し、自らの名を序や内題に記した、唯一の「作家」馬場信意《のぶのり》の作品群に明らかである。広範な資料に取材しながら、信意の虚構は、事態を脈絡づけ、必然的に推移させ、巧緻に伝記を作成し、歴史的現象をうまく理由づける、現代の歴史小説家さながらのものであった（濱田一九九三）五、（井上二〇一四a）三章一節）。晩年の彼の著作『義貞勲功記』（平仮名、享保二年〈一七一七〉刊）や『武徳鎌倉旧記』（平仮名絵入、同三年刊）は、「浮世草子」に近似してくる。

そもそも、近世出来の刊行軍記は、絵入り本文平仮名の『大坂物語』（慶長十九〈一九一四〉〜二十年刊）に端を発する事実を見てもわかるように、「草子」としての側面をもつ一群が多くあった。十七世紀の前半は、そうした草子系の「軍記」と、大本漢字片仮名本文で挿絵なしという「物の本」の末端を示す形態の『理尽鈔』や『甲陽軍鑑』のような書物とが雑居していたのである。それが、大本・藍表紙・片仮名本文・挿絵なしという、史書に準じる体裁で、説話をちりばめながら、時代史を語る歴史読み物の体裁が固定化してくるのは、『北条九代記』（延宝三年〈一六七六〉刊）からであった。これ以降『太平記』の話法を借りながら、歴史を語る書物が陸続と刊行され、一般の歴史観に大きな影響を与えた。その史観とは、現徳川体制を保障する円環的な時間意識の「源氏将軍史観」であった（井上二〇一五）わけだが、その『北条九代記』や『前太平記』（元禄五年以前刊）に平仮名本がある事実は、これら歴史読み物の一群が、限りなく「草子」に近い存在でもあったことを雄弁に物語っている。

先に上級武家の受容例として挙げた『甲陽軍鑑』にしても、延宝ごろ出現する『信玄全集』本は末書の伝も加味して読み物を志向した書物であり、この本編のみを独立させたものが京都で元禄十二年（一六九九）刊行され、同年には江戸で平仮名付訓本も小本の体裁で刊行されている。本書は読み物として受容される流れが、確かにあった。この延長線上には、勇武の「武道」の意味を世に広めた『甲陽軍鑑』を意識して出されたであろう、西鶴の武家物、その名も『武道伝来記』（貞享四年〈一六八七〉刊）や、その序文が『甲陽軍鑑』の一節を引いているとの指摘のある『武家義理物語』（同五年刊）へとつながってゆくのであろう。軍記の世界を踏まえた時、西鶴の武家物はより立体的な相貌を現すに至る（井上二〇一四a、二章五節）、（井上二〇一六））。『武道伝来記』の翌月出された『諸国敵討（武道一覧）』の内多くが『甲陽軍鑑』を踏まえていたという指摘（野間一九八三）も忘れてはならない。

　十八世紀になって生み出される小説ジャンル「読本」は、時代小説であり、「史の余」という中国の小説観を色濃く引きついでいた。また、「読本」は中国小説のリライトであったり、シーンの素材をそこに求めたりしたが、これを日本の物語にする時、「軍記」は重要な養分となった。歴史そのものを論評する本格的歴史小説の顔を持つ話は当然のこと、単純に時代設定を借りる場合にも、時代のイメージを決めていたのは、刊行軍記であったから、読本はその歴史的な内容の大半を軍記に頼ったのである（井上二〇一四a、三章）。

　時代のイメージという点で言えば、演劇も軍記の影響を色濃く受けている。浄瑠璃にしろ、歌舞伎にしろ、時代物のネタは多く軍記にあった。その中で『平家物語』や『義経記』のような中世以来の軍記は、語り物たる悲劇の主人公を演じる素材として重きを占めたが、それだけが江戸の演劇の「時代」ではない。江戸中期には成立した『世界綱目』は、歌舞伎の作劇において重要な「世界」とその取材源（それは多く近世軍記なのだが）を登録したカタログである。「世界」はこれから描く物語世界をどのように捉え、その中で登場人物にどんな役割と性格を振り当ててゆくのか、その基本となるものである。歌舞伎はゆるぎない伝承・歴史の世界を確固としたものとして、これに戯れかかることが新味を産むしかけになっていた（井上二〇一三、第三章）。

　また、浄瑠璃は、一部の世話物を除いて、創作とは言え、「歴史」を語る芸能としてあったわけだが、その「歴史」の素材にも、中世軍記ばかりでなく近世軍記は養分を送った。それは直接軍記からのケースと、裁判物のヒーロー北条時頼に仕えたとされる青砥藤綱のように、軍記『北条九代記』か、その影響を受けた『新編鎌倉志』（貞享二年〈一六八二〉刊）なのか見分けがつきにくいものもある（井上二〇一七）が、たとえ地誌を経由したとしても、近世軍記の影響力に揺るぎはないのである。

三　教育・教化の一翼を担う

　軍記の「俗」への機能には、「娯楽」以外にもう一つ忘れてはならない面があった。「教育」の機能である。本来「教育」は、儒学において聖人を以てはじめてなしうるエリート教育の意味でもあった（前田二〇一六）が、むしろ、「軍記」は、「講釈」を通して、兵学や武士道を学ぶテキストとして機能した、より広い意味の「教育」に資するものであった。先に挙げた『理尽鈔』やその派生書は、江戸中後期になると、町人・上級農民層にまで浸透し、安藤昌益の改革論のベースとなったことは、前掲の若尾稿が指摘するところである。また、甲州下井尻村の上級農民依田家では、軍記や武家物の浮世草子を愛読し、前者からの抜き書きを子孫への教訓書として残していた（横田二〇〇五）。

　近世軍記で最も板を重ねたのは熊沢淡庵の武家説話集『武将感

状記』（正徳六年〈一七一六〉刊）であるが、この書に載る説話は漢文に置き直す、作文の修練に最も適していると、寛政の三博士の一人柴野栗山は語った、という（栗原信充『続武将感状記』序、天保十五年〈一八四四〉刊）。それは漢文の文章につながる文体を持っていたというからだけではない。その中身が武士道精神を反映したものでもあったからで、言わば本書は作文と修身を兼ねたテキストだったのである（井上・田中二〇一四）。

近世軍書の現存状況を調べると、江戸後期に成立してくる藩校蔵書に非常に多く残ることに気づかされる。それは、講釈・読書・読み聞かせ・作文と様々な位相を通して、武家の教育の基本図書として機能していたからであろう。藩校の成立が遅い八戸藩では、講の形で武家の中では蔵書が形成されており、その中核をなすのが軍記であったとの報告もあるのである（鈴木二〇一四）。

参考文献

井上泰至『江戸の発禁本——欲望と抑圧の近世』（角川学芸出版、二〇一三年）
井上泰至a『近世刊行軍書論——教訓・娯楽・考証』（笠間書院、二〇一四年）
井上泰至b「写本軍書の機能」（『日本文学』六三巻一〇号、二〇一四年十月）
井上泰至「「いくさ」の時代のイメージ形成——源氏将軍史観と源氏神話」（『文学』一六巻二号、二〇一五年三月）
井上泰至「決断をめぐる物語——『武家義理物語』の再評価へ」（『近世文藝』一〇四号、二〇一六年七月）
井上泰至「近世刊行軍書と『武家義理物語』」（『近世文学史研究』第一巻　十七世紀の文学、ぺりかん社、二〇一七年）
井上泰至「Ⅰ・1戦国武将伝のベストセラー　熊沢淡庵『武将感状記』」（井上泰至・田中康二編『江戸文学を選び直す』笠間書院、二〇一四年）
鈴木淳世「近世後期八戸藩の豪農による書物受容の特質」（『歴史』一二二号、二〇一四年四月）
野間光辰『刪補西鶴年譜考証』（中央公論社、一九八三年）
濱田啓介「近世に於ける曾我物語の軍談について」（『近世小説・営為と様式に関する私見』京都大学学術出版会、一九九三年）
前田勉『江戸教育思想史研究』（思文閣出版、二〇一六年）
山本洋「『陰徳太平記』の成立事情と吉川家の家格宣伝活動」（『山口県地方史研究』九三号、二〇〇五年六月）
横田冬彦「「牢人百姓」依田長安の読書」（『一橋論叢』一三四号、二〇〇五年十月）
若尾政希『「太平記読み」の時代』（平凡社、二〇一二年）

近世文学における教訓性とは

倉員正江

一　三田村鳶魚説の再検討

いかなる文学であっても、そこに「教訓性」を読み取る読者は常に存在するといって過言ではない。この広大なテーマのうち本稿では、教訓性から見た浮世草子と談義本相互の影響関係について私見を述べる。

三田村鳶魚『教化と江戸文学』は言わずと知れた名著である。「昭和十七年五月の一夕」に記された序は、「日本精神」を称揚し、「教育勅語」「幼学綱要」「聖喩記」に言及するなど時代相を感じさせる。それでも「談義物」の呼称を初めて用い、江戸文学が談義物によって発生したと提言して後の談義本研究の先駆けともなった意義は極めて大きい。

鳶魚の〝上方文学〟に対抗する〝江戸文学〟への過剰な入れ込みは随所に見え、談義物作者を「名聞利養から離れ切った人」と評価するのもその一つである。その鳶魚が、江島其磧《きせき》作『渡世身持談義』（享保二十年〈一七三五〉刊、板元菊屋喜兵衛・売出し万屋清兵衛）を、

> 名前の方から申せば、大変（談義物に）近い。またその趣向も、僧侶の談義に似せて作ってありますから、全く似ていないこともありません。

と一応は認めながらも、其磧の「娘形気」（『世間娘気質《かたぎ》』）「息子形気」（『世間子息気質』）を「当世上手の所化談義に比すべし」とする静観房好《こう》阿《あ》作『当世《いまよう》下手談義』（宝暦二年〈一七五二〉刊）の序文を引用しつつ、

> 八文字屋本などの中に、時世に苦労するようなことは、もとよりあるわけがない。ただ談義物を書く人達というものは、目玉の色が違う。こういう志士仁人の気持から見ると、西鶴の書いたものは、あの通りいろいろあるのに、その中に何を認めたか。すなわち「勝手の始末、利勘なる儀は西鶴が書に委し」（筆者注＝『教訓続下手談義』五「富貴になる相伝売し浪人が事」による）とありまして、一般の人のほとんど認めぬ方のものを見つけている。この目玉ですから、其磧・自笑の書いたものも教訓に見える。実際そう見ることが出来たのでしょう。

としているところに対し、私は微苦笑を禁じ得ない。かなり無理して浮世草子と談義物の差別化を図っている観が拭えない。ここで認識すべきは、談義本作者が特殊なのではなく、教訓性を読み取るのが近世人の読書の主要目的の一つであったという、言わば至極当然の事実ではないだろうか。まずは、この点を認めることから出発する必要がある。

二　中村幸彦の指摘

碩学中村幸彦は、末期浮世草子を否定的に評価しながらも、気質物に「教訓性、批判性の色が濃くなること」を指摘、その代表的作者永井堂亀友《きゆう》が、江戸の志道軒の狂講、もしくは談義本に学んだ可能性を示唆した。中村は「談義本は、江戸に於て気質物を発展解消させて生まれた新形式であった。」と、鳶魚が敢えて認めたがらなかった点を的確に明言している。中村は、亀友が談義本の影響を受けながらも気質物の旧態を守り続けた点を、批判的に見ている観があるが、京都においても後述するような変化は見られたのである。

そこで筆者は中村幸彦旧蔵写本『渡世内証鑑』（五巻合一冊）に言及したい。本書は孤本で、「西六条　仏具屋町通魚店下ル町和泉屋」「升宗」等の貸本屋印がある。序の年記は「宝暦五つのとし梅綻ぶる月の中」、「突瓢子書焉」とある。突瓢子なる作者については未詳だが、あるいは滑稽本『幽闇世話《ゆうあんせわ》』（天明七年刊）・読本『可意得談』（寛政三年刊）の著者、湖中突瓢子と同一人物か。そうだとすれば、若き日の習作と言えようか。ちなみにこの両書ともに京都の書肆菊屋安兵衛の刊行である。前掲亀友はこの菊安の専属作者であった。ちなみに国文学研究資料館日本古典籍総合目録データベースは、本書を「浮世草子」としているが、『浮世草子事典』（笠間書院、二〇一七年刊行予定）には立項しなかった。私見では京都出来の談義本と位置付けたいところだが、浮世草子から談義本、再度浮世草子へと影響していく様相を示しているとも言えよう。

三　写本『渡世内証鑑』

本書は巻之壱「兀山貧斎講談の事」「熊坂が未来記の事」、巻之弐「三兄弟業を別つ事」「悋気品を替る事」、巻之三「乞食身の上を語る事」「大黒天利生を示し給ふ事」、巻之四「世帯仏法店卸の事」「風流の三医志を語る事」、【巻之五〈巻数表示ナシ〉】「田夫口論を噯ふ事」「変満院占の事」と各巻二章の構成となっている。冒頭章に、堀川辺の裏借家で「三教一致替講釈并渡世近道伝授　講師兀山貧斎」と看板を出して「六銅宛の座料」を取って講釈する人物を設定する。まずは談義本のスタイルを踏襲するが、ここで「鑓持鑓つかはず金持かね遣はずとは真に其碩《ママ》が一代の名言」との発言がある。この出典は前掲『渡世身持談義』四の一、

昔からの笑ぐさに。銀持かねをつかはず。鑓持鑓をつかはず。太鼓持たいこを打ず。弁当持さきへ喰ずといへるに同じ

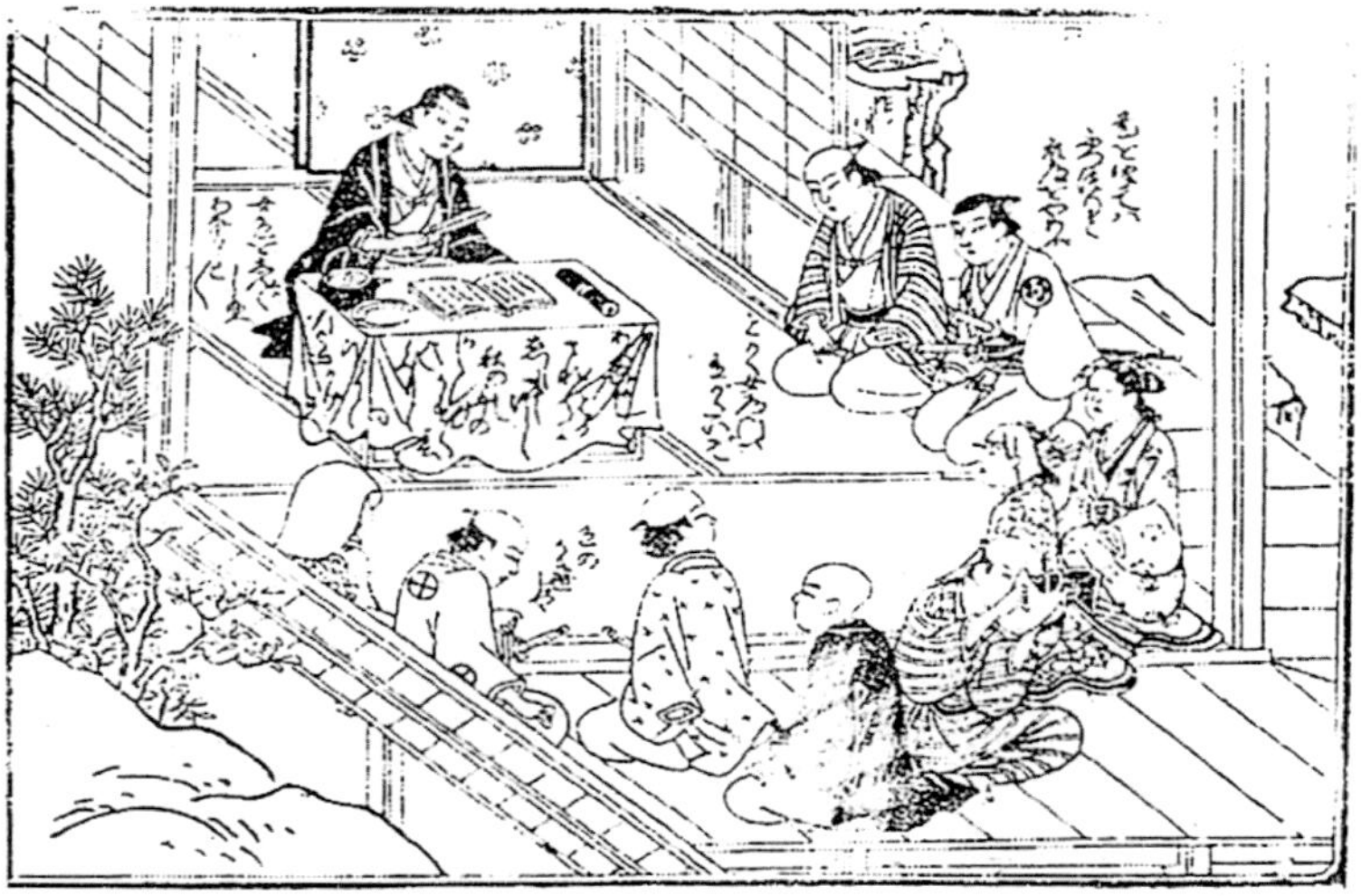

図1　江島其磧作『傾城禁短気』（宝永八年〈1711〉刊）所収談義の場面　残切頭《ざんぎり》に居士衣《こじごろも》姿の男が談義をし、老若男女が聴聞する。談義の趣向で全編をまとめ、談義本成立に大きな影響を与えた。（出典：原道生・河合眞澄・倉員正江編『西鶴と浮世草子研究』5、笠間書院、2011年）。

である。『当世身持談義』は序に「是偏に面々常住行跡の為の談義説法」と、専ら「世帯仏法」を説く点で、好阿が「愚僧が談義は、皆町人の教化のみにて、一字も武家の教を説ぬは、牛はうしづれ

性が町人」（「続下手談義跋」）と弁解するのと方向性を同じくする。『渡世内証鑑』もその路線上にあり、『渡世身持談義』の影響力を再認識すべきであろう。

一方『渡世内証鑑』五の一で、京都六条辺の菓子屋が店頭で関東者と口論し、双方が都自慢と江戸自慢をする場面は、談義本『教訓不弁舌』（宝暦四年〈一七五四〉刊）を意識したものであろう。

四　読者の需要と教訓性

同じく宝暦五年正月には、京都の八文字屋も『菜花金夢合《なのはなこがねのゆめあわせ》』（五巻五冊　自笑・其笑作　売出し鱗形屋孫次郎）を出す。長介坊が北野天満宮の神前で通夜した夢中に聞いた順礼と旅僧の問答を記したものとする。談義・講釈の体裁をとらず、『太平記』「北野通夜物語」の系譜に連なり、設定自体は全く目新しいものではない。注目されるのは順礼が、

> 人は万物の霊と申て。人程尊き物はなく。生類の冠たりといへ共。其人間の中にても武士程貴はなし。（一の二）

と言い、武士を称揚する文言とともに、武士を扱った話が多く見られる点である。序に「当流五常の手本にもと（中略）智有ル人の笑種。雅子《ママ》達の。永き日寝《ひるね》の枕下に。備るもの乎」とあり、作中にも「当流五輪の道」等の語が散見する。これなどは、後述する前年刊『作者評判千石篩《せんごくとおし》』における談義本評価を意識した結果である

と考えられる。其磧の場合は典型的な京都の町衆出身であり、蕩尽しても終生その視点を崩すことはなかった。役者評判記にしても、京都人のプライドをくすぐるような記述が多く見られる。それが宝暦期ともなると、八文字屋本も江戸人の好みや反応を意識せざるを得なくなったということであろう。作者の資質云々というよりも、本屋としての経営戦略を考えた場合当然の結果である。

この時期の江戸の出版事情は、宝暦四年刊『作者評判千石篩』に詳しい。「麩屋町通りの。八文字が。足元へもよられねども」と巻末にあるように、八文字屋の役者評判記のパロディで、架空の書評が問答形式で展開され、専ら武家の知識人層から見た談義本評という観点で評判を行っている点は、従来も指摘されている。開口部に、

静観房に百倍増《まさり》の名人達。此所を先途と筆をふるひ。難きを和らげ偏屈を破し。おかしい中に教の言葉の巧の妙なる。中〳〵一時の笑語と。等閑に見るべき書物どもでハ御座らぬ。

とあるのは示唆的で、ここでも作中に「教」を見ている。他にも作中に「あの類の教訓の書ハ」「最早教訓むきの書ハ」「教訓もくどふなく」「咄本ながら。教訓ありて」「抜参りの教訓」等「教訓」の語が散見する。この「教訓」の対義語として「当座の慰みになる草子」「慰み一通りの書」という表現が見える。結局のところ、教訓性と娯楽性のバランスといった問題に帰結する。また「絵草紙にさへ親子で見られぬ事が出て御座る。」と、年少者への教育的配慮を求める親の立場での評もある。さらに評者の一人借本《かし》屋の表四郎が、好色一辺倒の類は御制禁ゆえ扱わない旨を繰り返すのも、「教訓性」を標榜する一因であろう。

改題され幕末まで需要が継続した浮世草子として、凌《りょう》花《か》堂《どう》斧麿《おのまろ》作『当世誰《とうせいた》が身の上』（宝永七年〈一七一〇〉刊）・其磧作『商人軍配《あきんどぐんばい》団《うちわ》』（推定正徳二年〈一七一二〉刊）の二書が双璧となる。まさに「教訓性」に対する読者の需要を証明した事例と見ることができよう。

参考文献

倉員正江「渋谷幽軒著『北窻俚談』に見る仮名草子・浮世草子の享受——近世説話と教訓性を再考する」（『西鶴と浮世草子研究』三号別冊、浮世草子研究会、二〇一〇年二月）
中村幸彦『近世小説史』（『中村幸彦著述集』第四巻、中央公論社、一九八七年）
中野三敏編『江戸名物評判記集成』（岩波書店、一九八七年）
野田寿雄校注『当世下手談義・教訓続下手談義』（桜楓社、一九六九年）
三田村鳶魚『教化と江戸文学』（『三田村鳶魚全集』第廿三巻、中央公論社、一九七七年。初出は大東出版社、一九四二年）

近世期における春画の用途と享受者

石上阿希

一　「春画」が指すもの

あらゆる性の交わりを表現した絵や本。「春画」を簡潔に定義するならばこの一文になるだろうか。しかし、一言で「春画」といえども、時代としては古くは平安時代から明治・大正・昭和の近代まで幅広く、制作に関わった者、それを享受していた層も実に様々である。呼称についても同様で、現在では「春画」あるいは「艶本《えほん》／春本」の用語を使うことが一般的となっているが、それ以外にも「偃息図《おそくず》」、「枕絵」、「笑絵《わらいえ》」、「会本《えほん》」、「咲本《えほん》」、「わ印《じるし》」など多岐にわたる。

形式としては、絵巻物、屏風、掛幅などの肉筆と版画・版本といった印刷物に大別できる。当然ながら前者と後者では金額、流通経路、鑑賞方法など大きく異なるが、一方で特に近世期においては享受者層や制作者が重なっている部分もある。

「春画」が指すものには、様々な時代や形式が含まれているが、本稿では現時点で最も研究の進んでいる近世期の肉筆・版画・版本に対象を絞り、春画享受の一端を述べていきたい。

二　何のためにあったのか

春画の役割として第一に性的興奮を促すことが挙げられるだろう。それは春画の一側面に過ぎないが、しかしその性質が即座に想起されるゆえに、近代に入り急速な西洋化が求められる中で春画をはじめとした前時代の性的な事物は否定され、社会から隠されるようになった。日本においては学術的に春画を扱うこともながらく憚られており、春画を視野に入れた研究を行う者は限られていた。

しかし、一九九〇年前後に無修正での出版が可能になり、国内外の研究者が春画を再定義する動きがはじまる。春画の「芸術性」を切り口として進められた再評価の動きに対し、春画は「片手で読むもの」であり、それを目的とした絵画表現として読み解くべきだと主張した論もでた〔スクリーチ一九九八〕。春画を「ポルノグラフィー」と定義づける視線は西洋的・近代的すぎるきらいはあったが、本論が投げかけた問題はその後の春画研究が乗り越えていかなければならない一つの壁であり、意義のある提起であった。春画の役割・効能についてはすでに先行研究で検討されてはいたが、本論以降、それにこたえるかたちで何人もの研究者が事例を挙げて異論を唱えた。

一つには、嫁入り道具としての役割がある。この風習は武家、商人、町人など身分にかかわらず行われていた。現在でも、亡くなった祖母や母の遺品の中に春画がみつかったという相談を受けることがしばしばあり、近代以降も続いていた風習である。実用書としての役割があったことはもちろんであろうが、春画が夫婦和合のお守りとして考えられていたという背景もある。序文でイザナギ・イザナミの国生み神話を引き、男女和合をありがたいものとして寿《ことほ》ぐことは春画の常套の一つである。

まじない、お守りとしての春画は嫁入り道具以外でも活用された。春画を蔵の中に入れておけば火除けになり、武士・兵士の懐にしのばせておけば弾除けになる。春画は繁栄や生を内包するものとして捉えられていた。

そして近年の研究では、特に春画に共有する楽しみがあったことが明らかとなっている。例えば、二〇一六年に京都の細見《ほそみ》美術館で開催された春画展に出品された蹄斎北馬《ていさいほくば》の「相愛の図屏風」という肉筆春画がある（平戸松浦家伝来）。高さ約一・四メートル、幅約一・七メートルほどある屏風いっぱいに等身大の男女の姿が描かれたものである。この屏風には対となる「楽字屏風」一双があり、市河米庵による書がしたためられている。このような大きな春画がどのような場で鑑賞されていたのか。日常的に飾られていたというよりは、親しき人々との遊興の宴などが想定される。一人きりで眺めるのではなく、複数の人々と笑いながらこれらの屏風を楽しんでいたのだろう。

また、よく引かれる例ではあるが『甲子夜話《かっしやわ》』（文政四年〈一八二一〉〜天保十二年〈一八四一〉成）巻四十七には新春に登城した大名達が春画の絵暦を交換し合っている様子が記されている。特に文政期から幕末にかけては、豆判とよばれる手のひらに収まる大きさの春画絵暦が多数作られており、大名に限らず縁起物として新年に配られていた。

幕末には玩具絵形式の春画も作られている。双六を模した大判のものや、足や腕などが動くようになっているもの、仕掛が施されていて炬燵の中や障子の向こう側など隠れた部分が露わになるもの、様々な工夫を凝らした春画が残されている。これらもやはり一人で楽しむというよりは、大勢で笑いながら動かし、遊んだものと考えられる。

春画には形式の面白さだけではなく、表現そのものにも笑いを禁じ得ないものが多々みられる。性のおかしみを誇張し、それを笑う。春画の役割には「笑い」や「娯楽」といったものも含まれているといえる。

三　誰がみていたのか

春画の形式や役割には多様性があることを述べた。つまりそれは楽しみ方や享受者層も同様に様々であったことを示している。

その諸相を知るためにはどのような資料をみればよいだろうか。例えば、春画の中には春画を見る・読む人々がしばしば登場する。また、川柳にも春画の読者や絵師、売り手を題材にした句は多数ある。しかし、それらの描写をとって享受の実態を捉えることは安易な結論を導きかねない。描かれたものは、あくまでも表象されたものであることを前提としなければならず、補完的資料の一つとして用いるべきであろう。

最近の研究では、日記や蔵書印、個人の買上物記録、明治初期の新聞記事などから春画受容の様相が明らかとなっている。それらの記録から浮かび上がるのは、大名、武士、文人、国学者、町人など幅広い享受者層である。

尾張徳川家十四代慶勝《よしかつ》（一八二四〜八三）が御用達商人に命じて購入した品々の記録（「内密御買上物留」、名古屋市蓬左文庫蔵）によれば、元治元年（一八六四）から慶応四年（一八六八）にかけて慶勝は錦絵・草双紙・写真などとともに艶本を七点入手している〔吉川二〇〇八〕。いずれも購入時から十年以内に刊行されたものである。同時期に購入している錦絵や草双紙と比べれば高価であり、中には桐箱入の豪華本も含まれている。ただし、それ以外の艶本についても大名向けの特別な出版というものではなく、機会があれば誰でも購入が可能な出版物である。

肉筆についていえば金銭的、人脈的理由からその享受者層はおのずと狭まってくる。先に挙げた「相愛の図屏風」のように大名やその関係者の他、裕福な町人・商人が主な購入者であったと考えられる。また、宴席などでその場の注文に応じて作られていた春画もある。河鍋暁斎（一八三一〜八九）の春画にはしばしばそのようなものがみられ、性に滑稽を交えた暁斎の筆さばきはその場の人々の笑い声まで伝えるようである。

では、名もない市井の人々や女性など記録が残りにくい層の春画受容を知るためにはどうすればよいだろうか。一つには外国人が記録した日記がある。当時の日本人にとっては当たり前の光景を、時に感嘆し、時に嫌悪する彼らのまなざしは貴重なものである。

なかでも、彼らが大いに戸惑ったのが春画に対する女性たちの振る舞いであった。英国人のヘンリー・ティリー（生没年未詳）は長崎を訪れ、そこに猥褻な絵本や版画がありふれていること、それらを若い女性が当然のように買い求めているとつづっている〔Tilley, 2002〕。また、アメリカ人のフランシス・ホール（一八二二〜一九〇二）は横浜の裕福な商人の家で春画を見せられたことに嫌悪感を示し、その場にその家の妻も同席していたこと、彼らが春画を大変貴重なものとして考えていることに驚いている〔Notehelfer, 1992〕。

嫁入り道具しかり、女性は春画の受け手であった。男も楽しみ、女も楽しむ。一人きりで、あるいは複数で春画を眺める。近代化を迎える以前はそれらが春画享受の典型であった。

四　どのように流通していたのか

享保七年（一七二二）、五ヶ条の出版条目が発令された。この条目は以降幕末まで継承される。その内の一条で好色本の絶板が命じられており、春画の出版を公然と行うことは難しくなった。ではどのように販売・流通していたのか。重要な役割を担っていたのが貸本屋である。艶本にはしばしば貸本屋のものとみられる蔵書印がおされており、落書きや又貸しを禁じた断り書きが貼られていることもある。名古屋の貸本屋大惣が明治三十二年(一八九九)の廃業時に作成した目録には艶本が約四〇〇部記録されていたという。読者と版元を一対一でつなぐことが可能な貸本屋だからこそ、店頭販売がなくても流通が可能であったといえる。

この他に干し店などと呼ばれる路上の古道具・古本屋で扱っていたり、絵草紙屋の店頭に春画が吊《つる》されていたりした。

しかし、春画の出版、流通についての研究はいまだ十分ではない。それらは建前上「出版してはいけない」ものであったからである。多くの春画には作者・絵師・版元名・刊年が明記されておらず、販売・流通に関する記録も残りにくい。様々な資料の中から一つずつ証拠をみつけ、考証する必要がある。しかし、近年はデータベースの充実や春画研究の活性化などとりまく環境は好転している。先行研究を土台として、改めて基礎研究を固める時期に来ている。

参考文献

石上阿希「艶本・春画の享受者たち」(『アジア遊学195 もう一つの日本文学史 室町・性愛・時間』勉誠出版、二〇一六年三月)
定村来人「ともに笑う——河鍋暁斎の春画(わらいえ)」(『暁斎』一一九号、二〇一六年五月)
白倉敬彦『春画と人びと——描いた人・観た人・広めた人』(青土社、二〇一四年)
鈴木俊幸『絵草紙屋——江戸の浮世絵ショップ』(平凡社、二〇一〇年)
タイモン・スクリーチ『春画——片手で読む絵』(講談社、一九九八年)
吉川美穂「尾張家十四代慶勝が購入した浮世絵」(竹内誠・徳川義崇編『金鯱《きんこ》叢書:史学美術史論文集 第三四輯』思文閣出版、二〇〇八年九月)
F. G. Notehelfer, ed., *Japan Through American Eyes: The Jaurnal of Francis Hall, Kanagawa and Yokohama, 1959-1866*, Princeton, N. J., Princeton University Press, 1992.
Henry Arthur Tilley, *Japan, the Amoor, and the Pacific*, London, Ganesha Publishing Ltd, 2002.
Timoth Clark, C. Andrew Gesrtle, Aki Ishigami, Akiko Yano, ed., *Shunga: sex and pleasure in Japanese art*, The British Museum Press, 2013. /矢野明子監訳『大英博物館 春画』(小学館、二〇一五年)

執筆者一覧（執筆順）

品田悦一（東京大学大学院総合文化研究科言語情報科学専攻教授）
大浦誠士（専修大学文学部教授）
小松靖彦（青山学院大学文学部教授）
岡部隆志（共立女子短期大学名誉教授）
遠藤耕太郎（共立女子大学文芸学部教授）
奥村和美（奈良女子大学研究院人文科学系教授）
松田　浩（編者（→奥付参照））
山田　純（相模女子大学学芸学部教授）
三浦佑之（千葉大学名誉教授）
猪股ときわ（東京都立大学教授）
鳥谷知子（昭和女子大学人間文化学部教授）
飯泉健司（埼玉大学教育学部教授）
山本大介（大東文化大学文学部非常勤講師）
渡辺秀夫（信州大学名誉教授）
東　望歩（金城学院大学文学部准教授）
渡辺泰宏（元聖隷クリストファー大学社会福祉学部教授）
正道寺康子（聖徳大学短期大学部教授）
山中悠希（東洋大学文学部准教授）
津島知明（國學院大學ほか兼任講師）
鵜飼祐江（上海外国語大学日本文化経済学院外教）
中川照将（中央大学文学部教授）
竹内正彦（國學院大學文学部教授）
三村友希（跡見学園女子大学兼任講師）
上原作和（編者（→奥付参照））
湯淺幸代（明治大学文学部准教授）
仁平道明（東北大学名誉教授）
藤巻和宏（近畿大学文芸学部教授）
舘野文昭（国文学研究資料館古典籍共同研究事業センタープロジェクト研究員）
中本真人（新潟大学人文学部准教授）
近本謙介（名古屋大学大学院人文学研究科教授）
佐伯真一（青山学院大学文学部教授）
佐谷眞木人（編者（→奥付参照））
小秋元段（法政大学文学部教授）
大橋直義（実践女子大学文学部教授）
伊藤慎吾（國學院大學栃木短期大学准教授）
千本英史（奈良女子大学名誉教授）
目黒将史（県立広島大学地域創生学部准教授）
大津雄一（早稲田大学教育・総合科学学術院教授）
池澤一郎（早稲田大学文学学術院教授）
盛田帝子（京都産業大学外国語学部教授）
田中康二（皇學館大学文学部教授）
黒石陽子（東京学芸大学教育学部教授）
池山　晃（大東文化大学文学部教授）
佐藤勝明（和洋女子大学日本文学文化学類教授）
深沢了子（聖心女子大学文学部教授）
塩村　耕（名古屋大学大学院人文学研究科教授）
佐藤　悟（実践女子大学文学部教授）
中嶋　隆（早稲田大学教育・総合科学学術院教授、作家）
佐伯孝弘（編者（→奥付参照））
長島弘明（二松学舎大学文学部教授）
板坂則子（専修大学文学部教授）
井上泰至（防衛大学校教授）
倉員正江（日本大学生物資源科学部教授）
石上阿希（国際日本文化研究センター特任助教）

編者略歴

松田　浩（まつだ・ひろし）

修士（文学－慶應義塾大学）。フェリス女学院大学文学部教授。専攻は日本古代文学（上代文学）。

共著に『法制と社会の古代史』（慶應義塾大学出版会、2015年）、論文に「県守の虬退治と「妖気」と――『日本書紀』仁徳紀・聖帝伝承の叙述方法と「無為」」（『日本神話をひらく』フェリス女学院大学、2013年3月）、「漢字で書かれた歌集――「人麻呂歌集」の書記と「訓み」と」（『古代文学』古代文学会、2013年3月）、「歌の書かれた木簡と「万葉集」の書記」（『アナホリッシュ國文學』響文社、2012年12月）などがある。

上原作和（うえはら・さくかず）

博士（文学－名古屋大学）。桃源文庫日本学研究所教授・法人理事。

専攻は平安時代物語文学、文献史学、日本琴學史。主著に『光源氏物語傳來史』（武蔵野書院、2011年）、共編著に『人物で読む源氏物語』全20巻（勉誠出版、2005〜2006年）、『日本琴學史』（勉誠出版、2016年）などがある。

佐谷眞木人（さや・まきと）

博士（文学－慶應義塾大学）。恵泉女学園大学人文学部教授。専攻は古典芸能、軍記物語、民俗学。

主著に『平家物語から浄瑠璃へ――敦盛説話の変容』（慶應義塾大学出版会、2002年）、『日清戦争――「国民」の誕生』（講談社現代新書、2009年）、『民俗学・台湾・国際連盟 柳田國男と新渡戸稲造』（講談社選書メチエ、2015年）などがある。

佐伯孝弘（さえき・たかひろ）

博士（文学－東京大学）。清泉女子大学文学部教授。専攻は日本近世（江戸時代）文学。

主著に『江島其磧と気質物』（若草書房、2004年）、共編著に『浮世草子研究資料叢書』全7巻（クレス出版、2008年）、『八文字屋本全集』全23巻（汲古書院、1992〜2000年）などがある。

古《こ》典《てん》文《ぶん》学《がく》の常《じょう》識《しき》を疑《うたが》う

編者　松田浩　上原作和　佐谷眞木人　佐伯孝弘

発行者　吉田祐輔

発行所　㈱勉誠社

〒101-0061 東京都千代田区神田三崎町二－一八－四

電話　〇三－五二一五－九〇二一㈹

二〇一七年五月三十一日　初版発行

二〇二三年十月三十日　第三刷発行

印刷 製本　（株）ニューブック

装丁　黒田陽子（志岐デザイン事務所）

ISBN978-4-585-29147-3　C1091